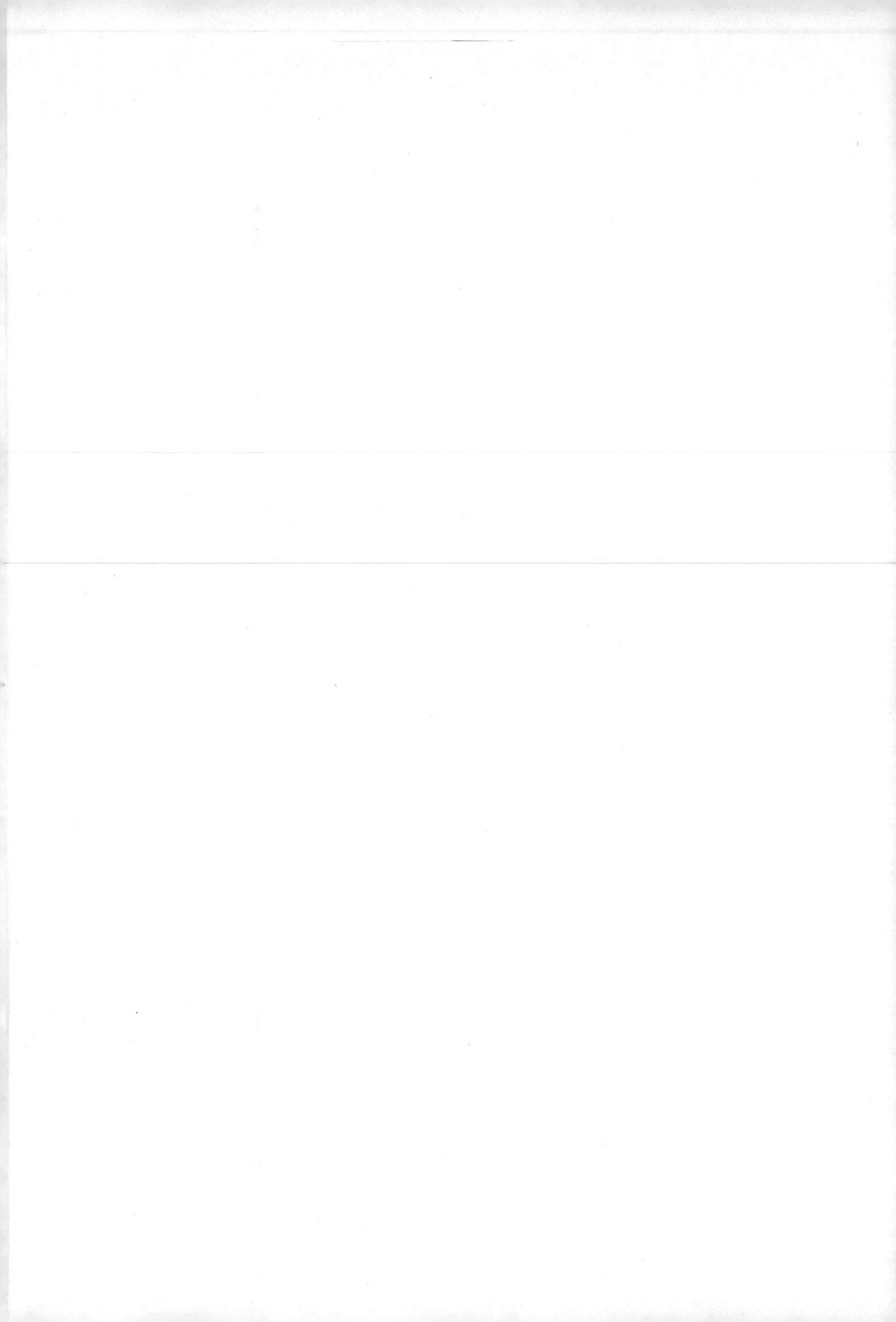

歷代樂府詩選析

傅錫壬　譯註

五南圖書出版公司印行

作者簡介

傅錫壬

浙江東陽人

民國二十七年生

國家文學博士

現任淡江大學中國文學系教授

著作：楚辭語法研究、楚辭古韻攷釋、楚辭讀本、牛李黨爭與唐代文學、樂府詩、山川寂寞衣冠淚等

序

「樂府詩」是我國文學中的瑰寶，它蘊含了中華民族豐富、活躍的生命力。在文學史上，它永遠自別於矯揉造作的文士，或被俳優畜之的文伶，而站在廣大平民百姓的陣線。它與秀麗的山川共呼吸，它與樸實的漁樵共生活，它更與現實的社會共患難。只有「樂府」會對升斗小民的心理，刻劃得那麼細膩、自然、真切而純美。

所以我閒暇時，常以讀「樂府詩」為娛，藉樂府詩中散發的熱力以喚回久蟄城市，虛僞酬應，而失去已久的鄉野氣息。

詩讀多了，當然難免會有一些心得與感想，大多隨手劄記，存於篋底。

七十一年，有個機會替時報出版公司的叢書「中國歷代經典寶庫」中寫了一冊「樂府」，其中選材僅止於漢代。雖然樂府詩的菁華及精神多集中於漢代，但若不敍及其他時代之作品，總感覺有些欠缺。因為唐人的新樂府與唐以後歷代之文人仿作，都不乏膾炙人口之作。

這一點心中遺憾被好友邱德修先生得悉，他大為鼓勵，希望我能把漢代以後部分也稍作整理。並介紹我為五南出版公司撰述，完成此一心願。名書曰：「歷代樂府詩選析」，與前所著「樂府」一書可以相得益彰。

答應撰述是在七十二年，當時經濟情況十分拮据。邱兄相助的這份心意，實在令我感激不已。可是後來由於學校課業太忙，所以大多利用寒暑假中斷斷續續地整理資料，一拖三年，才勉強完稿，對五南出版公司的楊榮川先生尤感愧歉。

本書取材多依郭茂倩「樂府詩集」，郭書未收部分依朱建新編注之「樂府詩選」或其他樂府選集及總集中選錄之。而選錄之作品，凡不具作者者列前，有作者可稽者列後，而作者之名，附於詩題之下。因樂府詩的內容著重在社會性，故與作者之生平際遇無甚密切關係，為節省篇幅皆省略之。

書中賞析部分多一己之見；語譯部分以保持原韻為主，故而偏執、罅漏之處，在所難免，敬祈斥我，教我。

傅錫壬

民國七十七年三月一日書於淡江大學

目次

卷二　魏代樂府

卷五　北朝樂府

卷六　隋唐樂府

卷八 元代樂府

卷九　明代樂府

卷十　清代樂府

前　言

一、樂府之由來

現在我們口語中所說的「樂府」，係指「樂府詩」的省稱。它泛指來自民間的歌謠、文人的仿作以及宗廟中的祭祀樂章。在詩歌的範疇上，它已與「古體詩」、「近體詩」鼎足而立，不分軒輊。

「樂府」一詞，據漢書百官公卿表載：

「少府，秦官。掌山海池澤之稅以供給養。有六丞，屬官有尚書、符節、太醫、太官、湯官、導官、樂府……。」

其中「樂府」既屬少府之屬官，自然其職掌不應逾越「掌山海池澤之稅以供給養」，所以此處之「樂府」究竟和音樂、詩歌有多少關係，難以確知。

逮及西漢惠帝（西元前一九四—一八八）時，夏侯寬爲「樂府令」，漢書上也作「太樂令」。據漢書百官公卿表：

「奉常，秦官。掌宗廟禮儀。景帝六年，更名太常。屬官有太樂、太祝、太宰、太史、太卜、太醫六令丞。」

則掌「宗廟禮儀」的「太樂令」，與我們所通稱之「樂府」，在性質上有了部分相近。

武帝（西元前一三九—八七）時，爲了祭祀之需要，才擴大「樂府」官署之編制及工作。據漢書禮樂志說：

「至武帝定郊祀之禮，祠太一於甘泉，就乾位也；祭后土於汾陰，澤中方丘也。乃立樂府，采詩夜誦，有趙、代、秦、楚之謳。以李延年為協律都尉，多舉司馬相如等數十人，造為詩賦，略論律呂，以合八音之調，作十九章之歌。」

可見當時的「樂府」有二項任務；第一是採集民歌。地域遍布：

趙——相當今河北南部、山西東部、河南黃河以北一帶。

代——相當今河北蔚縣北。

秦——相當今陝西、甘肅一帶。

楚——相當今湖北、湖南、安徽、江蘇、浙江、四川巫山以東、廣東蒼梧以北等地。

第二是令司馬相如等十數位文人創作歌謠。今漢書樂志中的十九章郊祀歌便是。

從此民間的歌謠得以寫定，而且文人也從民歌中吸收了新的活力，終使「樂府詩」大放異彩。

二、樂府之分類

把樂府予以分類的方法很多，可從採集的地域分，可以歌謠產生的年代分，也可依音樂的性質分。凡此種種不一而足。西漢時以地域分爲趙、代、秦、楚之謳。及東漢明帝永平三年（西元六十年），以音樂性質之不同，分成四品。據宋鄭樵通志樂略第一樂府總序：

㈠大予樂：郊廟上陵用之。

㈡雅頌樂：辟雍享射用之。

㈢黃門鼓吹樂：天子宴羣臣用之。

㈣短簫鐃歌樂：軍中用之。

後來唐代吳兢撰「樂府古題要解」以文學價值爲準，分樂府爲：相和歌、拂舞歌、白紵歌、鐃歌、橫吹曲、清商曲、雜題、琴曲等八類。

其後歷代有所沿革，及北宋郭茂倩編「樂府詩集一百卷」，收集詩歌，上起唐虞（多僞作），下迄五代，分爲十二類。包羅了時代、性質、地域、流變等各種特性。其分類如下：

㈠郊廟歌辭。

㈡燕射歌辭。

㈢鼓吹曲辭。

㈣橫吹曲辭。

㈤相和歌辭。包括相和六引、相和曲、吟歎曲、四弦曲、平調曲、清調曲、琴調曲、楚調曲、大曲。

㈥清商曲辭。包括吳聲歌曲、神弦歌、西曲歌、江南弄、上雲樂、雅樂。

㈦舞曲歌辭。包括雅舞、雜舞、散樂。

㈧琴曲歌辭。

㈨雜曲歌辭。

(十)近代曲辭。

(十一)雜歌謠辭。

(十二)新樂府辭。

郭氏的分類內容稍嫌龐雜。於是近人之分類復趨單純。如黃侃文心雕龍札記樂府第七，僅依歌辭之入樂與不入樂分。列舉如下：

(一)樂府所用本曲。如漢相和歌辭中的江南、東光。

(二)依樂府本曲所作辭，但仍入樂可唱的。如曹操依苦寒行而作北上、曹丕的燕歌行。

(三)依樂府舊題以製辭，但已不入樂的。如曹植、陸機等所作的樂府詩。

(四)不依樂府舊題而另創新題，也不能合樂的。如杜甫的悲陳陶、麗人、兵車等，白居易的新樂府，皮日休的正樂府。

而馮沅君在中國詩史中，更依樂府的來源及性質不同，簡化爲三類：

(一)貴族特製的樂府：郊廟歌、燕射歌、舞曲。

(二)外國輸入的樂府：鼓吹曲、橫吹曲。

㈢民間采來的樂府：相和歌、清商曲、雜曲。

總之，各家分類都旨在幫助後人能更方便的了解「樂府」。而「樂府詩」中更複雜的一些音樂性，就必須去翻檢史書中的樂志或音樂志以及政書中的樂略等資料。

三、樂府的特性

樂府詩又叫「歌行體」。是因爲一般樂府詩的標題上都冠上「歌」、「行」、「唱」、「引」、「操」、「弄」、「樂」、「曲」、「篇」、「吟」、「歎」、「調」、「辭」等字。而這些字正表示了樂府的第一個特性，它是合樂的詩。是最正統的音樂文學。所以我們欣賞樂府詩的美，必須首先從音樂入手。例如相和曲中的一首「江南」，歌辭是：

「江南可採蓮，蓮葉何田田？魚戲蓮葉間，魚戲蓮葉東，魚戲蓮葉西，魚戲蓮葉南，魚戲蓮葉北。」

歌辭十分簡單明白，朗誦起來也沒多少韻味，但如果配合樂曲來吟唱，它的效果就可能大大的不同了。我們假想在江南夏天的月夜，女子四、五人結伴同行，各搖擺着輕舟，一邊忙着採蓮擷藕，一邊又和游魚一起穿梭遊戲在茂密蓮葉之間。詩中前三句是一人發聲獨唱，後四句是衆人齊聲和唱，綻現出一幅活潑生動的畫面。因爲相和歌本是一人唱多人和的。

又如樂府詩集中所錄晉樂所奏六解的「西門行」和古詩十九首中第十五首作一比較，更不難發現樂府詩在音樂性上的多變化。「西門行」爲：

「出西門，步念之。今日不作樂，當待何時（一解）？夫為樂，為樂當及時。何能坐愁怫鬱，當復待來茲（二解）。飲醇酒，炙肥牛，請呼心所歡，可用解愁憂（三解）。人生不滿百，常懷千歲憂，晝短而夜長，何不秉燭遊（四解）。自非仙人王子喬，計會壽命難與期，自非仙人王子喬，計會壽命難與期（五解）。人壽非金石，年命安可期！貪財愛惜費，但為後世嗤（六解）。」

再舉古詩十九首第十五首於下：

「生年不滿百，常懷千歲憂。晝短苦夜長，何不秉燭遊？為樂當及時，何能待來茲？愚者愛惜費，但為後世嗤。仙人王子喬，難可與等齊。」

兩相比較，卽可發現樂府詩的幾項特色：⑴三、七言句子夾雜使用。⑵第五解中文字重複出現。這兩項特色也正是民歌本色，因爲它是用來唱的。

樂府詩的第二特性是大衆化。它反映的生活，記錄的民俗，使用的語言，都是屬於社會普遍性的。例如鼓吹曲辭中的一首「上邪」：

「上邪！我欲與君相知，長命無絶衰。山無陵，江水為竭，冬雷震震夏雨雪，天地合，乃敢與君絶。」

這是一首爲愛情許下的「誓言」，文字俚俗、樸質而生動，感情渾厚而充滿鄉土氣息。

又如「焦仲卿妻」寫一齣家庭間婆媳不睦的悲劇，「孤兒行」道出了孤兒命運的坎坷，「病婦行」反映了母子親情的偉大。凡此種種，都是當時社會上廣大民衆的生活寫照，眞實而感人。

四、樂府的發展

樂府之名，就狹義說，雖起自漢代，而樂府之實，就廣義言，卻自生民之始即已流傳。所以上至詩經中的國風，下至今日本省流行的「望春風」、「丟丟銅」都可說是樂府。所以研究樂府必須分期，以明其發展。而事實上，爲了避免研究範圍的重疊，詩經與「望春風」等已皆不在本書選析的範疇之內。

㈠兩漢樂府

漢朝建國之初，魯人制氏爲太樂官，但是他只能記錄聲律，卻不能說出內容和意義。到了高祖時，叔孫通請秦地的樂人制定了宗廟樂。而高祖的唐山夫人也作了房中祠樂，以祭祀祖先，表示不忘本。漢高祖偏好楚聲，所以房中樂都用楚聲。惠帝二年，使樂府令夏侯寬充實了簫管之器，把房中樂更名爲安世樂。高祖廟奏武德文始五行之舞，孝文廟奏昭德文始四時五行之舞，孝武廟奏盛德文始四時五行之舞。高祖六年，又作了昭容樂、禮容樂。不過以上都是宗廟所用的雅舞。漢初雜舞中雖也有公莫舞和巴渝舞，但也少平民色彩。

有一點值得注意的是。據史記卷八高祖本紀說：

「高祖還過沛，留置酒沛宮，悉召故人父老子弟縱酒，發沛中兒得百二十人，教之歌。酒酣，高祖自擊筑，自為歌。詩曰：『大風起兮雲飛揚，威加海內兮歸故鄉；安得猛士兮守四方！』令兒皆和習之。高祖乃起舞，慷慨傷懷，泣數行下。……孝惠五年，思高祖之悲樂沛，以沛為高祖原廟。高祖所教兒百二十人，皆令為吹樂；後有缺，輒補之。」

高祖的「大風歌」當非宗廟祭祀之用，可知當時除了宗廟祭祀樂章之外，必也有一些抒情樂歌。

到武帝以後，樂府官署編制擴大，採集歌謠與文人創作雙管齊下，樂府詩因而大盛。據漢書藝文志所載，當時民間採集的至少有一百三十八篇。據漢書禮樂志所載，參與的工作人員有八百二十九人之多。

成帝時，鄭聲尤爲流行，黃門名倡丙彊、景武等人，更是名顯一時。

哀帝生性不好音樂，對鄭、衞之聲尤其深惡痛絕，所以他詔罷樂府官，反對採集民歌和土樂，而只留下一些貴族祭祀的樂章。

東漢明帝時，修復舊典，把樂府分成四品：有大予樂、雅頌樂、黃門鼓吹樂、短簫鐃歌樂等，稍能恢復了西漢禮樂的舊觀。雖然東漢末葉，社會紊亂，朝廷雅樂又告淪亡。但現存漢樂府中的民歌，則多爲東漢之作。今存漢人樂府詩，據丁福保所輯，大約有三百七十四首。

(二)魏晉南北朝樂府

魏晉的樂府多沿用漢代的清商、相和舊曲。因爲漢時的音律，在當時尚可了解，所以他們也能依其音節而作詩。就如曹植鞞舞歌序所說：「故依前曲改作新歌」而已。至於內容與原作就可能完全不同。如曹操的「蒿里行」可以和挽歌無關。嵇康的「秋胡行」七曲可以不敍秋胡。或者他們把原題也改了，如漢鐃歌第一曲叫「朱鷺」，魏改名「楚之平」，吳改稱「炎精缺」，晉改名「靈之祥」，北齊改稱「玄精季」。至於朝中的雅樂已淪喪殆盡。魏武帝平荊州時，得漢雅樂郎杜夔以及樂工鄧靜、尹商、尹胡等整理雅樂；舞曲則由馮肅、服養加以整理。但所得的詩，僅鹿鳴、騶虞、伐檀、文王四篇而已。到明帝時，左延年任樂官，就只能演奏鹿鳴一篇。不過當時的胡樂已經盛行。如左思魏都賦所說：

「鞮鞻所掌之音，韎昧任禁之曲，以娛四夷之君，以穆八方之俗。」

鞮鞻是掌胡樂的官員，東夷的樂曲叫韎，北夷的樂曲叫昧、禁，南夷的樂曲叫任，西夷的樂曲叫株離。可見朝廷中也雜用胡聲。

晉惠帝末葉，五胡已開始大規模的叛亂。惠帝永興元年（西元三〇四年）匈奴劉淵稱王，到西元四三九年北魏正式統一北方，有所謂「十六國」的先後篡立，是謂北朝。江南自東吳、東晉以後，又經宋、齊、梁、陳四代，是謂南朝。南朝雖想修復舊樂，但已有胡樂兼入，北朝雖仰慕漢化，但畢竟是胡人，所以南北朝樂府實已華夷雜揉不分。

今存南朝的樂府，多在清商曲中，不過此清商曲已不是漢代舊曲，而是南朝民謠之新聲。郭茂倩樂府詩集中分爲六小類，其中重要的只有吳歌、西曲和神弦歌。吳歌、西曲原本都是民間的徒歌，採集以後才入樂的。吳歌流行在建業一帶，西曲流行在荆州一帶，內容多屬戀歌。而神弦曲則是歌舞媚神的祭歌。

北朝樂府多在鼓吹曲中，今傳世的僅有梁鼓角橫吹曲。有二十三種曲目，現存約六十六首。主要的曲調有「企喩歌」、「紫騮馬歌辭」、「隴頭流水歌」、「隔谷歌」、「折楊柳歌」、「幽州馬容吟歌辭」等。這些鼓角橫吹曲的內容多敍戰爭之事。

㈢隋唐五代樂府

隋代音樂都沿襲北周。開皇初設置了七部樂，到大業中增爲九部樂：清樂、西涼樂、龜茲樂、天竺樂、康國樂、疏勒樂、安國樂、高麗樂、禮畢樂等。其中清樂卽淸商三調。隋平陳時得之，文帝非常喜歡它的節奏，以爲是華夏正聲，稍加損益，删去哀怨之音而成，並且在太常置淸商署來管理，謂「淸樂」。淸樂歌曲有楊伴，舞曲有明君、並契，樂器有鐘、磬、琴、瑟、擊琴、琵琶、箜篌、筑、箏、節鼓、笙、笛、簫、篪、塤等十五種爲一部。唐貞觀時用十部樂，淸樂亦在其中。到武后時猶有六十三曲。其後歌辭在的還有：白雪、公莫、巴渝、明君、鳳將雛、明之君、鐸舞、白鳩、白紵、子夜吳聲四時歌、前溪、阿子及歡聞、團扇、懊儂、長史變、丁督護、讀曲、烏夜啼、石城、莫愁、襄陽、西烏夜飛、估客、楊伴、雅歌驍壺、常林歡、三洲、採桑、春江花月夜、玉樹後庭花、堂堂、泛龍舟等三十二曲，明之君、雅歌各二首，四時歌四首，合三十七首。又上柱、鳳雛、平調、淸調、瑟調、平折、命嘯七首有聲無辭，總計四十四首。武后長安以後，朝廷不重視古典，工伎寖缺，能合於管弦的，只有明君、楊伴、驍壺、春歌、秋歌、白雪、堂堂、春江花月夜等八曲。從此樂章訛誤失傳，和吳音相去愈遠。開元時，劉昶以爲應尋覓吳人，使他傳習不輟，往請教歌工李郎子，郎子是北方人，受學於江都人俞才生，當時聲調已亡失，只有雅歌的曲辭，辭典而音雅。後來連清樂之歌也告亡缺。舊唐書音樂志說：

「自周、隋以來，管弦雜曲將數百曲，多用西涼樂；鼓舞曲多用龜茲樂；其曲度皆時俗所知也。」

可見隋、唐以來，胡樂已在民間廣爲流行。隋、唐之十部樂中，除清樂外，皆爲胡聲。新傳進來的胡樂，既取代漢魏舊樂，則舊時樂府自然也不能再唱，於是新曲以及新樂府辭產生。

唐代創作的新聲，如太宗時，長孫無忌作傾盃曲，魏徵作樂社曲，虞世南作英雄樂，高宗時，呂才作琴歌白雲等，又命樂工製道調。所謂道調，是因爲道教流行而產生的曲子，如衆仙樂、臨江仙、女冠子等。同樣佛教流行中，有佛曲，如獻天花、散花樂、五更轉等。玄宗喜愛法曲，所謂法曲是梨園法部所製的清樂胡樂混合的樂曲，如雲韶、荔枝香等。而梨園則是玄宗從敎坊中精選了坐部伎三百人所組成，所謂「梨園子弟」。文宗時，詔太常馮定，採開元遺調，製雲韶法曲、霓裳羽衣舞曲。宣宗時，太常樂工多至數千人，帝也自製新曲，敎女樂數百連袂而歌。唐自黃巢亂後，樂之淪散，遺調舊曲流入民間，造成五代詞調之大盛。

至於文人仿製的「新樂府」，就郭茂倩樂府詩集中收錄，多載於卷八十一的「近代曲辭」、卷八十九的「雜歌謠辭」和卷九十一到一百的「新樂府辭」。唐人仿製的樂府詩，可分成兩大類：一爲盛唐以前沿舊題樂府而作的樂府詩；一爲中唐以後白居易、元稹、李紳等所提倡的新題樂府，或稱「新樂府」。它的精神是以社會寫實爲主。所以兩者雖然略有不同，但實際都已徒具「樂府」之名，而是不能唱的「徒詩」。

五、宋以後以迄清代的樂府

宋代宮廷貴族中，主要使用的音樂有三：「雅樂」、「鼓吹樂」和「燕樂」。「雅樂」一用於祭祀，一用於朝會及若干別的儀式（如上皇帝、皇太后尊號，册立皇后、皇太子，鄉飲酒，鹿鳴宴等）。前者在郊外舉行，稱「郊祀」，後者在皇帝爲祖先建造的廟裏舉行，稱「宗廟」，所以兩者又合稱「郊廟樂」。而「鼓吹樂」則爲軍樂，在皇帝出行時的儀仗中用，或止宿時在戒彈中用。至於「燕樂」則包括雜劇、歌唱、舞蹈、樂器的獨奏、合奏以及百戲等。北宋神宗年間（西元九六〇年）並設立教坊，收集各地優秀樂工。

而遼的「燕樂」則包括：「國樂」，指遼從部落經契丹建國以來之本族音樂；「諸國樂」，指別國使者到遼國時，在宴會上表演之音樂；「大樂」，指唐張文收所作的唐代坐部伎中的「宴樂」四部而言，內容包括：「景雲樂」、「慶善樂」、「破陣樂」、「承天樂」，唐亡後，經由五代時晉的宮廷傳入遼國。

金的雅樂多以「寧」爲曲名。其「燕樂」則有「散樂」，用於朝賀和接待外國使者，由教坊演奏；「渤海樂」，爲金所繼承的渤海國和遼國的音樂。

元的雅樂基本上是繼承宋、金舊制。明的宮廷樂則爲「郊廟」、「朝賀」和「宴饗」等政治活動而設；清則更增加「巡幸」的作用。但清代對宮廷音樂較爲重視，更寫了不少樂譜及新的音樂形式。

至於宋以後民歌的種類也不少。宋代多以詞調爲之，遼、金多爲當時流行的「街市小令」。明代民歌尤盛，即如明憲宗成化年間金臺魯氏刊行的四季五更駐雲飛、題西廟記詠十二月賽駐雲飛，浮白主人選輯的掛枝兒，馮夢龍選輯的山歌，醉月子選輯的新鋟千家詩吳歌等，已不下千餘首。

清代的民歌，如顏自德、王廷紹合編的霓裳續譜，華廣生選輯的白雪遺音都收集不少。

至於宋以後文人仿古的樂府詩，也有不少，但都不成專集，必須在其他詩集，如「宋詩鈔」、「元詩選」、「明詩綜」、「清詩滙」等總集中去檢閱了。

總之，樂府詩中活潑的生命力，不但使它在中國詩歌中獨樹一幟，同時也豐腴了詩人創作靈感。是值得全民愛好提倡的。

卷一

漢代樂府

玄冥

玄冥陵陰，蟄蟲蓋藏①。

草木零落，抵②冬降霜。

易③亂除邪，革④正異俗，

兆民反本，抱素懷樸。

條⑤理信義，望禮五嶽⑥，

籍斂⑦之時，掩收⑧嘉穀。

【註釋】

① 玄冥陵陰，蟄蟲蓋臧：漢書禮樂志：「玄冥陵陰，蟄蟲蓋臧。」顏師古注：「玄冥，北方之神也。」漢書司馬相如傳：「左玄冥而右黔雷兮。」張揖曰：「玄冥，北方黑帝佐也。」後漢書祭祀志：「立冬之日，迎冬於北郊，祭黑帝玄冥，車騎服飾皆黑，歌玄冥

，八佾舞、育命之舞。」陵是升的意思。陰是陰氣。蟄蟲是冬天時會藏在土中冬眠的蟲。臧通藏。

②抵：至。

③易：變。

④革：改。

⑤條：分、暢。

⑥望禮五嶽：望爲望祀，祭名。以犧牲粢盛祭山川地祇。周禮地官牧人：「望祀，各以其方之色牲毛之。」注：「望祀五嶽、四鎮、四瀆也。」望禮五嶽就是祭祀五嶽。五嶽爲中嶽嵩山、東嶽泰山、西嶽華山、南嶽衡山、北嶽恆山。

⑦籍斂：顏師古說：「籍斂謂收籍田。」籍田謂天子親耕之田。斂是收穫。

⑧掩收：掩通揜，取的意思。掩收就是收穫。

【語譯】

玄冥之神升起了陰寒之氣，

多眠的蟄蟲都紛紛的躲藏。

草木凋零飄落，

到冬天已降下了嚴霜。

改變了暴亂，剷除了邪惡，

改正了奇異的風俗，

萬民返回到了原始本眞，
抱持着素質懷念着樸實。
分條理暢了誠信和仁義，
用望祀來崇禮五嶽，
當天子親耕的農田收穫之時，
收成的一定是嘉美的五穀。

【賞析】

漢書禮樂志說：「至武帝……乃立樂府，采詩夜誦，有趙、代、秦、楚之謳。以李延年爲協律都尉，多擧司馬相如等數十人，造爲詩賦，略論律呂，以合八音之調，作十九章之歌。」這十九章各爲練時日、帝臨、青陽、朱明、西顥、玄冥、惟泰元、天地、日出入、天馬、天門、景星、齊房、后皇、華爗爗、五神、朝隴首、象載瑜、赤蛟。

本篇所選「玄冥」爲十九章之第六篇。其中題爲「鄒子樂」，或疑鄒子卽鄒陽。鄒陽臨淄人，景帝時和嚴忌、枚乘等事吳王濞，皆以文辯著稱。似不及事武帝。所以可能是當時樂府採其詞來製譜。

「玄冥」通篇四言，是用來祭祀北方之神玄冥的。春生冬藏，冬天時雖然萬物凋謝，但它卻含蘊了生機，只要妥爲運用，正可以除舊佈新。所以此詩的前四句寫冬天來臨時景象，正是百蟲蟄藏，草木零落，天降寒霜。五、六二句，寫此時正可以改變暴亂，除去邪惡，改革且匡正奇異的風俗。七、八二句寫天下兆民都能反本而懷抱樸素之本質。九、十兩句寫進而能使信義之事條理暢達，祭祀五嶽。十一、十二句寫來年天子親耕之田必能豐收嘉穀。

宋書樂志說：「漢光武平隴蜀，增廣郊祀。……迎時氣五郊：春歌青陽，夏歌朱明，並舞雲翹之舞。秋歌西皓，冬歌玄冥，並舞育命之舞。」而此四首下皆題爲「鄒子樂」，可見它們是一整套「迎時氣之樂章」（王先謙語）。

象載瑜

象載瑜，白集西①，
食甘露，飲榮泉②。
赤雁集，六紛員③，
殊翁雜④，五采文，
神所見，施福祉，
登蓬萊⑤，結無極⑥。

【註釋】

① 象載瑜，白集西：漢書禮樂志王先謙補注：「象載瑜黑車也。白集西雍之麟也。」按：「雍之麟」卽指前第十七首「朝隴首，覽西垠。雷電尞，獲白麟。」而言。漢書禮樂志說：「元狩元年行幸雍，獲白麟作。」所以「白集西」意謂「白麟棲集在雍西」。就文

例看，「象載瑜」應和「白集西」相對成文。「象」應即大象，載為動詞，「瑜」者美玉。象古以為祥瑞之應。

② 甘露、榮泉：甘露，樹葉上凝結的甘味的汁液，古人稱「甘露」，意謂天下太平。榮泉，言泉有光華。

③ 六紛員：六指獲赤雁的數目有六。紛員即紛紜，多貌。

④ 殊翁雜：翁指雁頸。殊言其文采殊異。雜是雜色毛。

⑤ 蓬萊：神山，在海中。

⑥ 結：成。無極：謂永無終極，即仙境。

【語譯】

大象滿載着美玉，白麟棲集在雍西，
吃着天降的甘露，喝了地湧的榮泉。
赤色的大雁齊集，有六隻之多。
殊異的頸部雜毛，五采的羽紋。
神靈讓牠們顯現，是在施布福祉，
登上了神山蓬萊，臻至無極的仙境。

【賞析】

「象載瑜」是郊祀歌十九首中之第十八首。是漢太始三年行幸東海，獲赤雁而作（

漢書禮樂志）。它也叫「朱雁歌」（武帝紀）。赤雁是一種稀有禽類，牠的出現古人以為祥瑞的徵兆，所以用詩歌來讚美。前四句敍述了許多其他祥瑞的徵兆，像大象的載美玉，白麟的棲集，天降甘露，地湧榮泉等。對赤雁的獻瑞有烘襯的效果。五到八句寫赤雁的齊集，竟有六隻之多，而且羽毛的文采殊異，更顯見牠們之珍貴。九到十二句歸結到郊祀歌的主題，表示這些現象都是神靈的顯示，象徵國家將有無窮的福祉。

戰城南

戰城南，死郭北，野死不葬烏可食①。

為我謂烏：「且為客豪②，

野死諒不葬，腐肉安能去子逃？」

水深激激③，蒲葦冥冥④。

梟騎戰鬪死，駑馬徘徊鳴⑤。

梁築室，何以南？何以北⑥？

禾黍不穫君何食⑦？願為忠臣安可得？

思子良臣⑧，良臣誠可思，

朝行出攻，暮不夜歸。

【註釋】

① 戰城南三句：郭是外城。雖然古人未必都在城南鬬爲戰場，但死後則多葬於郭北。如驅車上東門行：「驅車上東門，遙望郭北墓。」烏是烏鴉。烏鴉嗜食腐肉。如莊子列禦寇篇：「在上爲烏鳶食，在下爲螻蟻食。」

② 豪：同嚎，就是「號哭」的「號」。音ㄏㄠˊ。古人對於新死者必須行招魂之禮，招魂時且哭且說，就是號。「客」是指死在異鄉的戰士。

③ 激激：水清澈貌。

④ 蒲葦冥冥：蒲葦指蒲草和蘆葦，都是水草名。冥冥是昏暗幽寂貌。

⑤ 梟騎二句：梟通驍，作勇敢解。梟騎是驍勇的駿馬。駑指駑鈍拙劣的馬。

⑥ 梁築室三句：梁指橋樑。「何以北」也作「梁何北」。「梁築室」是說在橋樑上蓋房子，表示社會秩序的不正常（用清・張琦・古詩錄說）或說在戰爭時，橋上構築了工事或營房，也通。所以橋樑不通暢，作者有「何以南？何以北？」的疑歎。

⑦ 禾黍句：禾黍指田野中生長的穀物。「不獲」一本作「而穫」。則「而」爲假設之詞，猶言「如果」。

⑧ 思子良臣：「子」猶「你」、「你們」。良臣卽子，二者爲同位語。都是指爲國戰死的臣子。

【語譯】

在城南作戰，死了就埋葬在郭北。
原野上暴露屍體，正好供烏鴉啄食。

且替我告訴烏鴉：「先爲客死異鄉的戰士號哭吧！
荒郊上的屍體一定不會有人埋葬，
腐爛的軀殼又怎麼能離你遠逃？」
深浚的水依然清澈，蒲葦昏暗幽寂。
驍勇的駿馬在戰鬪中死去，只有駑馬對空長鳴。
橋樑上竟蓋起了營房，當如何南來，北往？
禾黍已經無能收割，君王又吃些什麼？
此時想要做個忠臣，又不知怎麼做才能夠？
想到各位都是忠良的臣子，良臣誠然令人懷思，
一早出征攻城，日暮時仍不見人歸。

【賞析】

戰城南是漢鐃歌十八曲中的一篇。漢鐃歌又是鼓吹曲中的一種。鼓吹曲辭是從北狄傳來的音樂。按鐃歌十八曲最早著錄於沈約的宋書樂志。樂志引蔡邕禮樂志說：「短簫

鐃歌，軍樂也。」其十八曲爲：朱鷺、思悲翁、艾如張、上之回、翁離、戰城南、巫山高、上陵、將進酒、君馬黃、芳樹、有所思、雉子班、聖人出、上邪、臨高臺、遠如期、石留等。就十八曲內容看，十分廣泛，涉及戰陣的只有「戰城南」一篇，述功德的也只有「聖人出」一篇。可見鐃歌之爲軍樂，只是樂譜而已，並非指內容而言。

這首「戰城南」的故事背景，據王先謙說：「漢高帝戰敗於彭城，築甬道屬河以取敖倉粟，値關中大饑，楚數侵奪甬道，漢軍乞食，軍士作歌，以述其意。」（漢鐃歌釋文箋正）

全詩可以分成四段。第一段從「戰城南」到「腐肉安能去子逃？」寫戰爭中烏鳶爭食腐肉的悽慘情形。作者故意用人與烏的對白，來增强情感的溝通力。烏鴉是禽鳥本不知人世間的苦痛與歡悅，啄食腐肉是牠生存的本能，如今作者要求牠在大快朵頤前，也能付出一些同情的號哭。不也是對人類相互殘殺的一種譏諷嗎？讀至此使人意識到人類的兇暴、無知更甚於禽獸。

第二段從「水深激激」到「駑馬徘徊鳴」四句。寫戰爭過後，戰場上的孤寂悲涼。

水依然的清澈，蒲葦依然的濃密蓊鬱。自然界的草木本無情，它不會因人類的愚昧行爲，殘酷的戰爭而動容。誠如歐陽修在秋聲賦中所說：「嗟夫！草木無情，有時飄零。人爲動物，惟物之靈。百憂感其心，萬事勞其形。有動於中，必搖其精。而況思其力之所不及，憂其智之所不能。宜其渥然丹者爲槁木，黟然黑者爲星星。奈何非金石之質，欲與草木而爭榮。念誰爲之戕賊，亦何恨乎秋聲！」戕傷人類的最大敵人是人類自己。「梟騎戰鬪死，駑馬徘徊鳴」二句是寫戰後的實景，也是作者胸中的不平之鳴。大凡戰爭中，往往是最勇敢的人，最先陣亡，庸庸碌碌的常才卻反而可以享受勝利的榮耀。所以梟騎」死了，「駑馬」猶生。難道天理也如老子所言：「堅强者死之徒，柔弱者生之徒。」

第三段從「梁築室」到「願爲忠臣安可得！」寫社會在動盪不安中，忠臣之難得。「梁築室」三句是象徵社會秩序的失常。「禾黍不穫君何食」是說國內壯丁都已死於戰役。卽如杜甫羌村：「莫辭酒味薄，黍地無人耕，兵革猶未息，兒童盡東征。」所以在此種混亂悲慘的局面中，要想求個忠臣已確實不易。

第四段從「思子良臣」到「暮不夜歸」四句。讚美爲國犧牲的戰士就是不可多得的忠臣。他們誓死如歸，義無反顧，正是此首詩之所以創作的主因。

上陵

上陵何美美，下津風以寒①。
問客②從何來？言從水中央。
桂樹為君船，青絲為君笮③，
木蘭為君櫂④，黃金錯⑤其間。
滄海之雀、赤翅鴻、白雁隨。
山林乍開乍合，曾不知日月明。
醴泉⑥之水，光澤何蔚蔚⑦！
芝為車，龍為馬，
覽遨遊，四海外。

甘露初二年，芝生銅池中⑧，
仙人下來飲，延壽千萬歲。

【註釋】

① 上陵、下津：樂府廣序引何氏樂府元聲說：「上陵、下津指上林、九嵏、太乙之屬耳。」按上陵與下津爲對文，且意也正相對，下津當非上林之屬。

② 客：陳本禮說：「客，即仙也。」

③ 笮：通筰，是引舟用的竹索。

④ 櫂：船槳。

⑤ 錯：安置。楚辭九章懷沙：「萬民之生各有所錯兮。」

⑥ 醴泉：甘美的泉水。古時視爲瑞應之事。

⑦ 蔚蔚：草木繁盛叫蔚，此指水的蔚藍。

⑧ 甘露初二年二句：陳沆詩比興箋說：「凡二十二句……宣紀，神爵元年詔曰：『迺者，金芝九莖產於函德殿銅池中。』甘露二年詔曰：『迺者，鳳凰甘露降集京師，黃龍登興，醴泉滂流，枯槁榮茂，神光並見，咸受禎祥。』正此詩所詠者也。」樂府廣序說：「初，武帝得白雁上林苑中，承露池中生芝；孝宣帝時，有神雀、甘露之異；並用改元，以瑞應，頗作歌詩。」

【語譯】

上陵何其美麗！下津刮風天又寒。
請問仙客您從何處來？您說來自水的中央。

桂樹做爲您的船舶，青竹做爲您的索茭，
木蘭做爲您的船槳，黃金錯置在中間。
滄海的神雀、赤翅的鴻鵠，還有白色的大雁追隨。
山林忽然開朗忽然閉合，從不知日月的光明。
醴泉的水，光澤竟如此的蔚藍。
芝草做成車，飛龍當做馬，
觀覽遨遊，到四海之外。
甘露之初的二年，靈芝產於銅池之中，
神仙下凡來飲用，長命千秋萬歲。

【賞析】

上陵是漢代的鐃歌十八曲之一。在詩的末二句中已明白指出，這首詩是爲了甘露二年（西元前五二年）靈芝草生在函德殿的銅池之中而作。所以它是一首讚美瑞應的詩。

「上陵」不知何指，它與「下津」對文，所以就文義上臆測，「上陵」當指「天上的陵皐」，而「下津」則爲「下界的渡口」。所以「上陵」仙界自然美好無比，而「下津」凡界，自然風寒不已。於是下文從「問客從何來」以下，直到「覽遨遊，四海外。」都在寫「上陵」之美。文中的「客」即「仙客」，他來自水的中央。用桂木爲舟，用青絲爲索茭，用木蘭做槳，而且還有黃金嵌飾其間，舖敍了仙客舟船之美。又以滄海的神雀，赤翅的鴻鵠，白雁等襯出了上陵珍禽之夥，而且山林繁茂蔭鬱，連日月的光輝也不能下照。更有蔚藍的醴泉，芝草做車，飛龍爲馬。所以既爲仙，就能遨遊四海之外。這種佈局，很容易使人聯想到楚辭中的九歌。現在我把「湘君」抄在後面，可以和「上陵」作個比較。

「君不行兮夷猶，蹇誰留兮中洲？美要眇兮宜修，沛吾乘兮桂舟。令沅湘兮無波，使江水兮安流。望夫君兮未來，吹參差兮誰思？駕北龍兮北征，邅吾道兮洞庭；薜荔柏兮蕙綢，蓀橈兮蘭旌。望涔陽兮極浦，橫大江兮揚靈，揚靈之未極，女嬋媛兮為余太息。……。」

・陵　上。

兩相比較，可知「上陵」中的「問客從何來？言從水中央。」和「湘君」中的「君不行兮夷猶，蹇誰留兮中洲？」相近。「上陵」中的「桂樹爲君船」也卽「湘君」中的「沛吾乘兮桂舟」；「上陵」中的「木蘭爲君櫂」也卽「湘君」中的「蓀橈」、「蘭旌」（以及「桂櫂」、「蘭枻」湘君下文，此未引及）；「上陵」中的「龍爲馬」也卽「湘君」中的「駕飛龍兮北征」。由此可證漢代鐃歌與九歌的淵源，應是十分密切的。只是九歌祀神，而上陵享仙而已。

上邪

上邪①！我欲與君相知②，長命③無絕衰。
山無陵④，江水為竭。
冬雷震震，夏雨雪⑤，
天地合，乃敢與君絕⑥。

【註釋】

① 上邪：上指天。邪讀爲耶。「上邪！」猶言「天哪！」此是作者指蒼天發誓。

② 相知：卽相親相愛。

③ 長命：命猶令、使。全句「長使無衰竭」之意。

④ 山無陵：陵是山峯。「山無陵」猶言「高山變成平地」。

⑤ 冬雷震震二句：震震是雷聲。冬天是不該打雷，夏天是不應降雪的。以喻反常現象。

⑥ 絕：絕交。

【語譯】

天哪！我要和你相親相愛，常使感情不衰減。
（除非）高山磨平了山峯，江水枯竭。
冬天打着震震雷，夏天降下了雪，
天地合併在一起，才敢和你斷絕。

【賞析】

本篇也是漢代鐃歌十八曲之一。是一首情歌。陸侃如說：「此篇之爲誓詞，甚爲明顯。……或者是男女間的誓詞，正與歡聞變『沒命成灰土，終不罷相憐』相同。」而莊述祖說：「上邪與有所思當爲一篇，……敍男女相謂之言。」本書未選有所思，今附錄於此：

「有所思，乃在大海南。何用問遺君？雙珠玳瑁簪。用玉紹繚之。聞君有他心，拉雜摧燒之，摧燒之，當風揚其灰。從今以往，勿復相思。相思與君絕！鷄鳴狗吠，兄嫂當知之。妃呼豨，秋風肅肅晨風颸，東方須臾高知之。」

若說兩篇爲一，則殊乏必然性。它是一首感情十分强烈的女子所發的堅貞誓詞，意謂卽使地老天荒，她的情愛是永遠不改變的。而且「冬雷」、「夏雪」、「天地合」根本是天地間無有之事，則自然與君斷絕也是永無有之事。

江南

江南可採蓮，蓮葉何田田①。
魚戲蓮葉間，
魚戲蓮葉東；
魚戲蓮葉西；
魚戲蓮葉南；
魚戲蓮葉北。

【註釋】

①田田：形容蓮葉在水上浮動的樣子。或說鮮碧貌。

【語譯】

江南可以採蓮，蓮葉飄浮在水面。

【賞析】

魚兒戲水在蓮葉的中間，
魚兒戲水在蓮葉的東邊；
魚兒戲水在蓮葉的西邊；
魚兒戲水在蓮葉的南邊；
魚兒戲水在蓮葉的北邊。

江南屬樂府中的相和歌。載於宋書樂志和郭茂倩的樂府詩集，題爲「古辭」。據宋書樂志：「凡樂章古辭，今之存者，並漢世街陌謠謳，江南可採蓮、烏生十五子、白頭吟之屬是也。」可見它是漢代道地的民歌。樂府解題說：「江南古辭，蓋美芳晨麗景，嬉遊得時。」這說法應是可信的。這首詩歌辭簡單，尤其末四句音節重疊，想必它是一人獨唱，衆人齊唱的形式。它是典型的相和歌。所謂「相和歌」，據宋書樂志說：「相和，漢舊曲也。絲竹更相和，執節者歌。」又古今樂錄說：「凡相和，其器有笙、笛、節歌（鼓）、琴、瑟、琵琶、箏七種。」可見相和歌是指樂器中的管樂和弦樂並奏。而且余冠英也說：「相和歌本是一人唱，多人和的」。樂府詩集分相和歌爲九類（相和六引、相和曲、吟歎曲、四弦曲、平調曲、清調曲、瑟調曲、楚調曲、大曲）其實應爲四類（相和六引、相和歌、吟歎曲、四弦曲），其餘都屬清商曲。

這首詩的前三句是一人發聲獨唱，唱出了江南採蓮時的景況。江南採蓮或多在夏天的月夜。如子夜夏歌：「乘月採芙蓉，夜夜得蓮子。」在月色籠罩下，女子四、五人結伴同行，乘着小舟，穿梭在田田然的蓮葉之間，伏身採蓮時，撥弄得水中魚兒亂竄。於是大家一時興起，你一句，我一句，從東、南、西、北互相唱和。這不但可以排遣工作中的疲勞，還可以在月色中相互有個照應。

鷄鳴

鷄鳴高樹巔，狗吠深宮中①。
蕩子②何所之，天下方太平。
刑法非有貸③，柔協正亂名④。
黃金為君門，璧玉為軒堂⑤，
上有雙樽酒⑥，作使邯鄲倡⑦。
劉王碧青甓，後出郭門王⑧，
舍後有方池，池中雙鴛鴦⑨。
鴛鴦七十二，羅列自成行⑩。
鳴聲何啾啾⑪，聞我殿⑫東廂，

兄弟四五人，皆為侍中郎⑬，
五日一時來⑭，觀者滿路傍，
黃金絡馬頭，熲熲何煌煌⑮。
桃生露井⑯上，李樹生桃傍。
蟲來齧⑰桃根，李樹代桃殭⑱，
樹木身相代，兄弟還相忘。

【註釋】

① 鷄鳴高樹巔二句：巔是頂端。「鷄鳴狗吠」是一種政治極度安穩的景象。史記貨殖列傳：「老子曰：至治之極，鄰國相望，鷄狗之聲相聞。」又律書：「天下殷富，粟至十餘錢，鳴鷄吠狗，煙火萬里，可謂和樂者乎！」所以下文有「天下方太平」的句子相呼應。

② 蕩子：列子天瑞篇說：「有人去鄉土、離六親、廢家業、遊於四方而不歸者，何人哉！世必謂之為狂蕩之人矣。」則蕩子應指遊手好閒，不治生產的人。

③ 貸：猶言寬假，原有。

④ 柔協正亂名：柔協猶言柔服，謂以懷柔使之順服。正用為動詞，猶言制裁，亂名指違反國法。柔協和正亂名相對，是刑法上的兩種

不同功用。

⑤ 黃金爲君門二句：君卽上文之蕩子。璧一作碧。聞一多以爲作碧是，因爲黃金和碧玉對文，黃碧都是色彩。相逢行有「黃金爲君門，白玉爲君堂。」與此相似。軒下一本有闌字，非是。

⑥ 雙樽酒：雙樽意謂不止一樽。表示主人好客，日日飲宴。

⑦ 作使邯鄲倡：作使猶言役使。邯鄲本戰國時趙國的國都，相傳趙地多美女。倡同娼，指女樂。

⑧ 劉王碧青甓二句：劉王，朱乾說：「漢法：非劉氏者不王，故曰劉王。」所以劉王指漢同姓諸侯王。甓音ㄆㄧˋ，是甎的一種。碧青甓，聞一多以爲卽琉璃瓦。朱嘉徵說：「碧青甓，惟王家用之。」陳沆也說：「漢制，非劉氏不得王，故惟宗室王家得殿砌青甓。」郭門，諸侯宮室的外門。也稱「臯門」。詩大雅緜：「迺立臯門。」毛傳：「王之郭門曰臯門。」鄭箋：「諸侯之宮外門曰臯門。」郭門王指郭門外的侯王，謂異姓諸侯王也。此二句是說：原來只有劉姓諸侯王用的修建宮室碧青甓，後來連異姓諸侯王也用了。意在說明異姓諸侯王的僭侈無度。

⑨ 舍後有方池二句：舍指郭門王之舍。方是大的意思。鴛鴦是一種水禽，權貴家多蓄於池中以爲玩物。

⑩ 鴛鴦七十二句：西京雜記：「霍光園中鑿大池，植五色睡蓮，養鴛鴦三十六對，望之爛若披錦。」

⑪ 啾啾：象聲詞，鳥鳴聲。

⑫ 殿：大堂。古謂屋之高嚴（高大嚴整）者曰殿。

⑬ 兄弟四五人二句：侍中郎，官名。漢書百官

公卿表：「侍中，左右曹諸吏、散騎、中常侍，皆加官。」（即在原官之外特加的榮銜）錢大昕三史拾遺：「……衞青、霍去病、霍光、金日磾皆由侍中進，而權勢出宰相右。」而王莽的一家人，在漢成帝時，王商爲侍中中郎將，王鳳爲侍中衞尉，王音爲侍中太僕，王莽爲侍中騎都尉，都能出入宮禁。藉此可以了解到詩中主人公的身分地位。

⑭五日一時來：五日指休沐日。史記萬石張叔列傳：「建爲郎中令，每五日洗沐。」胡三省：「漢制：中朝官五日一下里舍休沐，三署諸郎亦然。」意謂每五日可以休假回私宅一次。一時謂同時。

⑮熲熲：熲音義同炯，形容火光明亮的樣子。何：猶今言「啊」。煌煌：光耀貌。

⑯露井：井上沒有覆蓋的。

⑰嚙：音ㄋㄧㄝ，噬、咬。

⑱李樹代桃殭：殭或作僵。此處意謂枯死。成語「李代桃殭」即出於此。

【語譯】

鷄在樹梢啼着，狗在深宮中叫着。

浪蕩的小子能往那裏呢？因爲現在正是天下太平。

刑法絕不寬貸，不是柔順就是以亂名正法。

黃金做成他的家門，碧玉做成高大的欄干。

堂上有成雙的酒樽，供他使喚的有邯鄲倡。

劉姓王爺的碧青甓，後來卻用在外姓王的郭門上。
房舍後有一方池塘，池中鴛鴦雙雙。
鴛鴦七十二隻，自動羅列成行。
叫聲啾啾然，直傳到大堂的東廂。
兄弟四、五人，都拜侍中郎，
每隔五天回鄉一次，圍觀的人站滿在路旁。
黃金鑲飾的絡頭，發出閃爍的亮光。
桃樹長在露井上，李樹長在桃樹旁。
蛀蟲來吃桃樹的根，李樹卻代桃樹枯殭。
樹木都尚能以身相代，兄弟卻彼此相忘。

【賞析】

樂府詩集收此詩在相和曲。有人以爲它是由三段不完整的作品聯綴拼湊而成（余冠英漢魏六朝詩論叢），主要在於詩的內容過於隱晦的緣故。而我們在了解這首詩的意思時，也可以分成三段來看。

第一段從「鷄鳴高樹巓」到「柔協正亂名」。寫天下太平之時，蕩子不應爲非作歹，因爲法律是絕不寬貸的。蕩子不是柔順馴服，就是被以亂名正法。這一段有勸戒的作用。第二段從「黃金爲君門」到「熲熲何煌煌」。寫外戚在貴幸後僭越奢侈的情形。第三段從「桃生露井上」到「兄弟還相忘」。寫皇家宗室替外戚貴族代罪的情形。

詩中「蕩子」或卽指外戚。因爲漢代有許多外戚大臣，如衞青、霍去病、霍光等，都是寒微出身，一旦得勢就變成新貴族，大肆奢侈淫靡，但又往往在短暫之間，卽得罪伏誅。所以詩中第一段卽對這些「蕩子」提出告戒。而且漢代帝王大多年幼卽位，卽位後又多所夭折，所以外戚的勢力一直很大，尤其漢成帝以後，外戚中王氏的勢力爲最熾，才會導致王莽的篡漢。詩中寫劉氏專用的碧靑甓，而今竟成爲郭門王所用，豈不是意味劉氏的社稷已被異姓外人所奪。所以清代的朱乾樂府正義和陳沆的詩比興箋都引用明、唐汝諤古詩解之說，據漢書元后傳史實，以此詩爲諷刺王莽陷害其諸父王仁和堂兄弟王立而作。然而李因篤和陳祚明又都以爲此詩必有所刺，只是所指何人，已難論定了。

這首詩在文字技巧上，有直接的鋪敍（如第二段），也有比興（第一、三段），尤其以「李代桃殭」點明了宗室為外戚代罪的比喻，最為生動。宗室與外戚之不同就猶如「桃」、「李」之互異，不過在平民的立場來看，他們皆為貴族，所以蛀蟲雖然是由「桃」（外戚）引來，卻使近傍的「李」（宗室）也蒙殭死。漢代宗室所以會淪亡的命運，也正如此。此段充滿警諭之意。

相逢行

相逢狹路間，道隘不容車。
不知何年少，夾轂問君家①。
君家誠易知，易知復難忘。
黃金為君門，白玉為君堂。
堂上置樽酒，作使邯鄲倡。
中庭②生桂樹，華燈何煌煌③！
兄弟兩三人，中子為侍郎④。
五日一來歸，道上自生光，
黃金絡馬頭，觀者盈道傍⑤。

入門時左顧，但見雙鴛鴦，
鴛鴦七十二，羅列自成行，
音聲何噰噰⑥，鶴鳴東西廂。
大婦織綺羅⑦；中婦織流黃⑧；
小婦無所為，挾瑟上高堂：
丈人且安坐，調絲方未央⑨。

【註釋】

① 不知何年少二句：「不知何年少」句也作「如何兩年少」。「轂」指車輪的中央部分。「夾轂」就是夾車。「君家」指詩中所敍之豪富之家。

② 中庭：即庭中。

③ 華燈何煌煌：華燈，指雕琢得極爲精巧而有光華的燈。楚辭招魂：「華燈錯些。」王逸注：「言燈錠盡雕琢錯鏤，飾設以禽獸，有英華也。」煌煌：燈火輝煌奪目貌。

④ 中子爲侍郎：中子猶第二子。「侍郎」，官名。據續漢書百官志，西漢成帝初，置尚書四人，分爲四曹。至漢光武時，改分爲六曹，每曹有侍郎六人，主作文書起草。此言兄弟三人之中，第二子爲侍郎。

⑤黃金絡馬頭二句：見前「鷄鳴」詩注。

⑥嚾嚾：象聲詞，形容衆鳥和鳴之聲。

⑦綺：說文：「文繒也。」段注：「謂繒之有文者。」繒就是綾，所以綺就是有細花的綾類。羅與綺相類而質較綺更爲輕軟。

⑧流黃：指雜色的絹類

⑨丈人且安坐二句：丈人是對公婆的尊稱，不專指男人。此詩的作者自擬小婦的語氣說話。「方未央」一作「未遽央」（聞一多樂府詩箋以作未遽央爲是）。「未遽央」爲漢時成語，與「未央」義同。猶今言「沒有完」、「未盡」之意。

【語譯】

彼此相逢在狹路之間，道路狹隘竟容不下車子。
不知何方來的少年，夾車探問君家。
君家實在容易辨識，認識後更不會淡忘。
黃金裝飾的君家大門，白玉綴砌的君家廳堂。
堂上放置着樽樽美酒，使喚的是邯鄲的妓倡。
庭中栽了芳香的桂樹，懸起的華燈閃爍輝煌。
兄弟兩三人，中子是侍郎。

每隔五日同鄉一次，道路都自生輝光，
黃金鑲製的絡頭，使圍觀的人滿盈路旁。
進了大門向左顧盼，只見一雙雙的鴛鴦，
鴛鴦有七十二，自動羅列排成行。
啼叫聲噰噰然，原來是鶴的鳴聲傳自東西廂房。
大媳婦編織綾羅，二媳婦編織流黃；
小媳婦無所事事，挾着琴瑟上了高堂：
「公婆且請安坐，絲弦還未調完。」

【賞析】

這首樂府古辭，最早見於玉臺新詠的收錄。郭茂倩樂府詩集收在相和歌的清調曲中。郭氏說：「一曰：相逢狹路間行，亦曰：長安有狹斜行。」不過樂府詩集中也收錄了一首「長安有狹斜行」，文字和此詩稍異。今抄錄於下：

長安有狹斜，狹斜不容車。
適逢兩少年，挾轂問君家。
君家新市傍，易知復難忘。
大子二千石，中子孝廉郎。
小子無官職，衣冠仕洛陽。
三子俱入室，室中自生光。
大婦織綺紵（一作羅），中婦織流黃，
小婦無所為，挾琴上高堂。
丈夫且徐徐，調絃詎未央。

應可以和此詩互補。郭氏又說：「樂府解題曰：古詞文意與鷄鳴曲同。」按「鷄鳴」本文引在此詩前，其中段確與此詩有相近之處。但兩詩旨意各異，鷄鳴意在諷諭，而此詩但有舖敍。樂府古辭中，句子重出的例子很多。如秦羅敷之見於「陌上桑」，也見於「

焦仲卿妻」即是。所以不能因此而說那一首是僞作。

這首詩是從「狹路相逢」引起，更自「黃金爲君門」以下大肆鋪敍豪富之家的奢侈華美。似是娛樂貴族宴飲作樂的詩歌。近人蕭滌非說：「黃金以下，似句句恭維，實句句奚落。」但依我看，全詩並無諷刺之意。

步出夏門行

邪徑過空廬，好人常獨居。
卒得神仙道，上與天相扶。
過謁王父母①，乃在太山隅，
離天四五里，道逢赤松②俱。
攬轡為我御，吾將上天遊。
天上何所有？歷歷種白榆③。
桂樹夾道生，青龍對伏趺。

【註釋】

① 王父母：謂東王公和西王母。神異經：「東荒山中有大石室，東王公居焉。長一丈，頭髮皓白，人形鳥面而虎尾，載一黑熊，左右顧望，恆與一玉女投壺，每投千二百矯，設有入不出者，天為之噫噓，矯出而脫悮不接者，天為之笑。」山海經西山經：「又西三百五十里曰玉山，是西王母所居也。西王母其狀如人，豹尾虎齒而善嘯，蓬髮戴勝。是司天之厲及五殘。」

② 赤松：即赤松子，古仙人。史記留侯世家索隱：「赤松子神農時雨師，能入火自燒。」

③ 白榆：白榆和下句之桂樹、青龍都是雙關語。它們皆是星名。

【語譯】

邪僻的小徑穿過一座空廬，好人常在此獨居。
終於修得成神仙之道，輕舉飛上了青天。
去拜謁東王父和西王母，就在太山的曲隅，
距離蒼天只有四、五里，在路上遇到了赤松一起去。
赤松拿着轡繩為我駕御，我將上天去遊戲。
天上究竟有什麼？種着整齊分明的白榆。
桂樹夾着道傍生長，青龍相對盤趺。

【賞析】

樂府詩集收此詩在相和歌辭的瑟調曲。這是一首敍述神仙思想的詩。漢代從武帝以後，神仙思想趨盛。按後漢書方術傳敍：「漢自武帝頗好方術，天下懷協道藝之士，莫不負策抵掌，順風而屆焉。後王莽矯用符命，光武尤信讖言，自是習爲內學。尙奇文，貴異數，不乏於時也。」漢代的這一類神仙詩即產生在此種背景之下。又後漢書百官志載洛陽城十二門，有夏門，此篇題爲「步出夏門行」當爲東漢時作。

詩中「好人」當有所指。他能虛徑空廬中獨居，想必是一位高士，所以下文才有「卒得神仙道」之語，至於詩中說東王父、西王母都居處太山之隅，赤松子爲之攬轡等都是幻想，本不可實求。「天上何所有，歷歷種白楡，桂樹夾道生，青龍對伏趺」四句寫天上情景，也見於「隴西行」。想必又是漢樂府詩中描寫天上景色的慣用詞句了。

豔歌行

南山石嵬嵬①，松柏何離離②。
上枝拂青雲，中心十數圍。
洛陽發中梁，松樹竊自悲。
斧鋸截是松，松樹東西摧。
特作四輪車，載至洛陽宮。
觀者莫不歎，問是何山材？
誰能刻鏤此，公輸與魯班③。
被之用丹漆④，薰用蘇合香⑤。
本自南山松，今為宮殿梁。

【註釋】

① 嵬嵬：音ㄨㄟ，高大貌。

② 離離：分披繁盛貌。

③ 公輸與魯班：公輸就是魯班，詩中爲了活用詞彙，當中加「與」字。孟子離婁：「離婁之明，公輸子之巧，不以規矩，不能成方圓。」朱熹集注：「公輸子名班，魯之巧人也。」但廣陽雜記則說：「世盡以公輸、魯班爲一人。閱太平廣記載，魯班敦煌人，莫詳年代，巧侔造紀。又六國時有公輸班，爲木鳶以窺宋城。似兩人，又古樂府：誰能刻鏤此，公輸與魯班，則明係兩人矣。」

④ 丹漆：紅色的油漆。

⑤ 蘇合香：一種落葉喬木，葉互生，掌狀分裂，有長柄，花小而單性，多數集生；由樹皮中提煉的油脂可以殺蟲，治疥癬，產於波斯等處。

【語譯】

南山的岩石嵗嵬，松柏竟長得枝葉披離。

樹梢的枝椏直拂青雲，樹的中心要十數人合圍。

洛陽的宮殿要起用一根中樑，松樹暗自悲傷。

斧斤刀鋸截斷了這株巨松，松樹被東西兩處摧折。

特別爲它做了四輪車，載到洛陽的宮中。

圍觀的人沒有不贊歎，都追問是那座山上的木材？

【賞析】

誰能刻鏤這塊巨木，只有公輸和魯班。
用丹漆把它塗上，用蘇合香來薰染。
本來是南山的巨松，如今變成了宮殿的大樑。

樂府詩集在相和歌辭瑟調曲中收錄「艷歌行」古辭凡二首，一首爲「翩翩堂前燕，冬藏夏來見。」是藉飛禽猶能冬藏夏來，知道適應環境以求生存之道，而諷刺人雖爲萬物之靈，反不如禽，以致兄弟兩三人，流宕在他縣。而本文所選是第二首。而這一首是藉南山的巨松被砍伐以爲洛陽宮殿的棟樑以悲歎身不由己的苦衷。這首詩的寓意，有些像莊子人間世中「此材之患」的寓言。我且抄在下面：

『南伯子綦遊乎商之丘，見大木焉有異，結駟千乘，隱將芘其所藾。子綦曰：「此何木也哉？此必有異材夫！」仰而視其細枝，則拳曲而不可以為棟梁；俯而視其大根，則軸解而不可以為棺槨；咶其葉，則口爛而傷；嗅之，則使人狂酲，三日而不已。子綦曰：「此果不材之木也，以至於此其大也。嗟乎神人，以此不材！」宋有荊氏者，宜楸柏桑。其拱把而上者，求狙猴之杙者斬之；三圍四圍，求高名之麗者斬之；七圍八圍，貴人富商之家求樿傍者斬之。故未終其天年，而中道夭於斧斤，此材之患也。』

所以詩中的南山松柏雖能爲棟樑之材，但從「松樹竊自悲」一句看來。作者對朝廷所用爲廊廟之材，實在並不覺得有可喜之處。

古歌

秋風蕭蕭愁殺人，出亦愁，入亦愁。
座中何人誰不懷憂？令我白頭。
胡地多飇風①，樹木何修修②！
離家日趨遠，衣帶日趨緩。
心思不能言，腸中車輪轉。

【註釋】

①飇風：暴風。

②修修：修是長的意思。修修是兩字連用以加强語氣。

【語譯】

蕭蕭然的秋風吹得人發愁，出門也愁，還鄉也愁。
座中那一個人能不滿懷思憂？令我白了頭。
胡地經常颳着暴風，樹木竟也長得修長！
離開家鄉一日比一日遙遠，衣帶也一天比一天鬆緩。
心中的憂思不能明言，腸中像車輪般旋轉。

【賞析】

這首詩不見於郭茂倩樂府詩集的收錄。沈德潛古詩源收錄在漢代詩歌之中。近人蕭滌非漢魏六朝樂府文學史則說：「然其本身卽爲一含有音樂性之文字，觀末二句與悲歌悉同，亦足證其出於樂府也。」按悲歌見於樂府詩集之雜曲歌辭。其辭曰：

「悲歌可以當泣，遠望可以當歸。思念故鄉，鬱鬱纍纍。欲歸家無人，欲渡河無船。心思不能言，腸中車輪轉。」

這兩首詩顯然都是寫遊子天涯之感的。而且「古歌」的情緒比之「悲歌」猶爲複雜。「悲歌」只在敍述離懷。而「古歌」更寫出羈旅在胡地，而且「離家日趨遠」，則其征途仍在繼續。又說「衣帶日趨緩」則其思念正方興未艾。

詩中「離家日趨遠，衣帶日趨緩」二句，也見於古詩十九首之「行行重行行」詩。唯古詩作「相去日已遠，衣帶日已緩」，文字略有不同，但遊子思鄉之情卻並無二致。想必同是東漢時之作。

力拔山操

力拔山兮氣蓋世，時不利兮騅①不逝。
騅不逝兮可奈何，虞②兮虞兮奈若何！

【註釋】

①騅：音ㄓㄨㄟ，蒼白雜色的馬。此謂項羽的座騎名。

②虞：指虞姬，是項羽的美人。

【語譯】

勇力能拔起山岳啊氣勢能掩蓋一世，
時勢對我不利啊騅騎卻不肯遠逝。
騅騎不肯遠逝啊又能奈何！
虞姬啊虞姬啊又能對妳奈何！

【賞析】

這首詩見錄於樂府詩集的琴曲歌辭。其實琴曲本是有聲無辭。所以樂府詩集中所錄歌辭，多來自史傳以及後人僞託。像這首「力拔山操」卽錄自史記項羽本紀。傳文載：

「項王軍壁垓下，兵少食盡。漢軍及諸侯兵圍之數重。夜聞漢軍四面皆楚歌。項王乃大驚曰：漢皆已得楚乎？是何楚人之多也。項王則夜起帳中，有美人名虞，常幸從。駿馬名騅，常騎之。於是項王乃悲歌忼慨。自為詩曰：（省略）歌數闋，美人和之。項王泣數行下。左右皆泣，莫能仰視。於是項王乃上馬騎，麾下壯士騎從者八百餘人，直夜潰圍，南出馳走……。」

這首歌文字雖然簡短，但項羽英雄末路的悲涼之慨卻流露無遺，無怪乎能使左右皆泣。

按樂府詩集說：「琴集有力拔山操，項羽所作也。近世又有虞美人曲，亦出於此。」

大風起①

大風起兮雲飛揚，
威加海內兮歸故鄉，
安得猛士兮守四方。

【註釋】

① 大風起：詩紀卷一作「大風歌」。注：「一作三侯之章」。

【語譯】

大風吹起啊雲彩飛揚，
聲威施布海內啊還歸故鄉，
如何求得猛士啊鎮守四方。

【賞析】

這首詩也見錄於樂府詩集的琴曲歌辭。琴操中有「大風起」，漢高帝所作。據史記高祖本紀載：「十二年十月高祖已擊布軍會甄，布走，令別將追之。高祖還歸過沛，留置酒沛宮，悉召故人父老子弟縱酒。發沛中兒得百二十人，教之歌，酒酣，高祖擊筑，自爲歌。詩曰：（省略）令兒皆和習之。高祖乃起舞，慷慨傷懷，泣數行下……。」

李善文選注：「風起雲飛以喻羣兇競逐，而天下亂也。威加四海言已靜也。夫安不忘危，故思猛士以鎮之。」全詩雖然短短三句，每句押韻，句中用「兮」字是典型的楚歌體。內容卻反映出開國之君的氣度與威嚴。

漢書禮樂志說：「至孝惠時，以沛宮爲原廟，令歌兒習吹以相和，常以百二十人爲員。」即本於此。

昭君怨

秋木萋萋①，其葉萎黃。
有鳥②處山，集于苞桑③。
養育毛羽，形容生光。
既得升雲，上遊曲房④。
離宮絕曠，身體摧藏⑤。
志念抑沉，不得頡頏⑥。
雖得委食，心有徊徨⑦。
我獨伊何，改往變常。
翩翩之燕，遠集西羌⑧。

高山峨峨⑨，河水泱泱⑩。
父兮母兮，道里悠長。
嗚呼哀哉，憂心惻傷。

【註釋】

① 萋萋：同悽悽。悽涼貌。

② 鳥：是昭君自比。楚辭九章抽思：「有鳥自南兮，來集漢北。」鳥卽屈原自比。

③ 苞桑：苞，茂也。詩唐風鴇羽：「肅肅鴇行，集於苞桑。」屈翼鵬詩經釋義：「苞，茂也。」

④ 曲房：指密室。枚乘七發：「徑來游讌，縱恣于曲房隱間之中。」

⑤ 離宮絕曠二句：離宮，古帝王出巡之行宮。絕曠，絕，極甚的意思。曠，隔絕。絕曠就是非常隔絕。摧藏，摧折隱藏。

⑥ 頡頏：音ㄒㄧㄝㄏㄤ。飛上爲頡，飛下叫頏。頡頏卽鳥飛貌。

⑦ 徊徨：猶徘徊、彷徨。

⑧ 翩翩之燕二句：翩翩，鳥飛輕疾貌。燕，詩中指昭君。西羌，舊稱西戎的種族謂西羌。

⑨ 峨峨：高貌。

⑩ 泱泱：宏大深廣貌。

【語譯】

秋天的樹木悽涼，樹葉已枯萎變黃。

【賞析】

有隻鳥深處在山中，棲集在茂密桑樹上。
滋養蘊育着羽毛，外形容貌散出輝光。
既能飛升雲端，而上天遊戲於曲房。
天子的別宮非常遠曠，使牠的身體摧損潛藏。
心志和意念都壓抑沉鬱，從此不能任意飛翔。
雖然有豐富的食糧，心中卻徘徊彷徨。
我的命運何獨偏蹇，過去的美好全被改換。
翩翩然飛翔的燕子，遠集到西羌。
到處是峨峨的高山，河中的流水盪漾。
父親啊母親啊，我還鄉的道路悠長。
嗚呼哀哉，憂思的心情使我痛傷。

樂府詩集引樂府解題說：「王嬙，字昭君，齊國王穰女。端正閑麗，未嘗窺門戶。

穰以其有異於人，求之者皆不與。年十七，獻之元帝。元帝以地遠不之幸，以備後宮。積五六年，帝每遊後宮，常怨不出。後單于遣使朝貢，帝宴之，盡召後宮。昭君盛飾而至，帝問欲以一女賜單于，能者往。昭君乃越席請行。時單于使在旁，驚恨不及。昭君至匈奴，單于大悅，以爲漢與我厚，縱酒作樂。遣使報漢，白璧一隻，騵馬十匹，胡地珍寶之物。昭君恨帝始不見遇，乃作怨思之歌。單于死，子世達立，昭君謂之曰：『爲胡者妻母，爲秦者更娶。』世達曰：『欲作胡禮。』昭君乃呑藥而死。」

據漢書匈奴傳下所載：「竟寧元年，單于復入朝，禮賜如初，加衣服錦帛絮皆倍於黃龍時。單于自言願壻漢氏以自親，元帝以後宮良家子王嬙字昭君，賜單于。單于驩，上書願保塞上谷以西至敦煌……。」又說：「單于（呼韓邪）固請不能得，而歸王昭君，號寧胡閼氏，生一男……。」又說：「呼韓邪死，雕陶莫皐立，爲復株絫若鞮單于……復妻王昭君，生二女……。」都未提及昭君呑藥而死之事。又後漢書南匈奴傳載：「昭君，字嬙，南郡人。初，元帝時，以良家子選入掖庭。時呼韓邪來朝，帝敕以宮女五人賜之。昭君入宮數歲，不得見御，積悲怨，乃請掖庭令求行。呼韓邪臨辭大會，帝召五女以示之；昭君豐容靚飾，光明漢宮，顧景裴回，竦動左右。帝見大驚，意欲留之，而難于失信，遂與匈奴。及呼韓邪死，其前閼氏子代立，欲妻之，昭君上書求歸，成帝敕令從胡俗，遂復爲後單于閼氏。」也未見吞藥而死之事。

及至西京雜記，敷演爲甚。說：

「元帝後宮既多，不得常見，乃使畫工圖形，按圖召幸之。諸宮人皆賂畫工，多者十萬，少者亦不減五萬，獨王嫱不肯，遂不得見。匈奴入朝，求美人為閼氏；於是上按圖，以昭君行。及去召見，貌為後宮第一，善應對，舉止閑雅；帝悔之，而名籍已定，帝重信於外國，故不復更人。乃窮案其事，畫工皆棄市，籍其家貲皆巨萬。畫工有杜陵毛延壽，為人形，醜好老人，必得其真。安陵陳敞，新豐劉白、龔寬並工為牛馬飛鳥衆勢，人形好醜，不逮延壽。下杜陽望亦善畫，尤善布色，樊育亦善布色，同日棄市。京師畫工，於是差稀。又琴操云：『（嫱）本齊國王穰女，端正閑麗，未嘗窺看門戶，穰以其異，人求之不與。年十七，進之，帝以地遠不幸，欲賜單于美人，嬙對使者越席請往，後不妻其子，呑藥而卒。』所記與前後漢書不同，則是後人曲為之諱，自當以正史為準也。」

到元代馬致遠更撰寫爲「漢宮秋」一劇，遂使故事廣布民間，成爲家喻戶曉之韻事。

此詩「昭君怨」卽敍述昭君生平事蹟，共三段，每八句爲一段。第一段寫昭君年幼時卽異於常人，十七歲，獻之元帝，詩中「既得升雲，上遊曲房」卽指此。第二段寫昭君雖入後宮，但不爲元帝所幸。第三段寫昭君入匈奴和番。詩中「翩翩之燕」卽指昭君，「西羌」卽指匈奴。以下六句則寫胡地景物及思念父母、故鄉之心情。

琴曲歌辭皆自本傳中錄出，此首顯係後人託事以僞作。

枯魚過河泣

枯魚①過河泣，何時悔復及。
作書與魴鱮②，相教慎出入。

【註釋】

① 枯魚：魚不得水枯乾而死。莊子外物：「曾不如早索我於枯魚之肆。」

② 魴鱮：魴音ㄈㄤ。是一種赤尾魚。體廣而薄肥、鱗細、色青白、味美。鱮音ㄩˇ。似魴而弱鱗。即鰱魚。詩・齊風・敝笱：「敝笱在梁，其魚魴鱮。」

【語譯】

枯魚越了河時只有哭泣，何時後悔才能來得及。寫封信給魴魚和鱮魚，告訴他們要小心出入。

【賞析】

這是一首寓言詩。假設枯魚對己身的追悔以規勸朋友謹於立身處世。張蔭嘉古詩賞析說：「此罹禍者規友之詩，出入不謹，後悔何及？卻現枯魚身而爲說法。」

蕭滌非引後漢書陳留老父傳：「桓帝世黨錮事起，守外黃令陳留張升，去官歸鄉里，道逢友人，共班草而言。升曰：吾聞趙殺鳴犢，孔子臨河而返，覆巢竭淵，龍鳳逝而不至。今宦豎日亂，陷害忠良，賢人君子，其去朝乎？夫德之不建，人之無援，將性命之不免，奈何？因相抱而泣。老父趨而過之曰：吁！二大夫何泣之悲也。夫龍不隱鱗，鳳不藏羽，網羅高懸，去將安所？雖泣，何及乎？」與詩的內容有相近處，遂以爲「諸寓言之作，其當桓靈之日，黨錮之世乎。要其爲亂世之音，固無可疑者。」

同聲歌

張衡

邂逅承際會，得充君後房①。
情好新交接，恐慄若探湯②。
不才勉自竭，賤妾職所當。
綢繆主中饋，奉禮助蒸嘗③。
思為莞蒻席④，在下蔽匡牀⑤；
願為羅衾幬⑥，在上衛風霜。
洒掃清枕席，鞮芬以狄香⑦。
重戶結金扃⑧，高下華燈光。
衣解巾粉御⑨，列圖陳枕張。

素女⑩為我師，儀態盈萬方。
衆夫所希見，天老教軒皇⑪。
樂莫斯夜樂，沒齒焉可忘。

【註釋】

① 邂逅承際會二句：邂逅音ㄒㄧㄝㄏㄡˋ。猶言不期而會。際會，猶言遇合。後房，謂姬妾所居。

② 探湯：以指試湯，形容戒懼貌。

③ 綢繆主中饋二句：綢繆音ㄔㄡˊㄇㄡˊ。猶纏綿。李陵詩：「與子結綢繆。」中饋，謂婦人在家，主飲食之事。蒸、嘗皆饋中家事。此二句在說明婦人辛勤以禮操持家務。

④ 莞蒻席：莞音ㄏㄨㄢ。一種莎草科植物，生於沼澤或水田，莖可織席，一名白蒲。蒻音ㄖㄨㄛ。也卽蒲子。莞蒻席是用莞蒻編織的席子。

⑤ 匡牀：牀之安舒者。

⑥ 羅衾幬：羅，輕軟而有疏孔之絲織物。玉篇：「衾大被也。」爾雅：「幬謂之帳。」「羅衾幬」是絲羅織成的被子和帳子。

⑦ 鞮：音ㄉㄧ，革履。狄香：夷狄之香。全句意謂用夷狄之香薰革履，使之芬香。

⑧ 重戶：門有數重。金扃：金飾的門戶。

⑨ 御：用。

⑩ 素女：隋書經籍志載素女方一卷，素女經一卷。素女指善房中術者。

⑪ 天老教軒皇：天老，黃帝的臣子。著有天老雜子陰道二十五卷。軒皇就是黃帝。

【語譯】

只因邂逅而相遇，能夠成爲您的姬妾。
情感的篤恰有如新知，恐懼的心情像用手指探湯。
雖無才幹勉勵盡力，這是賤妾職責所應當。
辛勤地操持家事，奉守禮節以事蒸炊煮嘗。
願成爲莞蒻的席子，在下覆蓋了安舒的匡牀；
願成爲羅織的衾帳，在上抵擋風霜。
用洒掃以清理枕席，用狄香薰得革履芬芳。
重重的門戶聯結了金飾的窗扃，高處低處都是花燈的輝光。
解下了衣裳施用巾帕和脂粉，依着圖畫舖張臥枕。
素女是我的老師，她教了我儀態萬方。
是大衆所罕見，是天老教給軒皇。
再也不會比今夜更歡樂，縱老去也不會遺忘。

【賞析】

此詩最早見於玉臺新詠。而文心雕龍明詩篇有「至於張衡怨篇，淸典可味。仙詩緩歌，雅有新聲。」其中所謂「仙詩」當卽指同聲歌而言。因爲詩中提到了素女、天老之事。就詩的內容看，是作者假設婦人口吻，取悅於夫君的詩，不過也有比附爲臣子事君之作。如樂府解題說：「同聲歌，漢張衡所作也。言婦人自謂幸得充閨房，願勉供婦職，不離君子。思爲莞簟，在下以蔽匡牀；衾裯，在上以護霜露。繾綣枕席，沒齒不忘焉。以喻臣子之事君也。」

但詩篇自「衣解巾粉御」以下，皆寫房中之事，而素女經、素女方以及天老雜子陰道諸書也皆言閨房之事。顯然在漢人觀念中，此也屬神仙之事。此種觀念猶存於唐代，唐人往往慣稱妓爲仙。如張鷟之遊仙窟，卽是仙妓不分觀念下的作品。

又詩中「思爲莞蒻席，在下蔽匡牀，願爲羅衾幬，在上衛風霜」四句，影響到晉代陶淵明的閑情賦之作。按陶賦有「願在衣而爲領，承華首之餘芳。願在絲而爲履，附素足以周旋。……」等句，和同聲歌有相似之處。

卷二

魏代樂府

短歌行

曹操

對酒當歌，人生幾何！
譬如朝露，去日苦多。
慨當以慷，憂思難忘。
何以解憂？惟有杜康①。
青青子衿，悠悠我心②。
但為君故，沈吟至今。
呦呦鹿鳴，食野之苹。
我有嘉賓，鼓瑟吹笙③。
明明如月，何時可掇④？

憂從中來，不可斷絕。
越陌度阡，枉用相存，
契闊談讌，心念舊恩。
月明星稀，烏鵲南飛。
繞樹三匝，何枝可依？
山不厭高，水不厭深，
周公吐哺，天下歸心⑤。

【註釋】

① 杜康：人名，博物志以為周代人，善造酒。

② 青青子衿二句：語出詩經鄭風子衿。毛傳：「青衿，學領也，學子之所服。」箋：「學子而俱在學校之中，己留而彼去，故隨而思之耳。」此處指作者急於覓求的人才。

③ 呦呦鹿鳴四句：語出詩經小雅鹿鳴。毛傳：「苹，萍也。鹿得萍，呦呦然鳴而相呼，懇誠發乎中，以興嘉樂賓客，當有懇誠相招呼以成禮也。」

④ 掇：音ㄉㄨㄛ，拾取。一本作輟。

⑤ 周公吐哺二句：史記魯世家：周公戒伯禽曰：「我一沐三握髮，一飯三吐哺，起以待士

，猶恐失天下之賢人。子之魯，愼無以國驕人。」漢樂府相和平調君子行也有「周公下白屋，吐哺不及餐，一沐三握髮，後世稱聖賢。」與此義同。

【語譯】

面對着美酒而高歌，人的生命有幾何！
它譬如是朝露，逝去的日子中悲苦爲多。
且慨歎而慷喟，憂愁的思緒難以遺忘。
用什麼能解憂？只有問造酒的杜康。
青色的衣領，悠悠縈廻着我心，
只爲了您的緣故，使我沉吟至今。
呦呦然鳴叫的鹿，吃着郊野上的浮萍，
我有嘉美的貴賓，鼓起了瑟吹起了笙。
皎潔明朗如月，何時才能被我取掇？
憂愁從中襲來，不能斷絕。

越度了重重阡陌，何須要相互存問，
雖久別了談讌，心中仍念着舊恩。
月色明朗星星依稀，烏鵲向着南方翔飛，
牠已繞樹飛了三匝，不知那個枝椏才是歸依？
山不會在乎有多高，水不會厭棄能更深，
周公一餐三吐哺，終使天下的賢士歸心。

【賞　析】

短歌行原爲清商曲辭平調曲中的一種。古今樂錄說：「王僧虔大明三年宴樂技錄，平調有七曲：一曰長歌行，二曰短歌行，三曰猛虎行，四曰君子行，五曰燕歌行，六曰從軍行，七曰鞠歌行。」不過短歌行古辭已亡佚，此爲魏武帝之擬作。

蕭滌非漢魏六朝樂府文學史說：「此篇大意，似在延攬人才。曰但爲君故，念人才也。曰何時可掇，言人才之不易得也。曰何枝可依，喩賢者之擇主而仕也。末以周公自比，始說出本意。」對此詩的內容見的眞切。因爲曹操身當擾攘之世，對人才之要求至爲迫切，所以他先後有求逸才令，求才不拘品行令的頒行。雖然他這種唯才是用的做法，嚴重的破壞了東漢以來，文士間培養的氣節，但卻也是開國之君不得已的做法。而這首「短歌行」最能表現出他這種心境。

這首詩雖然充滿了人生如寄的慨歎，及時行樂的悲觀色彩。但也流露出曹操的英雄氣魄，遠大的理想與抱負。所以此首詩套用成典，卻自然不粘滯，造境雄偉，音調壯闊而不覺做作，這恐怕就得力於詩境與作者心境的能夠契合無間吧！

苦寒行

曹　操

北上太行山①，艱哉何巍巍②！
羊腸坂詰屈③，車輪為之摧。
樹木何蕭瑟，北風聲正悲。
熊羆對我蹲④，虎豹夾路啼。
谿谷少人民，雪落何霏霏⑤！
延頸長歎息，遠行多所懷。
我心何怫鬱⑥，思欲一東歸⑦。
水深橋樑絕，中路正徘徊。
迷惑失故路，薄暮無宿棲，

行行日已遠，人馬同時飢。
擔囊行取薪，斧冰持作糜，
悲彼東山詩⑧，悠悠令我哀。

【註　釋】

① 太行山：起自今河南濟源縣，北入山西，再經河南入河北。此詩係曹操自鄴城（今河北臨漳縣西）西北度太行山去攻打高幹所在的壺關（今山西長治東南），所以稱「北上太行山」。
② 巍巍：高峻貌。
③ 羊腸坂：地名。在壺關東南。坂是斜坡。詰屈，盤旋紆曲。
④ 羆：音ㄆㄧˊ，是一種大熊，也叫人熊。蹲：虛坐而隨時待機而動。
⑤ 霏霏：下雪貌。
⑥ 怫鬱：憂愁不安。
⑦ 東歸：曹操是譙郡（今安徽亳縣）人，所以東歸之處當指他的故鄉譙郡而言。
⑧ 東山：詩經豳風篇名。這是一首描寫久戍士卒在還鄉途中思念家鄉的詩。詩序說：「東山，周公東征也。周公東征三年而歸，勞歸，士大夫美之，故作是詩也。」此處曹操以周公自比。

【語 譯】

往北方登上了太行山，艱困啊山勢竟如此的危險！
羊腸坂的盤旋紆曲，把車輪都折摧。
樹木淒涼蕭瑟，北風呼聲正悲。
熊羆對着我蹲伏，虎豹夾路吼啼。
溪谷中少有行人，大雪竟不停的紛飛！
延頸四望而長聲歎息，遠行在外總多悲懷。
我心竟忍不住的悲愁，一心想着東歸。
可惜水深橋樑又斷絕，只得在中途徘徊。
迷惑中失去了舊路，薄暮時還不能宿棲，
走着走着一日遠過一日，人和馬都同時感到疲飢。
挑着行囊去拾取薪柴，鑿下冰塊帶回來煮粥糜，
文辭悲傷的東山詩，觸動了我心中深長的苦哀。

【賞析】

苦寒行本屬相和歌辭中之清調曲。不過古辭已亡佚。此爲魏武帝所作本辭。它和晉樂所奏之樂曲文字略有不同。樂府解題說：「晉樂奏魏武帝『北上篇』，備言冰雪溪谷之苦。其後或謂之『北上行』，蓋因武帝辭而擬之也。」如唐李白「北上何所苦」一首即題名「北上行」。

此詩大概作於建安十一年（西元二〇六）春正月，征高幹時（本何焯義門讀書記）。據三國志武帝紀載：「（建安十年冬十月）公還鄴。初，袁紹以甥高幹領并州牧。公之拔鄴，幹降，遂以爲刺史。幹聞公討烏丸，乃以州叛，執上黨太守，舉兵守壺關口。遣樂進、李典擊之。幹還守壺關城。十一年春正月，公征幹。……公圍壺關，三月拔之。」

全詩對士卒行軍時的艱辛描寫得十分細膩，而且一氣呵成。但爲了便於了解詩意，可以把它分成兩部分。前十句爲一段，寫行軍時的實際險危，如太行山的巍巍，摧折車輪的詰屈羊腸坂，樹木的蕭瑟，北風的呼號，沿途的熊羆虎豹，谿谷中的人煙寥落和滿天紛飛的雪花。而後半段則是虛寫，寫內心的感觸，寫思鄉的情切。所以詩中「水深橋樑絕，中路正徘徊」和「迷惑失故路，薄暮無宿棲」等都不是實景，「水深橋樑絕」、「迷惑失故路」在表示欲歸不得的意思。而「擔囊行取薪，斧冰持作糜」二句則是表示行軍之苦，也未必一定是實寫。至於結束時的「東山詩」則寫出了作者急切盼望天下太平的胸襟。詩序說：「周公東征而歸，勞歸，士大夫美之，而作東山詩。」則東山之作已經在歸鄉之後，而曹操作此詩則正在征高幹之時，從征戍中想到了歸鄉後的歡悅，反足以觸動更深更長的哀痛之情。

却東西門行

曹操

鴻雁出塞北，乃在無人鄉。
舉翅萬餘里，行止①自成行。
冬節食南稻，春日復北翔。
田中有轉蓬②，隨風遠飄揚。
長與故根絶，萬歲不相當③。
奈何此征夫，安得去四方？
戎馬不解鞍，鎧甲不離傍。
冉冉老將至④，何時反故鄉？
神龍藏深泉⑤，猛獸步高岡。

狐死歸首丘⑥，故鄉安可望。

【註釋】

① 行止：謂飛行和棲止。

② 蓬：植物名。也稱飛蓬，屬菊科，多年生草木。莖高尺餘，葉頗似柳葉，秋日開黃花。俾雅：「蓬，末大於本，遇風則拔而旋。」所以稱轉蓬。古詩中常用來譬喻征人游子離鄉別井，在外飄泊。

③ 當：值、遇。

④ 冉冉老將至：此句本離騷：「老冉冉其將至兮」句變化而成。

⑤ 深泉：黃節說：「泉當作淵，避唐諱（唐高祖名淵）改。」

⑥ 狐死歸首丘：禮記檀弓：「古之人有言曰：『狐死正首丘』，仁也。」孔疏：「所以正首而嚮丘者，丘是狐窟穴根本之處，雖狼狽而死，意猶嚮此丘。」亦見淮南子說林：「鳥飛反鄉，兎走歸窟，狐死首丘。」楚辭哀郢：「鳥飛反故鄉兮，狐死必首丘。」

【語譯】

鴻雁來自塞北，那兒原是無人的窮鄉。

高展雙翅飛了萬餘里，飛行和棲止時自行排列成行。

【賞　析】

多季時吃南方米稻，春天時又再飛回北方。
田野中有片轉動的飛蓬，隨着風勢向遠方飄揚，
長久與本根隔絕，千年萬歲也不能再相逢。
如何才能使這位征夫，拋去了遊蕩四方？
戰馬解不下坐鞍，鎧甲離不開身傍，
漸漸地即將老邁，何時才能返回故鄉？
神龍潛藏在深淵，猛獸步行在高岡，
狐死了必把頭朝向丘穴，此時的故鄉又安能盼望。

本篇屬相和歌辭瑟調曲，爲魏、晉樂所奏。余冠英三曹詩選說：「樂府有東門行、西門行，又有東西門行。東西門行大約是合併東門行和西門行的調子。曹操此題作卻東西門行，後來陸機又有順東西門行，卻和順有人以爲是倒唱和順唱之別，這些都是樂調的變化。」

這首詩在描寫征夫長久征役後的懷鄉之情，也是作者的自傷之作。首句的「鴻雁」就是作者自況。七句的「轉蓬」也是作者的借喻。全詩在創作的程序上可以分成兩部分。自「鴻雁出塞北」到「萬歲不相當」，是用譬喻手法寫征夫的孤獨、飄泊。到「奈何此征夫」句，才開始明寫征夫的思鄉之情。末後更用「老之將至」道出了歲月的無情流逝，用「神龍藏深泉」、「猛獸步高岡」寫出了萬物各得其所，用「狐死歸首丘」點明了歸鄉的無望。全詩充滿了征戍的淒苦，是一首厭戰情緒極濃的怨詩。

古詩中用「鴻雁」、「轉蓬」以自況的詩很多，而曹植的吁嗟篇中對「轉蓬」的無依感描寫得最爲生動，現抄在下面：

吁嗟此轉蓬，居世何獨然？長去本根逝，宿夜無休閒。東西經七陌，南北越九阡。卒遇回風起，吹我入雲間。自謂終天路，忽然下沉泉。驚飇接我出，故歸彼中田。當南而更北，謂東而反西。宕宕當何依，忽亡而復存。飄颻周八澤，連翩歷五山。流轉無恆處，誰知吾苦艱？願為中林草，秋隨夜火燔。糜滅豈不痛，願與根荄連。

蒿里行

曹操

關東有義士，興兵討羣凶①。
初期會盟津②，乃心在咸陽③。
軍合力不齊，躊躇④而雁行⑤。
勢利使人爭，嗣還⑥自相戕。
淮南弟稱號，刻璽於北方⑦。
鎧甲生蟣蝨，萬姓以死亡。
白骨露於野，千里無鷄鳴。
生民百遺一，念之斷人腸。

【註釋】

① 關東有義士二句：關東謂函谷關以東。義士指討伐董卓的諸州郡首領。羣凶指董卓等。

② 盟津：盟、孟古通用。盟津卽孟津，在今河南孟縣南，是當時討董諸軍會合的地方。

③ 咸陽：在今陝西咸陽縣東，原是秦都城。此借指長安王室，當時獻帝在長安。「乃心在咸陽」是用尚書康王之誥：「雖爾身在外，乃心罔不在王室」句變化而來。後世稱忠於國事謂「乃心王室」。

④ 躊躇：猶豫不前。

⑤ 雁行：飛雁的行列。此喻軍隊列陣以待。

⑥ 嗣還：後來不久。

⑦ 淮南弟稱號二句：淮南，今安徽壽縣。弟指袁紹從弟袁術。上句指建安二年（西元一九七）袁術在壽春稱帝號事。璽是皇帝的玉印。下句指初平二年（西元一九一）袁紹謀廢獻帝，立幽州牧劉虞事。

【語譯】

關東有許多義士，興兵征討羣凶，
最初期盼能會聚在孟津，一心爲王室着想，
軍隊雖集合但力量並不齊一，只得猶豫不前而列陣似雁行。
勢利使人爭鬭，不久又自相戕傷。

淮南袁術的弟弟篡稱帝號，刻了玉璽稱王在北方。

鎧甲中長了蟣蝨，百姓都因戰爭而死亡。

白骨暴露在原野，方圓千里內聽不到鷄鳴。

生民百不遺一，想到這些就令人寸斷柔腸。

【賞析】

此篇屬相和歌的相和曲。樂府詩集收古辭「蒿里」之辭爲：「蒿里誰家地，聚歛魂魄無賢愚。鬼伯一何相催促，人命不得少踟躕。」所謂「蒿里」和「薤露」都是喪歌。崔豹古今注說：「薤露、蒿里泣喪歌也。本出田橫門人，橫自殺，門人傷之，爲作悲歌。言人命奄息，如薤上之露，易晞滅也，亦謂人死魂魄歸於蒿里。至漢武帝時，李延年分爲二曲，薤露送王公貴人，蒿里送士大夫庶人，使挽柩者歌之，亦謂之挽歌。」

曹操此篇取古樂府名，而實爲魏樂所奏。內容寫漢末羣雄並起，征戰奪權的情形。所以鍾惺說：「漢末實錄，眞詩史也。」

本詩所敍史事，當在初平元年（西元一九〇）春，關東各州郡都起兵討伐董卓，推渤海太守袁紹爲盟主。董卓遂焚掠洛陽，挾持獻帝遷都長安，自留屯洛陽畢圭苑中。但關東州郡都各有打算，觀望不前，甚至互相火拼，以擴大自己勢力。這就是詩中所說的「關東有義士，興兵討羣凶。初期會盟津，乃心在咸陽。軍合力不齊，躊躇而雁行。勢利使人爭，嗣還自相戕。」等句。

初平二年（西元一九一），袁紹謀廢獻帝，立幽州劉虞。據獻帝起居注：「公（指曹操）上言：大將軍鄴侯袁紹，前與冀州牧韓馥，立故大司馬劉虞，刻作金璽。……又紹與臣書云：『可都鄄城，當有所立』。擅鑄金銀印，孝廉計吏，皆往詣紹。」此即詩所謂「淮南弟稱號，刻璽於北方」。

詩自「鎧甲生蟣蝨」以下，則盡寫征戰之事。這種內戰並無嚴正之歷史使命與目的，只是貪圖個人一得之利而已，即如詩上所說，皆在於「勢利使人爭」。以此竟招致生民塗炭，白骨露野，這種情形，怎能不令作者爲之「斷腸」呢？

燕歌行

曹丕

秋風蕭瑟①天氣涼，草木搖落露為霜。
羣燕辭歸鵠②南翔，念吾客遊多思腸③。
慊慊④思歸戀故鄉，君何淹留⑤寄他方。
賤妾煢煢⑥守空房，憂來思君不敢忘。
不覺淚下霑衣裳，援瑟鳴絃發清商⑦。
短歌微吟不能長，明月皎皎照我牀⑧。
星漢西流夜未央⑨，牽牛織女遙相望⑩，
爾獨何辜限河梁⑪？

【註釋】

① 蕭瑟：風聲。

② 鵠：天鵝。一作雁。

③ 多思腸：一作思斷腸。

④ 慊慊：恨貌、不滿貌。

⑤ 君何：一作何爲。淹留：久留。

⑥ 煢煢：孤單貌。

⑦ 援瑟句：援，取。清商，樂調名。吳淇六朝選詩定論：「歌不能長者，爲琴所限也。古人多以歌配絃，不似今人專鼓不歌。所謂聲依永也。……琴絃僅七，……故正調之外，或縵（慢）或緊，其絃因有四調：曰縵宮，曰縵角，曰緊羽，曰清商。……（清商）其節極短促，其音極纖微。長謳曼詠，不能逐焉。故云（不能長）。」

⑧ 明月句：古詩有「明月何皎皎，照我羅牀帷」句，當卽其所本。

⑨ 星漢句：星漢泛指衆星及天河。沈約夜夜曲有：「河漢縱且橫，北斗橫復直，星漢空如此，寧知心有憶。」夜未央，詩小雅庭燎：「夜如何其？夜未央。」未央猶未半。

⑩ 牽牛句：牽牛卽河鼓星。在銀河南。織女卽織女星，在銀河北，與牽牛相對。荊楚歲時記說：「七月七日，爲牽牛織女聚會之夜。是夕。人家婦女結綵縷，穿七孔針，或以金銀鍮石爲針，陳几筵酒，脯瓜果於庭中，以乞巧，有喜子網瓜上，則以爲符應。」

⑪ 爾獨句：爾指牽牛、織女。何辜謂有何罪過。限河梁謂被河梁所限。

【語譯】

刮起蕭瑟秋風天氣已轉涼，草木零落露水結成寒霜。

羣燕已歸去大雁也南翔，想到我仍客遊在外不禁斷腸。
滿懷思歸怨恨依戀着故鄉，你爲何久留託寄他方。
使妻子孤單地獨守空房，憂愁襲來思念你不敢或忘。
不覺眼淚流下霑濕了衣裳，提瑟撥絃發出樂調清商。
短急的歌調只能輕吟不能長唱，皎潔的明月照我寢牀。
星河已西移時已夜半，牽牛和織女遙遙相望，
你倆犯了什麼罪必須限之以河梁？

【賞析】

本篇屬相和歌平調曲。樂府廣題說：「燕，地名也，言良人從役於燕，而爲此曲。」朱乾樂府正義則以爲燕歌行和齊謳行、吳趨行、會吟行一樣，題中地名主要表示聲音的地方特點。後世聲音失傳，就只用來寫各地風土人情了。漢末魏初因遼東、遼西爲慕容（指鮮卑族）所居，地遠勢偏，征戍不絕，所以本題與齊謳諸行有所不同，多作離別之辭。

本篇的內容在寫婦人在秋夜中思念遠方久留不歸的丈夫，詩中前兩句寫秋景以勾起作者悲涼情懷。第三句用「羣燕」、「鴻鵠」的南歸，引發下文接連三句，皆爲婦人對久居在外丈夫的思念。「賤妾煢煢守空房」以下直到結束，寫盡了婦人內心的寂寞、孤獨與期盼的心境。作者曹丕能把婦人心緒寫得如此細膩，自有匠心獨運之處。

相傳這首「燕歌行」是現今所能見到最古最完整的七言詩。文學史家都把七言詩的成熟期，定在曹丕的燕歌行之作。

善哉行

曹丕

上山採薇，薄暮苦飢。
溪谷多風，霜露沾衣。
野雉羣雊①，猿猴相追。
還望故鄉，鬱何壘壘②！
高山有崖，林木有枝。
憂來無方，人莫之知。
人生如寄，多憂何為！
今我不樂，歲月其馳。
湯湯③川流，中有行舟，

隨波轉薄④，有似客遊。
策我良馬，被我輕裘。
載馳載驅⑤，聊以忘憂。

【註釋】

① 雊：音ㄍㄡ。雉叫聲。
② 鬱：猶鬱鬱，林木茂盛貌。壘壘：相次貌。蓋指山陵而言。
③ 湯湯：湯音ㄕㄤ。湯湯，水流貌。
④ 轉薄：文選作「廻轉」。薄通泊，止也。
⑤ 載……載：猶且……且。

【語譯】

爬上山去採擷薇菜，只因傍晚時苦於餓飢，
溪谷中經常刮風，寒霜露水沾濕了衫衣。
野雉羣起鳴叫，猿猴相互追戲。
回頭眺望故鄉，竟是林木鬱茂山陵壘壘，
高山有陵崖，林木有椏枝，

憂愁的產生並無常則，人本難以預知。
人生本來就像寄旅，太多的憂慮又有何用！
今日我不再快樂，因爲歲月流逝如奔馳。
浩蕩的河川湍流，其中有急行的扁舟，
隨着波浪四處飄泊，有似客旅覊遊。
鞭策着我的良馬，披戴上我的輕裘。
且馳騁且驅馳，姑且以此來忘卻煩憂。

【賞析】

本篇屬相和歌辭瑟調曲。漢代古辭現仍保存。據樂府詩集所載是：

「來日大難，口燥脣乾。今日相樂，皆當喜歡。經歷名山，芝草翻翻，仙人王喬，奉藥一丸。自惜袖短，內手知寒。慚無靈輒，以報趙宣。月沒參橫，北斗闌干，親交在門，飢不及餐。歡日尚少，戚日苦多。以何忘憂，彈箏酒歌。淮南八公，要道不煩，參駕六龍，遊戲雲端。」

就內容看，這是一首充滿消極頹廢思想，以遊仙爲主題的詩。及至曹丕的仿作，雖然沒有遊仙思想，但詩中表現的人生觀，仍然是消極的避世態度。全詩可以分三段。從「上山採薇」到「鬱何壘壘」爲第一段，寫一位飢寒遊子對故鄉的懷念。「薇」是一種野菜，嫩時可食。必須以採薇而食，其飢可知。而「溪谷多風，霜露沾衣」則又道出了寒字。人在飢寒中對故鄉的思念最切，但是故鄉卻被鬱茂的林木、層壘的山陵所阻。第二段從「高山有崖」到「有似客遊」。寫歡樂憂愁的無常和己身的飄泊感。詩中「高山有崖」、「林木有枝」是一種常態，正可以襯托出「憂來無方，人莫之知」的變態，於是繼而從憂思中說出生命如寄的失落與隨波流轉之舟的飄泊不定。第三段從「策我良馬」以下四句，寫出了作者從憂困中得到了突破與解脫。

野田黃雀行

曹植

高樹多悲風，海水揚其波①。
利劍②不在掌，結交③何須多！
不見籬間雀，見鷂④自投羅⑤。
羅家見雀喜，少年見雀悲。
拔劍捎⑥羅網，黃雀得飛飛⑦。
飛飛摩⑧蒼天，來下謝少年。

【註釋】

①高樹多悲風二句：悲風，勁疾之風。此二句謂「樹高多風，海大揚波。」（張玉榖古詩賞析）
②利劍：在此譬喻權勢。
③結交：一作「結友」。謂結識朋友。
④鷂：即鷂子，也叫鷂鷹、鷙鳥，似鷹較小。
⑤羅：即羅網，捕鳥的工具。
⑥捎：即揹，除也。一作「削」。
⑦飛飛：重言飛字以見雀飛輕快之狀。
⑧摩：接觸。

【語譯】

高樹顛吹著勁疾之風，海水揚起了洶湧浪波。
如果沒有利劍握在掌上，結交的朋友何須太多！
君不見籬笆上的麻雀，見到鷂子就慌張得自投網羅。
布羅的人家見雀欣喜，少年見雀卻傷悲，
他拔劍削去了網羅，黃雀才能輕快疾飛，
牠飛呀飛到了蒼天，又飛下來謝謝少年。

【賞析】

樂府詩集相和歌辭瑟調曲中收集了兩首曹植的「野田黃雀行」，這是第二首。也稱

「箜篌引」（藝文類聚），「門有車馬客行」（王僧虔技錄）。漢鼓吹鐃歌也有「黃雀行」，不知與此同否？

這首詩以少年拔劍捎網救雀的故事爲喻，寫出自己不能在危難時解救朋友的心緒。所以詩中「高樹多悲風，海水揚其波」二句，正是自己朋友罹禍的原因。此處的「悲風」和「波浪」都在比喻險惡。而險惡之所以會降臨，又在於「樹之高」與「海之大」，所以招致朋友罹禍的原因，卻在於自己的「樹大招風」。於是作者才會有「利劍不在掌，結交何須多！」的慨歎。這種深沉的感受，當非泛指。如果從曹植的本傳上看，或能略知端倪。本傳說：「植既以才見異，而丁儀、丁廙、楊修等爲之羽翼。太祖狐疑，幾爲太子者數矣。……太祖既慮終始之變，以楊修頗有才策，而又袁氏之甥也，於是以罪誅修。植益內不自安。……文帝卽王位，誅丁儀、丁廙並其男口。」

曹植此詩之作或卽針對此而發。

吁嗟篇

吁嗟此轉蓬，居世何獨然①！
長去本根逝，宿夜無休閒。
東西經七陌，南北越九阡②。
卒遇回風③起，吹我入雲間。
自謂終天路，忽然下沉泉④。
驚飈接我出，故歸彼中田⑤？
當南而更北，謂東而反西。
宕宕⑥當何依，忽亡而復存，
飄颻周八澤，連翩歷五山⑦。

流轉無恆處，誰知吾苦艱？
願為中林⑧草，秋隨野火燔⑨。
糜⑩滅豈不痛，願與株荄⑪連。

【註釋】

① 吁嗟此轉蓬二句：吁嗟，歎息聲。楚辭卜居：「吁嗟默默兮，誰知吾之廉貞？」曹植此篇名吁嗟意蓋本此。轉蓬卽飛蓬。見前苦寒行注。居世猶言生世。

② 陌：東西叫陌。阡：南北叫阡。皆田間小道。「七陌」、「九阡」極言地區的廣遠。

③ 回風：旋風。

④ 沈泉：沈泉之泉字魏志注作「淵」，唐人避諱改爲「泉」。

⑤ 驚飈接我出二句：飈謂自下而上的暴風。故，事。說文：「使爲之也。」中田猶田中。

⑥ 宕宕：猶蕩蕩，無所依貌。

⑦ 飄颻周八澤二句：飄颻，飛動不定貌。澤是陸上水所聚之地。淮南子以八澤之志爲八索，九州之志爲九丘。漢書郊祀志說：天下名山八，而三在蠻夷，五在中國。中國華山、首山、太室山、泰山、東萊山，此五山黃帝之所常游，與神會。

⑧ 中林：卽林中。

⑨ 燔：音ㄈㄢ，燒。

⑩ 糜：爛。

⑪ 荄：草根。

【語譯】

唉！這一片轉蓬，它生在世上爲何那麼孤單，
遠離了自己的本根，日夜得不到休閒。
東西歷經了七陌，南北超越了九阡。
突然遇到一陣旋風吹起，把我吹到了雲間。
自以爲終於到了天路的盡頭，忽然又落下深淵。
一陣暴風把我從深淵接出，要把我又送回中田。
本應朝南卻吹得更北，以爲往東卻吹得更西。
蕩蕩然不知依靠到那裏，忽然消失了又忽然再出現，
飄颻周遊了八澤，連翩歷經了五山。
流轉中永無止處，誰能了解我的苦艱？
我寧願成爲林中的茅草，秋天時被野火燔燒，
糜爛豈能不痛苦？我但願能和本根相連。

【賞 析】

樂府詩集收此篇在相和歌辭的清調曲，而三國志魏志曹植本傳裴松之注稱本篇爲瑟調歌辭。樂府解題說：「曹植擬苦寒行爲吁嗟。」黃節說：「屈原卜居曰：『吁嗟默默兮，誰知吾之廉貞。』子建此篇……意蓋本之。」丁晏說：「魏志本傳：『十一年中而三徙都，常汲汲無歡，遂發疾薨。』此詩當感徙都而作。」而裴注以爲本詩爲太和三年徙東阿王後所作。

不過不論此詩作於何時，詩中流露出一份濃厚的異鄉飄泊之感，是誰都能體會得到的。作者以「轉蓬」自喻，寫出了骨肉離別的哀痛，十分感人。

鰕䱇篇

鰕䱇遊潢潦，不知江海流①。
燕雀戲藩柴，安識鴻鵠遊②。
世事此誠明③，大德固無儔④。
駕言登五岳，然後小陵丘⑤。
俯觀上路人，勢利是謀讎⑥。
高念翼皇家，遠懷柔九州⑦。
撫劍而雷音⑧，猛氣縱橫浮，
泛泊徒嗷嗷⑨，誰知壯士憂。

【註釋】

① 鰕䱇遊潢潦二句：鰕音ㄒㄧㄚ，同蝦。或說是鯢，一種小魚。䱇即鱔。潢，小水坑。潦，謂行潦，道上的游水。此二句本宋玉對楚王問：「夫尺澤之鯢，豈能與之量江海之大哉！」

② 燕雀戲藩柴二句：藩柴即籬笆。鴻鵠即天鵝。此二句本史記陳涉世家中陳涉語：「燕雀安知鴻鵠之志哉！」

③ 世事此誠明：百三名家集作「世士誠明性」。藝文類聚卷四二「此」作比。

④ 儔：比。

⑤ 駕言登五岳二句：駕，趣車。言，句中語氣詞。五岳，指東嶽泰山、西嶽華山、南嶽衡山、北嶽恒山、中嶽嵩山。「小陵丘」的「小」字爲動詞的意動用法。意即以陵丘爲小。

⑥ 俯觀上路人二句：「上路人」指奔走於仕途的人。「是謀讎」一作「惟是謀」。讎通仇。「勢利是謀讎」意謂因爭奪勢力而互爲仇敵。若作「勢利惟是謀」則意謂惟勢利是謀之意。

⑦ 高念翼皇家二句：按此句原作「讎高念皇家」。黃節曹子建詩注卷云：「宋本作『勢利是謀讎，高念翼皇家』。」今據改。「高念」是高尚的意願。「翼」，輔助。「柔」，安定。「九州」指冀、兗、青、徐、揚、荊、豫、梁、雍等九州（見尚書禹貢）。

⑧ 撫劍而雷音：莊子說劍：「諸侯之劍，以知勇士爲鋒，以清廉士爲鍔，以賢良士爲脊，……此劍一用，如雷霆之震也，四封之內無不賓服而聽從君命者矣。」此句即用此典。

⑨ 泛泊徒嗷嗷：泛，浮在水上。泊，停船叫泊。泛泊指隨波上下毫無主見的人。徒，只。嗷嗷，亂叫聲。

【語譯】

蝦和黃鱔只在潢潦中戲游，當然不知道江海的水流。
燕雀只在籬笆上嬉戲，又怎能了解鴻鵠的展翅翱遊？
世上的事理在此已經表明，大德本來就沒有匹儔。
駕車登上了五岳，然後才知道丘陵本來是太小，
低頭看看在仕途上奔走的人，只因爭勢利而成仇。
高尚的心志應在輔佐皇家，恩威懷柔遠播九州。
撫持着寶劍而發出雷霆之音，勇猛的氣勢縱橫浮遊，
世上隨波之士只會亂叫，又誰知壯士的內心苦憂。

【賞析】

此首屬相和歌辭平調曲，也叫「鰕䱇篇」。樂府解題說：「曹植擬『長歌行』爲鰕䱇」。按「長歌行」多在敍述人壽命之短長，不可妄求之事。本篇「鰕䱇」則毫無此意。蓋此詩在自抒壯志，並譏諷世俗之士的不能了解壯士的志向和抱負。若與曹植的生平相對照，可以看出此詩必有所指。曹植給明帝的求自試表說：「今臣無德可述，無功可

紀，若此終年，無益國朝，將挂風人彼己之譏。是以上慚玄冕，俯愧朱紱。方今天下一統，九州晏如，顧西尚有違命之蜀，東有不臣之吳，使邊境未得稅甲，謀士未得高枕者，誠欲混同宇內，以致太和也。」又說：「若使陛下出不世之詔，效臣錐刀之用，使得西屬大將軍，當一校之隊，若東屬大司馬，統編師之任；必乘危蹈險，騁舟奮驪，突刃觸鋒，爲士卒先。」正顯示了曹植不滿於高爵厚祿，而有更高遠之志向。所以「鰕䱇篇」正是曹植藉以表明心志的一首詩。

飲馬長城窟行

陳　琳

飲馬長城窟①，水寒傷馬骨。
往謂長城吏，愼莫稽留太原卒②。
官作自有程，舉築諧汝聲③。
男兒寧當格鬪死，何能怫鬱④築長城。
長城何連連⑤，連連三千里。
邊城多健少，內舍多寡婦。
作書與內舍，便嫁莫留住，
善事新姑嫜⑥，時時念我故夫子⑦。
報書經邊地，君今出語一何鄙！

身在禍難中，何為稽留他家子。
生男慎莫舉，生女哺用脯。
君獨不見長城下，死人骸骨相撐拄。
結髮行事君，慊慊心意關⑧。
明知邊地苦，賤妾何能久自全。

【註釋】

① 長城窟：窟即泉窟。即今所謂泉眼。長城邊的泉窟叫長城窟。可供行役者飲馬之用。據酈道元水經注卷三河水注：「芒干水又西南逕白道南谷口，有城在右，縈帶長城，背山面澤，謂之白道城。自城北出有高阪，謂之白道嶺。沿路惟土穴出泉，挹之不窮。余每讀琴操，見琴愼相和雅歌錄云：飲馬長城窟。及其跋涉斯途，遠懷古事，始知信矣，非虛言也。」

② 太原：地名，今山西太原。太原卒：指從太原地方徵調來服役的民伕。

③ 官作自有程二句：官作，官府的工程。程，期限。築，築城擣土之杵。舉杵擣土築城牆時，衆人都發聲應和，所以叫「諧汝聲」。

④ 怫鬱：煩悶。

⑤ 連連：緜延不絕貌。

⑥ 姑嫜：古時稱公婆叫姑嫜。

⑦ 故夫子：指原來的丈夫。

⑧結髮行事君二句：古時男子年二十束髮而冠，女子十五歲取笄（簪）結髮，以示成年。慊慊，誠意貌。關，牽繫。

【語譯】

馬在長城邊的泉窟飲水，水的冰寒凍傷了馬骨，
且往告訴戍守長城的差吏，千萬請勿滯留太原的役卒。
官府的工作有既定的期限，趕快高舉擣杵以諧合哼聲。
男兒寧可格鬪而死，怎能邑鬱築長城！
長城何其綿延不斷，連緜了三千里。
邊城的戍卒多爲健壯年少，內舍獨居的多是寡婦。
戍卒寫了書信給內舍，勸她改嫁別爲自己留住。
好好的事奉新的公婆，也時常想念原來的丈夫。
內舍回信到邊地，夫君今日說得話太粗鄙！
我已身在禍難之中，何必滯留了他人家的女子。

以後生了男孩千萬不要讓他成長，生了女孩就餵她吃肉脯。

你沒見到長城下，死人的骸骨相互堆置。

自從結髮之年就奉事夫君，誠摯的心意與你相牽。

明知邊地的痛苦，我又怎能長久苟全。

【賞析】

樂府詩集收此首在相和歌的瑟調曲。它的古辭是「青青河畔草，綿綿思遠道，遠道不可思，宿昔夢見之。夢見在我傍，忽覺在他鄉。他鄉各異縣，展轉不相見。枯桑知天風，海水知天寒。入門各自媚，誰肯相爲言。客從遠方來，遺我雙鯉魚。呼兒烹鯉魚，中有尺素書。長跪讀素書，書中竟何如？上言加餐飯，下言長相憶。」詩中並無飲馬長城窟之事。據樂府詩集的解釋是：「言征戍之客，至於長城而飲其馬，婦人思念其勤勞，故作是曲也。」但就內容看詩中也未強調征戍之客與思婦之情。倒是陳琳此首全在敘述長城下勞役的苦辛，與夫婦間各爲對方著想的偉大情操。它透露了人民對連年勞役的苦悶心境。

全詩在作者敍事中加入了戍卒和思婦的對白，使故事格外生動而感人，也表現了民歌的鮮活色彩。

其中「愼莫稽留太原卒」是假設戍卒的問話。「官作自有程，擧築諧汝聲」則是長城吏的斥責。「男兒寧當格鬪死，何能怫鬱築長城。」又是戍卒的反抗之聲，這以上是第一段，作者在短短數句對白中，刻劃出了官吏以高壓欺侮百姓，百姓胸中怒氣難消的情形。

第二段從「長城何連連」以下，直到結束。其中「便嫁莫留住，善事新姑嫜，時時念我故夫子」，是戍卒在書信中安慰妻子的話。他明知長城緜延不絕，築城工作將繼續不斷，想要回去與妻子團聚已經無望。所以他本着愛妻子之心，勸她改嫁，不要誤了青春，並囑咐她善事新公婆，對自己則只需常記在心則可。這種胸襟與品格的寬仁與完美，必令對方讀之心碎。所以下文「君今出語一何鄙！」就是妻子感動後，唯一可書的一句話，雖然只此一句，卻比千言萬語的情意還濃。下文「身在禍難中，何爲稽留他家子？生男愼莫擧，生女哺用脯。君獨不見長城下，死人骸骨相撐拄！」是戍卒回答妻子的話。說明爲什麼要勸她改嫁的原因。因爲戍卒自知歸鄉無望。下文「結髮行事君，慊慊心意關，明知邊地苦，賤妾何能久自全？」是妻子再度回復戍卒的話。表明自己對事夫的堅貞，有生不同寢，死同穴的決心。

我們讀畢全詩，不難發現詩中除透露了古代征戍之苦外，更感人的是夫婦之間的鶼鰈深情，今人常把「愛是犧牲不是佔有」一句話掛在嘴邊。而古人卻早把這種情操實踐在生活之中。

秦女休行

左延年

步①出上西門，遙望秦氏盧②。
秦氏有好女，自名為女休。
休③年十四五，為宗④行報讎。
左執白楊刃⑤，右據宛魯⑥矛。
讎家便東南，仆僵⑦秦女休。
女休西上山，上山四五里。
關吏呵問女休，女休前置辭：
平生為燕王婦⑧，於今為詔獄囚。
平生衣參差，當今無領襦⑨。

明知殺人當死，兄言怏怏⑩。
弟言無道憂⑪。女休堅辭：
為宗報讎死不疑⑫。殺人都市中，
徼⑬我都巷西。丞卿羅列東向坐，
女休悽悽曳梏前。兩徒夾我持⑭，
刀刄五尺餘。刀未下，
朣朧⑮擊鼓赦書下。

【註釋】

① 步：樂府詩集作「始」。今本漢魏樂府風箋卷十五注。
② 廬：太平御覽作「樓」。
③ 休：一作「始」。
④ 宗：謂宗族。
⑤ 白楊刄：卽白楊刀。淮南子：「羊頭之銷。」高誘注：「白羊子刀也。」故楊也作羊。
⑥ 宛魯：皆地名。宛，今河南南陽（用蕭滌非說）。魯，今山東。荀子議兵篇：「宛鉅鐵鉇。」楊倞注：「大剛曰鉅，鉇，矛也。」
⑦ 仆僵：仆，斃。僵，也仆之意。仆僵在句中的主語是秦女休。

⑧平生爲燕王婦：其事不詳。或在此只是虛寫，以與下句「於今爲詔獄囚」造成對比。

⑨平生衣參差二句：此二句也是對比用法。參差是不整齊貌。意謂複疊。「無領襦」是獄囚之衣。

⑩怏怏：不服貌。

⑪無道憂：以皇上無道爲憂。

⑫爲宗報讎死不疑句：樂府詩集「爲宗報讎」四字屬上，「死不疑」斷句。今據朱建新注改。

⑬徼：音ㄧㄠ。遮也。司馬相如封禪文：「徼麋鹿之怪獸。」意謂遮捕麋鹿怪獸。

⑭兩徒夾我持二句：樂府詩集在我句斷句，「持」字屬下句。今依朱建新注改。

⑮朣朧：擊鼓聲。

【語譯】

步出了上西門，就能遙望到秦氏的屋廬，
秦氏有位姣好的女子，自己取名叫女休。
女休才十四、五歲，，爲了宗族去報仇，
左手執着白楊刀，右手拿着宛魯矛。
讎家就在城的東南，殺人的就是秦女休，
女休殺人後向西邊逃上山，上山才走了四五里，關吏捕捉而呵問女休。女休上前置辭：
平生本是燕王婦，如今作了詔獄中女囚。
平生所穿的衣飾複疊，如今卻穿了件無領的囚襦。
我心中明白殺人者當處死，哥哥爲此不服，
弟弟說爲皇上無道而憂。女休堅定的說：
能替宗族報讎死也不疑。殺人在都市之中，
捕我在都市巷道之西。丞卿羅列向東而坐，
女休悽悽然拖着桎梏而前。兩個人挾持着我，
一把刀双有五尺餘。刀尚未落下，
咚咚的擊鼓聲中傳下了赦書。

【賞析】

此詩樂府詩集收在雜曲歌辭中，大意是說秦女休原爲燕王婦，因爲替宗族報仇，殺人都市中，雖然被捕，但在臨刑時，終以赦免。這不知是虛構還是事實。歷史資料中已

無從考察。不過它的影響很大，如晉傅玄有「龐氏有烈婦」一詩，也是敍述龐婦爲父母報仇的事，直到唐李白的「秦女休行」，仍在讚美秦女休的報仇事蹟。

至於「女性報仇」此種故事背景之產生，與漢代以降之社會風氣可能有很大的關係。復仇之風在漢代不但不爲主政者所禁，且有推波助瀾之鼓勵做法。如曹植的「鼙鼓歌」精微篇：

「關東有賢女，自字蘇來卿，壯年復父仇，身沒垂功名。女休逢赦書，白刄幾在頸。太倉令有罪，自悲居無男，禍至無與俱，緹縈痛父言，何億西上書。」

可見黃初四年魏武帝曹操雖有禁復仇議的頒布，顯然並無實際上之作用。

又如史書中對復仇（非專指女性）一事反加讚美的，如漢書六一蘇不韋傳：「不韋父謙，爲李暠所害，不韋乃鑿地達暠寢室，殺其妻兒，復馳往魏郡，掘其父阜塚，以阜頭祭父墳。又標之於市曰：『李君遷父頭。』暠憤恚，發病嘔血死。士大夫多譏不韋發掘塚墓，歸罪枯骨，不合古義。惟任城何休方之伍員。太原郭林宗則謂子胥馮闔廬之威，因輕悍之卒……。」又如三國志韓暨傳：「暨傭賃積資，陰結死士，遂禽陳茂，以首祭父墓，由是顯名。」

就作者技巧上看，全詩用平舖直敍手法，無甚出奇之處。在詩中「平生爲燕王婦，於今爲詔獄囚。平生衣參差，當今無領襦。」作者顯係用對比寫法來强調女休的出身，應是官宦人家，而出手殺人，必有不共戴天之仇。但效果並不顯著。

又「明知殺人當死，兄言快快，弟言無道憂。女休堅辭：爲宗報讎死不疑。……」幾句，是在製造緊張氣氛，好讓結尾「朣朧擊鼓赦書下」的效果更突出。這些都是作者苦心之所在。

卷三

晉代樂府

秋胡行 七曲

嵇康

一

富貴尊榮，憂患諒獨多。
富貴尊榮，憂患諒獨多。
古人所懼，豐屋蔀家①。
人害其上，獸惡網羅。
惟有貧賤，可以無他。
歌以言之，富貴憂患多。

二

貧賤易居，貴盛難為工。
貧賤易居，貴盛難為工。

恥佞直言，與禍相逢。
變故萬端，俾吉作凶。
思牽黃犬②，其莫之從，
歌以言之，貴盛難為工。

三

勞謙③寡悔，忠信可久安，
勞謙寡悔，忠信可久安。
天道害盈④，好勝者殘⑤。
強梁致災⑥，多事招禍患⑦。
欲得安樂，獨有無愆⑧，
歌以言之，忠信可久安。

四

役神者弊⑨，極欲疾枯⑩，
役神者弊，極欲疾枯。
顏回短折⑪，不及童烏⑫，
縱體淫恣，莫不早殂，
酒色何物，今自不辜⑬。
歌以言之，酒色令人枯。

五

絶智棄學，遊心於玄默⑭，
絶智棄學，遊心於玄默。
遇過而悔，當不自得。
垂釣一壑，所樂一國⑮，
被髮行歌，和者四塞⑯。

歌以言之，遊心於玄默。

六

思與王喬⑰，乘雲遊八極⑱。
思與王喬，乘雲遊八極。
淩厲五岳⑲，忽行萬億，
授我神藥，自生羽翼。
呼吸太和⑳，練形易色。
歌以言之，行遊八極。

七

徘徊鍾山㉑，息駕於層城㉒，
徘徊鍾山，息駕於層城。
上蔭華蓋㉓，下采若英㉔。

受道王母㉕，遂升紫庭㉖。
逍遙天衢㉗，千載長生。
歌以言之，徘徊於層城。

【註釋】

① 豐屋蔀家：易豐卦上六：「豐其屋，蔀其家，闚其戶，闃其無人。三歲不覿，凶。」注：「既豐其屋又蔀其家，屋厚家覆，闇之甚也……。」按豐屋是大厦，蔀家是貧家幽闇之處。從既有的豐屋變成貧闇之家，是指由盛而衰，趨於覆亡之意。

② 思牽黃犬：史記李斯傳載斯爲趙高所搆，腰斬咸陽市，臨刑，斯顧謂其中子曰：「吾欲與若復牽黃犬，俱出上蔡東門逐狡兎，豈可得乎？」

③ 勞謙：易謙卦九三：「勞謙，君子有終吉。」勞謙謂勞倦於謙。

④ 天道害盈：易謙卦彖曰：「鬼神害盈而福謙。」

⑤ 殘：滅也。

⑥ 强梁：猶强横。老子：「彊梁者不得其死。」

⑦ 多事招禍患：樂府詩集作「多招禍患」。嵇康集作「多事招患」。今本詩紀。

⑧ 愆：過、罪。

⑨ 弊：弊通疲。困竭之意。

⑩極欲疾枯：嵇康集作「極欲令人枯」。下句同。枯，槁也。

⑪顏回短折：顏回，孔子弟子，年二十九髮盡白，或云三十二而卒。

⑫童烏：揚雄法言：「育而不苗者，吾家之童烏乎？九歲而與我玄文。」烏是揚雄之子。抱朴子：「揚烏有夙折之哀。」謂童烏也。

⑬辜：罪也。

⑭絕智棄學二句：老子有「絕聖棄智」語，與此相似。玄默，沉靜寡言。漢書古今人表注：「老子玄默，孔子所師。」抱朴子：「澄精神於玄默。」

⑮垂釣一壑，所樂一國：垂釣事當指呂尙。史記卷三十二有傳。本姓姜，其先封於呂，從其封姓。嘗以魚釣干西伯，文王用之而國大治。此卽所謂「垂釣一壑，所樂一國。」

⑯被髮行歌，和者四塞：被髮事當指狂接輿。論語微子篇：「楚狂接輿歌而過孔子。」疏：「接輿楚人，姓陸名通字接輿。昭王時，政令無常，乃被髮佯狂不仕，時人謂之楚狂。」塞，充塞。

⑰王喬：卽王子喬。淮南子齊俗訓：「今夫王喬赤誦子，吹嘔呼吸，吐故內新。」注：「王喬，蜀武陽人也，爲柏人令，得道而仙。」楚辭遠遊：「吾將從王喬而娛戲。」

⑱八極：謂八方極遠之地。

⑲凌厲五岳：凌厲，超越。五岳謂中岳嵩山，東岳泰山，西岳華山，南岳衡山，北岳恆山。

⑳太和：陰陽會合，沖和之氣。

㉑鍾山：卽崑崙山。淮南子：「譬若鍾山之玉

。」注：「鍾山謂崑崙。」

㉒層城：崑崙山之最高處。淮南子：「崑崙山有層城九重。」

㉓華蓋：樹名。西京雜記：「終南山有樹，直上百丈，上結重條如車蓋，葉一青一赤，斑駁如錦繡，長安謂之丹青樹，亦云華蓋樹。」

㉔若英：杜若之華。楚辭九歌雲中君：「華采衣兮若英。」王逸注：「若，杜若也。」

㉕王母：西王母。穆天子傳：「周穆王好神仙，臨西王母於瑤池之上。」搜神記：「羿請不死之藥於西王母，嫦娥竊以奔月。」

㉖紫庭：即紫宮。神異經：「青丘山上有紫宮，天眞仙女多遊於此。」

㉗天衢：天空中廣大無阻之衢路。易大畜上九：「何天之衢，亨。」

【語譯】

一

富貴尊榮，所帶來的憂患實在太多，
富貴尊榮，所帶來的憂患實在太多。
古人所畏懼的是，大厦變成了貧陋之家。
人的禍害就在他的頭上，野獸厭惡的是網羅。
只有貧賤，可以免除其他。

用歌聲詠唱，富貴的憂患太多。

二

貧賤的日子容易常處，富貴盛名難能精工。
貧賤的日子容易常處，富貴盛名難能精工。
恥於諂佞而好直言，就會和禍患相逢。
世事雖然變化萬端，願能趨吉避凶。
想牽着黃犬以逐狡兎，恐怕已不能適從，
用歌聲詠唱，富貴盛名難能精工。

三

勤勞謙虛可以減少憾悔，忠信可以長久平安，
勤勞謙虛可以減少憾悔，忠信可以長久平安。
天道嫉恨盈滿，好勝者必遭傷殘，
强橫者招致災害，多事者招惹禍患。

想得到安樂，只有不犯罪愆，
用歌聲詠唱，忠信可以長久平安。

四

役用精神的會疲竭，太多的慾念會使人槁枯，
役用精神的會疲竭，太多的慾念會使人槁枯。
顏回短命夭折，有的人年壽不及童烏，
放縱肢體淫行恣意，沒有不早年崩殂，
酒和色是什麼，它本身並不是罪惡，
用歌聲詠唱，酒色會令人槁枯。

五

斷絕智慧捨棄學習，把心靈遊戲在沉靜的玄默，
斷絕智慧捨棄學習，把心靈遊戲在沉靜的玄默。
遭遇過錯而能悔改，將不再得過，

呂尚垂釣在一壑，所造福祉則在一國，
狂輿披髮行歌，相和者四路充塞。
用歌聲詠唱，遊戲心靈在沉靜的玄默。

六

一心嚮往王喬，乘雲遊戲到八方的邊極，
一心嚮往王喬，乘雲遊戲到八方的邊極。
超越了五嶽，倏忽間行走道里萬億。
他交給我神藥，肢體自然生出羽翼。
呼吸太和之氣，鍛鍊形體改易容色。
用歌聲詠唱，行將遊戲到八方的邊極。

七

徘徊在鍾山，休息在層城，
徘徊在鍾山，休息在層城。

在上有華蓋遮陰，在下可採擷杜若之英，
向王母接受道理，於是升登了紫庭。
逍遙在天庭的街衢，千年長生。
用歌聲詠唱，徘徊在層城。

【賞析】

秋胡行屬相和歌辭的清調曲。據西京雜記說：「魯人秋胡，娶妻三月，而遊宦三年，休還家。其婦採桑於郊。胡至郊而不識其妻也，見而悅之，乃遺黃金一鎰。妻曰：『妾有夫，遊宦不返。幽閨獨處，三年于玆，未有被辱於今日也。』採桑不顧，胡慚而退。至家，問：『妻何在？』曰：『行採桑於郊，未返。』既歸還，乃向所挑之婦也，夫妻並慚。妻赴沂水而死。」而列女傳則說：「魯秋潔婦者，魯秋胡之妻也。既納之五日，去而宦於陳，五年乃歸。未至其家，見路傍有美婦人，方採桑而說之。下車謂曰：『力田不如逢豐年，力桑不如見國卿。今吾有金，願以與夫人。』婦曰：『採桑力作，紡績織紝以供衣食，奉二親養。夫子已矣，不願人之金。』秋胡遂去。歸至家，奉金遺母，使人呼其婦。婦至，乃嚮採桑者也。婦汙其行，去而東走，自投於河而死。」

樂府解題說：「後人哀而賦之，爲秋胡行。」

然就嵇康的「秋胡行」全詩看，與「秋胡戲妻」的本事無關，當是舊曲新詞。共七曲，第一首在勸人安於貧賤，不可貪得富貴尊榮。第二首在說明貧賤易居，富貴盛名難以久全的道理。第三首在勸人勞謙忠信可以寡悔久安。第四首在勸人不可役用精神，不可恣縱慾念，始可長生。第五首在勸人絕智棄學，遊心於清靜無爲。第六首在說明追求的理想是與仙人王喬同遊八極。第七首在說明自己已達崑崙仙境，得道永生。

總之，這七首詩都强烈地反映了退守以全身，無爲全性以臻達仙境的心態。與嵇康所處的亂世有密切的關係。嵇康生當魏晉擾攘之世，他與魏宗室有婚姻之親，而本性又遠邁不羣，終爲司馬昭所忌而被殺。嵇康博覽羣書，尤好老莊，常修養性服食之事，彈琴詠詩，自足爲懷。以爲神仙稟之自然，非積學所得。「秋胡行」七首，就是嵇康此種性情的流露。

秋胡行

傅 玄

秋胡納令室，三日官他鄉。
皎皎潔婦姿，泠泠①守空房。
燕婉②不終夕，別如參與商③，
憂來猶四海，易感難可防。
人言生日短，愁來苦夜長。
百草揚春華，攘④腕採柔桑。
素手尋繁枝，落葉不盈筐，
羅衣翳玉體，回目流采章⑤。
君子倦仕歸，車馬如龍驤⑥。

精誠馳萬里，既至兩相忘。
行人悅令顏，情⑦息此樹傍。
誘以逢卿喻，遂下黃金裝。
烈烈貞女忿，言辭厲秋霜，
長驅及居室，奉金升北堂⑧。
母立呼婦來，歡情樂未央。
秋胡見此婦，惕然懷探湯。
負心豈不慚，永誓非所望。
清濁必異源，梟鳳不並翔⑨。
引身赴長流，果哉潔婦腸。
彼夫既不淑，此婦亦太剛。

【註釋】

① 泠泠：泠音ㄌㄧㄥ。泠泠，清涼貌。文選宋玉風賦：「清清泠泠，愈病析酲。」李善注：「泠泠，清涼貌。」

② 燕婉：安順。

③ 參商：參音ㄕㄣ，商音ㄕㄤ，二星名。參星在西方，商星在東方，出沒時兩不相見。借以喻人之永遠不能相遇者。

④ 攘：揚。

⑤ 囘目流采章：囘目猶囘眸。流采章一作「流來車」，來車指秋胡所乘之車。

⑥ 龍驤：猶龍驤虎步，喻威武之狀。

⑦ 情：一作借，玉臺新詠作「請」爲是。

⑧ 北堂：稱母曰北堂。

⑨ 梟鳳不並翔：楚辭九章懷沙：「鳳凰在笯兮，鷄鶩翔舞。」

【語譯】

秋胡娶了一門妻室，才三天就到他鄉仕宦。
聖潔光明的媳婦，寂寞地獨守空房。
和順的相處不到一夕，就濶別有如參商。
憂愁襲來猶無邊的苦海，難以遏止多愁善感。
人們說生命短暫，憂愁湧來時卻苦於夜太長。

百草競艷春花，攘臂採擷柔桑。
素手尋披着繁密的葉枝，落葉不滿一蘿筐。
羅衣掩翳着玉體，回眸流盼來車的彩幛。
君子倦於仕宦歸鄉，車馬有如龍的騰驤。
懷着精誠急馳萬里，到故鄉時卻彼此把相貌淡忘。
來人欣悅她的美貌，請暫息在樹傍。
用「力桑不如見國卿」來誘喻，還送她黃金衣裝。
性情節烈的貞女大爲忿怒，言辭凌厲有似秋霜，
秋胡直接來到了居室，奉持黃金登上北堂。
母親立刻把媳婦叫來，歡喜愉悅久久未能中斷。
秋胡見到了這個婦人，惕然驚懼有如以指探湯。
秋胡的負心豈不使她羞慚？永不變心的誓言本非自己的期望。
清水和濁水一定不能同源，野鴨和鳳凰不會並翼翱翔。

拔身而起跳進了滾滾的流水，堅決啊！這位貞潔婦人的衷腸。
她的丈夫既然已經不善，這位婦人又何必如此太過剛強。

【賞析】

秋胡行的故事，分別見於西京雜記、列女傳、馮夢龍情史及山東通志諸書，元人石君寶更鋪演爲「秋胡戲妻」雜劇，已成爲我國民間家喻戶曉的故事。傅玄之秋胡行樂府詩，所敘故事和西京雜記及列女傳的敘述相當近似（西京雜記及列女傳見前詩賞析）。而傅玄的情節反較前二者更合情理。第一：西京雜記敘秋胡和其妻的聚離時間是「娶妻三月，而遊宦三年」，列女傳是「既納之五日，五年乃歸」。事實上成年人三、五年的濶別，時間不算太長，面貌的改變，不致於到不能辨識的地步（除非曾發生重大的變故，但文中並無强調），而傅玄詩把相聚時間縮減成三日，而會面在若干年後，未作說明。詩中只做了「人言生日短，愁來苦夜長」等情緒上的波動略作描寫，是相當有技巧的。第二：秋胡之妻的死亡原因，西京雜記是安排爲「夫妻並慚，妻赴沂水而死。」列女傳的安排是「婦汙其（秋胡）行，去而東走，自投於河而死」。按「夫妻並慚」的理由安排的十分勉强，就故事內容看，秋胡之妻行爲貞潔，無所可慚，自然無理由赴沂水而死。而「婦汙其行」是汙在秋胡，其妻似更不必自投河而死。讀來總覺令人內心憤憤然。而傅玄詩則安排爲「負心豈不慚，永誓非所望」。「負心豈不慚」是指秋胡旣已負心，而竟無慚愧之情，是爲可惡。而「永誓非所望」則是秋胡之妻願夫婦白首偕老之誓言，遭到破滅，是爲可悲。所以她在失望之餘引身赴長流就合理多了。

總之，傅玄用詩體來敍述故事，文字間更具美感，對促成故事的流傳，功不可沒。

秦女休行

傅　玄

龐[1]氏有烈婦，義聲馳雍涼[2]，
父母家有重怨，仇人暴且強。
雖有男兄弟，志弱不能當。
烈女念此痛，丹心[3]為寸傷。
外若無意者，內潛思無方。
白日入都市，怨家如平常。
匿劍藏白刄，一奮尋身僵。
身首為之異處，伏尸列肆旁。
肉與土合成泥，灑血濺飛梁[4]。

猛氣上干雲霓，仇黨失守為披攘⑤。
一市稱烈義，觀者收淚並慨慷。
百男何當益，不如一女良。
烈女直造縣門，云父不幸遭禍殃。
今仇身以分裂，雖死情益揚。
殺人當伏法，義不苟活隳舊章。
縣令解印綬，令我傷心不忍聽。
刑部垂頸塞耳，令我吏舉不能成。
烈著希代之績，義立無窮之名。
夫家同受其祚，子子孫孫咸享其榮。
令我絃歌吟詠高風，激揚壯發悲且清。

【註釋】

① 龐：詩紀卷二三注：「一作秦。」

② 雍、涼：雍州，古九州之一，今陝西甘肅。涼州，漢置，今甘肅省。

③ 丹心：赤心。

④ 飛梁：架空的橋，形狀如飛，故稱飛梁。浮橋也叫飛梁。

⑤ 披攘：披靡。

【語譯】

龐氏家有位烈婦，節義名聲傳遍雍涼。
父母家有人結下重怨，仇人兇暴而且頑强。
雖然家中有男性兄弟，但都缺乏勇氣不能抵擋。
烈女想到這份悲痛，內心爲之寸斷。
外表看似毫不在意，內心沉思卻無良方。
趁白天進到了都市，仇家一時平靜如常。
藏起寶劍掩斂刀刃，奮身一擊仇人身亡。
身首異處，尸體躺在市肆旁。
肉和土和成了泥，鮮血濺灑在橋上。

勇猛的豪氣直冲雲霓，仇黨驚惶失據隨風披靡。
全市都讚美她的貞烈節義，觀者抑止住淚水同聲讚歎。
一百個男兒又有何用，不如一個女子的優良。
烈女直抵縣門投案，訴說父親的不幸遭到禍殃。
如今仇人已被殺，縱然處我死罪而我的心情已更加飛揚。
殺人本應接受法律制裁，道義上我已不能苟活來破壞舊有典章。
縣令為此解下印綬。說：「使我傷心而不忍卒聽。」
刑部大人垂頭塞耳。說：「使我的公事辦不成。」
她的貞烈彪炳了世上少有的偉蹟，她的節義立下了無窮的名聲。
夫家也同時蒙受了福祚，子子孫孫共享她的榮光。
今天我（作者）絃歌吟咏這亮節高風，歌聲激揚悲壯而且淒清。

【賞析】

「秦女休行」的本事已在左延年的「秦女休行」一詩中敍述。傅玄的這首詩和古辭義同而事異。主角是一位龐氏婦，故事流行在陝西、甘肅一帶，詩中對烈女手刃仇人的經過，刻劃的格外生動：「從匿劍藏白刄，一奮尋身僵。身首爲之異處，伏尸列肆旁。肉與土合成泥，灑血濺飛梁。猛氣上干雲霓，仇黨失守爲披攘。」幾句看，此詩比古辭更爲戲劇化。這是傅玄詩的進步地方。

而且傅玄詩中對「百男何當益，不如一女良」這種尊重女性的意願表現得比古辭爲明顯。古辭中但有「兄言快快，弟言無道憂」二句以暗示兄弟的懦弱而已。這種觀念的改變，正象徵了我國古代社會結構的一種轉變現象。它有二層意義。第一：漢代歷史上，已經出現了幾位强悍、剛毅的皇太后，如呂后（惠帝）、王后（成帝）、傅后（哀帝）……等。所以女性的地位一直很被重視。第二：男性在戰爭中，扮演主要角色。所以每當一次戰爭，即死傷狼藉，所以生男反不得全家團聚。漢代班固「緹縈救父」的詩歌背景也即如此。這種現象，到唐代時爲最甚。

西長安行

傅玄

所思兮何在？乃在西長安。
何用存問妾？香澄①雙珠環。
何用重存問？羽爵翠琅玕②。
今我兮聞君，更有兮異心。
香亦不可燒，環亦不可沉。
香燒日有歇，環沉日自深。

【註釋】

①香澄：澄，毛帶。詩紀卷二三作「香橙」。

②羽爵：即羽觴，酒杯的別稱。翠琅玕：琅玕，一種似玉的采石，翠形容其顏色。

【語譯】

所思念的人兒在何方？原來在西長安。
用什麼來存問妾？香帶加上雙珠環。
又拿了些什麼來存問？羽觴和翠色的琅玕。
如今我啊聽到了你的傳聞，你已經有了異心。
香也不可以燃燒，環也不可以下沉。
香燒了就會有一天燒盡，環沉了就會一天比一天深。

【賞析】

西長安行，樂府詩集收在雜曲歌辭。起首有「所思兮何在？乃在西長安。」一句，所以稱「西長安行」。據通典說：「漢高帝自櫟陽徙都長安，至惠帝，方發人徒築城，即長安西北古城是也。」就內容看，是一首男女思念的情詩，風格十分近似漢鐃歌有所思。

昔思君

傅玄

昔君與我兮，形影潛結①。
今君與我兮，雲飛雨絕。
昔君與我兮，音響相和。
今君與我兮，落葉去柯。
昔君與我兮，金石無虧。
今君與我兮，星滅光離。

【註釋】

①潛結：猶暗結。

【語譯】

往昔郎君和我啊，有如形體和影子般暗結。
如今郎君和我啊，有如雲的飛散雨的終絕。
往昔郎君和我啊，有如原音和回響般相和。
如今郎君和我啊，有如落葉脫離了枝柯。
往昔郎君和我啊，有如鐵石般毫無損虧。
如今郎君和我啊，有如星星的消滅星光的逝離。

【賞析】

樂府詩集收錄此詩在雜曲歌辭，是一首以女子語氣思念郎君的詩。全首都用「今」、「昔」相比，所以相聚與分離的情緒因而顯得格外突出。而且每句以「昔君與我兮」開始，使民歌的趣味也益形強化。

明月篇

皎皎明月光，灼灼朝日暉。
昔為春蠶絲，今為秋女衣。
丹唇列素齒，翠彩發蛾眉。
嬌子①多好言，歡合易為姿。
玉顏盛有時，秀色隨年衰。
常恐新間舊，變故與細微。
浮萍本無根，非水將何依。
憂喜更相接，樂極還自悲。

【註釋】

①嬌子：嬌同驕。驕子謂驕貴之子。

【語譯】

皎潔的明月輝光，灼亮的朝陽日暉。

昔日是春蠶所吐的柔絲，今日已織成女仕的秋衣。

丹紅的嘴唇中列着素潔的皓齒，翠黛的光彩發自蛾樣的雙眉。

驕貴的男子多會說些甜言蜜語，爲求與妳歡合只爲妳的容姿。

容顏的美好有常時，秀色隨着歲月衰遲。

從此常恐新人代替了舊人，變故往往就發生在瑣細末微。

浮萍本來就沒有根，沒有了水將何處攀依。

憂喜往往是相承接，快樂到極點時就會生悲。

【賞析】

樂府詩集收此詩在雜曲歌辭。是一首女子悲傷身世的詩。前二句是起興。用「皎皎明月光」象徵女子，以「灼灼朝日暉」象徵男子。第三、四兩句寫由少女成爲少婦的轉變。春蠶絲是未婚的少女，秋女衣則是已婚的少婦。這一轉變，是由「春」的活潑、生動而轉入「秋」的肅殺、凝滯。所以已強烈暗示詩中女子的命運悲苦。於是以下皆在寫一位貌美女子，只因經不起驕子甜言蜜語的引誘，而遭始「亂」終棄的命運。「浮萍本無根，非水將何依」二句很能把握住女子向命運低頭的懦弱性格。而「玉顏盛有時，秀色隨年衰」二句則有警示的作用。

短歌行

陸機

置酒高堂，悲歌臨觴。
人生①幾何，逝如朝霜。
時無重至，華不再揚。
蘋以春暉，蘭心秋芳。
來日苦短，去日苦長，
今我不樂，蟋蟀在房②。
樂以會興，悲以別章③。
豈曰無感，憂為子忘。
我酒既旨，我肴既臧。

短歌可詠，長夜無荒④。

【註釋】

① 人生：藝文類聚卷四二「生」作「壽」。

② 蟋蟀在房：詩唐風蟋蟀：「蟋蟀在堂，歲聿其莫。今我不樂，日月其除。」

③ 悲以別章：章，著。謂悲以別而章著。

④ 無荒：猶言無虛度。

【語譯】

置酒在高堂之上，唱着悲歌對着酒觴。
人的生命能有幾何？消逝的快速有如清晨的露霜。
時光不會再來，好花不常開放。
蘋草在春天發出暉光，蘭花在秋日吐露芬芳。
未來的日子已太短暫，過去的歲月總覺冗長。
今日我不再歡樂，因爲蟋蟀已經進到臥房。
快樂是因爲相聚才產生，悲苦是因離別而益顯彰。
豈能說毫無感觸，我的憂愁是因你而遺忘。

我的酒既美味，我的菜又佳善。

歌雖短可以詠唱，夜雖長不要怠荒。

【賞析】

樂府詩集收此詩在相和歌辭，詩集中所收年代最早的一首「短歌行」就是魏武帝曹操的詩。這首詩的內容是在感慨人生的短促與苦惱。所以陸機的短歌行也與它內容相近，是仿效曹氏之作。而兩詩的最大差別，在曹詩的末四句「山不厭高，水不厭深，周公吐哺，天下歸心」表現了曹操的英雄胸襟。而陸詩的末四句「我酒既旨，我肴既臧，短歌可詠，長夜無荒」則只是一般性的「及時爲樂」勸勉而已。曹、陸氣度胸襟之不同，於此可以得見。

猛虎行

渴不飲盜泉①水，熱不息惡木②陰。
惡木豈無枝，志士多苦心。
整駕肅時命③，杖策將遠尋。
飢食猛虎窟，寒棲野雀林④。
日歸功未建，時往歲載陰。
崇雲臨岸駭，鳴條⑤隨風吟。
靜言幽谷底，長嘯高山岑。
急弦無懦響，亮節難為音。
人生誠未易，曷云開此襟⑥。

眷我耿介⑦懷，俯仰愧古今。

【註釋】

① 盜泉：泉名，在今山東省泗水縣東北，縣境中之泉凡八十七處。唯盜泉不流，其餘均注入泗河。孔子家語：「孔子忍渴於盜泉」。又尸子：「孔子過於盜泉，渴矣而不飲，惡其名也。」

② 惡木：江邃文釋引管子曰：「士懷耿介之心，不蔭惡木之枝。」

③ 整駕肅時命：整駕，謂整治車駕。肅，敬。時命，君命。

④ 飢食猛虎窟二句：此二句本於猛虎行古辭：「飢不從猛虎食，暮不從野雀棲。」

⑤ 鳴條：謂枝條受風吹而發出聲音。

⑥ 開襟：謂開懷之意。

⑦ 耿介：耿直光明。

【語譯】

口渴時絕不飲用盜泉的水，
炎熱時絕不在惡木下遮蔭。
惡木難道沒有茂密的樹枝，
只是志士有許多艮苦的用心。
整治好車駕敬領君命，

扶持着拐杖即將遠行。
飢餓時在猛虎窟外覓食，
寒冷時在野雀林中棲息。
說要歸鄉可是一絲功勞也未建，
時間的消逝像歲月載驅着光陰。
高雲臨着峭岸駭動，
枝條隨着急風呻吟。
幽谷下沉寂謐靜，
高山上長嘯悲鳴。
急撥着琴弦不會發出弱小的琴音，
高風亮節的志士難尋知音。
人生的處理實在並不容易，
又如何才能開懷胸襟。

一直眷戀着自己耿介的胸懷，
在俯仰天地之間愧對古今。

【賞　析】

猛虎行古辭屬樂府的清商平調。陸機這首詩是古辭譜新曲，以敍述自己委屈志節不爲世用的苦悶。前四句「渴不飲盜泉水」，到「志士多苦心」寫自己志節孤高，不願同流合汚。從「整駕肅時命」以下四句，寫自己爲生活所迫，不得不黽勉從命，寄人籬下。「曰歸」、「時往」二句說明自己雖有棄仕歸隱之心，但已時不我與。所以「崇雲」以下四句，表面寫景，而實則在刻劃內心的沸騰與激動。後六句描寫自己的孤傲。如此性情，自然難覓知音，愧對天地古今。全詩給人的感受是鬱邑與不平之氣，與陸機平生以譖毀而被誅的心境是十分吻合的。

卷四

南朝樂府

子夜歌（四十二首選六）

宿昔①不梳頭，絲髮被②兩肩。
婉③伸郎膝上，何處不可憐。

始欲識郎時，兩心望如一。
理絲④入殘機⑤，何悟不成匹⑥。

高山種芙蓉⑦，復經黃蘗塢⑧。
果得一蓮⑨時，流離嬰⑩辛苦。

年少當及時，蹉跎⑪日就老。
若不信儂語，但看霜下草。
夜長不得眠，明月何灼灼⑫，
想聞散喚聲⑬，虛應空中諾。
儂作北辰星⑭，千年無轉移。
歡⑮行白日心，朝東暮還西。

【註釋】

① 宿昔：猶夜晚。

② 被：同披。

③ 婉：諧音腕。

④ 理絲：「絲」諧情思的「思」。

⑤ 殘機：殘破的織布機。

⑥ 悟：知道。匹：原爲計算布帛的單位。漢書食貨志：「布帛廣二尺二寸爲幅，長四丈爲匹。」字也作「疋」。此用作雙關語。諧匹

配的「匹」。

⑦芙蓉：即荷。

⑧黃蘗塢：黃蘗，是一種落葉喬木，高三、四丈。夏天開黃色小花，秋天結實如黃豆，可入藥。莖內皮色黃，可作染料，也可入藥。「蘗」字或作「檗」作「蘗」。塢是四面高起中央凹下的地方。

⑨蓮：在此也用作雙關語。諧「憐愛」之「憐」。

⑩流離：猶言輾轉、周折。嬰：加。

⑪蹉跎：謂時間消逝之意。

⑫灼灼：明亮貌。

⑬想：想像。散：猶斷斷續續。

⑭儂：吳地人自稱，意即「我」。北辰星：即北極星。北極星是永遠不移動的。比喻堅貞不移。

⑮歡：男女用來稱呼他（她）所愛的人。

【語　譯】

夜晚懶得梳頭，絲絲秀髮披掛兩肩。
皓腕伸在郎的膝上，無一處不讓人心憐。

起初想認識郎時，盼望兩顆心能合一，
梳理着絲線放進殘破的杼機，怎麼會料到它永遠也不能織成布匹。

高山上種植了芙蓉，採擷時必須經過黃蘗的花塢。
果眞能採得一株蓮子，已幾經周折倍加辛苦。

年少時應當把握時光，歲月蹉跎中隨即衰老，
如果不相信我的言語，只要看看寒霜下的枯草。

黑夜漫長不能成眠，明月竟格外光亮，
彷彿聽到斷續的呼喚聲，聊向虛空中應諾。

我化作北極星，千年不轉移。
愛人的行爲似白日的居心，早晨在東方，傍晚就到西。

【賞　析】

子夜歌是吳歌中的一種。據晉書樂志說：「吳聲雜曲並出江南，東晉以來，稍有增

廣。其始皆徒歌，卽而被之管弦。蓋自永嘉渡江之後，下及梁、陳，咸都建業（今南京市南），吳聲歌曲起於此。」樂府詩集將之收錄在卷四十四的清商曲辭中。子夜歌凡四十二首皆晉宋齊之辭，本書選六首。據唐書樂志說：「子夜歌者晉曲也。晉有女子名子夜造此聲，聲過哀苦。」宋書樂志說：「子夜歌者，有女子名子夜造此聲。晉孝武太元中，瑯琊王軻之家有鬼歌子夜。殷允爲豫章時，豫章僑人庾僧虔家亦有鬼歌子夜。殷允爲豫章亦是太元中，則子夜是此時以前人也。」

鬼歌子夜之事荒誕不經，而且就今存之歌辭觀之，子夜歌實爲男女相思之情歌，如本書所選第一首，是描寫女子楚楚可憐的神態。第二首是描寫女子原有和情郎兩情相悅的憧憬，誰知好夢難圓，最終卻不能成爲匹配。第三首描寫女子傾訴，要得到情郎的憐愛，並不容易。像高山上種植了荷，若欲採擷一株蓮子，就必須歷經苦辛（黃蘗味苦）。第四首是規勸少年人愛惜光陰。第五首是描寫相思之苦。第六首是描寫女子對情郎愛情不專一的訴怨。

在以上所舉的例子中，我們應可以察覺，子夜歌在遣辭用字上的幾項特色。第一，多用雙關語，諧聲義。如「婉」之爲「腕」，「理絲」之「絲」意爲「情思」之「思」，「蓮」之諧「憐」。第二，善用比興。如用「理絲入殘機」以比喻愛情的殘破。「芙蓉」以象徵美好，「黃蘗」以象徵苦辛，「蓮」以象徵同情。「霜下草」以代表衰老。「北辰星」以比喻永遠不變的心，「白日」以比喻朝東暮西的善變。都能運用得十分生動且貼切。第三，使用特殊的稱代詞。如女子好用「儂」以稱代「我」，用「歡」以稱代「情郎」，含意輕柔而多情，是吳儂軟語的最大特色。

子夜四時歌

春　歌（二十首選五）

一

春風動春心，流目矚山林。
山林多奇采，陽鳥①吐清音。

二

綠美②帶長路，丹椒③重紫莖。
流吹④出郊外，共歡弄春英⑤。

三

光風流月初，新林錦花舒。
情人戲春月，窈窕曳羅裙。

四

春林花多媚，春鳥意多哀⑥。
春風復多情，吹我羅裳開。

五

新燕弄初調，杜鵑競晨鳴，
畫眉忘注口，遊步散春情。

夏　歌（二十首選五）

一

春別猶春戀，夏還情更久，
羅裳為誰褰⑦，雙枕何時有？

二

田蠶事已畢，思婦⑧猶苦身。
當暑理絺服⑨，持寄與行人。

三

適見戴青幡⑩，三春已復傾⑪。

林鵲改初調，林中夏蟬鳴。

四

昔別春風起，今還夏雲浮。

路遙日月促，非是我淹留⑫。

五

春傾桑葉盡，夏開蠶務畢，

晝夜理機縛，知欲早成匹。

秋歌

一

風清覺時涼，明月天色高。

佳人理寒服，萬結砧杵勞⑬。

二

清露凝如玉，涼風中夜發。
情人不還成，治遊步明月。

三

金風扇素節，玉露凝成霜。
登高去來雁，惆悵客心傷。

四

仰頭看桐樹，桐花特可憐，
願天無霜雪，梧子解千年。

五

秋風入窗裏，羅帳起飄颺。
仰頭看明月，寄情千里光⑭。

冬歌

一

淵冰厚三尺，素雪覆千里。
我心如松柏，君情復何似？

二

塗澀⑮無人行，冒寒往相覓。
若不信儂時，但看雪上跡。

三

寒鳥依高樹，枯林鳴悲風。
為歡憔悴盡，那得好顏容。

四

寒雲浮天凝，積雪冰川波。
連山結玉巖，修庭振瓊柯。

五

何處結同心，西陵⑯松柏下，
晃蕩⑰無四壁，嚴霜凍殺我。

【註釋】

①陽鳥：尚書禹貢：「彭蠡既豬，陽鳥攸居。」傳：「隨陽之鳥，鴻雁之屬。」此處當指春鳥而言。
②荑：剛生長的茆（即蓴菜）。
③椒：謂花椒，落葉灌木，山野自生，春天開花。
④流吹：笳簫類的樂器。
⑤英：華。
⑥多哀：謂動人的意思。
⑦褰：提起的意思。
⑧思婦：思念丈夫的婦人。
⑨絺服：絺是細葛布，絺服是夏衣。
⑩青幡：謂春天草木皆青，有如幡幟的飄揚。
⑪傾：盡。
⑫淹留：久留。
⑬萬結：謂萬種鬱結。砧杵：搗衣之物。
⑭千里光：指月光。
⑮澀：滯塞。塗澀：道路爲之滯塞。
⑯西陵：地名。漢郡，三國時屬吳，當在今湖北省。
⑰晃蕩：猶寬廓。

【語　譯】

春　歌

一

春風吹動了我賞春的心情，舉目四顧山林。
山林中充滿奇異的色彩，春鳥傾吐着清悅的聲音。

二

綠色的蕁菜長滿路邊，紅色的花椒重疊的紫莖。
笳簫聲散布在郊外，和情人一起撥弄着羣英。

三

初月的輝光在風中閃爍，新綠的林野一片錦花舒布。
情人在春天的月光下嬉戲，窈窕的女子搖曳着羅裙。

四

春天的林野中花特別媚，春鳥的啼聲格外動人，
春風尤其多情，把我的羅裳輕吹開。

五

新生的乳燕初試歌喉，杜鵑在清晨中競鳴，
畫眉鳥更忘了住口，遊人漫步以舒散春情。

夏歌

一

春天雖已消逝依舊愛戀春天，夏天來了情意更加長久。
爲誰褰起羅裳，成雙的枕頭不知幾時才有？

二

田中的蠶事已畢，思婦還在爲已身的遭遇悲苦。
在暑夏中忙着整理夏服，拿去寄給遠行的丈夫。

三

適前還見到青幡般的綠野，現在三春已就要過盡。
林鵲已換了調子，林中正是夏蟬的鳴叫。

四

昔日離別正是春風初起，今日歸來已夏雲飄浮。

路途的遙遠使日月顯得急促，並非是我有意久留。

五

春天過了桑葉已落盡，夏天來了蠶事已完畢，

晝夜整理着機縛，希望能早早織成布匹。

秋歌

一

清風吹送中已感覺出涼意，明月在天色中顯得格外朗高。

佳人已開始整理寒服，萬種鬱結伴着砧杵辛勞。

二

清露已凝聚得有如白玉，涼風在夜半時吹送，

情人還沒回來眠臥，冶遊散步在明月之中。

三

秋風吹送着中秋節，白露已凝聚成寒霜，

登高看見來去的鴻雁，客心惆悵而悲傷。

四

仰頭看見了梧桐樹，梧桐花格外令人愛憐，
但願天空不落霜雪，梧樹的果子會感激千年。

五

秋風吹進了窗裏，吹得羅帳四起飄揚，
仰頭看見了明月，把思情寄給照耀千里的月光。

冬歌

一

深潭裏的冰已厚達三尺，白雪更覆蓋千里。
我心的堅貞有如松柏，你的情感又與什麼相似？

二

道路阻塞已沒有行人，冒著寒冰前往尋覓。

如果你不相信我時，只需看看雪上的痕跡。

三

寒鳥依着高樹棲息，枯樹上吹着悲風。
爲了愛人憔悴到極盡，那裏還會有好的顏容。

四

寒雲浮在天空凝結，雪花在冰凍的河川上成波。
層層的山巒都結起了白玉似的山巖，美麗的庭院中振揚起瓊玉般的枝柯。

五

在那裏締結同心，在西陵的松柏樹下，
寬廓得沒有四壁，嚴霜的冰凍卽將殺了我。

【賞析】

子夜歌之分春、夏、秋、冬四時，是一種變歌。是後人依四時之景色和感覺等之不同，而有意加以區別的。樂府詩集中共收錄七十五首，此處各選五首，都是晉、宋、齊代民間流傳的樂曲。每首皆以五言四句，而且在措詞上和子夜歌大體是一致的。

就以上所舉數首觀之，它對唐宋人的影響是很大的。如李白的夜思：「牀前明月光，疑是地上霜。舉頭望明月，低頭思故鄉。」其實是脫胎於子夜秋歌的「秋風入窗裏，羅帳起飄颺；仰頭看明月，寄情千里光。」

又如蘇軾「和子由澠池懷舊」詩中有「人生到處知何似？應是飛鴻踏雪泥。泥上偶然留指爪，鴻飛那復計東西？」和子夜冬歌中的「若不信儂時，但看雪上跡」有異曲同工之妙。

又如吳文英「唐多令」詞中的「何處合成愁，離人心上秋」和子夜冬歌中的「何處結同心，西陵松柏下」句型又完全相似。

可見子夜歌在詩史上的地位及價值是不容輕忽的。

大子夜歌（選二）

一

歌謠數百種，子夜最可憐①。
慷慨吐清音，明轉②出天然。

二

絲竹③發歌響，假④器揚清音。
不知歌謠妙，聲勢⑤出口心。

【註釋】

①可憐：可愛。
②明轉：謂音調明亮宛轉。
③絲竹：指弦樂和管樂之器，如琴瑟、簫管之屬。
④假：借。
⑤聲勢：指聲音和餘韻。

【語譯】

一

歌謠有數百種，子夜歌最令人愛憐。

慷慨的情緒傾吐出清越的音節；明亮宛轉的歌聲出自天然。

二

絲竹發出的歌聲，是假借樂器以激起的清揚樂音。

絕不知歌謠的美妙，它的聲調餘韻是出自口和心。

【賞析】

大子夜歌是子夜歌的變曲。從詩意上看，它是當時文人寫來讚美子夜歌的。所以第一首說子夜歌是數百種歌謠中最令人喜愛的一種。因爲它歌調的慷慨或明轉都是出於天籟之音。第二首更以子夜歌和絲竹樂器演奏的歌曲，作一比較，子夜歌之所以爲美，是不假借於他物，而純粹得之於心和口的美妙。

子夜警歌（選二首）

一

鏤椀①傳綠酒，雕爐薰紫烟，
誰知苦寒②調，共作白雪③弦。

二

持愛如欲進，含羞出不④前。
朱口發艷歌，玉指弄嬌弦。

【註釋】

① 椀：即碗。

② 苦寒：魏武帝有苦寒行。知是古調。

③ 白雪：即陽春白雪。古琴曲名。

④ 出不：玉臺新詠作「未肯」。

【語譯】

一

用雕鏤的椀傳遞新醅的綠酒，雕爐中薰着裊裊的紫烟。誰知苦寒行的古調，都化作了陽春白雪的琴弦。

二

仗恃着寵愛想得進幸，卻又含羞不敢前行。輕啓朱口發出艷歌，玉指撥弄着嬌柔的琴弦。

【賞析】

子夜警歌也是子夜歌的變曲，此選二首，都是描寫女子（可能是樂妓或妾之類的身份）生活或心理的詩。第一首寫女子侍酒，在旁有雕爐，紫烟嬝嬝上升的房中，以鏤椀傳新醅綠酒，而實際上她的內心卻是苦楚的。所以詩中用「苦寒調」來象徵。而此種心情又少爲人知，所以詩中又以「陽春白雪」來表示。因爲「陽春白雪」有曲高和寡之意。第二首則寫女子含羞忸怩的樣子，十分生動。

子夜變歌（三選二）

一

歲月如流邁①，春盡秋已至。
熒熒條上花②，零落何乃駛。

二

歲月如流邁，行已及素秋。
蟋蟀吟堂前，惆悵使儂愁。

【註釋】

①流邁：流水的消逝。　②熒熒：光艷貌。條：枝條。

【語譯】

一

歲月如流水般消逝，春天過了秋天已至，

光艷枝條上的花朵，零落竟然快如電馳。

二

歲月似流水般消逝，即將屆臨素秋。
蟋蟀在堂前吟唱，惆悵的聲音使我發愁。

【賞析】

子夜變歌也是子夜歌的一種變曲。此處選的兩首，都是敍述歲月流逝的詩。第一首用花的凋謝，第二首用蟋蟀的鳴於堂下，代表節氣的改變。這種表現法，在詩經中已可得見。如唐風蟋蟀篇中就有「蟋蟀在堂，歲聿其莫」、「蟋蟀在堂，歲聿其逝」、「蟋蟀在堂，役車其休」的句子，與子夜歌中的用法是相同的。

上聲歌

一

儂本是蕭草，持作蘭桂名①。
芬芳頓交感，感郎為上聲。

二

郎作上聲曲，柱促②使弦哀，
譬如秋風急，觸遇傷儂懷。

三

初歌子夜曲，改調促鳴箏。
四座暫寂靜，聽我歌上聲。

【註釋】

①儂本是蕭草二句：蕭草謂蒿，是下賤之草，而蘭桂則是香草。楚辭離騷有「何昔日之芳草兮，今直爲此蕭艾也。」意與此句正相反。

②柱：凡琴瑟等用以繫弦的叫柱。促：短、急。柱短則弦聲哀切。

【語譯】

一

我本是低賤的蕭草，卻給我冠上蘭桂的美名。
頓時芬芳交熾紛盛，爲感念郎意而歌上聲。

二

郎譜成了上聲曲，短柱使弦音傷哀，
它有如秋風般的飈急，觸擊我的際遇使我悲傷滿懷。

三

最初唱的是子夜曲，改變了調子急鳴古箏，
四座一時啞然寂靜，只爲聽我歌唱上聲。

【賞析】

樂府詩集中收上聲歌八首，皆晉、宋、梁時歌曲。今只選三首。就詩中文義上看，上聲歌是一種節奏十分高昂急促的歌曲，所謂「柱促使弦哀」「改調促鳴箏」是也。今選三首，第一首是說女子感念男子厚待的贊美詩。女子本是蕭草般的賤軀，男子卻把她待如蘭桂般的重視。從此芬芳集於一身，她感激之餘而歌上聲。第二首是說男子所作的上聲歌，弦音哀切，有如秋風狂颷，引起女子的感觸而傷懷。第三首則說上聲歌的節奏急促，必須用古箏伴奏，而且其惕勵之音，令人悚然戒懼，有壓倒「羣芳」之勢。南宋辛稼軒的「四座且勿語，聽我醉中吟」二句即脫化於此。

碧玉歌

一

碧玉破瓜①時，郎為情顛倒。
芙蓉陵霜榮，秋容故尚好。

二

碧玉小家女，不敢攀貴德。
感郎千金意，慚無傾城色②。

【註釋】

①碧玉：宋汝南王之妾名碧玉，甚得寵愛。破瓜：俗以瓜字可以中分爲二八字。所以女子十六歲爲破瓜之年。

②傾城色：李延年歌：「北方有佳人，遺世而獨立。一顧傾人城，再顧傾人國。寧不知，傾城與傾國，佳人難再得。」

【語譯】

一

碧玉十六歲時，郎爲愛情所顛倒。
芙蓉花盛開在寒霜之上，秋天的景色依舊美好。

二

碧玉是小家的女子，不敢高攀貴門的盛德。
感激郎君千金般的美意，羞慚自己沒有傾城的容色。

【賞析】

據樂苑說，碧玉歌是宋汝南王所作。爲他心愛的寵妾碧玉而作。樂府詩集中收錄五首。此選二首。俗語所說：「碧玉破瓜」、「小家碧玉」等，當卽本此而來。

懊儂歌

一

江陵去揚州①，三千三百里。
已行一千三，所有二千在。

二

我有一所歡，安在深閤②裏。
桐樹不結花，何由得梧子。

【註釋】

①江陵：今湖北江陵縣。揚州：當時揚州的治所在建業。故城在今南京市南。
②閤：同閣。

【語譯】

一

從江陵到揚州，路途三千三百里。

已經走了一千三，還有二千在。

二

我有一位心上人，安頓在深閨裏。

桐樹如果不開花，又怎會結成梧子。

【賞析】

樂府詩集收懊儂歌十四首。引古今樂錄說：「懊儂歌者，晉石崇、綠珠所作。唯『絲布澀難縫』一曲而已。後皆隆安初民間訛謠之曲。……」此選二首。第一首是反映歸思心情之急切。但文字十分簡樸，只有一些里程的數字。可是旅客的心情就是如此「歸心似箭」。第二首是盼望男女能早日結婚生子的詩。用「桐樹不結花，何由得梧子」的「梧子」以象徵「吾子」。

華山畿

一

華山畿①，君既為儂死，獨生為誰施②。

歡若見憐時，棺木為儂開。

二

未敢便相許，夜聞儂家論，不持儂與汝③。

三

懊惱不堪止，上牀解要④繩，自經⑤屏風裏。

四

啼著曙，淚落枕將浮，自沈被流去。

五

別後常相思，頓書千丈闕題碑，無罷時。

六

相送勞勞渚⑥，長江不應滿，是儂淚成許。

【註釋】

①畿：垠，山邊。

②施：用。

③持：把。與：給。

④要：即古腰字。

⑤自經：自縊。自己吊死。

⑥勞勞：當是地名。渚：水邊小洲。

【語譯】

一

華山的山脚啊！你既然已爲我而死，我獨生又爲誰！

愛人啦如果你憐愛我，棺木爲我而敞開。

二

我不敢立刻以身相許，因爲在晚上聽到家人的談論，不把我嫁給你。

三

懊惱不能抑止，上牀解下了腰間的布繩，自殺上吊在屏風裏。

四

一直啼哭到天亮，落下的眼淚把枕頭浮起，自沈在淚水中被流去。

五

離別後經常相思，一時寫下了千丈的闕題碑，沒有盡時。

六

相送到勞勞渚，長江本不應盈滿，是我的淚水滴下如許。

【賞析】

樂府詩集收華山畿二十五首。引古今樂錄說：「華山畿者，宋少帝（西元四二三年——四二四年在位）時懊惱一曲，亦變曲也。少帝時，南徐一士子，從華山畿往雲陽，見客舍有女子，年十八、九，悅之無因，遂感心疾。母問其故，具以啓母。母爲至華山尋訪，見女具說。聞感之，因脫蔽膝，令母密置其席下，臥之當已。少日果差。忽擧席見蔽膝而抱持，遂呑食而死。氣欲絕，謂母曰：『葬時，車載從華山度。』母從其意。比至女門，牛不肯前，打拍不動。女曰：『且待須臾。』妝點沐浴，既而出，歌曰：『華山畿，（文略）。』棺應聲開，女透入棺，家人叩打，無如之何，乃合葬，呼曰神女冢。」

古今樂錄的這一段故事，使華山畿增添了不少纏綿詭異的色彩。就現存二十五首作品內容看，它們絕大部分都是情詩，而且筆觸都非常的誇張。如第一首的「棺木開」，第七首「淚落枕將浮，自沈被流去」，第八首「石闕晝夜題碑淚，常不燥」，第九首「頓書千丈闕題碑，無罷時」，第十一首「離淚溢河漢」，第十二首「淚如漏刻水，晝夜流不息」等，使文學的趣味增加，李白詩中的「白髮三千丈，緣情似箇長」的誇張手法，多少與這些詩歌有類同之處。

讀曲歌（八十九首選五）

一

花釵芙蓉髻，雙鬢如浮雲，
春風不知著①，好來動羅裙。

二

思歡久，不愛獨枝蓮，只惜同心藕。

三

桐花特可憐，願天無霜雪，梧子解千年。

四

逋②髮不可料，顦顇③為誰睹？
欲知相憶時，但看裙帶緩幾許！

五

暫出白門前，楊柳可藏烏。
歡作沈水香④，儂作博山鑪⑤。

【註釋】

①著：讀入聲。語助詞。
②逋：亡，逃之意，此處引申爲脫落。
③顦顇：卽憔悴。
④沈水香：卽沈香，爇之香氣甚烈，爲香料中之極品。
⑤博山爐：香爐名。考古圖：象海中博山，下盤貯湯，使潤氣蒸香，以象海之四環。

【語譯】

一

花般的頭釵芙蓉般的髮髻，雙鬢有如浮雲。

二

春風雖不懂情，卻常來翻動她的羅裙。

三

思念愛人已久，我不愛獨枝的蓮花，只珍惜同心的荷藕。

桐花最爲可愛，但願上天不落霜雪，可以讓梧桐子解意千年。

四

頭髮的脫落是不可預料的，憔悴的臉容能給誰一睹。
若想知道相憶的深情，只需看看裙帶又寬緩了幾許。

五

暫時步出竹籬白門，茂密的楊柳中可藏慈烏。
你如果作沈水香，我願爲博山爐。

【賞析】

樂府詩集收讀曲歌八十九首。此選五首。宋書樂志說：「讀曲歌者，民間爲彭城王義康所作也（義康於西元四五一年被殺）。其歌云：『死罪劉領軍，誤殺劉第四』是也。」又古今樂錄說：「讀曲歌者，元嘉十七年（西元四四〇），袁后崩，百官不敢作聲歌。或因酒讌，止竊聲讀曲細吟而已。以此爲名。」按以上二說對讀曲歌創作的動機說法不一致，但時間則十分相近，因義康被徙也在十七年。然就今存八十九首的內容看，與彭城王義康及袁后崩均無直接關係。既然歌曲只能細吟而不作聲歌，最多也只能爲當時的一種禁令而已。卽如論語述而篇所說：「子於是日哭則不歌」，讀曲歌的竊聲細吟，應該不是指樂曲本身而言。

此選第一首是贊美女子貌美的詩，寫女子的髮釵、髮髻、髮鬟之美，再以春風的輕動羅裙來造成動感。第二首是寫情人思慕成雙成對的殷切心情。所以蓮花雖美，畢竟獨枝，藕根雖沉於汚泥，卻能同心。第三首是寫女子期盼男子了解自己心意的詩。用桐花特可憐比喩自己，以「梧子」（代吾子）解千年來比喩對方。第四首是寫女子爲相憶情郎而消瘦、憔悴的詩。末句「但看裙帶緩幾許」和古詩十九首（行行重行行）中之「衣帶日已緩」的用法相同。但比起「衣帶漸寬終不悔，爲伊消得人憔悴」來，力量就顯得薄弱了。第五首也是情人相盼能彼此長聚首的詩。前二句只是「興」體。「沈水香」是比喩愛人，「博山鑪」以比喩自己。

青溪小姑曲

開門白水①，側近橋梁。
小姑②所居，獨處無郎。

【註釋】

①白水：水名，發源於鍾山，鍾山在南京。

②小姑：即青溪小姑。（詳下）

【語譯】

打開門就是澄清的溪水，近側有一座橋梁。
小姑就居住在這個地方，她還是獨處無郎。

【賞析】

樂府詩集在神弦歌十一曲（宿阿、道君、聖郎、嬌女、白石郎、青溪小姑、湖就姑、姑恩、採菱童、明下童、同生）下，僅收此一曲。據吳均續齊諧記說：「會稽趙文韶，宋元嘉中，爲東宮扶侍。廨在青溪中橋，秋夜步月，悵然思歸，乃倚門唱烏飛曲，忽有青衣，年可十五、六許，詣門曰：女郎聞歌聲有悅人者，逐月遊戲，故遣相問。文韶不之疑，遂邀暫過，須臾，女郎至，年可十八、九許，容色絕妙，謂文韶曰：聞君善歌，能爲作一曲否。文韶卽爲歌『草生盤石下』，聲甚清美，女郎顧青衣，取箜篌鼓之，泠泠似楚曲。又令侍婢歌『繁霜』，自脫金簪扣箜篌和之。婢乃歌曰：『歌繁霜，繁霜侵曉幕，何意空相守，坐待繁霜落。』留連宴寢，將旦，別去，以金簪遺文韶，文韶亦贈以銀盌及瑠璃匕。明日，於青溪廟中得之，乃知得所見青溪神女也。」（此據樂府詩集，與說郛卷一一五所引略異）

按晉干寶搜神記說：「廣陵蔣子文嘗爲秣陵尉，因擊賊，傷而死。吳孫權時封中都侯，立廟鍾山。」而異苑則說：「青溪小姑，蔣侯第三妹也。」

所以有人說，「青溪小姑曲」是用來祭祀女神小姑的。它的內容有點類似情歌，這恐怕是鄉民的普遍心理。就楚辭九歌的內容看，先民在祭祀神時，難免不雜有傾慕的心理。

石城樂

一

布帆百餘幅，環環在江津①。
執手雙淚落，何時見歡還。

二

聞歡遠行去，相送方山亭②。
風吹黃蘗藩③，惡聞苦離聲。

【註　釋】

① 環環：重重圍繞。江津：指今湖北江陵附近之江津。

② 方山亭：王運熙據太平廣記引出明錄說：「東陽丁譁出郭，於方山亭宿。」以爲方山亭即指此。

③ 黃蘗：落葉喬木，高三、四丈。夏開黃色小花，秋結實如黃豆，可入藥。莖內皮色黃，可作染料，也可入藥。藩：籬。

【語譯】

一

布帆有一百多幅，重重圍繞在江津。

執手道別的離人雙雙落淚，不知何時才能見到愛人的回還。

二

聽說愛人即將遠行，相送你到方山亭。

風吹動了黃蘗的籬藩，我實在不忍聽這陣陣痛苦離別之聲音。

【賞析】

石城樂以下均屬西曲歌。古今樂錄說：「西曲歌有石城樂、烏夜啼、莫愁樂、估客樂、襄陽樂、三洲、襄陽蹋銅蹄、採桑度、江陵樂、青陽度、青驄白馬、共戲樂、安東平、女兒子、來羅、那呵灘、孟珠、翳樂、夜度娘、長松標、雙行纏、黃督、黃纓、平西樂、攀陽枝、尋陽樂、白附鳩、枝（拔）蒲、壽陽樂、作蠶絲、楊叛兒、西烏夜飛、月節折楊柳歌三十四曲。……」樂府詩集說：「西曲歌出於荆、郢、樊、鄧之間，而其聲節送和與吳歌亦異，故其方俗而謂之西曲云。」

按荆、郢、樊、鄧一帶，即古時楚地。所以它在形式上雖然和吳歌的五言四句相同，但吳歌所敍多江南農村之兒女戀情，而西曲則多賈客商婦之離情。

舊唐書音樂志說：「石城，宋，臧質所作也。石城在竟陵。質嘗爲竟陵郡，於城上眺矚，見羣少年歌謠通暢，因作此曲。歌云：『生長石城下，開門對城樓。城中美少年，出入見依投。』」

宋，臧質（西元三九九——四五四）在宋書中有傳，他做竟陵江夏內史時，大概三十歲左右。則這首詩應該寫在四二三年左右。從內容上看它是一首女子送別情郎的詩。

烏夜啼

一

辭家遠行去，儂歡獨離居，
此日無啼音，裂帛作還書。

二

可憐烏臼鳥①，彊言②知天曙。
無故三更啼，歡子冒闇去。

【註釋】

①烏臼鳥：烏臼是一種樹名。屬落葉喬木，高三丈許，葉廣卵形而尖，夏月開花，形小，色黃，種子可製肥皂。烏臼鳥泛指棲息烏臼樹上之鳥。

②彊言：彊通强。强言就是逞强的說。

【語 譯】

一

辭別家鄉出外遠行，我的情人寂寞地獨居。
今天沒有聽到烏鳥的啼聲，我趕快撕下紙帛寫封家書。

二

可憐的烏臼鳥，逞强說牠知道天已發曙，
無緣無故在三更時叫了起來，害得情人冒着黑暗離去。

【賞 析】

唐書樂志說：「烏夜啼者，宋臨川王義慶所作也。元嘉十七年，徙彭城王義康於豫章；義慶時爲江州，至鎭相見而哭。文帝聞而怪之，徵還宅，大懼。伎妾夜聞烏夜啼聲，扣齋閤云：『明日應有赦。』其年更爲南兗州刺史，因此作歌。故其和云：『夜夜望郎來，籠窗窗不開。』今所傳歌辭，似非義慶本旨。」

敎坊記說：「烏夜啼者，元嘉二十八年，彭城王義康有罪放逐，行次潯陽，江州刺史衡陽王義季留連宴飲，歷旬不去，帝聞而怒，皆囚之。會稽公主，姊也。嘗與帝宴洽，中席起拜，帝未達其旨，躬止之。主流涕曰：『車子歲莫，恐不爲陛下所容。——車子義康小字也。——』帝指蔣山曰：『必無此，不爾，便負初寧陵。』武帝葬於蔣山，故指先帝陵爲誓。因封餘酒寄義康。旦日，曰：『昨與會稽姊飲樂憶弟，故附所飲酒往。』遂有之。使未達潯陽，衡陽家人扣二王所囚院曰：『昨夜烏夜啼，官當有赦。』少頃使至，二王得釋，故有此曲。」

大概從劉義慶以後，「烏烏夜啼」就變成了一種親人平安、歸鄉的訊息。所以樂府詩「烏夜啼」被廣泛使用後，就代表相思盼歸之意。本文選了兩首，第一首是描寫辭家遠行客對家人的思念。只要一日聽不到烏鳥的啼聲，就急忙修書報平安，流露濃厚的關心之情。第二首對烏臼鳥的逞強亂啼，致使情人以爲天欲曙而竟冒暗離去，有責怪的意思。也意味着作者對聚少離多的一份傷感。樂府詩集中所選的八首，大多是同樣的感情。

自君之出矣

宋武帝

自君之出矣，金翠闇無精①。
思君如日月，迴還②晝夜生。

【註釋】

①金翠：翠指翠翹，婦人首飾。金翠者以金爲之。闇：同暗。精：光也，華也。

②迴還：迴也作回。迴還亦作回遑，即彷徨之意。

【語譯】

自從你離我遠去，金製的翠翹已暗然無光，對你的思念有如日月，晝夜都心生彷徨。

【賞析】

漢徐幹有「室思詩」五章，他在第三章中說：「自君之出矣，明鏡暗不治，思君如流水，無有窮已時。」從此「自君之出矣」就成樂府詩名。樂府詩集收錄在雜曲歌辭中。宋武帝此首和徐幹詩內容相近似。詩中「日月」一詞與「流水」意亦相近。

丁督護歌

宋武帝

一

督護①北征去，前鋒無不平。
朱門垂高蓋②，永世揚功名。

二

洛陽數千里，孟津③流無極，
辛苦戎馬間，別易會難得。

【註釋】

①督護：官名。
②朱門：謂豪富之門。蓋謂車蓋。朱門垂高蓋：意謂官高勢大。
③孟津：在今河南孟縣南，

【語　譯】

一

督護出兵北征，前鋒所到無不剷平，
朱門前垂下高高的車蓋，永世傳揚他的功名。

二

此去洛陽有數千里，孟津的流水永無涯極，
長年在戎馬間辛苦，別離容易聚會難期。

【賞　析】

丁督護一作阿督護。宋書樂志說：「督護歌者，彭城內史徐逵之，爲魯軌所殺。宋高祖使府內直督護丁旿收斂殯埋之。逵之妻高祖長女也，呼旿至閤下，自問殮送之事，每問輒歎息曰：『丁督護』。其聲哀切，後人因其聲，廣其曲焉。」唐書樂志曰：「丁督護晉宋間曲也，今歌是宋武帝所製云。」

從以上兩首內容上看，都是征戰的描寫。第一首寫督護的功高蓋世。第二首敍軍旅戎馬之苦。

行路難

鮑　照

一

奉君金卮①之美酒，瑇瑁②玉匣之雕琴。

七綵芙蓉③之羽帳，九華葡萄④之錦衾。

紅顏零落歲將暮，寒光宛轉時欲沈。

願君裁悲且減思，聽我抵節⑤行路吟⑥。

不見柏梁銅雀⑦上，寧聞古時清吹⑧音。

二

洛陽名工鑄為金博山⑨，千斲萬鏤上刻秦女攜手僊。

承君清夜之歡娛，列置幃裏明燭前。

外發龍鱗之丹彩，內含蘭芬之紫煙，
如今君心一朝異，對此長歎終百年。

三

瑤閨玉墀上椒閣[10]，文牕繡戶垂綺幕，
中有一人字金蘭，被服纖羅蘊芳藿[11]。
春燕差池風散梅[12]，開幃對影弄春爵[13]。
含歌攬涕[14]恆抱愁，人生幾時得為樂！
寧作野中之雙鳧[15]，不願雲間之別鶴。

四

瀉水置平地[16]，各自東西南北流。
人生亦有命，安能行歎復坐愁！

酌酒以自寬，擧杯斷絕歌路難。
心非木石豈無感，吞聲躑躅⑰不敢言！

五

對案⑱不能食，拔劍擊柱長歎息。
丈夫生世會幾時，安能蹀躞⑲垂羽翼？
棄檄⑳罷官去，還家自休息。
朝出與親辭，暮還在親側。
弄兒牀前戲，看婦機中織。
自古聖賢盡貧賤，何況我輩孤㉑且直。

六

愁思忽而至，跨馬出北門。

舉頭四顧望，但見松柏園。
荊棘鬱蹲蹲㉒，中有一鳥名杜鵑，言是古時蜀帝魂㉓。
聲音哀苦鳴不息，羽毛憔悴似人髡㉔。
飛走樹間啄蟲蟻，豈憶往日天子尊？
念此死生變化非常理，中心惻愴不能言。

七

中庭㉕五株桃，一株先作花。
陽春沃若㉖二三月，從風簸蕩㉗落西家。
西家思婦見悲惋，零落霑衣撫心歎；
初我送君出戶時，何言淹留節迴換？
牀席生塵明鏡垢，纖腰瘦削髮蓬亂。

人生不得恆稱意，惆悵徙倚㉘至夜半。

八

剉蘗染黃絲㉙，黃絲歷亂不可治。
我昔與君始相值，爾時自謂可君意。
結帶與君言，生死好惡不相置㉚。
今日見我顏色衰，意中索寞與先異，
還君金釵瑇瑁簪，不忍見之益愁思。

【註釋】

① 金卮：卮是酒器，金屬製成謂之金卮。
② 瑇瑁：亦作玳瑁。龜類，生海中，背上之甲，可以製飾品。
③ 芙蓉：本荷花，此指羽帳上的圖案。
④ 蒲萄：亦作蒲萄。李善注引陸翽鄴中記：「錦有蒲萄文錦。」此亦指錦衾上的花紋。
⑤ 抵節：抵音紙（ㄓˇ），側擊。節謂樂器，即拊鼓，歌唱時拍打以爲節奏。

⑥ 行路吟：行路謂行路難曲，吟是唱。

⑦ 柏梁、銅雀：皆臺名。漢書武帝紀：「元鼎二年春起柏梁臺。」顏師古注引三輔舊事，謂以香柏爲臺。銅雀臺，建安十五年曹操建。在鄴城西北。

⑧ 吹：音ㄔㄨㄟ。管樂。

⑨ 金博山：博山，爐名，見前楊叛兒：「暫出白門前，楊柳可藏烏，歡作沈水香，儂作博山爐」注。

⑩ 璿閨：一作璇閨。璿、璇皆是次於玉的美石。璿閨形容閨房之美。墀：是堦上地，以玉飾之，謂玉墀。椒閣：即椒房。古代后妃、貴夫人居處，以椒和泥塗壁，取其香而溫暖。

⑪ 蘊：積聚。藿：即藿香，草名，莖葉甚香。

⑫ 差池：謂不齊貌。風散梅：藉梅之飄落，喻人生短暫。

⑬ 爵：是酒器。或解作「雀」亦可。一本作「開幃對影弄禽爵。」

⑭ 含歌：謂歌聲含而不發。攬涕：謂收涕。

⑮ 鳧：音ㄈㄨˊ，野鴨。

⑯ 瀉水置平地：瀉，傾。錢振倫補注引世說新語文學：「殷中軍問：『自然無心於稟受，何以正善人少惡人多？……』劉尹答曰：『譬如寫水著地，正自縱橫流漫，略無正方圓者。』一時絕歎，以爲名通。」語或本此。

⑰ 吞聲：聲欲發而又止。躑躅：住足不進貌。

⑱ 案：放置食器的小桌几。

⑲ 蹀躞：音ㄉㄧˊㄝㄒㄧˋㄝ。小步行走貌。

⑳ 檄：一作置。古代用以徵召之公文書。

㉑ 孤：族寒勢孤。

㉒ 蹲蹲：舞動貌。

㉓ 蜀帝魂：華陽國志，蜀志：「周失綱紀，蜀

侯蠶叢始稱王，後有王曰杜宇，教民務農，一號杜主。七國稱王，杜宇稱帝，號曰望帝，更名蒲卑。會有水災，其相開明決玉壘山以除水害，帝遂委以政事，禪位於開明，帝升西山隱焉。時適二月，子鵑鳥鳴，故蜀人悲子鵑鳥鳴也。」又成都紀：「杜宇死，其魂化爲鳥，名杜鵑。」又寰宇記：「蜀王杜宇號望帝；後因禪位，自亡去，化爲子規。」

㉔髡：音ㄎㄨㄣ。去髮。禿。

㉕中庭：庭中。

㉖沃若：柔美貌。一作妖冶。

㉗簸蕩：即波盪，搖動貌。

㉘徙倚：猶低徊。

㉙剉蘗染黃絲：剉音ㄘㄨㄛˋ。折。蘗即黃蘗，落葉喬木，高三四丈，莖內皮色黃，可以作染料（參見子夜歌注）。

㉚置：棄。

【語譯】

一

對君奉上金杯滿盛的美酒；

瑇瑁和玉飾外匣的雕琴。

七彩芙蓉花圖案的羽帳；

九華葡萄球紋飾的錦衾。
美人的容顏已老歲月晚暮。
時光流逝白日即將西沈。
但願君能裁翦悲傷減少愁思，
且聽我擊節高歌行路吟。
不願見柏梁、銅雀臺上的繁華，
寧去聽古時管樂的清音。

二

洛陽的名匠鑄成了香爐金博山，
千道琢痕萬縷辛勤上面刻了秦女携手成仙。
侍奉君清寂夜晚的歡娛，
列置在幃幔裏明燭前，
外殼散發出龍鱗般丹紅的色彩，

爐內含蘊着蘭香的紫色輕烟，
如今君心一朝間已改異，
我對着名爐長歎直到百年。

三

沿瑲飾的閨閣玉砌的臺階登上椒房，
文彩的窗牖錦繡的門戶垂下綺纖的簾幕。
其中有位女子名叫金蘭，
穿着纖細的綢羅積聚一身的芳藿。
春天的燕子參差飛掠微風吹散了紅梅，
敞開帷幃對着身影把弄春天的鳥雀。
收起歌聲擦乾眼淚常抱着滿懷悲愁，
人生能有幾時得到歡暢快樂。
寧可變作田野中的雙雙野鳧，

不願作白雲間的離羣孤鶴。

四

把水傾瀉在平地，
水分別向東西南北而流。
人生本有不同的運命，
怎能歎息又發愁！
喝杯烈酒以自寬慰，
高擧起酒杯唱斷了行路難。
心非木石豈能毫無感觸，
卻只能忍氣呑聲，住足不前不敢直言。

五

對着桌案食不下嚥，
拔出寶劍砍擊屋柱長聲歎息。

大丈夫生逢際會能有幾時，
又怎能侷促不前而斂垂羽翼？
且丟下任官令辭官而去，
回到家中獨自休息。
清晨和親人辭別，
日暮已回到親人身側。
在牀前把弄孩兒嬉戲，
看着媳婦在機杼旁紡織。
自古聖賢都是貧困且位賤，
更何況我輩孤傲又正直。

六

愁思忽然襲上心頭，
跨上馬奔馳出北門。

舉頭四顧張望，
只見到松柏滿園。
蒼鬱的荊棘在風中舞動，
其中有一隻鳥叫杜鵑，
牠自言是古時蜀帝的英魂。
聲音哀苦鳴叫不息，
羽毛憔悴就像人的禿髮，
在樹林間飛走着啄食蟲蟻，
不知是否還能記憶往日天子的尊嚴？
必會想到死生變化都不依常理，
心中惻愴得不能言語。

七

庭院中有五株桃，

一株先綻放出桃花。
春天的陽光柔美時正是二、三月，
順着風飄蕩落到了西家。
西家的思婦見了悲歎惜惋，
淚水沾濕了衣裳撫着心胸哀歎，
當初我送別郎君出門時，
何嘗說過要久留到季節轉換？
牀席上落了灰塵明鏡變得汚垢，
纖弱的腰身瘦削頭髮蓬亂。
人生不可能永遠稱心如意，
惆悵低吟而直到夜半。

八

折下黃蘗染黃了蠶絲，

蠶絲已混亂得不能整治。
往昔我和郎君才相許，
當時自以爲可以稱君心意。
結褵時和郎君誓言，
無論生死好惡都不能背棄。
今日看我的容顏衰老，
你的心意冷寞和先前迥異，
還給你金釵和瑇瑁髮簪，
不忍心見到它而更加愁思。

【賞　析】

行路難，樂府詩集收錄在雜曲。據樂府解題說：「行路難備言世俗艱難及離別悲傷之意，多以『君不見』爲首。」又郭茂倩引陳武別傳說：「武常牧羊，諸家牧豎有知歌謠者，武遂學行路難。」按陳武是三國時吳人，則「行路難」在三國前已有之。

鮑照「擬行路難」共十八首（一說分「春禽喈喈旦暮鳴」爲兩首，則爲十九首。）多表現了强烈的不滿現實的情緒。十八首的創作時期，恐非在一時。但思想內容都豐富深刻，感情强烈奔放，手法或平鋪直敍，或兼採比興都運用的十分靈活。是我國文學史上傑出的詩作。本文共選錄八首。第一首「奉君金巵之美酒」是藉歌妓之口，唱出了時光易逝，歷史推移，繁華瞬卽消沉的悲愴。所謂「願君裁悲且減思」正是悲思減不盡；而「聽我抵節行路吟」又道出了作者感慨之多。漢時「柏梁」、「銅雀」上的歡唱，如今安在？而更古昔的管樂淸音又復何存？全詩充滿了悲悽與人力無可爲的無奈感。

第二首「洛陽名工鑄爲金博山」，藉「金博山」的際遇，寫出作者失寵而被疏遠的悲哀。所以詩中對「金博山」的刻意描繪都在暗喩作者得寵時的種種厚遇，想必是作者有感而發的。

第三首「璿閨玉墀上椒閣」，寫門閥貴族婦女在心靈上的空虛，她們有豪奢的物質享受，但感情生活則是孤單落寞的。詩中末二句：「寧作野中之雙鳧，不願雲間之別鶴」，强烈地反映了她們對愛情的企盼。這種寫法和後來的閨怨詩十分相近。

第四首「瀉水置平地」，寫人生各有運命，就如「瀉水置地，各流西東」。所以對命運乖舛的愁歎是無濟於事的。本該酌酒自寬，舉杯解愁，但畢竟人是有情的動物，外有所感，必搖其精，所以既生爲人，則痛苦依然，正如李白「抽刀斷水水更流」的慨歎是一致的。

第五首「對案不能食」，是抒發有志不得申的感慨。就史傳中看，鮑照早期做過什麼官，已無可考。但稱其「郎位尙卑」而已。而詩品上說他：「才秀人微，取湮當代」。可見他是一位懷才不遇的文人。詩中表現的正是一個如此的形象，才高、氣盛、敏感、自尊，卻不容於現實社會。詩末「孤且直」三字，一針見血地道破了失意者所以致慼的根本關鍵。

第六首「愁思忽而至」，藉「蜀帝魂化爲杜鵑」的故事以說明「死生變化無常」的道理。這首詩最突出的技巧是利用「對比」以强化感受。蜀帝本爲「天子尊」的身份，卻變成了「羽毛憔悴似人髡，飛走樹間啄蟲蟻」而又「聲音哀苦鳴不息」的杜鵑，自然「死生變化無常」的感受就鮮明的躍然紙上了。

第七首「中庭五株桃」，是寫閨中思婦的怨尤。藉陽春三月，桃花的飄落西家，以引起閨婦的春怨，手法活潑而生動。而「人生不得恆稱意」一句，則又是作者眞正意之所寄。所以此詩明寫閨怨，而實則也在歎已於仕途之上「遇人不淑」也。

第八首「剉蘗染黃絲」，是棄婦悲歎之歌。詩中「絲」諧「思」，這種技巧得之於西曲吳歌。而蘗味苦，所以「剉蘗染黃絲」，起首一句已點明棄婦情思之苦。自然下面的文章就好做了。當然不外乎一些「始亂終棄」之語。作者想必又是藉棄婦的悽苦來比喻被棄於仕途的痛苦吧。「還君金釵瑇瑁簪，不忍見之益愁苦」等句，都是一些故作灑脫語而已。

讀罷鮑照的「擬行路難」，對他感情的誠摯，技巧的廣度，雖然佩服，但那一種深沉的邑鬱氣氛，不免使人對他有一份「狷狹之志」的感覺。

梅花落

鮑照

中庭雜樹多，偏為梅咨嗟①。
問君②何獨然？念其霜中能作花，
露中能作實。搖蕩春風媚春日，
念爾③零落逐寒風，徒有霜華無霜質！

【註釋】

①咨嗟：讚歎。

②君：指作者。即詩中「偏爲梅咨嗟」的人。

③爾：指庭中的雜樹。

【語譯】

庭中有許許多多的雜樹，

【賞析】

卻偏偏對梅花讚許咨嗟，
請問你爲何如此？
是因爲它能在寒霜中開花；
在寒露中結實。
那些只會在春風中搖蕩春日裏嫵媚的，
你必會零落在寒風中追逐，
因爲你徒有在寒霜中開花卻沒有耐寒的本質。

梅花落屬漢橫吹曲。樂府詩集說：「梅花落，本笛中曲也。按唐大角曲亦有大單于、小單于、大梅花、小梅花等曲，今其聲猶有存者。」朱乾樂府正義說：「梅花落，春和之候，軍士感物懷歸，故以爲歌。唐段安節樂府雜錄曰：笛，羌樂也。古有落梅花曲。此詩雖佳，無涉於軍樂。」

鮑照的這首「梅花落」，是藉梅花以讚美堅貞正直之士，用雜樹以譏刺無節操的人。詩中作者也參與對答，很富有民歌的特色。

春日行

鮑照

獻歲發春吾將行①。
春山茂，春日明。
園中鳥，多嘉聲，
梅始發，柳始青。
汎舟艫②，齊櫂驚③。
奏採菱④，歌鹿鳴⑤。
風微起，波微生⑥，
絃亦發，酒亦傾。
入蓮池，折桂枝。

芳袖動，芬葉披。

兩相思，兩不知。

【註釋】

① 獻歲發春：楚辭招魂：「獻歲發春兮，汨吾南征。」又九章涉江：「忽乎吾將行。」作者把二句合而爲一。據王逸註：「獻，進。……言歲始來進，春氣奮揚。」後人遂以「獻歲」爲「歲首」。

② 艫：漢書武帝紀：「舳艫千里」。王先謙補注引錢大昭云：「漢律名船方長爲舳艫；舳一曰舟尾，艫一曰船頭。」此泛指船。

③ 櫂：音ㄓㄠˋ。划船之槳。驚：動。

④ 採菱：曲名。爾雅翼說：「吳、楚之風俗，當菱熟時，士女子相與采之，故有采菱之歌以相和，爲繁華流蕩之極。」樂府詩集中，此類歌辭屬清商曲辭江南弄。

⑤ 鹿鳴：詩經小雅篇名。是宴客的詩。

⑥ 此二句一本作「微風起，波微生」。

【語譯】

年初的春天我即將遠行。

春山鬱茂，春日爽明。

園中的禽鳥，多唱起柔美的歌聲。
梅剛發芽，柳才萌青，
浮泛起舟船，船槳齊驚。
吹奏起採菱，歌唱着鹿鳴。
風徐徐而起，波微微而生。
琴絃已經撥弄，酒亦將傾。
蕩舟入蓮池，攀折桂木枝。
芳香的衣袖揮動，芬馨的綠葉分披，
兩人相互思念，卻兩人相互不知。

【賞析】

本篇樂府詩集收錄在雜曲歌辭。描寫春天時青年男女在郊外相悅嬉戲的情景。詩中除第一句爲七字句外，餘皆爲三字句，而且多數兩句相對，在節奏、律動上給人一種輕新活潑的感覺。張玉穀古詩賞析說：「前十六（句），半寫春日陸遊之樂，半寫春日水遊之樂。皆就男邊說。『入蓮』四句，則就女邊說，亦兼水陸，卻即夏秋寫景。後二（句）總收，醒出篇旨，聲情何等駘宕！」

結客少年場行

鮑照

驄馬金絡頭①，錦帶佩吳鉤②。
失意杯酒間，白刃起相讎。
追兵一旦至，負劍遠行遊。
去鄉三十載，復得還舊丘。
升高臨四關③，表裏望皇州④。
九衢⑤平若水，雙闕似雲浮。
扶宮羅将相，夾道列王侯。
日中市朝滿，車馬若川流。
擊鐘陳鼎食，方駕自相求。

今我獨何為，轗𨏭⑥懷百憂。

【註釋】

① 驄馬：青白色之馬。絡頭：馬籠頭。

② 錦帶：帶子爲彩色織錦所製。吳鈎：彎形的刀。

③ 四關：指東函谷，南武關，西散關，北蕭關而言。

④ 表裏：謂內外。皇州：指皇都。

⑤ 九衢：謂九交道。三輔黃圖：「長安城面三門，四面十二門，皆通達九衢，以相經緯。」

⑥ 轗𨏭：猶轗軻，又作坎坷。

【語譯】

青白色駿馬黃金的絡頭，
錦繡的腰帶上掛着吳鈎。
在杯酒間稍不如意，
舉起白刃相互爲讎。
追兵一旦追逐而至，
杖負着刀劍去遠方行遊，

離別了故鄉三十年，
再度回到了舊鄉林丘。
登高臨眺着四關，
內外企望着皇州。
天街九衢平靜得有如止水，
矗立的雙闕有似雲般飄浮。
宮殿旁羅列着將相，
宮道邊站列着王侯。
日中時市朝人滿，
車馬像不息的川流。
擊着鐘陳設起鼎食，
並駕的車騎相互邀求，
如今只有我不知所爲，

坎坷的際遇身懷百種愁憂。

【賞析】

樂府詩集收錄此首在雜曲歌辭。其說法至爲紛紜。引後漢書說：「祭遵嘗爲部吏所侵，結客殺人。」曹植結客篇說：「結客少年場，報怨洛北邙。」樂府解題說：「結客少年場行，言輕生重義，慷慨以立功名也。」樂府廣題說：「漢長安少年，殺吏受財報仇，相與探丸爲彈，探得赤丸，斫武吏，探得黑丸，殺文吏。尹賞爲長安令，盡捕之。長安中爲之歌曰：『何處求子死？桓東少年場。生時諒不謹，枯骨復何葬！』按結客少年場言少年時結任俠之客爲遊樂之場，終而無成，故作此曲也。」

鮑照此詩，寫任俠少年因杯酒失意，竟白刃殺人，至爲逃避追兵，去鄉三十年。當三十年後還鄉，國家安定，四關雄峙，皇都安寧，天街九衢平靜，宮殿建築巍峩，王侯將相列鼎而食。唯獨昔日少年一人，在坎坷的命運安排下，懷憂百年。全詩雖然寫出了少年的勇武氣勢，但他的結局仍是悲涼的。所以細翫詩意，它實在有規勸任俠少年在血氣方剛時，戒之在鬪的用意。

東門行

鮑照

傷禽惡弦驚①，倦客惡離聲②。
離聲斷客情，賓御③皆涕零。
涕零心斷絕，將去復還訣④。
一息⑤不相知，何況異鄉別。
遙遙征駕遠，杳杳白日晚。
居人掩閨臥，行子夜中飯。
野風吹草木，行子心腸斷。
食梅常苦酸，衣葛常苦寒⑥。
絲竹徒滿坐，憂人不解顏⑦。

長歌欲自慰，彌起長恨端。

【註釋】

①傷禽句：用戰國策、楚策中更嬴的故事。更嬴用無箭的空弓，射下了一隻悲鳴而徐飛着的雁。他解釋空弓所以能射下這隻雁的道理說：這雁本已受傷，所以飛得慢，又因久已失羣，所以悲鳴。舊創還在，驚心未忘，所以一聽見弓弦聲就竭力高飛，這樣就使得它的創傷驟然加劇，所以立刻掉下來。

②離聲：離別的歌聲。

③賓：指送別的人。御：指駕車的人。

④訣：別也。

⑤一息：謂一喘息之間，即片刻。

⑥食梅二句：是比喻作客總是憂苦的，好像食梅、衣葛，寒酸自知。因爲梅不能使它不酸，葛不能使它不寒。所以憂人也是不能使他不憂的。

⑦解顏：即開口而笑。

【語譯】

受傷的飛禽厭惡弓弦的驚嚇，

疲倦的行客厭惡別離的歌聲。

別離的歌聲使客人斷腸，

送行的賓客和車御都爲之涕零。
涕泣得衷腸寸斷，
將辭去時又同來訣別。
片刻的離別已不能彼此訊息相知，
更何況遠隔異鄉的濶別。
征行的車駕馳向遙遙的遠方，
白日漸漸暗昧已近薄暮。
居家的人已掩起閨門臥眠，
羈旅在外的遊子在半夜才能吃飯。
郊野的狂風吹襲着草木，
遊子的心情柔腸寸斷。
吃梅子時常會覺得太酸，
穿葛衣時常會覺得太寒。

絲竹樂器徒然滿座，
憂慼的人卻依舊解不開愁顏。
唱着長歌想自我安慰，
反更引起長恨的緒端。

【賞　析】

東門行爲樂府相和歌。鮑照寫了兩首。此選一首。寫羈旅遊子的思鄉之情。前半著意在追憶臨別時悲苦情景。第一句用「傷禽惡弦驚」來襯托倦客對離別歌聲已經到了驚心的程度，十分生動有力。後半自「野風吹草木」以下刻意寫客中的愁況。用「食梅常苦酸，衣葛常苦寒」，寫出了人對於自然現象常有無法改變它的無奈。所以結到「憂人不解顏」也似是無可改變的命運安排。樂歌本可以解憂，但旣解不開，就反而更引起愁緒。所謂「借酒澆愁，愁更愁」正是此意。作者胸中的鬱悶是相當深沉的。

東武吟行

鮑照

主人且勿諠①，賤子歌一言：

僕本寒鄉士，出身蒙漢恩。

始隨張校尉②，召募到河源③，

後逐李輕車④，追虜出塞垣。

密途⑤亘萬里，寧歲猶七奔⑥。

肌力盡鞍甲，心思歷涼溫。

將軍既下世⑦，部曲⑧亦罕存。

時事一朝異，孤績誰復論。

少壯辭家去，窮老還入門。

腰鎌刈葵藿，倚杖牧鷄豚。
昔如韝上鷹⑨，今似檻中猿，
徒結千載恨，空負百年怨。
棄席⑩思君幄，疲馬⑪戀君軒。
願垂晉主惠，不愧田子魂。

【註釋】

① 諠：諠譁。

② 張校尉：指張騫。騫以校尉從大將軍擊匈奴。

③ 河源：黃河的發源地。

④ 李輕車：指李蔡，蔡在漢武帝元朔（西元前一二八－一二三）中爲輕車將軍，擊匈奴右賢王有功。

⑤ 密：近。密途：意謂近路。

⑥ 寧歲：猶最安寧的年頭。七奔：猶七次奔命。用左傳成公七年傳：「吳始伐楚。子重、子反於是乎一歲七奔命。」

⑦ 下世：猶死亡。

⑧ 部曲：指將軍統率的士兵。漢代軍隊編制，營有部，部有曲。

⑨韝上鷹：「韝」是革製的臂衣，打獵時讓鷹站在韝上。韝上鷹是比喻昔日的英駿有爲。

⑩棄席：用晉文公故事。韓非子、外儲說左上記載晉文公重耳在多年流浪之後回到晉國爲君，走到黃河邊上，就下令說：「籩豆捐之，席蓐捐之，手足胼胝面目黧黑者後之。」他手下的功臣咎犯諷諫他說：「籩豆所以食也，而君捐之，席蓐所以臥也，而君棄之，手足胼胝面目黧黑有功勞者也，而君後之。今臣與在後中，不勝其哀。」重耳聽了就收回成命。

⑪疲馬：用戰國時魏人田子方故事。韓詩外傳：「田子方出見老馬於道，問於御者曰：『此何馬也？』御曰：『故公家畜也，罷而不用，故出之。』田子方曰：『少盡其力而老棄其身，仁者不爲也。』束帛而贖之。」

【語譯】

主人請暫勿諠譁，
聽卑賤的我歌唱一曲；
我本是寒鄉的貧士，
出身爲宦後蒙澤漢恩，
起始追隨張騫校尉，

被召募到黃河的發源，
後來又跟從李蔡輕車，
追擊胡虜出征塞外邊垣。
最近的路途也綿亘了萬里，
寧靜的年頭猶七次奔命。
肌膚氣力都消盡在鞍甲之間，
心思歷經了溫涼寒暑。
如今將軍已經謝世，
所率的士卒也很少活存。
時事在一朝間改異，
獨有的功績誰會去談論。
少壯時辭別家鄉出去，
窮老時才返回國門。

腰間的鐮刀割下了葵藿，
扶持着拐杖放牧鷄豚。
往昔有如韝上的獵鷹，
如今卻像檻中的困猿，
徒然纏結上千年的悔恨，
空背負起百年的愁怨，
捐棄的臥席希望能進入君王的帷幄，
疲憊的老馬仍依戀着君王的轅軒，
願能蒙受到晉主文公的恩惠，
才不愧對田子方的英魂。

【賞析】

「東武吟行」屬樂府詩的相和歌辭。東武是泰山下的小山名。「東武吟」和「泰山吟」、「梁甫吟」同類，是齊地的土風。鮑照對宋文帝劉義隆（西元四二四—四五三）

的屢次對北魏用兵不利，以爲是文義遇下寡恩，或使老將閒廢而不能人盡其力的情況。於是假託漢朝老軍人的自白，來諷諫當時的君主。

詩中「棄席」、「疲馬」都象徵勇於征戰的老兵，而如今被視爲棄疲之物。又「昔如韝上鷹」，「今似檻中猿」對今昔之比的不同待遇，更是刻劃明晰。而「徒結千載恨，空負百年怨」二句更道出了老將的恨與怨。

折柳楊行

謝靈運

鬱鬱河邊樹，青青野田草。
合①我故鄉客，將適萬里道。
妻妾牽衣袂，抆②淚沾懷抱，
還拊幼童子，顧託兄與嫂。
辭訣未及終，嚴駕③一何早。
負笮④引文舟，飢渴常不飽。
誰令爾貧賤，咨嗟何所道。

【註釋】

①合：一作「舍」爲是。
②抆：音ㄨㄣ。擦拭。
③嚴駕：謂整治車駕，準備出行。
④筰：音ㄓㄨㄛ。通笮，竹索。

【語譯】

河邊有鬱鬱然茂密的大樹，
田野有青青然沃潤的叢草。
我是一個即將遠離故鄉的行客，
即將邁上萬里的長道。
妻妾牽着衣袂涕哭，
抆拭的淚水沾濕了懷抱。
回身輕撫着幼小的童子，
垂顧拜託阿兄與大嫂。
話別的言語還未說完，
整車待發的已催促說不早。

背負起竹索牽動文舟，
又飢又渴時常不得餐飽。
誰讓你出身貧賤，
嗟嘆又能向誰道！

【賞析】

折楊柳行屬樂府的相和歌辭。謝靈運作了兩首。此首是描寫一位出遠門行客和家人辭別時的情況。前兩句是起興，也是描寫道路上所見的景象。和古詩「青青河畔草，鬱鬱園中柳」的技巧相似。末二句「誰令爾貧賤，咨嗟何所道」是作者全詩欲表達的主旨。詩中主人翁，所以會離家遠行，辭別妻妾幼子，都由於出身貧賤的緣故。這是一首反映社會不平的詩。

玉階怨

謝朓

夕殿下珠簾，流螢飛復息。
長夜縫羅衣①，思君此何極。

【註釋】

①羅衣：綺綢製的衣服。

【語譯】

傍晚時後殿已垂下了珠簾，
川流的螢火蟲已飛過而止息。
漫漫長夜中縫製着羅衣，
此種思念郎君的心意將何時終極。

【賞　析】

玉階怨屬樂府清商曲楚調。是描寫後宮中失寵妃嬪的閨怨。造語自然，文筆輕新，音韻和諧，情味雋永。「夕殿下珠簾」可見其失寵，「流螢飛復息」以見其悽清，「長夜縫羅衣」是女子的祈盼，「思君此何極」激發出相思無盡期之苦。

王孫遊

綠草蔓如絲，雜樹紅英發，
無論①君不歸，君歸芳已歇②。

【註釋】

①無論：不論。
②歇：枯萎。

【語譯】

綠草滋蔓得有如細絲，
雜樹上紅花綻發，
不論郎君是否歸不歸，
當郎君歸時芳花已經枯萎。

【賞　析】

王孫遊屬雜曲歌辭。楚辭招隱士中有：「王孫遊兮不歸，春草生兮萋萋」。王孫遊蓋本於此。詩中藉綠草的滋蔓如絲，寫出王孫出遊的歲時已久，用雜樹的開滿紅色花朵，以象徵女子的青春貌美。用如果郎君再不歸芳花就要枯萎，以警示女子美貌的即將憔悴。文辭簡明，而情韻緜長。

秋夜長

王融

秋夜長，夜長樂未央，
舞袖拂花燭，歌聲繞鳳梁①。

【註釋】

①鳳梁：樑上繪鳳，謂鳳梁。

【語譯】

秋天的夜晚漫長，
夜雖長歡樂卻沒有中斷。
舞姬的衣袖拂動了花燭，
歌聲繞着飾鳳的畫樑。

【賞析】

「秋夜長」屬樂府雜曲歌辭。魏文帝雜詩有：「漫漫秋夜長，烈烈北風涼。展轉不能寐，披衣起彷徨。彷徨忽已久，白露沾我裳……。」之句。「秋夜長」當本於此。不過文帝詩內容屬悲悽，而此詩則爲歡悅。它寫秋夜中歌舞、歡唱的情形。是一首文字淺顯，畫面生動活潑的小詩。

自君之出矣

王融

自君之出矣，金爐香不然。
思君如明燭，中宵①空自煎。

【註釋】

①中宵：謂半夜。

【語譯】

自從郎君離去，
金爐中的沉香不再點燃。
思念郎君的心像光明的火燭，
在半夜空自熬煎。

【賞析】

「自君之出矣」屬雜曲歌。漢徐幹有「室思詩」五章，其第三章：「自君之出矣，明鏡暗不治，思君如流水，無有窮已時。」詩題大概卽起於此時。王融此題有兩首，是描寫思婦念君之辭。此題詩的創意，皆在後二句，如果能比喻貼切，就是好詩。此詩「思君如明燭，中宵空自煎」，很能把握婦女相思的情緒，尤其「明燭自煎」極能刻劃出女子空寂而又衝突煎熬的心情。

江皋曲

林斷山更續，洲盡江復開。
雲峰帝鄉①起，水源桐柏②來。

【註釋】

①帝鄉：天帝之都。莊子天地篇：「華封人曰：千歲厭世，去而上僊，乘彼白雲，至于帝鄉。」

②桐柏：按梁武帝有桐柏曲云：「桐柏眞，昇帝賓，戲伊谷，遊洛濱，參差列鳳管，容與起梁塵，望不可至，徘徊謝時人。」所以桐柏也指帝鄉。

【語譯】

叢林斷了還有山來延續，
沙洲盡了還有水在開啓。

峰巒上的雲層從帝鄉昇起，
流不竭的水源從桐柏而來。

【賞析】

「江皋曲」屬樂府的雜曲歌辭。前二句「林斷山更續，洲盡江復開」雖是寫景，卻含有了一層自然界萬物緜延不絕的哲理，於是從此引發生命不息的遐思。山林必起雲，而白雲故鄉正是永生的天帝故鄉；江洲必有水，而水源也來自不竭的桐柏。文字雖僅四句，結構則十分嚴密連貫。

蒲坂行

陸厥

江南風已春，河間柳已把，
雁返無南書，寸心何由寫？
流泊祁連山①，飄搖高闕下。

【註釋】

①祁連山：即天山，匈奴呼天爲「祁連」。在今甘肅張掖縣西南。

【語譯】

江南的和風已帶來春的訊息，
河間的柳樹也長得成把，
雁回時並沒書信寄往南方，
因爲寸心中的鬱結不知如何書寫？

流浪在祁連山旁，
飄搖在高闕之下。

【賞析】

「蒲坂行」屬樂府相和歌辭。古今樂錄說：「王僧虔技錄有『蒲坂行』，今不歌。」按蒲坂，在今山西省永濟縣東南。古舜帝都於此，漢時卽稱蒲坂縣。春秋時秦晉戰於河曲，卽此地。此詩是羈旅北地者對江南春至的思慕之情。就內容看，詩中主人翁或為一戍守天山以禦匈奴的戰士。

臨江王節士歌

陸厥

木葉下①，江波連，秋月照浦雲歇山。
秋思不可裁，復帶秋風來，
秋風來已寒，白露驚羅紈②，
節士慷慨髮衝冠，彎弓挂若木③，
長劍竦雲端④。

【註釋】

① 木葉下：楚辭九歌湘夫人：「嫋嫋兮秋風，洞庭波兮木葉下。」
② 羅紈：輕軟而有疏孔的絲絹織物。
③ 若木：古謂日所入處，有樹叫若木，赤樹青葉。見山海經。
④ 長劍竦雲端：楚辭九歌少司令：「竦長劍兮擁幼艾。」竦，音ㄙㄨㄥ。執、立。

【語譯】

木葉紛紛地落下，
江上波濤相連，
秋月照着江浦雲休歇在羣山。
秋思不可以減裁，
又挾帶着秋風襲來。
秋風已帶來了冷寒，
白露更驚動了羅裳，
節士慷慨的氣節使怒髮衝冠，
彎曲的弓掛上若木，
長劍直聳雲端。

【賞析】

「臨江王節士歌」屬雜歌謠辭。此詩為節士藉悲秋以抒發內心邑鬱不得志的情懷。

楚辭九辯有：「悲哉秋之為氣也，蕭瑟兮草木搖落而變衰……坎廩兮貧士失職而志不平。」的句子，所以此詩的「節士」猶九辯中的「貧士」。詩中前三句寫秋天的景緻，從木葉、江波、秋月、山雲，寫出秋天蕭條、靜止的氣氛，設想如畫，美極了。從第四句起寫秋思緜長與秋天寒意之襲人。末三句歸結到節士內心情懷的洶湧澎湃，尤其末句「長劍疎雲端」，有遺世而獨立的悲愴之感。

古別離

江淹

遠與君別者，乃至雁門關①。
黃雲蔽千里，遊子何時還？
送君如昨日，簷前露已團②。
不惜蕙草晚，所悲道里寒。
君在天一涯③，妾身長別離。
願一見顏色，不異瓊樹④枝，
兔絲及水萍⑤，所寄終不移。

【註釋】

① 雁門關：關名。一名西陘關，在山西省代縣西北，雁門山上。

② 團：江淹雜體詩：「團團霜露色」註：「團團，露凝貌。」

③ 君在天一涯：古詩十九首：「行行重行行，與君生別離。相去萬餘里，各在天一涯……。」

④ 瓊樹：喻人格之高潔。晉書王戎傳：「王衍神姿高徹，如瑤林瓊樹。」

⑤ 兎絲：一作菟絲。寄生之蔓草，夏開紅色小花，結實，子可入藥。水萍：即浮萍，水面浮生之小植物，葉狀，體扁平而小，面背俱青，有鬚根下垂。

【語譯】

送別郎君到遠方，
一直送到了雁門關，
黃色的塵雲掩蔽了千里，
不知遊子何時才能同還？
送別郎君就像在昨日，
如今屋簷上的露水已凝聚成團。

並不是惜惋蕙草已經面臨歲晚，
所悲歎的是路途上十分風寒。
郎君在天之一涯，
和妾身長相別離。
盼望能一見你的容顏，
與瓊樹的枝幹沒有差異，
我是菟絲與水中浮萍，
對你的寄托終生不移。

【賞析】

「古別離」屬雜曲歌辭。楚辭湘夫人有：「悲莫悲兮生別離」。古詩十九首有：「行行重行行，與君生別離。」李陵詩有：「良時不可再，離別在須臾。」等句子，後人遂擬爲「古別離」，梁簡文帝又爲「生別離」，宋吳邁遠有「長別離」，唐李白有「遠別離」都類此。此首爲思婦懷念征夫之辭。前四句寫送君遠別，所見雁門關，黃埃蔽天的景色。五至十句寫今昔之比，以及對征夫的關懷和各在天涯之苦。末四句寫思婦對盼望得見郎君之切以及自己終生寄托不移的決心。思婦感情的悲切與堅決令人感動。

從軍行

江淹

從軍出隴北①，長望陰山②雲，
涇渭③各異流，恩情於此分。
故人贈寶劍，鏤以瑤華④文。
一言鳳獨立，再說鸞無羣⑤。
何得晨風起，悠哉臨翠氛⑥。
黃鵠去千里，垂涕為報君。

【註釋】

① 隴北：甘肅省以北。

② 陰山：崑崙山北支，橫貫綏遠、察哈爾、及熱河北部，東北緜延爲內興安嶺。

③ 涇、渭：二水名。分別發源於甘肅之筓頭山和鳥鼠山，在陝西省高陵縣合流，涇水濁，渭水清，合流時清濁分明。

④ 瑤華：玉花，比喻貴重。

⑤ 鳳獨立、鸑無羣二句，都是指寶劍上刻鏤的文字。作者以比喻自己和衆人清濁不同，絕世而獨立。

⑥ 翠氛：指雲氣。

【語譯】

隨着軍伍遠離了甘肅之北，
長望着陰山旁朵朵的白雲，
涇水和渭水各自分奔急流，
你我的恩情就在此劃分。
故人贈我一方寶劍，
刻着玉花般的象文，
一說那文字叫「鳳獨立」，

又說那文字是「鸞無羣」。
何時能得到一陣晨風吹起，
悠哉遊哉的登臨上雲層。
黃鵠振翅翶翔千里，
我流下眼淚只爲報答君的知遇之恩。

【賞析】

「從軍行」屬相和歌辭。樂府詩集收江淹所作者兩首。第一首「樽酒送征人」爲雜詩三十首中「擬李都尉從軍」。而此首爲「古意報袁功曹」。此詩託爲仿古，而借歌頌從軍寫傷亂之感。可能作於荆州劉景素謀亂時。據梁書本傳說：「宋建平王景素爲荆州，淹從之鎭，時少帝失德，景素專據上游，咸勸因此舉事，淹每從容諫，景素不納。及鎭京口，復參軍事，景素與腹心日夜謀議，淹知禍機將發，乃贈詩十五首以諷焉。」

袁功曹指袁炳，字叔明，歷國常侍員外郎府功曹，江淹爲他作過傳。

此詩前四句寫從軍者離別故國時，決意把一份懷鄉之情予以斷絕。五至八句寫從軍者藉故人所贈寶劍上之文字「鳳獨立」、「鸞無羣」以比喻自己的與衆不同，絕世而獨立的懷抱。末四句寫從軍者願藉晨風、雲氣而高引遠去，只得垂涕傷情以報君恩而已。

江南曲

柳惲

汀洲採白蘋，日落江南春。
洞庭①有歸客，瀟湘②逢故人。
故人何不返？春花復應晚。
不道新知樂，只言行路遠。

【註釋】

①洞庭：山名。又稱君山，在洞庭湖中。傳說黃帝在此奏咸池之樂。

②瀟、湘：水名。湘水至零陵縣西南與瀟水合流，稱瀟湘。相傳帝堯之二女娥皇、女英隨舜不返，死於湘水。

【語譯】

在汀洲上採擷下白蘋，

日落中襯映出一幅江南的春景。
從洞庭來了歸客，
說在瀟湘畔相逢到故人。
故人啊你怎麼還不回返？
春花又到了凋謝的歲晚。
你怎不訴說新知的快樂，
卻只言行路的遙遠。

【賞析】

「江南曲」屬相和曲。本篇是說詩中主人公遇到了一位從洞庭山來的歸客，這位歸客提及在瀟湘遇到一位故人。他問故人說怎麼還不回返？因爲春花又到了凋零的時節了。故人卻回答說：你怎麼不訴說我們新知的快樂，而去提到遙遠的歸鄉行程。

詩中除了前二句在描寫景緻外，餘皆是敍述和對話，這正是「相和歌」一唱一答的特色。

我想這位洞庭歸客或即是范雲。據謝朓「新亭渚別范零陵雲」一詩有：「洞庭張樂地，瀟湘帝子遊。雲去蒼梧野，水還江漢流。停驂我悵望，輟棹子夷猶。廣平聽方藉。茂陵將見求。心事俱已矣，江上徒離憂。」諸句，范雲爲零陵郡內史，赴任時必經過洞庭和瀟湘之地。

行路難

吳均

洞庭水上一株桐，經霜觸浪困嚴風。
昔時抽心①燿白日，今旦臥死黃沙中。
洛陽名工見咨嗟②，一翦一刻作琵琶。
白壁規心學明月，珊瑚映面作風花③。
帝王見賞不見忘，提攜把握登建章④。
掩抑摧藏張女彈⑤，殷勤促柱楚明光⑥。
年年月月對君王⑦，遙遙夜夜宿未央⑧。
未央采女⑨棄鳴篪，爭先拂拭生光儀。
茱萸錦⑩衣玉作匣，安念昔日枯樹枝。

不學衡山南嶺桂，至今千年猶未知。

【註釋】

① 抽心：心指樹幹內部。抽心謂株幹伸長。

② 咨嗟：贊歎。

③ 「白璧」以下二句：寫琵琶上的裝飾。

④ 建章：宮名，漢武帝時建。

⑤ 掩抑：止息遏制貌。王融詠琵琶詩：「掩抑有奇態，淒鏘多好聲。」摧藏：自抑挫之貌。「張女彈」：古曲名，未詳所起。

⑥ 促柱：急弦。「楚明光」：琴曲名。楚大夫明光被讒，見怒於楚王，因作此歌。（見琴操）

⑦ 君王：一作君子。

⑧ 未央：宮名，故址在今陝西長安縣西北。

⑨ 采女：宮女。

⑩ 茱萸錦：錦上有茱萸的圖案。

【語譯】

洞庭湖上有一株梧桐，
屢經霜雪觸浪而被困於寒風。
往日樹幹伸長可以光耀日月，
如今平臥而枯死在黃沙之中。

洛陽名工匠見了就歎息咨嗟，
用一翦一刻把它做成琵琶。
以白璧正置琵琶中心學仿明月，
以珊瑚照映琵琶表面當作風花。
帝王十分欣賞而久久不忘，
提攜把握着登上建章。
奏起音調抑揚頓挫的張女彈，
唱着殷勤急促的楚明光。
年年月月面對着君王，
漫漫長夜宿止在未央。
未央宮的宮女放棄了吹奏竹篪，
爭先來拂拭使它增添光儀。
茱萸錦的護衣玉飾的琴匣，

又怎會念及昔日原是枯樹枝。
不去學衡山南嶺的桂樹，
到如今已隔千年仍沒人曉知。

【賞　析】

「行路難」屬雜曲歌辭。吳均共寫了四首，此選一首。寫一株枯死梧桐在經過洛陽名工翦刻成琵琶後，珍貴無比，深得君王的鍾愛和宮女的青睞。而最後作結，卻用桂樹長在深山之中，歷千年而不爲人知來作對照，一富貴而戕生，一寂寞而自全。人生際遇也復如此，有人一生汲汲營營於名利之追求，送往勞來，虛假逢迎，終其一生，未嘗一日能適其本性。也有人孤傲不遜，質性自然，寧寂寞一生，但求能免危已交病之苦而已。至於此兩種人生觀，孰善孰惡，作者在詩中並未作明白的說明，端看個人性之所近而已。

河中之水歌

梁武帝

河中之水向東流，洛陽女兒名莫愁①。
莫愁十三能織綺，十四採桑南陌頭。
十五嫁為盧郎婦，十六生兒似阿侯②。
盧家蘭室桂為梁，中有鬱金蘇合香③，
頭上金釵十二行，足下絲履五文章④。
珊瑚挂鏡爛生光，平頭奴子擎履箱⑤。
人生富貴何所望⑥，恨不早嫁東家王⑦。

【註釋】

①莫愁：樂府清商曲辭有「莫愁樂」，所詠的是石城女子莫愁，而本篇是洛陽女子，當非一人。或古人以「莫愁」泛指古代美女。

②阿侯：古樂府有云：「欲知菡萏色，但請看芙蓉，欲知莫愁美，但看阿侯容。」但阿侯不知究係何人。

③鬱金香：草名。生大秦國，其香十二葉爲百草之英（見魏略）。蘇合香：落葉喬木，產於波斯等國。又南史曰：大秦人采蘇合，笮其汁以爲香膏。

④五文章：「五」字古作「X」，「五文章」言文章縱橫交互，成「X」字形。「五」亦通作「午」，一縱一橫爲午。

⑤平頭：巾名。「平頭奴子」言僮僕戴平頭巾。擎：舉而持之。

⑥望：怨責。

⑦東家王：元稹詩有「莫愁私語愛王昌」，李商隱詩有「本來銀漢是紅牆，隔得盧家白玉堂。誰與王昌報消息，盡知三十六鴛鴦。」都以東家王即王昌。襄陽耆舊傳：「王昌字公伯，爲東平相散騎，早卒。婦任城王曹子文女。」

【語譯】

河中的水向着東方流，
洛陽有個女子叫莫愁。
莫愁十三歲能織文綺，

十四歲採桑葉到了南陌頭。
十五歲嫁給盧郎做媳婦，
十六歲生個兒子像阿侯。
盧家以蘭飾室以桂爲樑，
其中還有鬱金香和蘇合香。
頭上插了金釵十二行，
脚下的絲履編着五字的紋章。
珊瑚製的掛鏡燦爛生光，
戴平頭巾的奴僕拿着鞋箱。
人生這般富貴還有什麽可怨望，
所恨是不能早早嫁給東家王。

【賞析】

樂府詩集收在雜歌謠辭。題爲梁武帝蕭衍作。而「玉臺新詠」和「藝文類聚」則題作古辭。但從詩風看，近似齊梁時作。詩中寫一位叫莫愁的女子，從少女到出嫁爲盧家媳婦，生活富貴，原應該不會有什麼怨望才對，但是她卻恨自己不能早嫁給比她現在夫壻更好的東家王王昌。

這首詩的佳處在表現了樂府詩的趣味，我以爲並無特殊隱喻。如詩中首句「河中之水向東流」就是樂府民歌慣用的興筆。而「莫愁十三能織綺，十四採桑南陌頭，十五嫁爲盧郎婦，十六生兒似阿侯」的「數數遊戲」和「孔雀東南飛」詩中的「十三能織素，十四學裁衣，十五彈箜篌，十六誦詩書，十七爲君婦」的描寫是同一手法，這又是民歌中習見的趣味。

而且更有趣的是這位盧家少婦，到了沈佺期的詩中，卻成了閨中的思婦。他在「古意呈補闕喬知之」一詩云：「盧家少婦鬱金堂，海燕雙棲玳瑁梁，九月寒砧催木葉，十年征戍憶遼陽。白狼河北音書斷，丹鳳城南秋夜長，誰謂含愁獨不見，更教明月照流黃。」

東飛伯勞歌

梁武帝

東飛伯勞①西飛燕，黃姑織女②時相見。
誰家女兒對門居，開顏發艷照里閭。
南窗北牖桂月光③，羅帷綺帳脂粉香。
女兒年幾十五六，窈窕無雙顏如玉。
三春已暮花從風，空留可憐誰與同。

【註釋】

① 伯勞：候鳥名。鳴禽類。背色灰褐，長尾。

② 黃姑：即河鼓，星名，也叫牽牛星，在銀河南，和銀河北的織女星相對。李煜詩有：「迢迢牽牛星，渺在河之陽，粲粲黃姑女，耿耿遙相望。」以黃姑爲織女，不知何據。

③ 桂月光：玉臺新詠和文苑英華都作「掛明光」似是。阮籍詠懷詩有：「西方有佳人，皎然白日光」之句，用「白日光」形容女子的

容顏華采。或以爲「挂明光」當也指女子華容之美。但詩中既言「南窗、北牖」下句又有「羅帷綺帳脂粉香」爲對，則「明光」似應指閨中裝飾爲妥。而且女子的容貌，在下句「窈窕無雙顏如玉」中已描寫。按漢有明光殿，在未央宮西，以金玉珠璣爲簾箔，晝夜光明。所以「明光」一詞似應指「金玉珠璣」而言。

【語譯】

往東飛的伯勞往西飛的燕，
牽牛和織女必有時相見。
誰家的女兒在對門居住，
笑顏艷光照亮了里閭。
南窗北牖上都掛着珠玉閃閃發光，
羅綢的帷，綺縞的帳，充滿脂粉馨香。
女孩的年紀大約十五、六，
美貌無雙容顏似玉。

春天的三月已過，花落隨風，

空留着悲憐誰能與共。

【賞析】

樂府詩集收於雜曲歌辭，題爲「古辭」。「文苑英華」作梁武帝詩，因它與上篇風格相近，所以收在武帝作品中。此詩在描寫一個男子愛慕一個女子而傾吐的心曲。前二句是比，「東飛伯勞西飛燕」喻離別，「黃姑織女時相見」喻相見。二句言彼此時常相見卻不相往來。第四句以下都在形容女子的容顏之美與閨房的綴飾。末二句透露出男子對女子青春易逝的勸惋之意。

有所思

沈約

西征登隴首①，東望不見家。
關樹抽紫葉，塞草發青芽。
昆明②當欲滿，蒲萄③應作花。
垂淚對漢使，因書寄狹邪④。

【註釋】

① 隴首：即隴山，在今陝西省隴縣西北。

② 昆明：當指昆明湖，在今北平西北。

③ 蒲萄：即葡萄，初夏腋出花穗，簇生淡綠色小花，圓錐花序，花五瓣，未開放即脫落。

④ 狹邪：即狹斜。謂狹路曲巷。山堂肆考：「狹斜子，巷居之人也。古詩：『寄言狹斜子，詎知隴道難。』」

【語譯】

往西行攀登上隴山之首，
朝東望已看不見我家。
關隘旁的樹木已抽生紫葉，
塞外草原上已萌發青芽。
昆明湖的湖水當已漲滿，
葡萄藤上應該已結穗開花。
垂淚相對漢地來的使節，
寄封家書給曲巷中的人家。

【賞析】

「有所思」屬樂府之鼓吹曲辭。此詩在描寫征人思鄉的情懷。征地在西，家鄉在東，自然詩中就注重於對比的描述，所以三、四句寫關塞的春天景緻，五、六句則寫家鄉應有的景緻，兩兩相比，自然動人。此種技巧極易把握也十分有效果，是此類作品，慣用的手法。

出自薊北門行

徐陵

薊北①聊長望，黃昏心獨愁。
燕山②對古剎，代郡③隱城樓。
屢戰橋恒斷，長冰塹不流。
天雲如蛇陣，漢月帶胡愁。
漬土泥函谷④，挼繩縛涼州⑤。
平生燕頷相⑥，會自得封侯。

【註釋】

① 薊北：薊丘之北。薊丘在今北平德勝門外西北。今名土城關，爲古薊門遺址。

② 燕山：在河北薊縣東南。

③ 代郡：郡名。今山西東北及河北蔚縣附近。史記匈奴傳：「自代竝陰山下，至高闕爲塞，而置雲中、雁門、代郡。」

④ 函谷：關名，在今河南新安縣東北。

⑤ 挼：兩手摩挲。涼州：府名，在今甘肅武威一帶。

⑥ 燕頷相：後漢書班超傳：「超問其狀，相者指曰：生燕頷虎頸，飛而食肉，此萬里侯相也。」

【語譯】

向薊門北方聊且長望，
黃昏時心中獨自憂愁。
燕山面對着古刹，
代郡隱藏住城樓。
屢次的征戰使橋樑絕斷，
長年的冰凍使塹水不流。
天上的雲層有如長蛇陣，

漢家的月色帶上胡地的哀愁。
浸漚的土壤掩埋了函谷，
挲搽的繩索綑縛起涼州。
平生一副燕頷的長相，
一定會得封萬里王侯。

【賞析】

「出自薊北門行」屬雜曲歌辭。樂府解題說：「出自薊北門行，其致與從軍行同，而兼言燕薊風物，及突騎勇悍之狀。」通典說：「燕本秦上谷郡，薊即漁陽郡，皆在遼西。」

徐陵此詩寫嚴寒中薊燕之景和征戍將軍之勇武。蘇軾詩有：「燕山如長蛇，千里限漢夷」當卽本於此詩中「天雲如蛇陣，漢月帶胡愁」二句。而「漬土泥函谷，挼繩縛涼州」二句寫得最爲誇大而傳神。征戍將軍之悍勇之狀躍然紙上。

關山月

徐陵

一

關山三五月，客子憶秦川①。
思婦高樓上，當窗應未眠。
星旗映疏勒②，雲陣上祁連③。
戰氣今如此，從軍復幾年？

二

月出柳城④東，微雲掩復通。
蒼茫縈白暈，蕭瑟帶長風。
羌兵燒上郡⑤，胡騎獵雲中⑥。
將軍擁節起，戰士夜鳴弓。

【註釋】

① 秦川：指關中，從隴山以東到函谷關一帶。

② 星旗：旗爲星名。史記天官書：「房心東北曲十二星曰旗」。疏勒：漢時西域諸國之一。王都疏勒城在今新疆維吾爾自治區疏勒縣。

③ 祁連：即天山。

④ 柳城：今新疆鄯善縣之魯克察克城。明史西域傳：「柳城一名魯城，即後漢柳中地，唐於此置柳中縣。出大川，渡流沙。在火山下有城屹然，廣二三里，即柳城也。」

⑤ 上郡：郡名。秦置。在今陝西省西北部及綏遠省鄂爾多斯旗左翼皆其地。

⑥ 雲中：郡名。在今山西省境內長城以外及綏遠省之東部南部。

【語譯】

一

關山十五夜的明月，
使客舍在外的遊子思憶起秦川。
思夫的婦人必在高樓之上，
面對着窗櫺應當尚未成眠。
旗星照映着疏勒，
雲陣直上繞祁連。

戰爭的氣氛目前仍然濃厚，
從軍的時日不知還要延續幾年？

二

月亮出現在柳城之東，
微雲下的月光忽掩忽通。
蒼茫的夜色中縈繞着白暈，
蕭瑟的寒氣中挾帶着長風。
羌兵燒掠了上郡，
胡騎踐獵了雲中。
將軍擁節奮起，
戰士深夜鳴弓。

【賞析】

「關山月」屬橫吹曲辭。蓋軍中之樂，馬上奏之。原爲胡樂之輸入中國者。徐陵的關山月有兩首，全選於此。前首寫客子的室家之思。後首寫塞外的夜景和羌胡的作亂。兩首都表現濃厚的戰地生活。或思親的綿綿情意，或戰陣的勇武氣勢，都十分生動。這些詩篇對唐代的邊塞和閨怨詩影響應是很大的。

寒夜怨

陶宏景

夜雲生，夜鴻驚，
悽切嘹唳①傷夜情。
空山霜滿高煙②平，
鉛華③沉照帳孤明。
寒月微，寒風緊。
愁心絕，愁淚盡。
情人不勝怨，
思來誰能忍？

【註釋】

① 嘹唳：鳴聲。
② 高煙：高而上昇之煙氣。
③ 鉛華：鉛粉，女子化粧用之白粉。

【語譯】

黑夜時雲層瀰漫而起，
使夜宿的鴻雁大驚，
悽切的鳴叫聲引起對夜的悲慽之情。
空寂的山顛積滿霜雪高昇的煙氣已漸平，
鉛粉洗盡帷帳中一燈孤寂暗明。
寒冷的月色暗昧，
寒風吹得悽緊。
愁思的心念已斷絕，
愁悲的淚水已流盡。
有情人已不能勝荷愁怨，

思念湧來誰能強忍？

【賞 析】

樂府詩集屬之於雜曲。樂府解題說：「晉陸機獨寒吟云：『雪夜遠思君，寒牕獨不寐』，但敍相思之意耳。陶宏景寒夜怨、梁簡文帝有獨處愁亦皆類此。」

明楊愼詞品自序說：「詩詞同工而異曲，共源而分派。在六朝若陶宏景之寒夜怨，梁武帝之江南弄，陸瓊之飲酒樂，隋煬帝之望江南，填詞之體已具矣。」則顯然把此類句子長短不齊的樂府視爲詞的濫觴。後來淸人徐釚在詞苑叢談凡例，王國維在戲曲考源中都有類此說法。

梅花落

江總

臘月正月早驚春，衆花未發梅花新。
可憐芬芳臨玉臺，朝攀晚折還復開。
長安少年多輕薄，兩兩常唱梅花落。
滿酌金巵催玉柱①，落梅樹下宜歌舞。
金谷②萬枝連綺甍③，梅花密處藏嬌鶯。
桃李佳人欲相照，摘葉牽花來並笑。
楊柳條青樓上輕，梅花色白雪④中明。
橫笛短簫淒復切，誰知柏梁⑤聲不絕。

【註釋】

①玉柱：指琴瑟繫弦之柱。此泛指樂器。

②金谷：即金谷園，爲晉代石崇所建。此泛指名園。

③甍：音ㄇㄥ，屋棟。

④雪：一作雲。

⑤柏梁：指柏梁臺，漢武帝時所築。此泛指名臺。

【語譯】

臘月正月時已驚動了早春，
衆花還未發芽梅花的苞蕾已綻新。
可憐芬芳的花朵前臨玉砌的高臺，
早晨被攀夜晚遭折它依舊盛開。
長安的少年較爲輕薄，
三三兩兩常唱梅花落。
酌滿金杯催促琴瑟玉柱，
落滿梅花的樹下最適合歌舞。

金谷園中的萬枝梅花連接上綺麗的屋棟，
梅花的茂密處可以隱藏嬌鶯。
桃花李花與佳人相互映照，
摘片葉牽朵花來一起調笑。
楊柳枝條青青在高樓上輕飄，
梅花色澤潔白在雪地裏輝映。
橫笛和短簫的聲音淒涼又悲切，
誰能知道柏梁臺的歌聲吟詠不絕。

【賞析】

「梅花落」屬橫吹曲。樂府解題：「漢橫吹二十八解，李延年造。魏晉以來，惟傳十曲。後又有梅花落等，合十八曲。」樂府詩集說：「梅花落，本笛中曲也。按唐大角曲，亦有大單于、小單于、大梅花、小梅花等曲。今其聲猶有存者。」

江總「梅花落」共三首，此選一首。就內容看是一首詠梅詩。藉梅開梅謝寫人事的變遷，所以詩末的結句是「橫笛短簫淒復切，誰知柏梁聲不絕。」梅花落此笛中曲，想必以哀怨之音爲主調。

雜曲

江總

行行春逕①蘼蕪②綠，織素那復解琴心③。
乍愜④南階悲綠草，誰堪東陌怨黃金⑤。
紅顏素月俱三五⑥，夫婿何在今追虜。
關山隴月春雪氷，誰見人啼花照戶。

【註釋】

① 逕：通徑，小路。

② 蘼蕪：草名。

③ 行行織素二句：活用古詩「上山採蘼蕪」和司馬相如以琴心挑卓文君的故事。古詩有：「上山采蘼蕪，下山逢故夫……」以及「新人工織縑，故人工織素」的句子。所以「織素」在此代表被棄之婦。史記司馬相如傳說卓文君新寡，司馬相如以琴心挑之。則「琴心」爲挑逗之意。織素句意謂自己雖與丈夫久別，但對丈夫的愛情不會動搖。

④ 乍：暫。愜：愉快。

⑤ 黃金：指春天時楊柳新葉淡黃的顏色。

⑥ 三五：卽十五。滿月之時，以喻盛時。

【語譯】

行走在春郊小徑上看蘼蕪一片翠綠，
思婦那裏會了解相如的挑逗琴心。
乍現的愉悅卻被南階的綠草觸發傷春的悲哀，
誰能忍受東陌上一片楊柳新葉淡雅有如黃金。
紅顏和素月都正是盛滿之時，
夫婿何在如今卻正去驅逐胡虜。
關塞的山、隴山的月還有春雪積冰，
誰能看見人在哭泣花空映着牖戶。

【賞析】

此雜曲卽爲樂府雜曲之本名。江總共寫三首，此選其一。本篇寫思婦的春怨。用辭浮艷，是江總詩的特色。影響所及，唐代的閨怨詩多有模仿其作。如王昌齡的「閨怨」說：「閨中少婦不知愁，春日凝妝上翠樓，忽見陌頭楊柳色，悔教夫壻覓封侯。」與本篇在結構上是完全一致的。

五卷

北朝樂府

企喻歌

一

男兒欲作健，結伴不須多。
鷂子①經天飛，羣雀向兩波。

二

放馬大澤中，草好馬著臕②。
牌子鐵裲襠③，鉔鉾鸐尾條④。

三

男兒可憐蟲，出門懷死憂。
尸喪狹谷中，白骨無人收。

【註釋】

①鷂子：鳥屬猛禽類，形似鷹而小，專捕食小鳥。

②膔：同膘，馬肥。

③牌子：未詳，可能指盾。「鐵裲襠」：是鐵甲的一部分。「裲襠」亦作「兩當」。形狀似今之背心。

④鉅鉾：鉅音未詳。鉾音ㄇㄡˊ。疑是頭盔之類。鸐：音ㄉㄧˊ。屬鶉雞類之長尾雉。「鸐尾條」指插在頭盔上的雉尾羽毛。

【語譯】

一

男兒若要作個健兒，
結行的伙伴不須太多。
就像鷂子從天上飛過，
羣雀就分向兩旁逃竄奔波。

二

牧馬在大草原之中，
草長得好馬顯得肥。

提着盾牌穿上鐵甲衣，
頭盔上還插了鸐雉尾。

三

男兒眞是可憐蟲，
出門就懷著必死的愁憂。
尸體喪亡在狹谷之中，
白骨暴露無人收。

【賞析】

樂府詩集收企喻歌四首，此選三首。屬梁鼓角橫吹曲中三十六曲之一。唐書樂志說：「北狄樂其可知者鮮卑、吐谷渾、部落稽三國，皆馬上樂也，後魏樂府始有北歌……。知此歌是燕、魏之際鮮卑歌也。」

每首詩都表現了北地民族豪放爽朗的性格。第一首寫北國男兒的勇健，用鷂子和羣雀來作比喻，貼切而生動。第二首寫戰馬和身上的頭盔鎧甲等，令人不覺遙想北地牧野上男兒馬上的英姿。第三首則是對征戰殺戮帶來的悲淒之情。三首詩刻劃出了男兒心理的矛盾。一面誇耀自己的勇猛，一面又悲歎自己的命運。恐怕這就是北地男子的眞情流露吧！

瑯琊王歌辭

一

新買五尺刀，懸著中梁柱。
一日三摩沙①，劇②於十五女。

二

東山看西水，水流盤石③間。
公老姥更嫁，孤兒甚可憐。

三

琅琊復琅琊，琅琊大道王④。
鹿鳴思長草，愁人思故鄉。

四

客行依主人，願得主人強，
猛虎依深山，願得松柏長。

五

儈馬⑤高纏鬃，遙知身是龍。
誰能騎此馬，唯有廣平公⑥。

【註釋】

① 摩沙：用手撫摩。

② 劇：甚。

③ 盤石：即磐石。扁厚之大石。

④ 琅琊：當指琅琊王。因此詩即名琅琊王歌，但不知所指確爲何人。據太平寰宇記，東晉元帝爲琅琊王。「大道王」不詳。據內容看或稱琅琊爲大道王，或稱女郎爲大道王（琅琊復琅琊，女郎大道王），當是贊美之詞，或即遵行大道之王。

⑤ 儈馬：猶快馬。

⑥ 廣平公：晉書載記：「廣平公，姚弼興之子，泓之弟也。」

【語譯】

一

新買了一把五尺長刀，
懸掛在房中央的樑柱。
一天三次撫摩，
對它的喜愛勝過十五少女。

二

從東山望着西向的流水，
水流在磐石的中間。
公公老去阿姥已改嫁，
唯有孤兒最爲可憐。

三

琅琊王啊琅琊王，
琅琊是遵行大道的君王。
鹿在鳴叫是希望草長，

憂愁的人兒在思念故鄉。

四

賓客的行爲在依靠主人，
他盼望着主人能家道康强。
猛虎的行止是依賴深山，
牠盼望着松柏能茂密豐長。

五

快馬有高聳纏卷的馬鬃，
早知牠的身軀像條龍，
誰能駕馭這匹駿馬，
只有技藝超羣的廣平公。

【賞析】

「琅琊王歌辭」樂府詩集收在橫吹曲辭，是一種馬上奏之的軍樂。共八首，此選五首。第一首寫北方民族對武器的珍惜遠甚過十五歲貌美的少女。表現出北方民族多以狩獵爲生，征戰爲能的特殊性。第二首寫孤兒的可憐。這是南北方民歌中共有的表現，只是北地歌謠對孤兒的苦楚僅一筆帶過，不像漢民歌「孤兒行」般的刻劃細膩而已。第三首寫久經離亂的遊子，對太平之世的祈望和故鄉的思念。第四首寫賓客對主人的倚賴而期盼。第五首寫廣平公的騎藝超羣。就此五首，已能顯明地表露出北朝民歌的特色。而且在技巧上，賦、比、興三體也都能做純熟的運用。如詩中第一首全是賦體。第二首中的「東山看西水，水流盤石間」又是興體，而藉「鹿鳴思草長」以比喻遊子思鄉的情長，以「猛虎依深山」來比喻賓客對主人的依託之深，又都是比體。所以它們的藝術技巧也並不遜於南方歌謠。

紫騮馬歌辭

一

高高山頭樹，風吹葉落去。
一去數千里，何當還故處？

二

十五從軍征，八十始得歸，
道逢鄉里人，家中有阿①誰？

【註釋】

①阿：「阿」字是詞頭，無義。

【語譯】

一

高高的山頭有一株樹，

風吹得樹葉都落去，
樹葉一去有數千里，
不知何時才能回到故鄉居處？

二

十五歲時從軍出征，
八十歲時才能還歸。
在道路上遇到了鄉里人，
不知我家中健在的還有誰？

【賞析】

紫騮馬歌辭屬橫吹曲辭。樂府詩集錄六首，此選二首。第一首用樹葉的飄落比喻遊子的離鄉。第二首寫征人久戍在異地，對故鄉的思念之情。兩首詩都平淺如話，樸質自然。「十五從軍征」以下和古詩相同，文字略異。

雀勞利歌辭

雨雪霏霏①，雀勞利②，
長觜③飽滿，短觜飢。

【註釋】

① 霏霏：落雪貌。
② 勞利：可能是鳥雀喧叫的聲音。
③ 觜：即嘴。

【語譯】

雨雪下個不停，鳥雀叫聲勞利。
長啄鳥已經吃飽，短啄鳥還在肚飢。

【賞析】

樂府詩集中只收此一首。是一首諷刺詩，以雀鳥比喻人。長嘴鳥是代表能言善道，有手腕的人。短嘴鳥是指言語笨拙的老實人。「雨雪霏霏」是一個動亂的時代。卽如詩經小雅「采薇」中所說：「昔我往矣，楊柳依依，今我來思，雨雪霏霏。」所以在亂世羣雀爭鳴聒噪，正是楚辭九章涉江中「燕雀烏鵲巢堂壇」的情況。在這種時局，有手腕的人總是佔盡便宜，老實笨拙的人吃虧受苦。作者把這一股濃烈的不平之鳴，藉禽鳥來諷刺，可以收「言之者無罪」的效果。

隴頭流水歌辭

一

隴頭①流水，流離西②下。
念我一身，飄然曠野。

二

西上隴阪，羊腸九回，
山高谷深，不覺脚酸。

三

手攀弱枝，足踰③弱泥。

【註釋】

①隴頭：通典說：「天水郡有大阪，名曰隴坻，亦曰隴山，即漢隴關也。」三秦記說：「其坂九回，上者七日乃越，上有清水四注下，所謂隴頭水也。」

②西：樂府詩集校疑作「四」。

③踰：通逾，逾越。

【語譯】

一

隴山山頭的流水，從山頂的四周奔流而下，

想到我孤獨一人，飄然行走在空曠的四野。

二

從西邊登上了隴阪，羊腸小道詰曲九轉，

山高崇谷峻深，不覺走得兩脚發酸。

三

手攀緣著柔軟的樹枝，脚越過柔軟的汚泥。

【賞析】

隴頭流水歌辭屬橫吹曲辭。樂府詩集錄此三首。隴山在陝西省隴縣西北。此三首詩都在寫作者攀登隴山時的情況和感覺。第一首，從隴頭的流水聯想到自己孑然一身的孤寂之感。第二首寫隴山的九曲羊腸，高山峻谷，爬攀不易。第三首只短短兩句，寫登山時手脚並用的情形，則登山之艱難可以想見。

隔谷歌

一

兄在城中弟在外，弓無弦，箭無括①。

食糧乏盡若為②活，救我來！救我來！

二

兄為俘虜受困辱，骨露力疲食不足。

弟為官吏馬食粟，何惜錢刀③來我贖。

【註釋】

① 括：箭的末端。

② 若爲：猶如何。

③ 錢刀：古幣作刀形，故稱「錢刀」。

【語譯】

一

兄被陷於城中弟卻在城外，

弓沒有了弦，箭失去了括。

糧食已匱乏殆盡如何能活，

救我啊！救我啊！

二

兄被俘虜遭受着困苦汚辱，

骨瘦外露精力疲憊糧食又不足，

弟做了官吏連馬也吃粟，

爲什麼卻吝惜金錢來把我贖。

【賞　析】

據古今樂錄說：「前云無辭，樂工有辭如此。」樂府詩集錄兩首，此並選。第一首寫哥哥被困城中，彈盡援絕，瀕於危亡，不得不向城外的弟弟，發出求援。第二首似在解釋前首，說明弟弟所以不救的原因，是吝惜錢幣，寧自己奢侈浪費，也不願救哥哥。兄弟手足，感情之冷漠猶如此，世態之炎涼更可以窺見了。

捉搦歌

一

誰家女子能行走，反著裌襌①後裙露。
天生男女共一處，願得兩個成翁嫗②。

二

華陰③山頭百丈井，下有流泉徹骨冷。
可憐④女子能照影，不見其餘見斜領⑤。

三

黃桑柘屐蒲子履⑥，中央有系⑦兩頭繫，
小時憐母大憐壻，何不早嫁論家計。

【註釋】

① 袂襌：袂，夾衣。襌音ㄉㄢ，單衣。

② 成翁嫗：成夫婦，含有白頭偕老的意思。

③ 華陰：縣名。在今陝西、華陰縣東南。

④ 可憐：可愛。

⑤ 斜領：斜衣領。

⑥ 黃桑：即柘，常綠灌木，葉圓形有尖，可以餵蠶，皮可以染黃色。屐：木屐。履：鞋。

蒲：水草名，可以編席織履。

⑦ 系：繫物的絲繩。

【語譯】

一

誰家的女子眞能走路，
反穿着夾衣單衣把後裙外露。
天生男女就應該一起生活居處，
盼望兩人能白頭偕老結成翁嫗。

二

華陰縣的山頭有口百丈的深井，
下面的流泉清澈得使骨頭都寒冷。
一位可愛的女子在對井照影，

不見其餘只見她斜斜的衣領。

三

黃桑柘製的木屐蒲織的鞋履，
中央有根絲帶把兩頭緊繫，
小時愛母親大了憐夫壻，
何不趁早出嫁去用心家計。

【賞析】

樂府詩集錄四首，此選三首。題名「捉搦」（搦音ㄋㄨㄛ），猶言捉拿，當是一種男女相互捉拿的遊戲。詩的內容均敍男女情事。第一首寫健康活潑的女子，是男子追求以期白首偕老的最佳伴侶。詩中「女子能行走」的含意不外二種。一是步行之姿態很美。一是身體健康。而「反著裌禪後裙露」更顯露出她的天眞和活潑。第二首寫女子汲水時顧影自憐的心境。詩中用「流泉徹骨冷」「不見其餘」寫出女子心境的孤寂。第三首寫女子盼望出嫁的心情。詩中說黃桑屐和蒲子履都有絲帶把兩頭聯繫以比喻締結秦晉（

母家與壻家）之好的意思。而「小時憐母大憐壻，何不早嫁論家計」二句，更生動地刻劃出「女大不中留」的心境。

折楊柳歌辭

一

上馬不捉鞭，反折楊柳枝，
蹀座①吹長笛，愁殺行客兒。

二

腹中愁不樂，願作郎馬鞭，
出入擐②郎臂，蹀座郎膝邊。

三

遙看孟津河③，楊柳鬱婆娑④。
我是虜家兒，不解漢兒歌。

四

健兒須快馬，快馬須健兒，
𨁑跋⑤黃塵下，然後別雄雌⑥。

【註釋】

① 蹀座：蹀音ㄉㄧㄝˊ，行。座同坐。蹀座就是行走或坐止。
② 擐，音ㄏㄨㄢˋ，貫。
③ 孟津河：謂孟津邊的黃河。孟津，黃河渡口名，在河南孟縣南。
④ 鬱婆娑：鬱，樹木叢生。婆娑，盤旋舞蹈貌。
⑤ 𨁑跋：𨁑音ㄅㄧㄝˊ，用腳擊地。𨁑跋，馬蹄擊地的聲音。
⑥ 別雄雌：謂一決雌雄，猶勝負。

【語譯】

一

騎上馬不去拿馬鞭，
反而去折楊柳樹上的柯枝，
走動著和坐著時都吹著長笛，
愁殺了羈旅在外的客兒。

二

肚子裏悶悶不樂，
我願變作郎君手上的馬鞭，
出入時掛在郎君的手臂，
走動或休止時都在郎君的膝邊。

三

遠望孟津渡口的黃河，
楊柳叢生搖曳婆娑。
我是胡人家的子女，
不了解漢人的民歌。

四

勇健的男兒必須騎快馬，
快馬的駕馭必須勇健的男兒。
馬蹄擊踏在飛揚黃塵之下，

然後才能分出勝負一決雄雌。

【賞　析】

樂府詩集錄五首，此選四首。都表現了北方民族豪爽的本色。第一首寫春天來臨，勾起了征行男兒的愁思。上馬原應捉鞭，而反去攀折楊柳枝，可見春意已濃。而且北地民族好於春天時吹長笛自娛。即如唐王之渙涼州詞中說：「羌笛何須怨楊柳，春風不度玉門關」。第二首寫女子期盼與男子長相廝守的願望。她設想自己是馬鞭，能出入時掛在郎的臂上。想法天眞而純稚。晉陶潛的閑情賦中「願在衣而爲領，承華首之餘芳」等諸多比喻，與此妙用相同。第三首寫胡虜與漢人的習俗各異。而詩中僅舉歌聲爲例而已。第四首寫男兒善騎快馬一決雌雄的豪壯氣勢。在黃塵滾滾之中，騎馬競技，一決雌雄，正是北方民族的本色。

木蘭詩

唧唧復唧唧①，木蘭當戶織。
不聞機杼②聲，唯聞女歎息。
問女何所思？問女何所憶？
女亦無所思，女亦無所憶③。
昨夜見軍帖④，可汗⑤大點兵，
軍書十二卷，卷卷有爺名。
阿爺無大兒，木蘭無長兄。
願為市⑥鞍馬，從此替爺征。
東市買駿馬，西市買鞍韉⑦，

南市買轡頭⑧，北市買長鞭。
旦⑨辭爺孃去，暮宿黃河邊。
不聞爺孃喚女聲，但聞黃河流水鳴濺濺。
旦辭黃河去，暮至黑山⑩頭，
不聞爺孃喚女聲，但聞燕山⑪胡騎鳴啾啾。
萬里赴戎機⑫，關山度若飛。
朔氣傳金柝⑬，寒光照鐵衣⑭。
將軍百戰死，壯士十年歸。
歸來見天子，天子坐明堂⑮，
策勳十二轉⑯，賞賜百千強。
可汗問所欲，木蘭不用尚書郎⑰，

願借明駝⑱千里足，送兒還故鄉。
爺孃聞女來，出郭相扶將⑲，
阿姊聞妹來，當戶理紅妝。
小弟聞姊來，磨刀霍霍⑳向豬羊。
開我東閣門，坐我西間牀。
脫我戰時袍，著我舊時裳。
當窗理雲鬢㉑，對鏡帖花黃㉒。
出門看火伴，火伴皆驚惶。
同行十二年，不知木蘭是女郎。
雄兔脚撲朔㉓，雌兔眼迷離㉔。
雙兔傍地走，安能辨我是雄雌。

【註釋】

①喞喞：歎聲。第一句「文苑英華」作「喞喞何力力」。註：「力力又作歷歷」。都是表歎聲之辭。

②杼：織布機理經的工具。

③此前六句從「折楊柳枝歌」變化而來。其辭云：「敕敕何力力，女子臨窗織，不聞機杼聲，只聞女歎息。問女何所思？問女何所憶？阿婆許嫁女，今年無消息。」

④軍帖：徵兵的文書，即下文中的「軍書」。

⑤可汗：音ㄎㄜㄏㄢ。漢以後對西域和北方民族君主的稱呼。

⑥市：買。

⑦韉：馬鞍下的墊子。西魏至唐初行府兵制，當時應徵從軍的人須自備鞍馬弓箭等物。

⑧轡頭：馬絡頭。轡，駕馭馬的嚼子和繮繩。

⑨旦：一作朝。

⑩黑山：即今河北昌平之天壽山，也稱「殺虎山」。蒙古語爲阿巴漢喀喇山。

⑪燕山：指燕然山，也即今蒙古地方之杭愛山。

⑫赴戎機：謂奔赴戰地參加軍事機要。

⑬朔氣：謂北方寒冷之氣。「金柝」：是金屬梆子，打更巡夜時所用，即刁斗。博物志：「番兵謂刁斗曰金柝。」刁斗用銅作成，樣子像鍋，三脚有柄，容量約一斗，白天用來當鍋，晚間用來打更。

⑭鐵衣：即鐵甲戰袍。

⑮明堂：天子祭祀，朝諸侯，教學，選士的地方。

⑯策勳：謂策封功勳。軍功每加一等則官爵也隨升一等，每升一等謂一轉。唐武德七年定武騎尉到上柱國十二等爲勳官，用來酬賞功

臣。所以「策勳十二轉」應是唐制。有人藉此以懷疑此詩有經唐人加以竄改之處。不過詩中慣用「十二」，如「軍書十二卷」、「同行十二年」與此句等，恐怕都不能看實。只在言其多而已。

⑰尚書郎：官名，尚書機關中的侍郎。

⑱明駝：酉陽雜俎：「駝臥腹不帖地，屈足漏明，則行千里。」所以明駝即駱駝。但據內蒙古人傳說，古有專用於喜慶佳節的駱駝，軀體精壯，平時善爲飼養，用時盛飾珠綵，古時文人即稱之爲明駝。

⑲扶將：將也是扶之意。

⑳霍霍：急速貌。

㉑雲鬢：臉旁近耳的頭髮叫鬢。雲鬢喻女子頭髮之柔美。

㉒帖花黃：帖，黏帖，塗抹。花黃，古時婦女的面飾。穀山筆塵說：「古時婦人之飾，率用粉黛；粉以傅面，黛以塡額。元魏時禁民間婦人不得施粉黛；自非宮人，皆黃眉黑妝。故木蘭詞中有『對鏡貼花黃』之句。」或引梁簡文帝詩：「約黃能效月，裁金巧作星」以爲六朝以來女子有黃額妝，在額間塗黃爲飾。

㉓撲朔：跳躍貌。

㉔迷離：不明貌。

【語譯】

歎息的聲音唧唧又唧唧，

木蘭面對着窗戶紡織。
聽不見機杼的響聲，
只聽到女子的歎息。
請問女子什麼事讓妳追思？
請問女子什麼事令妳回憶？
女子也沒有別的慮思，
女子也沒有別的回憶，
只因昨晚見到軍帖，
可汗要大舉征兵，
軍書一連頒下十二卷，
卷卷都有爺的姓名。
阿爺卻沒有年紀大的男兒，
也就是木蘭沒有長兄，

願能爲爺去購買鞍馬，
從此替爺去出征。
在東邊的市場買匹駿馬，
在西邊的市場買鞍和韉，
在南邊的市場買個轡頭，
在北邊的市場買條長鞭。
清晨辭別了爺孃離去，
暮晚已宿止在黃河岸邊。
聽不到爺孃對女兒的呼喚聲，
只聽到黃河的流水鳴聲濺濺。
清晨離開黃河而去，
日暮時已達黑山頭，
聽不見爺孃對女兒的呼喚聲，

只聽到燕山的胡騎叫聲啾啾。
跋涉萬里奔赴參加軍機，
關山在脚步下横渡如飛。
冷氣傳透了金屬的鍋柝，
寒光照耀着鐵甲和鎧衣。
將軍歷經百戰而死，
壯士征戰十年才歸。
歸來後謁見天子，
天子高坐在明堂，
策封的功勳有十二轉，
賞賜的珍物有百千强。
可汗問木蘭還有什麼索需？
木蘭卻不想做尙書郎。

只想借駝駱日行千里的勁足，
送孩兒回去故鄉。
爺孃聽到女兒回來，
走出郭門互相扶攙。
阿姊聽到妹妹回來，
對着窗戶忙打扮。
小弟聽到姊姊回來，
磨刀霍霍響要宰豬羊。
打開我東閣的房門，
坐上我西閣的寢牀，
脫下我征戰中穿的軍袍，
穿上我舊時女兒身的衣裳，
朝着窗整理雲鬢，

對着鏡細帖花黃。
走出房門看看伙伴，
伙伴都忙亂驚慌。
同行了十二年，
卻不知木蘭是女郎。
雄兎的脚不斷跳躍，
雌兎的眼已看得迷離，
雙雙兎子貼着地奔走，
又怎能分辨出我的雄雌。

【賞析】

這首是歌詠女子木蘭代父從軍的故事詩。樂府詩集收了兩首，此爲第一首。詩中的主角木蘭未必眞有其人，而後世對她的猜測則至爲紛紜，有人說木蘭姓魏，有人說姓朱，又有人說姓花，也有人說「木蘭」就是姓。或說她是譙郡人，或說是宋州人，又有黃州和商丘的不同說法。

這首詩的背景是魏與蠕蠕（卽柔然）的戰爭，所以可能產生在北魏時。它保存了民間歌謠的不少特色，如開端六句，引用北地的「折楊柳枝歌」變化而來，又如「東市買駿馬」以下四句以及「爺孃聞女來」以下六句，都運用了民歌重疊朗唱的技巧。這樣一首長詩從民間起來後，必然膾炙人口，廣爲流傳，其中或又迭經文人的潤飾，也是相當可能的。

爲了了解上的方便，可將全詩分成六段。第一段從「唧唧復唧唧」到「從此替爺征」等十六句，敍木蘭準備代父從軍，只因家中無長兄，木蘭此時的心境是悒鬱的。第二段從「東市買駿馬」到「但聞燕山胡騎聲啾啾」等十二句，寫木蘭的辭別爺孃到達戰地。此時木蘭的心境仍是悲悽孤寂的。第三段從「萬里赴戎機」到「壯士十年歸」等六句，敍木蘭經歷十年的軍旅生活後還鄉。此段只敍戰場的生活。第四段從「歸來見天子」到「送兒還故鄉」等八句，寫木蘭入朝受賞賜，而木蘭寧願早日還鄉。此時木蘭的心境是期盼且喜悅的。第五段從「爺孃聞女來」到「不知木蘭是女郎」等十六句，寫木蘭同到家，家人歡愉，等木蘭恢復女兒裝時，同行伙伴驚惶失措的情形。此時木蘭的心境必定是充滿了溫馨與滿足的。第六段是最後四句。是歌者之辭，他用兎子的撲朔迷離作比喻，以贊歎木蘭喬裝之妙。

全詩刻劃人物處豪爽明朗，描寫戰地時壯濶勇猛，十足表現了北方民族的性格，與代表南方詩歌的「孔雀東南飛」情趣迥然不同。

敕勒川

敕勒川①，陰山②下，
天似穹廬③，籠蓋四野。
天蒼蒼，野茫茫，
風吹草低見牛羊。

【註釋】

①敕勒川：當是敕勒族所居的草原上的地名或河川名。未詳確指。
②陰山：起於河套西北，綿亙於內蒙古自治區南境一帶，和內興安嶺相接。
③穹廬：氈帳，今俗稱蒙古包。

【語譯】

敕勒川，陰山下，

天的形狀像穹廬，籠罩掩蓋住四野。
天色蒼蒼，曠野茫茫，
風吹得牧草低垂見到了一羣羣牛羊。

【賞　析】

樂府詩集收本篇在雜歌謠辭。引樂府廣題說：「北齊神武（高歡）攻周玉壁，士卒死者十四五，神武恚憤疾發。周王下令曰：『高歡鼠子，親犯玉壁。劍弩一發，元凶自斃。』神武聞之，勉坐以安士衆，悉引諸貴，使斛律金唱敕勒（歌），神武自和之。其歌本鮮卑語，易爲齊言，故其句長短不齊。」斛律金從高歡攻周玉璧在東魏孝靜帝武定四年（西元五四六）。這是一首敕勒民歌，「敕勒」是種族名，北齊時居朔州（今山西北境）。

全詩雖長短數句，卻把北方草原之廣濶和牧放牛羊之盛況都淸晰的刻劃無遺。

楊白花

胡太后

陽春二三月，楊柳齊作花。
春風一夜入閨闥①，楊花飄蕩落南家②。
含情出戶脚無力，拾得楊花淚沾臆③。
秋去春還雙燕子，願銜楊花入窠裏。

【註釋】

① 閨闥：女子所居。
② 南家：一作誰家。
③ 臆：胸次。

【語譯】

爽朗春天的二、三月，

楊柳樹都一齊開了花，
春風在一夜之間已經吹進了女子的閨闥，
不知楊花會飄落到誰家？
含情脈脈地走出了閨門雙脚都覺得無氣力，
拾起了飄落的楊花不禁淚水沾濕了胸臆。
秋天時離去春天時同來的雙雙燕子，
牠們卻願銜起楊花又飛進了窩裏。

【賞析】

樂府詩集收此詩在雜曲歌辭。不著撰人。梁書說：「楊華，武都仇池人也。少有勇力，容貌雄偉，魏胡太后逼通之。華懼及禍，乃率其部曲來降。胡太后追思之不能已，爲作『楊白華』歌辭，使宮人晝夜連臂蹋足歌之，聲甚悽惋。」而南史則說：「楊華本名白花，奔梁後名華，魏名將楊大眼之子也。」

所以本篇題爲胡太后所作。就詩的內容看，似在詠楊花的飄零之悲。詩中主人（含情出戶脚無力，拾得楊花淚沾臆的女子）在藉楊花以自喩。唐柳宗元也有「楊白花」之作。其詞爲：

「楊白花，風吹度江水。
坐令宮樹無顏色，搖蕩春光千里春，
茫茫曉日下長秋，哀歌未斷歌鴉起。」

高句麗

王褒

蕭蕭易水①生波，燕趙②佳人自多，
傾杯覆盌漼漼③，垂手奮袖娑娑④。
不惜黃金散盡，只畏白日蹉跎⑤。

【註釋】

① 蕭蕭易水：史記刺客列傳：「高漸離擊筑，荊軻和而歌變徵之聲，士皆垂淚涕泣。又前而歌曰：『風蕭蕭兮易水寒，壯士一去兮不復還。』」

② 燕趙：今河北省北部及山西省西部地，爲戰國時代之燕趙二國地。古詩：「燕趙多佳人，美者顏如玉。」梁元帝也有「燕趙佳人本自多」之句。

③ 漼漼：漼音ㄘㄨㄟˇ。泣貌。此當指杯盌傾覆貌。

④ 娑娑：一作婆娑，舞蹈貌。

⑤ 蹉跎：時光消逝。

【語譯】

風蕭蕭吹襲下的易水激起了洶湧水波，

燕、趙二地的絕色佳人自來甚多。
傾覆的杯盌下酒濺濯濯，
垂手奮袖的舞蹈姿態婆娑。
不必珍惜黃金散盡，
只怕白日時光蹉跎。

【賞析】

樂府詩集收在雜曲歌辭。通典說：「高句麗，東夷之國也。其先曰朱蒙，本出於夫餘。朱蒙善射，國人欲殺之，遂棄夫餘，東南走，渡普述水，至紇升骨城居焉。號曰句麗，以高爲氏。」後來唐也有「高麗曲」，爲李勣破高麗時所進，後改爲「夷賓引」。

高句麗爲古代韓國中之一小國。則此曲或爲東夷之樂。就此詩內容看，主旨在勸人珍惜時光。詩中用兩兩交錯照應技巧。如第一句「蕭蕭易水生波」是形容壯士，而第三句「傾杯覆盌濯濯」正是壯士豪邁之狀。又如第二句「燕趙佳人自多」是點明「美人」，而第四句「垂手奮袖婆娑」正是美人舞姿。如此交錯使用，使修辭更形活潑生動。

燕歌行

王褒

初春麗日鶯欲嬌，桃花流水沒河橋①。
薔薇花開百重葉，楊柳拂地散千條。
隴西將軍號都護②，樓蘭校尉稱嫖姚③。
自從昔別春燕分，經年一去不相聞，
無復漢地長安月，唯有漠北薊城④雲。
淮南桂中明月影⑤，流黃機上織成文⑥，
充國行軍屢築營⑦，陽史討虜陷平城⑧。
城下風多能却陣，沙中雪淺詎⑨停兵。
屬國⑩少婦猶年少，羽林輕騎數征行。

遙聞陌頭採桑曲⑪，猶勝邊地胡笳聲。
胡笳向暮使人泣，還使閨中空佇立。
桃花落，杏花舒⑫，桐生⑬井底寒葉疏。
試為來看上林⑭雁，必有遙寄隴頭書。

【註釋】

① 桃花流水句：漢書溝洫志：「來春桃花水盛，必羨溢，有塡淤反壤之害。」故云：「桃花流水沒河橋。」

② 都護：漢代時統轄屬國之官。

③ 樓蘭：漢時西域國名，昭帝時改名鄯善。在今新疆鄯善縣東南。校尉：漢時掌宿衛之官。嫖姚：漢霍去病嘗爲嫖姚校尉。

④ 薊城：在今河北薊縣。

⑤ 淮南：郡名。後周時置，在今河南省光山縣。讀史方輿紀要河南汝寧府：「光州，禹貢揚州境，後周爲淮南郡，隋復爲光州。」桂中明月：或即桂月，爲月的別稱。

⑥ 流黃：黃繭之絲。古樂府相逢行：「大婦織綺羅，中婦織流黃。」「淮南桂中明月影，流黃機上織成文」即沈佺期古意詩中所謂「更教明月照流黃」之意。

⑦ 充國：即趙充國，字翁孫，漢隴西上邽人。善騎射，補羽林，爲人沈勇有大略，少好將

帥之節，而學兵法，通知四夷事。充國常以遠斥候為務，行必為戰備，止必堅營壁，尤能持重，愛士卒。(見漢書六十九趙充國傳)

⑧ 陽史討虜陷平城：當指漢高祖為匈奴困於平城之役。漢書高帝紀：「七年……上從晉陽連戰，乘勝逐北，至樓煩。會大寒，士卒墮指者什二三，遂至平城，為匈奴所困七日，用陳平祕計得出。」

⑨ 詎：豈。

⑩ 屬國：即屬國都尉，官名。漢時為治邊郡而設。

⑪ 陌頭採桑曲：當指「陌上桑」。(見前)詩中主角秦羅敷為王仁妻。故此以借喻征戰者閨中之妻言。而下句「胡笳聲」則喻胡地女子。兩相比較，採桑曲有勝過胡笳聲之處。

⑫ 舒：開。

⑬ 桐生句：劉義恭桐樹賦：「元根通徹於幽泉，密葉垂藹而增茂。」如今桐生井底，則其葉疏可知。

⑭ 上林：秦時舊苑，漢武帝增而廣之，故址在今陝西長安西盩厔鄠縣界。

【語譯】

初春時白日亮麗黃鶯的啼聲清嬌，
桃花泛流水漲淹沒了河上的津橋。
薔薇花盛開有百重的綠葉，

楊柳枝拂擊着地面散布成千條。
隴西將軍的稱號叫都護，
樓蘭校尉的名號稱嫖姚。
自從昔時離別後就像春燕般離分，
一去已經整整一年也無消息聽聞。
再也看不到漢地長安的明月，
只有漠北薊城外的浮雲。
淮南桂樹中的分明月影，
正照着機上流黃織成的花紋。
趙充國行軍時屢屢構築陣營，
漢高祖討伐匈奴時卻被困平城。
城下的風多能衝破戰陣，
沙中的積雪淺豈能停駐士兵。

屬國都尉的少婦都還年輕，
羽林郎的輕騎已數次出征遠行。
遠處聽到陌頭上傳來的採桑曲，
還勝過邊地吹奏的胡笳樂聲，
胡笳聲到了晚暮時使人悲泣，
又使深閨中的婦女孤寂久立。
桃花落盡，杏花開得扶疏，
生在井底的桐樹更是寒葉稀疏。
試請抬高看看上林飛來的鴻雁，
一定有遠寄到隴頭來的家書。

【賞析】

「燕歌行」屬相和歌辭。今所見最早之作爲魏文帝所作之「秋風蕭瑟天氣涼」一首。全詩率用七言，是七言詩成熟於漢魏時之證。王褒此首除「桃花落、杏花舒」二句爲三言外，其餘各句也皆七言。詩的內容在敍述「邊關征戰，行役不歸，婦人怨曠無所告訴」的一般情緒。不過王褒此詩較之文帝詩所用文辭爲生澀。而全詩凡數易韻：第一段，嬌、橋、條、姚叶。第二段，分、聞、雲、文叶。第三段，營、城、陣、兵、行、聲叶。第四段，泣、立叶。第五段，舒、疏、書叶。

安定侯曲

溫子昇

封疆在上地①，鐘鼓自相和。

美人當窗舞，妖姬掩扇歌。

【註釋】

① 上地：肥美之地。猶言通都大邑。

【語譯】

封賞了疆域在上好的肥美之地，

鐘鼓樂器的奏聲相互應和，

美人在窗前跳舞，

妖姬以扇掩面唱歌。

【賞析】

「安定侯曲」屬雜曲歌辭。溫子昇和魏收、邢邵合稱爲「北朝三才」。不過當時文風不盛，他們的詩也多仿南朝宮體詩，以綺靡華艷見長，沒有什麼特色。如邢邵的「思公子」：「綺羅日減帶，桃李無顏色。思君君未歸，歸來豈相識。」魏收的「挾琴歌」：「春風婉轉入曲房，兼送小苑百花香，白馬金鞍去未返，紅妝玉筋下成行。」等詩風一律。

王昭君

庾信

拭①啼辭戚里，回顧望昭陽②，
鏡失菱花影③，釵除卻月梁④。
圍腰無一尺，垂淚有千行。
衫身承馬汗，紅袖拂秋霜。
別曲真多恨，哀絃須更張。

【註釋】

① 拭：揩。
② 昭陽：漢殿名。武帝後宮八區，有昭陽宮。
③ 鏡失菱花影句：按古人有所謂「菱花鏡」，鏡作六角形。或說鏡背鐫有菱花。此處把菱花鏡分開來用字，則菱花有比喩昭君之意。楊達明妃怨詩有「匣中縱有菱花鏡，羞向單于照舊顏。」卽此意。
④ 釵除卻月梁句：按古有「卻月釵」形狀似半月。梁，釵上之橫脊。女紅餘志：「燕昭王賜旋娟以金梁卻月之釵。」

【語譯】

拭揩着啼淚辭別了鄉里，
回頭顧望着宮殿昭陽，
菱花鏡中消失了倩影，
卻月釵上失去了脊梁。
腰圍已消瘦得不到一尺，
臉上的垂淚卻有千行。
身上的衣衫沾染了馬汗，
紅袖拂拍着秋天的白霜。
別離的曲子眞是多恨，
哀痛的琴弦更加急張。

【賞析】

「王昭君」屬相和歌辭。文苑英華作「昭君怨」。晉文帝時爲避諱而改「昭君」爲「明君」。王昭君和蕃故事，在我國爲衆人皆知之哀怨故事。而事蹟則分見於漢書、後漢書匈奴傳以及西京雜記等書。現將故事情節大略敘述如下：

王嬙字昭君（或說王昭君字王嬙。嬙也作檣、牆。）南都柹縣（今湖北秭歸）人。漢元帝時選入宮廷。元帝後宮衆多，所以使畫工圖其形貌，元帝按圖召幸，當時一般宮女多賄賂畫工，唯獨昭君自恃貌美，不肯與。於是畫工醜其形貌，使昭君終不得幸。後匈奴呼韓邪單于入朝，求美人爲閼氏，元帝按圖以昭君賜之。當昭君辭行時，元帝召見，才發現她之貌美爲後宮之冠，於是大怒，窮按其事，畫工遂棄市。後來呼韓邪單于死，子雕陶莫皐立，爲復株絫若鞮單于，乃以昭君爲妻。卒後葬于匈奴，塞草皆白色，唯昭君墓草爲青色，世人遂稱「青塚」。

唐書樂志說：「明君，漢曲也。漢人憐嬙遠嫁，爲作此歌。晉石崇妓綠珠善舞，以此曲教之，而自製新歌。」在今傳樂府詩中最早者卽爲石崇之「我本漢家子」一首，後來仿作甚多。

庾信此詩在描述王昭君揮淚別昭陽時的情狀。按庾信本南陽新野（今河南）人。梁元帝時聘西魏，稽留長安，不久梁亡，從此流寓北方，而又非其所願，所以他的詩中常有故國之思。所以這首「王昭君」恐怕是有所寄托之作。

烏夜啼

庾信

促柱繁弦非子夜①，歌聲舞態異前溪②。
御史府中何處宿③？洛陽城頭那得棲④？
彈琴蜀郡卓家女⑤，織錦秦川竇氏妻⑥。
詎不自驚長淚落，到頭啼烏恒夜啼。

【註釋】

① 子夜：南朝吳歌中有子夜歌（見前）。柱，琴瑟張絃之木。以調節音之高低。柱促則音高而急。繁弦謂弦之繁多。

② 前溪：樂府清商曲中有前溪歌。樂府解題：「前溪，舞曲也。」

③ 御史：官名。漢時御史大夫，位列三公。所居之署謂之御史府。漢書朱博傳：「是時御史府舍百餘區，井水皆竭。又其府中列柏樹，常有野烏數千棲宿其上，晨去暮來，號曰朝夕烏。烏去不來者數月，長老異之。」

④ 洛陽城頭那得棲句：後漢書五行志有桓帝時童謠：「城上烏，尾畢逋……。」之句，以「城上烏」喻貪財官僚。

⑤ 卓家女：指卓文君。漢，臨邛人。卓王孫女，有文學，好音律。司馬相如與臨邛令設計飲宴於卓家，時文君新寡。相如以琴心挑之，文君夜奔相如。後相如卻聘茂陵女爲妾，文君賦「白頭吟」，乃止。事詳見史記卷一百十七，漢書卷五十七司馬相如傳。

⑥ 竇氏妻：指晉竇滔妻。晉書列女傳：「竇滔妻，蘇氏，名蕙，字若蘭，滔被徙流沙，蕙思之，織錦爲迴文旋圖詩以贈滔，宛轉循環以讀之，辭甚悽惋。」

【語譯】

弦柱促弦索多的音樂絕非子夜，
歌聲和舞姿也都不盡同於前溪。
御史府中何處可供止宿？
洛陽城頭那裏可得安棲？
彈琴的蜀郡卓家女，
織錦的秦川竇氏妻，

豈能不聽此而驚動淚落，
不過到頭來啼烏依舊在深夜啼。

【賞 析】

「烏夜啼」屬清商曲辭西曲歌。庾信此詩從烏鳥與「烏夜啼」歌曲二者交錯描寫。前二句寫「烏夜啼」之音節高低和子夜歌不同，而歌聲舞態也與前溪歌大異。三、四句寫烏鴉無處可棲宿之孤寂以證明「烏夜啼」歌聲之悽苦。第五、六句，用卓文君、竇滔妻的一度被丈夫所棄，必被此種歌聲所動容。第七、八二句，寫卓文君、竇氏妻雖聞歌而落淚。但烏鴉之夜啼卻並不會因人之悲泣而罷止。所以庾信藉這後一句點出，人類對悽涼身世的同情與感動往往都是從自身的經驗出發。就像烏鴉不了解人類的感情，又何從體諒人類失意者的苦楚呢！

此詩全用七言，而且八句，當中四句也能兩兩相對，所以它在唐律的開啓上，是極具文學史上的價值的。

卷六

隋唐樂府

春江花月夜（二首）

隋煬帝

一

暮江平不動，春花滿正開。
流波將月去，潮水帶星來。

二

夜露含花氣，春潭瀁①月暉。
漢水逢遊女②，湘川值兩妃③。

【註釋】

①瀁：古漾字，蕩漾。

②遊女：指漢水之神女。後漢書馬融傳：「湘靈下，漢女遊。」水經沔水注：「沔水又東逕萬山之北，山下水曲之隈。云漢女昔遊處也。故張衡南都賦曰：遊女弄珠於漢臯之曲。漢臯卽萬山異名也。」

③兩妃：指湘妃，卽湘君。爲湘水之神。楚辭九歌湘君，洪興祖補注：「秦博士對始皇云：湘君者堯之二女，舜妃者也。」蓋卽娥皇與女英。

【語譯】

一

日暮時江水已平穩不動，
春天的花朵正是滿枝滿椏的盛開。
流波雖然已把月色帶去，
潮水卻又把星光送來。

二

夜晚的凝露上含着花的香氣，
春天的水潭中盪漾着月色光暈。
在漢水旁逢到了遊川的神女，
在湘川上遇到了湘神兩妃。

【賞析】

「春江花月夜」屬樂府清商曲辭。據唐書樂志說：「春江花月夜、玉樹後庭花、堂堂並陳後主所作。後主常與宮中女學士及朝臣相和爲詩，太常令何胥又善於文詠，採其尤艷麗者，以爲此曲。」

隋煬帝所作共二首，第一首第一句寫「春江」，第二句寫「花」，三、四二句寫江上的月夜。全詩布局完全隨題意而來。第二首則較爲錯雜，先寫夜中的花，再寫江上的月色，三、四二句則引出漢水和湘水之神作結。

當煬帝賦詩畢，臣子中有位叫諸葛穎，做了一首和詩，全詩是：

「花帆渡柳浦，結纜隱梅洲。月色含江樹，花影覆船樓。」

內容和煬帝詩所差無幾。可見「春江花月夜」的形式已大致固定。大體上隋代文學是上承南北朝宮體詩餘緒，故詩多存浮華輕靡之風。

江都宮樂歌

隋煬帝

揚州①舊處可淹留，臺榭高明復好遊。
風亭芳樹迎早夏，長皋麥隴送餘秋。
淥潭桂楫浮青雀②，果下金鞍躍紫騮③。
綠觴素蟻流霞飲④，長袖清歌樂戲州。

【註釋】

① 揚州：古九州之一。今江蘇、安徽、江西、浙江、福建諸省。卽所謂江南各地。爲古來繁華盛地。

② 青雀：水鳥名。卽鷁。船首常畫其形，因以爲舟之名。古詩：「青雀白鶴舫。」

③ 果下：按後漢書東夷傳：「濊有果下馬。」注：「高三尺，乘之可於果樹下行。」紫騮：黑栗毛之駿馬。

④ 素蟻：按袁山松酒賦：「素醪玉潤，清酤淵澄，纖羅輕布，浮蟻競井。」故素蟻卽酒。流霞：仙酒名。論衡道虛：「口饑欲食，仙人輒飲我以流霞一杯。」

【語譯】

揚州有許多舊遊之地可供人久留，
亭臺水榭高崇爽朗又最適合暢遊，
風亭和芳樹迎接來了早夏，
長皋和麥隴已送走了餘秋。
清澈的水潭上桂木的船槳泛浮着小舟青雀。
低叢的果樹下金鞍駕御著奔躍的駿馬紫騮。
綠色觴杯素白酒蟻這種是神仙酒流霞飲，
長袖輕拂清脆歌聲此處是歡樂嬉戲的城州。

【賞析】

「江都宮樂歌」屬近代曲辭。「江都」即揚州。此詩在描寫揚州之景致歌舞之盛。內容並無獨特之處，只因此詩已爲七言律體。它開啓了初唐沈（佺期）宋（之問）體律化的先聲，在文學流變上頗具價值。

出塞

楊素

漠南胡未空，漢將復臨戎。
飛狐①出塞北，碣石指遼東②。
冠軍臨瀚海③，長平翼大風④。
雲横虎落陣⑤，氣抱龍城⑥虹。
横行萬里外，胡運百年窮。
兵寢⑦星芒落，戰解月輪空。
嚴鐎息夜斗⑧，騂角⑨罷鳴弓。
北風嘶朔馬，胡霜切塞鴻。
休明大道暨，幽荒日用同。

方就長安邸，來謁建章宮⑩。

【註釋】

① 飛狐：一種形狀似狐，肉翅連四足及尾，能飛的野獸。在此比喻行動敏捷如飛狐之將軍。

② 碣石：特立之石。此比喻行動特立之將軍。遼東：郡名。今遼寧東南境，位遼河之東。

③ 冠軍：指漢之霍去病。漢書本傳：「剽姚校尉去病再冠軍，以千六百戶封去病，爲冠軍侯。」瀚海：即沙漠。也稱戈壁，在外蒙古以北。

④ 長平：指漢衞青。漢書本傳：「王遂取河南地爲朔方郡，以三千八百戶封青爲長平侯。」翼：張。大風：大國之風。

⑤ 虎落陣：一種以竹爲藩落之兵陣。

⑥ 龍城：匈奴諸長會合祭天之處。史記匈奴傳：「歲正月，諸長小會單于庭祠，五月，大會龍城，祭其先天地鬼神。」

⑦ 寢：止息。

⑧ 嚴鐎：嚴，寒氣凜冽。鐎，鐎斗，有柄之溫器。斗：刁斗。

⑨ 騂角：騂，赤色。角，角弓。弓上之飾角者。

⑩ 建章宮：漢宮殿名。在今陝西長安縣西。

【語譯】

大漠以南的胡人尚未掃空，

‧塞　　出‧

漢將又再度參臨了兵戎。
飛狐似的將軍出兵塞北，
碣石般的戰士直指遼東。
冠軍侯兵臨戈壁瀚海，
長平侯伸張了大漢英風。
戰雲橫罩了虎落的兵陣，
殺氣環抱着龍城的彩虹。
橫行到萬里的疆域之外，
胡人的命運百年即盡窮。
兵戎止息星星的光芒沈落。
戰事解除月光的暈輪虛空。
寒冷的鐎止息了巡更的夜斗，
赤色的角罷止了鳴動的長弓。

北風中長嘶的戰馬，
胡霜下悽啼的塞鴻。
當光明大道相濟並至，
幽荒的隱士皆與日用的賢臣協同。
剛回到長安的舍邸，
就謁見君王於建章宮。

【賞析】

「出塞」屬樂府橫吹曲辭。全詩都在寫胡地戰爭時情況。楊素爲隋代開國大臣，與盧思道、薛道衡等原爲北朝詩人，入隋後曾領兵塞上，與突厥作戰，將當時戰陣所見，寫就「出塞」兩首。此其一。另一首「漢虜未和親，憂國不憂身」寫邊塞之景和河朔戍守的艱辛，可以補此首敍述之不足，可惜樂府詩集中未收。至於他的好友薛道衡、虞世基等，也都有「出塞」之酬和之作。但是他們的邊塞詩，只是和答的樂府詩，而不是寫塞外生活，所以缺乏眞實體驗，雖能在樂府詩上獨樹一格，但與唐人的邊塞詩自是不同。

昔昔鹽

薛道衡

垂柳覆金堤，蘼蕪葉復齊。
水溢芙蓉沼，花飛桃李蹊。
採桑秦氏女，織錦竇家妻①，
關山別蕩子，風月守空閨。
恒斂千金笑②，長垂雙玉啼③。
盤龍隨鏡隱④，彩鳳逐帷低⑤。
飛魂同夜鵲，倦寢憶晨鷄。
暗牖懸蛛網，空梁落燕泥。
前年過代北，今歲往遼西，

一去無消息，那能惜馬蹄。

【註釋】

①秦氏女、竇家妻：見前王褒「燕歌行」注⑪及庾信「烏夜啼」注⑥。

②千金笑：喻美人笑之珍貴。王僧孺「詠寵姬詩」：「再顧連城易，一笑千金買。」

③雙玉啼：喻美人之眼淚。

④盤龍句：古代鏡上多飾有盤龍，鏡不用則盤龍隨之也隱。

⑤彩鳳句：古代帷幔上常飾彩鳳，帷低垂不張，則彩鳳也因之而低垂。

【語譯】

垂柳覆蓋了黃金色的河堤，
蘼蕪的葉子又再長齊。
春水溢滿了荷花的池沼，
花朵飛舞在桃李下的徑蹊。
採桑的是秦氏女子，
織錦的是竇氏之妻。

蕩子遠別在關山之外，
思婦獨守著空閨中風月，
經常深斂眉翠千金難買一笑，
臉上長垂掛著雙玉般的珠淚。
盤龍已經隨著明鏡藏隱，
彩鳳也伴著帷幔低垂。
飛逝的魂魄追隨著夜鵲，
倦於睡寢時常憶起晨鷄。
暗晦的窗牖外結起了蛛網，
虛空的梁棟上落下了燕泥。
前年才經過代北，
今歲又征戰遼西，
一去就毫無消息，

那裏會珍惜馬蹄。

【賞析】

「昔昔鹽」屬樂府近代曲辭。也名夜夜曲。據容齋隨筆：「薛道衡以『空梁落燕泥』之句，爲隋煬帝所嫉。」足見此詩在當時之爲人所重。「昔昔鹽」凡十韻，後來唐·趙嘏以每句爲題作爲二十首。樂苑以爲羽調曲，唐亦爲舞曲。

此詩借思婦於春季降臨時，引發對征人的懷念爲主。風格承襲齊梁宮體詩，而開唐人閨怨詩之先聲。

十索（四首）

丁六娘

一

裙裁孔雀羅①，紅綠相參對，
映以蛟龍錦②，分明奇可愛。
粗細君自知，從郎索衣帶。

二

為性愛風光，偏憎良夜促。
曼眼腕中嬌，相看無厭足。
歡情不耐眠，從郎索花燭。

三

君言花勝人，人今去花近。

寄語落花風，莫吹花落盡。
欲作勝花妝，從郎索紅粉。

四

二八好容顏，非意得相關。
逢桑欲採折，尋枝倒懶攀。
欲呈纖纖手，從郎索指環。

【註釋】

①孔雀羅：羅綢之上有孔雀飾文。

②蛟龍錦：錦緞之上有蛟龍飾文。

【語譯】

一

下裙裁剪的料子是孔雀飾文的綢羅。
紅綠的顏色兩兩相互襯對。
襯映上蛟龍花紋的緞錦，
色彩分明得十分可愛。

我腰身的粗細郎君心中自知，
向郎索求一根衣帶。

二

我的個性愛賞風光，
偏偏憎惡長夜的短促，
含情脈脈的看著腕中的嬌女，
彼此相看欲永無厭足。
歡樂的情緒使人難以成眠，
向郎索求一對花燭。

三

郎君說花朵之美勝過情人，
情人今日距離花很近，
寄語落花的飄風，

莫把花吹落殆盡。
我想打扮個勝花的梳妝，
向郎索求一些紅色的花粉。

四

二八年華正是姣好容顏，
若非有情又怎能彼此心意相關。
遇到了桑葉正想採折，
尋著了枝葉卻倒懶得摘攀。
想要伸出纖纖玉手，
向郎索求一個指環。

【賞析】

「十索」屬近代曲辭。樂苑以爲羽調曲。丁六娘的這幾首小詩，帶有江南民歌的色彩，活潑可愛。大概隋代詩風分二派；如楊素、薛道衡、盧思道等人，生活在北方，也曾在北朝任職，入隋後，雖受南方文風的影響，但風格仍以頴拔爲主。而虞世基、何妥、王胄等，本生於江南，也在南朝任職，入隋後，依然以輕側浮艷爲詩風主流。而丁六娘之詩卽屬後者。

白頭吟

劉希夷

洛陽城東桃李花，飛來飛去落誰家？
洛陽女兒惜顏色，行逢落花長歎息。
今年花落顏色改，明年花開復誰在。
已見松柏摧為薪，更聞桑田變成海，
古人無復洛城東，今人還對落花風。
年年歲歲花相似，歲歲年年人不同。
寄言全盛紅顏子，須憐半死白頭翁，
此翁白頭真可憐，伊昔紅顏美少年。
公子王孫芳樹下，清歌妙舞落花前。

光祿池臺文錦繡①，將軍樓閣畫神仙。
一朝臥病無人識，三春行樂在誰邊！
宛轉蛾眉能幾時，須臾白髮亂如絲。
但看舊來歌舞地，唯有黃昏鳥雀悲。

【註釋】

① 光祿：官名。有光祿卿，光祿大夫之別。秦漢至清並有此制。文：一作文。

【語譯】

洛陽城東遍植了桃李花，
花朵飛來飛去不知會落到誰家？
洛陽的女子最珍惜容顏姿色，
走在路上遇見了落花就長聲歎息。
今年花落時姿色容顏已改，

明年花落時不知還有誰在！
眼見松柏被摧折做爲薪柴，
更聽說桑田已變成大海。
古人已不復在洛城東，
今人依然面對落花風，
年年歲歲花都長得十分相似，
歲歲年年人卻各有不同。
寄言盛壯之年的紅顏男子，
須可憐半死的白頭老翁，
這位老翁白了頭實在可憐，
當年卻也是紅顏美少年，
和公子王孫遊樂在芳樹下，
唱清歌妙舞在落花之前。

光祿大夫的池臺文彩似錦繡，
將軍樓閣上畫著快樂的神仙。
一朝不幸臥病就無人相識，
三春該行樂時有誰在身邊！
美貌容顏能保持幾時，
須臾之間白髮已亂如絲。
只要看看舊來的歌舞之地，
如今都只有黃昏時的烏雀在悲啼。

【賞析】

「白頭吟」屬相和歌辭。但全唐詩卷五十一屬之宋之問，題名「有所思」。然唐劉肅大唐新語則說：「劉希夷一名挺之，汝州人。少有文華，好爲宮體，詞旨悲苦，不爲時所重。善搊琵琶。嘗爲白頭翁詠曰：『今年花落顏色改，明年花開復誰在？』既而自悔曰：『我此詩似讖，與石崇「白首同所歸」何異也？』乃爾存之。詩成未周，爲奸所殺。或云：宋之問害之。……」

劉希夷是否爲宋之問所害，雖未可遽信，但宋詩之出於劉詩則或可相信。不過二詩文字也略有不同。宋之問詩「洛陽女兒」作「幽閨女兒」，「行逢」作「坐見」，「光祿池臺天錦繡」之「文」作「亦」，「白髮」作「鶴髮」，「鳥雀悲」作「鳥雀飛」。

此詩充滿了濃厚的悲愴情緒，先從花落起興，再歸結到滄海桑田，人事的變遷，全詩對悲痛氣氛的刻劃十分成功。當時必是一首膾炙人口的好詩。

春江花月夜

張若虛

春江潮水連海平，海上明月共潮生，
灩灩①隨波千萬里，何處春江無月明。
江流宛轉遶芳甸②，月照花林皆似霰③，
空裏流霜不覺飛，汀上白沙看不見。
江天一色無纖塵，皎皎空中孤月輪。
江畔何人初見月，江月何年初照人。
人生代代無窮已，江月年年望相似。
不知江月待何人，但見長江送流水。
白雲一片去悠悠，青楓浦上不勝愁。

誰家今夜扁舟子④，何處相思明月樓。
可憐樓上月徘徊，應照離人妝鏡臺。
玉戶簾中卷不去，擣衣砧上拂還來。
此時相望不相聞，願逐月華流照君。
鴻雁長飛光不度，魚龍潛躍水成文。
昨夜閑潭夢落花，可憐春半不還家。
江水流春去欲盡，江潭落月復西斜。
斜月沉沉藏海霧⑤，碣石瀟湘⑥無限路。
不知乘月幾人歸，落月搖情滿江樹。

【註　釋】

①灎灎：猶瀲灎，波際相連貌。
②甸：郊外叫甸。
③霰：雪珠。
④扁舟子：猶小舟。
⑤海霧：海上霧氣。
⑥碣石：山名。瀟湘：水名。

【語譯】

春天江中的潮水與海水齊平，
海上的明月和潮水一起誕生。
綿延隨波漂流了千萬里，
何處的春江上沒有月色的照明。
江水宛轉遶行着芳草的郊甸，
月光照耀着花林都像是雪霰。
天空中流動的霜雪已不覺得它在紛飛，
汀洲上的白沙已被月光照得看不見。
江天清淨一色沒有一絲的泥塵，
皎皎然的夜空孤懸明月一輪。
江畔何人最早看見了明月？
江月在何年最初照耀到離人？
人生一代代相傳永無窮止，

江上的明月年年看來都相似。
不知江月在等待何人？
只見長江送走了流水。
白雲一片飄逝得悠悠，
青楓浦上有不盡的哀愁。
誰家今夜又泛動了一葉扁舟，
何處又有人相思在明月照耀的高樓。
可憐樓上有徘徊不進的明月，
月色應照到離人的梳妝鏡臺。
玉色在窗戶的簾帷中捲不去，
擣衣砧上拂去了它依舊還來。
此時只能相望卻不能相聽聞，
但願追逐著月華照耀郎君。

鴻雁掠過長空卻飛渡不得月光，
魚龍雖能潛藏，躍動的水波上依然織成月紋。
昨夜在閑靜的潭上又夢見了落花，
可憐春已過半仍不得還家。
江水流逝了春色已將盡，
江潭邊的落月又再西斜。
斜月沉沉然藏入了海上的水霧，
往碣石瀟湘還有無限遙遠的路。
不知幾人能乘着月色還歸，
落月搖蕩的情緒已滿照江樹。

【賞析】

此首「春江花月夜」雖然比煬帝的詩在篇幅上增加很多，但布局與煬帝詩仍是相近。內容總不外乎題目中之春江、花、月、夜等素材。作者先從春江寫起，再敍到明月，復用「江流宛轉遶芳甸」、「月照花林皆似霰」二句把春江、明月都歸結到「花」上。春天是最易消逝的，花會凋謝，月色會勾引起孤寂之感。於是詩的後半，自然把重點都集中在離人心緒的描寫上。全詩寫景處清新脫俗，如「空裏流霜不覺飛，汀上白沙看不見，江天一色無纖塵，皎皎空中孤月輪」。而寫情處又十分黏滯而揮脫不去，如「玉戶簾中卷不去，擣衣砧上拂還來」二句，借月光以寄情，都相當不錯。

採蓮歸

王　勃

採蓮歸，綠水芙蓉衣。秋風起浪鳧雁飛。
桂棹蘭橈①下長浦，羅裙玉腕搖輕櫓②。
葉嶼花潭極望平，江謳越吹③相思苦。
相思苦，佳期不可駐。
塞外征夫猶未還，江南採蓮今已暮。
今已暮，採蓮花，今渠④那必盡倡家。
官道城南把桑葉，何如江上採蓮花。
蓮花復蓮花，花葉何重疊？
葉翠本羞眉，花紅強如頰。

佳人不在茲，悵望別離時，
牽花憐共蒂，折藕愛蓮絲。
故情何處所，新物徒華滋。
不惜南津交佩解，還羞北海雁書遲。
採蓮歌有節，採蓮夜未歇。
正逢浩蕩江上風，又值徘徊江上月。
蓮浦夜相逢，吳姬越女何丰茸⑤。
共問寒江千里外，征客關山更幾重。

【註釋】

① 桂棹蘭橈：棹同櫂，船槳。以桂爲之。橈，楫。以蘭爲之。

② 搖輕櫓：全唐詩卷五五作「輕搖櫓」。櫓，船旁撥水之具。

③ 江謳越吹：謳，歌。江謳謂江畔之歌。吹，吹奏之樂，越吹爲越地之歌吹。

④ 今渠：全唐詩作「渠今」。

⑤ 丰茸：猶丰容，謂丰姿。

【語譯】

採擷了蓮子返歸，
綠水穿上了一件芙蓉衫衣。
秋風吹起了浪花野鳧和大雁紛飛。
桂木爲棹蘭木爲橈扁舟下行到長浦，
羅綢的下裙玉潔的手腕輕搖着船櫓，
綠葉遍布的小嶼花朵盛開的水潭可以遙望，
江畔的謳歌越地的吹奏都充滿相思之苦。
相思苦，佳期不可留駐。
塞外的征夫猶未還鄉，
江南採蓮的季節已屆晚暮。
今日已經晚暮，採摘蓮花！
其實今日相思的未必都是倡家。
在官道城南把折桑葉，

不如在江上採摘蓮花。
蓮花啊蓮花！
花葉爲何要重重疊疊？
葉的翠色像嬌羞的眼眉，
花的姸紅强勝過臉頰。
佳人已不在此，
內心的悵望就像別離時。
牽着花最歡喜它能並蒂，
折斷藕最喜愛它的連絲。
舊情不知失落到何處？
新的物事不斷的蕃滋。
不惜在南津渡口把交佩寬解，
回來後又羞慚北海的雁書太遲。

採蓮的歌謠有一定的節奏，
採蓮的夜晚卻永未止歇。
正遭逢浩蕩的江上風，
又遇見徘徊不進的江上月。
在蓮花岸浦的深夜相逢，
吳越的女子竟如此丰容。
共問在寒江的千里之外，
征客所在之地更需越過關山幾重？

【賞析】

「採蓮歸」全唐詩卷五五作「採蓮曲」。詩的內容不外江南景致和採蓮女相思之苦，並無特殊之處。但這首詩的音節運用之美，音調之婉媚是相當值得注意的。第一：疊句的使用，使全詩倍增音節婉轉之美。如「相思苦」、「今已暮」，都重疊了上句的末三字。第二：以非韻句，另起押韻，使全詩音節上有「藕斷絲連」之妙。如「今已暮」

以下，以「花」、「家」、「花」相協，「葉」字非韻。而下段即以「疊」字與「葉」相協。又如此段的「葉翠本羞眉」之「眉」字非韻，但卻與下文的「茲、時、絲」又相協。

這種現象在初唐四傑的詩中並不少見。如盧照隣的「長安古意」末段：「專權意氣本豪雄，青虬子燕坐春風。自言歌舞長千載，自謂驕奢凌五公。」中的「載」字非韻，但卻與下文：「節物風光不相待，桑田碧海須臾改。昔時金階白玉堂，即今唯見青松在。」中的「待、改、在」相協。這種技巧當得力於六朝新樂府給他們的刺激。

燕歌行

高　適

漢家烟塵①在東北，漢將辭家破殘賊。
男兒本自重橫行，天子非常賜顏色。
摐金伐鼓下榆關②，旌旆逶迤碣石間③。
校尉④羽書飛瀚海，單于獵火照狼山⑤。
山川蕭條極邊土，胡騎憑陵⑥雜風雨。
戰士軍前半死生，美人帳下猶歌舞！
大漠窮秋塞草腓⑦，孤城落日鬬兵稀。
身當恩遇常輕敵，力盡關山未解圍。
鐵衣遠戍辛勤久，玉筯⑧應啼別離後；

少婦城南欲斷腸，征人薊北⑨空回首。
邊風飄飄那可度，絕域蒼茫更何有？
殺氣三日⑩作陣雲，寒聲一夜傳刁斗⑪。
相看白刄血紛紛，死節從來豈顧勳。
君不見沙場征戰苦，至今猶憶李將軍⑫。

【註釋】

① 烟塵：謂寇警。

② 摐：擊。摐金伐鼓即敲鑼打鼓。榆關：即山海關，在今河北臨榆縣界。

③ 旆：音ㄆㄟˋ，一作「旗」。逶迤：長垂貌。碣石：山名。水經漯水注：「碣石山在遼西臨榆縣南水中。」

④ 校尉：隋唐爲武散官，位次於將軍。

⑤ 狼山：山名。在今綏遠北境。清一統志烏喇忒：「狼山在旗東四十里，蒙古名綽農拖羅海。」今外蒙古狼居胥山，亦曰狼山。唐置狼山州，屬燕然都護府。

⑥ 憑陵：恃勢凌人。

⑦ 腓：一作「衰」，通痱。病也。此意謂枯萎。

⑧ 玉筯：玉筷。此謂流淚。

⑨ 薊北：唐薊州以北，置薊北道，治漁陽郡，今河北密雲縣西南。

⑩ 三日：一作「三時」，謂，早、午、晚，意謂整日。

⑪ 刁斗：用以示警之具。

⑫ 李將軍：漢李廣。史記李將軍傳：「廣居右北平，匈奴聞之，號曰：漢之飛將軍，避之，數歲不敢入右北平。」

【語譯】

漢朝的邊寇是在東北，
漢將離家去破滅殘暴的寇賊。
男子漢本當橫衝直撞，
天子覺得特殊就會格外和顏悅色。
敲鑼打鼓的抵達了榆關，
旌旗飄搖在碣石山。
校尉的羽書信函飛越了瀚海，
說匈奴單于的獵火已照耀狼山。

山川蕭條的景象引伸到邊土，
胡騎仗勢凌人的氣勢像噪雜的風雨。
戰士在陣營的前方死生各半，
美人在帷下依舊歌舞。
大沙漠上的秋草已經枯衰，
落日下的孤城戰鬪的士兵已稀。
身受國家恩遇常能不畏强敵，
力氣用盡而被困的關山仍未解圍。
穿着鐵衣遠戍他鄉已辛勤太久，
思婦的啼泣始於離別之後。
少婦在城南悲痛得幾乎斷腸，
征人在薊北無奈徒然的回首。
邊境的風勢飄搖怎能越渡，

【賞　析】

絕域一片蒼茫更一無所有。
殺伐之氣整日籠罩得像低雲，
寒風聲中夜夜傳來刁斗。
眼看白刃上鮮血紛紛，
盡忠死節的人豈會爲了功勳？
你沒看見嗎？沙場上征戰的辛苦，
至今人們還想念着李廣將軍。

「燕歌行」屬相和歌辭。高常侍集卷五有序：「開元二十六年，客有從元戎出塞而還者，作『燕歌行』以示適，感征戍之事，因而和焉。」而全唐詩則將「元戎」二字作「御史大夫張公」。按舊唐書玄宗紀曰：「開元二十五年二月，張守珪破契丹餘衆於捺祿山，殺獲甚衆。」而舊唐書張守珪傳云：「二十六年，守珪裨將趙堪、白眞陁羅等假以守珪之命，逼平盧軍使烏知義邀叛奚餘衆於湟水之北，初勝後敗，守珪隱其敗狀而妄奏克捷之功，事頗泄。」則高適此詩或有諷刺之意。如詩中「戰士軍前半死生，美人帳下猶歌舞」或即此意。

全詩分三段；第一段從起句到「單于獵火照狼山」。寫戰爭的起因，在於匈奴的入侵。詩中借「漢」一則以喻「唐」，一則以表明，東北邊寇之爲禍患已久。第二段從「山川蕭條極邊土」到「力盡關山未解圍」。寫胡騎之慓悍與戰士征戰之苦，但身當恩遇，輕敵力戰乃是軍人本色。正與首段「男兒本自重橫行」相呼應。第三段從「鐵衣遠戍辛勤久」到結束。寫征人和少婦兩地相思之苦。然既爲軍人，自當爲盡節而死，豈能眷顧功勳，又與一、二段之精神相連貫。最後以想念李廣將軍作結，透露了戰士對愛護士卒的長官的期念。

古從軍行

李頎

白日登山望烽火，黃昏飲馬傍交河①。
行人刁斗風沙暗，公主琵琶幽怨多②。
野營③萬里無城郭，雨雪紛紛連大漠。
胡雁哀鳴夜夜飛，胡兒眼淚雙雙落。
聞道玉門④猶被遮，應將性命逐輕車⑤，
年年戰骨埋荒外，空見蒲萄⑥入漢家。

【註釋】

①交河：縣名。故城在今新疆吐魯番縣治西二十里。唐置交河郡，屬西州，嘗置建安西都護府於此。

②公主琵琶幽怨多：漢武帝派江都王建的女兒細君和蕃，下嫁烏孫國，是爲烏孫公主。石崇王明君辭序：「昔公主嫁烏孫，令琵琶馬上作樂，以慰其道路之思。」

③野營：全唐詩卷一三三作「野雲」。

④玉門：卽玉門關。在今甘肅敦煌縣西。

⑤輕車：作戰用的車子。漢有輕車將軍。李廣曾任此職。

⑥蒲萄：卽葡萄。

【語譯】

白天才爬登山巔遙望烽火，
黃昏已飲馬在交河。
征行的人聽着刁斗聲倍覺風沙昏暗，
烏孫公主的琵琶聲中一定幽怨甚多。
野外雲層萬里見不到一垛城郭。
下雪紛紛然連接廣大的沙漠。
哀鳴的胡雁夜夜都在翔飛，

【賞析】

連胡兒的眼淚也會雙雙的滴落。
聽說玉門關猶被困遮，
應把性命追隨輕捷的戰車，
年年戰死的骸骨都埋在荒郊野外，
徒然只見胡人的葡萄朝貢到漢家。

「從軍行」屬相和歌平調曲。此曲皆寫軍旅苦辛之辭。李頎此首也不例外。全詩可分為三段，每四句為一段。第一段寫出征之迅疾與行役之苦。並藉烏孫公主之琵琶怨聲以襯托行人心情。第二段寫塞外景象，哀雁鳴叫，尤使人落淚。第三段寫邊防戰事未已，軍人理應為國捐軀，但若征戰只為葡萄朝貢，則未免有負征戰而死之英魂白骨。

洛陽女兒行

王維

洛陽女兒對門居，纔可①容顏十五餘，
良人玉勒乘驄馬②，侍女金盤膾鯉魚。
畫閣朱樓盡相望，桃紅柳綠垂簷向。
羅帷送上七香車③，寶扇迎歸九華帳④。
狂夫富貴在青春，意氣驕奢劇季倫⑤。
自憐碧玉⑥親教舞，不惜珊瑚持與人⑦。
春窗曙滅九微火⑧，九微片片飛花璅⑨。
戲罷曾無理曲時，妝成祇是薰香坐。
城中相識盡繁華，日夜經過趙李家⑩。

誰憐越女⑪顏如玉，貧賤江頭自浣沙。

【註釋】

① 纔可：猶言恰好。

② 良人：謂夫婿。玉勒：以玉飾馬頭絡銜。驄馬：青白雜毛的馬。

③ 七香車：用香木製的華貴車子。魏武帝與楊彪書：「今贈足下畫輪四望通幰七香車二乘。」

④ 九華帳：古人以華綵爲宮室及器物之飾，九言華綵之繁多。九華帳，謂華綵繁多的帳子。

⑤ 季倫：指石崇，字季倫。晉南皮人。以航海致富，與王愷、羊琇之徒，以奢侈相尚。劇，猶勝過。

⑥ 碧玉：汝南王妾名。梁元帝採蓮賦：「碧玉小家女，來嫁汝南王。」此指美女。

⑦ 晉書石崇傳：「武帝每助（王）愷，嘗以珊瑚樹賜之，高二尺許，枝柯扶疏，世所罕比。愷以示崇，崇便以鐵如意擊之，應手而碎。愷既惋惜，又以爲嫉己之寶，聲色方厲。崇曰：『不足多恨，今還卿。』乃命左右悉取珊瑚樹，有高三、四尺者六七株，條幹絕俗，光彩耀目，如愷比者甚衆，愷怳然自失矣。」

⑧ 九微火：燈名。博物志：「漢武帝好仙道，七月七日王母乘紫雲車而至於殿西。南面東向，時設九微燈，帝東面西向。」

⑨ 璅：同瑣，細小。此謂燈花。

⑩ 趙李家：指漢成帝時之趙飛燕與李平二女家。

⑪ 越女：指西施。越王勾踐獻於吳，爲吳王寵姬。相傳西施未遇時曾浣紗於溪畔。

【語譯】

洛陽有個女孩與我對門而居，
恰好的容貌年齡十五有餘，
她的丈夫以玉飾絡頭騎着一匹青驄馬，
侍女托着金盤盤中是烹膾的鯉魚。
彩畫的閨閣朱紅的樓屋彼此相望，
紅色的桃花綠色的柳枝垂掛在屋簷上。
羅綢幃帳送她登上七香車。
用寶扇護着她迎回九華帳。
輕狂的丈夫富貴時正當少年青春，
意氣驕縱奢侈甚過石季倫。
憐愛她是碧玉女子親自教她歌舞，
更不惜把貴重的珊瑚送給人。
春日窗外曙光初透就熄了九微燈火，

九微燈火結下片片飛花似的燈蕊。
嬉戲休止時已沒時間練習歌曲，
妝扮梳理完成只是薰香而坐。
城中相識的人盡是富貴繁華，
日夜過訪的都是趙家李家。
誰會去憐惜越女西施的容顏似玉，
貧賤人家只能在江頭獨自浣紗。

【賞析】

「洛陽女兒行」屬新樂府辭。所謂「新樂府辭」只是唐世的新歌，其辭未被於聲。是一種不入樂的樂府詩。王維天資聰慧，十五歲作「過始皇墓」，十六歲作「洛陽女兒行」，十七歲作「九月九日憶山東兄弟」，十九歲作「桃源行」，二十一歲作「燕支行」。都是傳誦不絕的好詩。

全詩可分成兩段：第一段從起句到「寶扇迎歸九華帳」。寫洛陽女兒的美滿富貴生活。她有貌美、年輕、高貴的丈夫、丫環服侍，食、衣、住、行無一不富裕。深刻的反映出當時洛陽富貴人家的生活。第二段從「狂夫富貴在青春」到結尾。刻劃出一位洛陽少年狂妄、驕縱、奢侈的生活。詩中的一對小夫婦是洛陽富貴子弟的典型，藉以烘托出詩末，「誰憐越女顏如玉，貧賤江頭自浣紗」的感慨與諷刺作用。沈德潛以爲，結尾二句，王維有以「君子懷才不遇」以自況之意。就王維的身世看，是有可能。

老將行

王維

少年十五二十時，步行奪得胡馬騎。
射殺山中白額虎①，肯數鄴下黃鬚兒②。
一身轉戰三千里，一劍曾當百萬師。
漢兵奮迅如霹靂③，虜騎崩騰畏蒺藜④。
衛青不敗由天幸⑤，李廣無功緣數奇⑥。
自從棄置便衰朽，世事蹉跎⑦成白首。
昔時飛箭無全目⑧，今日垂楊生左肘⑨。
路傍時賣故侯瓜⑩，門前學種先生柳⑪。
茫茫古木連窮巷，寥落寒山對虛牖。

誓令疏勒出飛泉⑫，不似潁川空使酒⑬。
賀蘭山⑭下陣如雲，羽檄⑮交馳日夕聞。
使節三河⑯募年少，詔書五道出將軍。
試拂鐵衣如雪色，聊持寶劍動星文⑰。
願得燕弓射大將，恥令越甲鳴吳君⑱。
莫嫌舊日雲中守⑲，猶堪一戰取功勳。

【註釋】

① 白額虎：謂猛虎。晉書周處傳：「處少不修細行，爲人所惡。父老歎曰：『三害未除。』處曰：『何謂也?』曰：『南山白額猛獸，長橋下蛟，並子而三矣。』處乃入山射殺猛獸，因投水搏蛟。」

② 肯數：恰如。鄴下指鄴縣，今河南臨漳縣西。黃鬚兒，指曹操的兒子曹彰。魏志任城王傳：「彰自代過鄴，太子謂彰曰：卿新有功，宜勿自伐，應對常若不足者。彰到，如太子言，歸功諸將。太祖喜，捋彰鬚曰：黃鬚兒竟大奇也。」

③ 霹靂：急雷聲。

④崩騰：猶奔騰。蒺藜：草名，實有刺，戰陣中用爲障礙。或用鐵爲之，謂之鐵蒺藜。

⑤衞青：字仲卿，西漢平陽人。其姐衞夫人得幸於武帝，以青爲大中大夫。元光五年，爲車騎將軍。凡七出擊匈奴，未曾一敗。故詩中有「不敗由天幸」之句。

⑥李廣：史記李將軍列傳：「李將軍廣者，隴西成紀人也……從大將軍軍出定襄，擊匈奴，諸將多中首虜率，以功爲侯者；而廣軍無功。……大將軍青亦陰受上誡，以爲李廣老，數奇，毋令當單于，恐不得所欲。」索隱引服虔云：「數奇，作事數不偶也。」意謂做事屢次不成功。

⑦蹉跎：顛躓不如人意。

⑧飛箭無全目：比喻善射之意。鮑照擬古詩：「驚雀無完目。」李善注引帝王世紀曰：「帝羿有窮氏，與吳賀北遊，賀使羿射雀，羿曰：生之乎？殺之乎？賀曰：射其左目，羿引弓射之，誤中右目。羿抑首而媿，終身不忘。故羿之善射至今稱之。」

⑨垂楊生左肘：比喻無用。莊子至樂：「支離叔與滑介叔觀於冥伯之丘，崑崙之虛，黃帝之所休。俄而柳生其左肘，其意蹷蹷然惡之。」

⑩故侯瓜：謂召平所種之東陵瓜。史記蕭相國世家：「召平者，故秦東陵侯。秦破，爲布衣，貧，種瓜於長安城東，瓜美，故世俗謂之東陵瓜。」

⑪先生柳：指陶淵明。有五柳先生傳云：「宅邊有五柳樹，因以爲號焉。」

⑫疏勒：今新疆疏勒縣。後漢書耿恭傳：「恭以疏勒城旁有澗水可固，乃引兵固之，匈奴

於城下擁絕澗水，恭於城中穿井十五丈，不得水，吏士渴乏，笮馬糞汁而飲之。恭仰歎曰：聞昔貳師將軍拔佩刀刺山，飛泉涌出，今漢德神明，豈有窮哉？乃整衣服向井再拜爲吏士禱，有頃，水泉奔出。」

⑬潁川空使酒：指灌夫藉酒使氣事。史記魏其武安傳：「灌將軍夫者，潁陰人也。灌夫爲人剛直使酒，不好面諛。」

⑭賀蘭山：在今寧夏西。

⑮羽檄：軍旅征討之緊急公文。

⑯使節：謂節度使。三河：指河東、河南、河內。

⑰星文：劍柄上的花紋。吳越春秋：「伍子胥乃解百金之劍以與漁者曰：此吾前君之劍，中有七星，價值百金。」

⑱越甲鳴吳君：說苑立節篇：「越甲至齊雍門，子狄請死之。曰：『昔王田於囿，左轂鳴，王曰：「工師之罪也。」車右曰：「不見工師之乘而見其鳴吾君也。」刎頸而死。今越甲至，其鳴吾君，豈左轂之下哉！』遂刎頸而死。」

⑲雲中：在今綏遠托克托縣。史記馮唐傳：「文帝說，令馮唐持節赦魏尚，復以爲雲中守。」

【語譯】

年輕少壯十五二十時，
徒步也能搶匹胡馬來騎。

射殺了山中白額的猛虎，
恰如鄴下勇武的黃鬚兒。
一身能輾轉作戰三千里，
一劍曾抵擋百萬雄師。
漢軍奮勇迅速有如霹靂，
胡虜的車騎奔騰畏怕蒺藜。
衞青不敗是由於老天憐幸。
李廣屢戰無功是由於命運乖奇。
自從被棄置就漸衰朽，
世事蹉跎轉瞬成白首。
往昔飛箭一發雀無全目，
如今垂楊已滋生在左肘。
路傍時常叫賣故侯瓜，

門前也學陶先生種柳。
蒼茫的古木接連著窮巷，
寂寥的寒山面對着虛牖。
發誓要令疏勒涌出飛泉，
不學穎川灌夫只會動氣使酒。
賀蘭山下陣營如屯雲，
羽檄交相馳遞日夜傳聞。
節度使在三河召募年少，
詔書連下五道請出將軍。
輕輕一拂鐵甲就像雪白色，
姑且一持寶劍就顯出花紋。
但願能得把燕弓射殺大將，
絕不令越國兵甲驚動吳君。

不要嫌棄舊日的雲中守。

尚可以決一死戰爭取功勳。

【賞析】

「老將行」也是一首新樂府。旨在描寫老將晚年垂老時的寂寞和淒涼。全詩分三段。第一段從起句到「李廣無功緣數奇」。寫少年時也曾驍勇善戰。末二句「衞青不敗由天幸，李廣無功緣數奇」，把征戰的成敗歸之於天命。老將之所以落寞原因當也在此。第二段，從「自從棄置便衰朽」到「不似潁川空使酒」。寫老境的寥落。詩中「蒼茫古木」、「窮巷」、「寥落寒山」、「虛牖」都象徵了老境的形態。但詩中有知命之感歎，而並無怨尤之牢騷。故能「賣瓜」、「種柳」而不「使酒」。第三段，從「賀蘭山下陣如雲」到結束。寫國勢阽危時，雖己已年邁，仍冀奮其餘力，爲國效命。

全詩用典甚多，作者似有意騁其才華，但讀者必須先透過典故的了解，才能再求詩意，反覺隔了一層。況所用典故又多非熟典。

桃源行

王維

漁舟逐水愛山春，兩岸桃花夾古津。
坐看紅樹不知遠，行盡青溪不見人。
山口潛行始隈隩①，山開曠望旋平陸。
遙看一處攢②雲樹，近入千家散花竹。
樵客初傳漢姓名，居人未改秦衣服。
居人共住武陵源③，還從物外④起田園。
月明松下房櫳⑤靜，日出雲中鷄犬喧。
驚聞俗客爭來集，競引還家問都邑。
平明閭巷掃花開，薄暮漁樵乘水入。

初因避地去人間，及至成仙遂不還。
峽裏誰知有人事，世中遙望空雲山。
不疑靈境難聞見，塵心未盡思鄉縣。
出洞無論隔山水，辭家終擬長游衍⑥。
自謂經過舊不迷，安知峯壑今來變。
當時只記入山深，青溪幾曲⑦到雲林。
春來遍是桃花水⑧，不辨仙源何處尋。

【註釋】

① 隈隩：隈，曲折。隩，深遠。
② 攢：音ㄘㄨㄢˊ，簇擁。
③ 武陵源：即桃花源。
④ 物外：猶世外。
⑤ 房櫳：櫳，窗牖。房櫳，泛指房舍。
⑥ 游衍：恣意游樂。
⑦ 曲：四部叢刊本及章注本作「度」。
⑧ 桃花水：即春水。漢書溝洫志顏注：「月令，仲春之月始雨水，桃始華，蓋桃方華時，既有雨水，川谷冰泮，衆流猥集，波瀾甚長，故謂之桃華水。」

【語　譯】

漁舟逐水而遊是爲了愛山中的暖春，
兩岸桃花盛開夾壓住古老渡津。
只爲了觀賞紅樹而不知走了多遠。
走到了青溪的盡頭還不見一個行人。
山口纘行時開始非常曲折深隩，
出了山洞四望寬廣不久是一片大陸。
遠看是一處攢簇如雲的密樹，
近看有千戶人家散居在花竹。
砍柴的樵客才說出自己漢朝的姓名，
居住在此的人們仍未改秦代的衣服。
居民都住在武陵源，
還從世外建立起田園。
月光明朗松下的屋舍幽靜，

太陽露出雲中鷄犬鳴喧。
驀然驚聞來了俗客爭相湊集，
爭着請他回家詢問自己的鄉邑。
天剛明亮閭巷已把落花掃開，
薄暮時漁夫樵人乘着水道回來。
當初是因爲避禍而離開人間，
後來更爲追求神仙生活而不歸還。
峽谷中誰會知道還有人事，
從塵世中遙望只是一座虛空的雲山。
不相信仙境是難得一見
因而塵心未盡又想起家鄉里縣。
出了山洞後不論阻隔多少山水，
辭別家人後就準備長期在此遊宴。

自以爲經過的舊路絕不會迷失，
又怎知山峰丘壑如今都有了改變。
當時只記得入山走了很深，
沿着清溪幾個拐彎才到雲般的樹林。
春天來時到處都是桃花水，
已不能辨識仙境該到何處覓尋。

【賞析】

「桃源行」屬新樂府辭。王維根據晉陶淵明的「桃花源記」改寫成歌行體。桃花源記的全文是：

晉太元中，武陵人，捕魚爲業，緣溪行，忘路之遠近；忽逢桃花林，夾岸數百步，中無雜樹，芳草鮮美，落英繽紛，漁人甚異之。復前行，欲窮其林。林盡水源，便得一山。山有小口，彷彿若有光，便舍船，從口入。

初極狹，纔通人；復行數十步，豁然開朗。土地平曠，屋舍儼然。有良田、美池、桑、竹之屬。阡陌交通，鷄犬相聞。其中往來種作，男女衣著，悉如外人；黃髮垂髫，並怡然自樂。見漁人，乃大驚，問所從來；具答之。便要還家，設酒、殺鷄、作食。村中聞有此人，咸來問訊。自云：先世避秦時亂，率妻子邑人來此絕境，不復出焉；遂與外人間隔。問今是何世；乃不知有漢，無論魏晉。此人一一爲具言所聞，皆歎惋。餘人各復延至其家，皆出酒食。停數日，辭去。此中人語云：「不足爲外人道也。」

既出，得其船，便扶向路，處處誌之。及郡下，詣太守，說如此。太守卽遣人隨其往，尋向所誌，遂迷不復得路。南陽劉子驥，高尚士也，聞之，欣然規往，未果，尋病終。後遂無問津者。

兩相比較，王維雖然是襲用了陶潛的材料，但卻賦予了樂府詩中新的生命。詩中的桃源是「靈境」、「仙源」，而居人則久去人間後，已然「成仙」與陶潛文中的「絕境」顯然有別，尤其王詩在景物描寫勝於陶文，使人讀之更覺怡然，登遐之感。

渭城曲

王維

渭城①朝雨浥②輕塵，客舍③青青柳色新。
勸君更盡一杯酒，西出陽關④無故人。

【註釋】

① 渭城：在今陝西西安西北。
② 浥：音ㄧˋ。潤濕。
③ 客舍：旅舍。
④ 陽關：關名，在今甘肅敦煌西南一百三十里黨河之西。元和志：「以居玉門關之南，故曰陽關。」爲出塞必經之地。

【語譯】

渭城的朝雨潤濕了輕揚的泥塵，
旅舍外草木青青柳色煥然一新。
勸君再飲盡一杯餞行酒，

西出了陽關之後就遇不見故人。

【賞 析】

「渭城曲」屬樂府近代曲辭。一名「陽關」，本「送元二使安西」詩，後被之管弦。劉禹錫「與歌者詩」云：「舊人唯有何戡在，更與慇懃唱渭城。」白居易「對酒詩」云「相逢且莫推辭醉，聽唱陽關第四聲。」陽關第四聲，即「勸君更盡一杯酒，西出陽關無故人。」

唐人在朋友送別時，多唱此曲。於是「渭城曲」似已成了送別歌。傳聞此歌有「陽關三疊」的唱法。據東坡志林說：「舊傳陽關三疊，然今歌者，每句再疊而已。通一首言之，又是四疊，皆非是也。或每句三唱，以應三疊之說，則叢然無復節奏。余在密州，有文勛長官，以事至密，自云得古本陽關，其聲宛轉淒斷，不類向之所聞，每句再唱，而第一句不疊，乃知唐本三疊蓋如此。及在黃州，偶得樂天對酒詩云：『相逢且莫推辭醉，聽唱陽關第四聲。』注云：『第四聲，勸君更盡一杯酒』是也。以此驗之，若一句再疊，則此句爲第五聲，今爲第四聲，則第一句不疊審矣。」

依蘇軾之說，當時「陽關三疊」之解釋已十分紛紜，而蘇氏則較贊成第一句不疊，餘句重疊謂之三疊之說。而邱燮友先生則以爲當「西出陽關無故人」一句三疊之，句中有「陽關」二字，故謂之「陽關三疊」（新譯唐詩三百首）。

此詩寫景處輕巧朗爽，若非末句點題，全詩似無感傷離別之情。其所以會成爲送別之代表作，當在音樂的關係吧！

長干曲（四選二）

崔顥

一

君家定何處①？妾住在橫塘②。

停舟暫借問，或恐是同鄉。

二

家臨九江③水，去來九江側。

同是長干④人，生小不相識。

【註釋】

①定何處：全唐詩作「何處住」。

②橫塘：地名。在今江蘇江寧縣西南。六朝事跡類編：「吳大帝時，自江口沿淮築堤，謂之橫塘。」

③九江：謂大江至荊州分爲九，故曰九江。秦、漢置九江郡。今江西九江縣。

④長干：在今江蘇南京市秦淮河南，與橫塘相近。

【語　譯】

一

你家定居在何處？
我家就住在橫塘。
停下舟船暫且借問，
或許我們是同鄉。

二

我家面臨着九江水，
經常來去在九江側，
我們同是長干人，
從小就不曾相識。

【賞　析】

「長干曲」屬雜曲歌辭。古辭是：「逆浪故相邀，菱舟不怕搖。妾家揚子住，便弄廣陵潮。」崔顥因之共作四首，此選兩首。這兩首詩像一問一答，文辭樸白活潑，一如對話，充滿了民歌的風味。第一首是女子唱，請問對方鄉里並自我介紹，攀攀交情。第二首是男子唱，回答自己的鄉里，並說明從小離家所以並不相識。對答中係由女方主動，更覺有趣。

出塞（二首選一）

王昌齡

秦時明月漢時關，萬里長征人未還。
但使龍城飛將在①，不教胡馬度陰山②。

【註釋】

①龍城：在今漠北塔里爾河。匈奴諸長大會於此以祭天。飛將：指李廣。匈奴人懼其用兵神速而稱「飛將軍」。
②陰山：在今綏遠，橫障漠北，古與匈奴以此爲界。

【語譯】

依舊是秦時的明月漢時的山關，
萬里長征的戰士至今仍未歸還。
只要能使戍守龍城的飛將軍在，

就不會讓胡馬跨度陰山。

【賞析】

「出塞」屬横吹曲辭。王昌齡作了兩首，此選一首。全詩在歌詠邊塞之事。第一句用「秦月」、「漢關」起興，造成一種時空上遙遠悠久的氣氛，使人不禁想到邊塞上的征戰問題，似已綿亙了無盡期的歲月，自然使下句「萬里長征人未還」的悲痛沉鬱之思，就湧上心頭。三、四句是期盼，漢代有飛將李廣在，故胡人不敢蠢動，如今邊塞多事，何日始得安寧？對當時時局不免也有一些譏刺之意。

長信怨（二首選一）

王昌齡

奉帚平明金殿開①，且將團扇共徘徊②，

玉顏不及寒鴉色，猶帶昭陽③日影來。

【註釋】

① 奉帚句：指班婕妤失寵事。班婕妤爲漢成帝宮中女官。爲趙飛燕所譖。失寵時在長信殿持帚灑掃。吳叔庠行路難：「班姬失寵顏不開，奉帚供養長信臺。」

② 團扇句：班婕妤怨歌行：「新裂齊紈素，鮮潔如霜雪，裁爲合歡扇，團團似明月。出入君懷袖，動搖微風發。常恐秋節至，涼風奪炎熱，棄捐篋笥中，恩情中道絕。」詩中以團扇見棄喻班婕妤失寵。

③ 昭陽：漢宮名。漢成帝寵幸趙飛燕，封其妹爲昭儀，居昭陽殿中。

【語　譯】

有時拿着掃帚在天剛亮時等着金殿大門打開，
或且持着團扇和大家一起在宮中寂寞徘徊。
玉般的容顏竟然比不上寒鴉的顏色，
牠還能帶着昭陽殿裏的日影飛來。

【賞　析】

此首屬相和歌辭。王昌齡寫了二首，另一首是：「金井梧桐秋葉黃，珠簾不捲夜來霜。金爐玉枕無顏色，臥聽南宮清漏長。」遠不如此首的聞名。長信，是漢代的宮殿名。漢成帝時班婕妤失寵，曾在長信殿供養太后奉帚灑掃。王昌齡此詩是在為班婕妤抒發心中怨情。班婕妤曾有「怨歌行」之作。所以王昌齡就取名「長信怨」。第一句寫班婕妤在長信殿供養太后奉帚灑掃之事。第二句合班婕妤「怨歌行」中，團扇見棄之意。三、四句寫班婕妤貌美而不得寵，連寒鴉都不如，寒鴉猶能自由來去於昭陽殿，得日光之照映，正是「怨」之所在。句中「日影」比喻天子之餘暉。

出塞

王之渙

黃河遠上①白雲間，一片孤城萬仞山②。
羌笛何須怨楊柳③，春風不度玉門關④。

【註釋】

① 黃河遠上：一作「黃沙直上」。
② 一片孤城：指涼州城。在今甘肅武威縣。仞：八尺。
③ 羌笛：古代羌族所製之樂器。楊柳：卽楊柳樹。或說是古曲，折楊柳。
④ 玉門關：在今甘肅敦煌縣西，出玉門關卽今日之新疆。是爲關外。

【語譯】

望着遠方的黃河，它的水流就彷彿在白雲之間，
一座孤城高矗在萬仞的高山。

羌笛何須吹奏怨調折楊柳，
春風從來也吹不到玉門關。

【賞　析】

此詩樂府詩集收在橫吹曲辭。又名「涼州詞」。唐書禮樂志：「天寶間樂曲，皆以邊爲名，若涼州、甘州、伊州之類。」唐人薛用弱集異記云：

開元中詩人，王昌齡、高適、王之渙齊名。……三詩人共詣旗亭貰酒小飲。忽有梨園伶官十數人登樓會讌。三詩人因避席隈映。擁爐火以觀焉。俄有妙妓四輩尋續而至。……旋則奏樂，皆當時之名部也。昌齡等私相約曰：「我輩各擅詩名，每不自定其甲乙。今者可以密觀諸伶所謳，若詩入歌詞之多者，則為優矣。」俄而一伶拊節而唱曰：「寒雨連江夜入吳，平明送客楚山孤。洛陽親友如相問，一片冰心在玉壺。」昌齡則引手畫壁曰：「一絕句。」尋又一伶謳之曰：「開篋淚霑臆，見君前日書，夜臺何寂寞，猶是子雲居。」適則引手畫壁曰：「一絕句。」尋又一伶謳曰：

「奉帚平明金殿開，強將團扇共徘徊。玉顏不及寒鴉色，猶帶昭陽日影來。」昌齡則又引手畫壁曰：「一絕句。」之渙自以得名已久，因謂諸人曰：「此輩皆潦倒樂官，所唱皆巴人、下里之詞耳，豈陽春、白雪之曲，俗物敢近哉？」因指諸妓之中最佳者曰：「待此子所唱，如非我詩，吾即終身不敢與子爭衡矣。脫是吾詩，子等當須列拜床下，奉吾為師。」因歡笑而俟之。須臾次至雙鬟發聲，則曰：「黃河遠上白雲間，一片孤城萬仞山。羌笛何須怨楊柳，春風不度玉門關。」之渙即擨歈二子曰：「田舍奴，我豈妄哉！」……。

這則故事，不但證明唐代的絕句能唱，更可知之渙的「涼州詞」是十分膾炙人口之作。

這是一首邊塞詩，前二句描寫在邊塞看到的風光，遠處的黃河之水，像源自天上的白雲之間。而涼州城就孤矗在羣山環繞之中。給人一種悠邃而又孤寂的感覺。末二句寫塞上戍邊的哀怨。羌笛爲胡人樂器，慣常吹奏者必多胡樂，而「折楊柳」係詠江南之哀調。二種樂調本不相調合。而戍守在塞上的戰士，似也不爲春之將至而有所悲怨。因爲春天是不會降臨塞外的。尤見征戍者之愁怨。

古涼州是秦代的月氏國，漢代時經營西域的重地，城垣形勢雄偉。玉門關在敦煌之西，布隆吉河上游，相傳古代由西域運玉入中原，必經此關，所以稱「玉門關」。清代左宗棠平回亂，修築西北馳道，曾在大道遍植楊柳，故有「新栽楊柳三千里，引得春風渡玉關」的美談。可惜或因缺乏保護，或爲水土不服。如今之「左公柳」已日趨凋零枯萎。

蜀道難

李白

噫吁戲①！危乎高哉！

蜀道之難難於上青天。

蠶叢及魚鳧②，開國何茫然。

爾來四萬八千歲，不與秦塞通人煙。

西當太白有鳥道③，可以横絕峨眉④巔。

地崩山摧壯士死⑤，然後天梯石棧方鈎連⑥。

上有六龍迴日之高標⑦，下有衝波逆折⑧之迴川。

黃鶴之飛尚不得，猨猱欲度愁攀緣。

青泥何盤盤⑨，百步九折縈巖巒。

捫參歷井仰脅息⑩，以手撫膺坐長歎。
問君西遊何時還？畏途巉巖不可攀。
但見悲鳥號枯木⑪，雄飛呼雌遶林間。
又聞子規⑫啼夜月，愁空山。
蜀道之難難於上青天，使人聽此凋朱顏。
連峰去天不盈尺，枯松倒掛倚絕壁，
飛湍瀑流爭喧豗⑬，砯⑭崖轉石萬壑雷。
其險也若此，嗟爾遠道之人胡為乎來哉！
劍閣⑮崢嶸而崔嵬，一夫當關，萬夫莫開⑯。
所守或匪親，化為狼與豺。
朝避猛虎，夕避長蛇。

磨牙吮血，殺人如麻。

錦城⑰雖云樂，不如早還家。

蜀道之難難於上青天，側身西望長咨嗟⑱。

【註釋】

① 噫呼嚱：爲感歎之詞，無義。

② 蠶叢及魚鳧：皆蜀王先祖。揚雄蜀王本紀：「蜀王之先名蠶叢、拍護、魚鳧、蒲澤、開明，是時人萌椎髻左言，不曉文字，未有禮樂，從開明上到蠶叢，積三萬四千歲。」

③ 太白：山名。在陝西郿縣東南，當入蜀之要衝。鳥道：謂道路之絕險僅供鳥飛行。

④ 峨眉：也作峨嵋，山名。在四川峨眉縣西南。兩山相對如眉。

⑤ 地崩山摧壯士死：據華陽國志蜀志：「秦惠王知蜀王好色，許嫁五女於蜀，蜀王遣五丁迎之。還到梓潼，見一大蛇入穴中。一人攬其尾掣之，不禁，至五人相助，大呼拽蛇，山崩，壓殺五人，及秦五女幷將從。」蜀王本紀：「山崩，秦五女皆上山化爲石。」

⑥ 天梯、石棧：皆指棧道。方：一作相。

⑦ 六龍：淮南子注：「日乘車，駕以六龍，羲和御之。日至此（懸車）而薄於虞泉。羲和至此而囘六螭。」高標：謂高山之標巔。

⑧ 逆折：旋囘。

⑨ 青泥：山嶺名。在今陝西沔縣，爲唐代入蜀之要道。盤盤：屈曲貌。

⑩ 參、井：皆星宿名。參爲蜀之分野，井爲秦之分野。青泥嶺爲由秦入蜀之要道，故舉二方分野之星。脅息：即屏息。

⑪ 枯木：一作古木。

⑫ 子規：即杜鵑鳥。蜀記：「昔有人姓杜名宇，王蜀，號曰望帝，宇死，俗云宇化爲子規。子規：鳥名也。蜀人聞子規鳴，皆曰望帝也。」

⑬ 喧豗：豗音灰（ㄏㄨㄟ），喧豗，水石相擊的聲音。

⑭ 砯：音烹（ㄆㄥ），水擊巖石之聲音。

⑮ 劍閣：在今四川劍閣縣北。

⑯ 一夫當關二句：意取張載劍閣銘：「一人荷戟，萬夫趦趄，形勝之地，匪親勿居。」

⑰ 錦城：即錦官城。今四川省成都縣，古爲主錦官所居之處。此泛指四川。

⑱ 側身西望長咨嗟：成都在長安西南，故云「側身西望」。咨嗟：歎息。

【語譯】

唉伊喲——多麼危險又峻高啊！

通往蜀地的棧道之難行難於登上青天。

蠶叢和魚鳧，當他們開國時是何等的悠渺茫然。

自來已有四萬八千年，還未曾與秦地互通人煙。

西邊的太白山上有條僅容鳥飛的棧道，可以橫絕峨眉的山巔。
地崩裂山傾頹開道的壯士慘死，然後如天梯石鑿的棧道才能相互鈎連。
山峯上有六龍廻轉日神的峻高標顚，山谷下有衝擊波濤逆轉回折的河川。
黃鶴也飛不過，猨猱想涉渡也無處攀緣。
青泥山竟如此的盤屈，百步九折縈繞着危巖山巒。
彷彿捫撫着星宿參與井仰望屏息，只好以手撫胸坐着長歎。
請問你此次西遊何時歸還？危險的道路巉峭的山巖千萬不可以登攀。
只見悲鳥在參天古木中號啼，雄鳥飛起呼喚着雌鳥繞着林間。
又聽見子規在月夜下悲啼，愁悽瀰漫了空寂的羣山。
通往蜀地的棧道難行難於上青天，使人聽了嚇得改變了容顏。
連緜的山峯離開天尙不到一尺，枯松倒掛在絕壁，
疾飛的湍流瀑布爭相喧響，衝擊山崖轉動巒石萬壑響似驚雷。
它的險峻如此，唉你這位遠道之人爲什麼要前來？

劍閣崢嶸而崔嵬，一夫當關，萬夫也不能啓開。
如果守關的人不是親信，它的凶殘就如狼和豺。
走到上面時早晨要避猛虎，傍晚要躲長蛇。
牠們磨牙吸血，殺人如麻。
四川的錦城雖然不錯，不如早早還家。
通往蜀地的棧道難行難於上青天，我側身西望長安不免長聲歎嗟。

【賞析】

樂府詩集收此詩在相和歌辭。梁簡文帝時已有此曲。李白此詩在讚歎蜀道的艱險。全詩分四段。第一段自起句到「猨猱欲度愁攀緣」。寫蜀地開國神話和太白棧道的艱險。由於神話傳說的被運用，使蜀道蒙上了一層悠邃與神秘之美。第二段自「青泥何盤盤」到「愁空山」。寫從青泥嶺入蜀的情形。用「捫參歷井」寫山的高，用「悲鳥」、「子規」襯托出內心的悽愁。第三段自「蜀道之難難於上青天」到「胡爲乎來哉」。寫蜀道的「聲勢」嚇人。有連緜的山巒峭壁，飛瀑爭喧，萬壑雷鳴的聲響。蜀道既艱險如此，遠道而來者，當非僅爲遊興可知。所以詩中「胡爲乎來哉！」一句或有寓意。所以有人以爲蜀道的難行是在比喻仕途的坎坷。第四段，從「劍閣崢嶸而崔嵬」到結束。寫劍閣的崢嶸、險要，但自己卻思歸心切。

唐孟棨本事詩：「李太白初自蜀至京師，舍於逆旅，賀知章聞其名，首訪之，既奇其姿，復請所爲文，出蜀道難以示之，讀未竟，稱歎者數四，號爲謫仙。解金龜換酒，與傾盡醉，期不間日，由是稱譽光赫。」

戰城南

李白

去年戰，桑乾源①；今年戰，葱河道②。
洗兵條支③海上波，放馬天山④雪中草。
萬里長征戰，三軍盡衰老。
匈奴以殺戮為耕作⑤，古來唯見白骨黃沙田。
秦家築城備胡處，漢家還有烽火然⑥。
烽火然不息，征戰無已時。
野戰格鬬死，敗馬號鳴向天悲。
烏鳶啄人腸，銜飛上挂枯樹枝。
士卒塗草莽，將軍空爾為。
乃知兵者是凶器，聖人不得已而用之⑦。

【註釋】

①桑乾源：桑乾河源出山西馬邑縣。今名永定河。舊唐書王忠嗣傳：「天寶元年，北討奚契丹，戰桑乾河，三遇三克。」乾音干（ㄍㄢ）。

②葱河道：葱河即葱嶺河。有南北二河：南曰葉爾羌，北曰喀什噶爾。舊唐書李嗣業傳：「初討勃律，通道葱嶺。」

③條支：西域國名。後漢書西域傳：「條支國城在山上，周回四十餘里，臨西海，海水曲環，其南及東北三面路絕。」西元前三一二年馬其頓王亞歷山大卒，國土分裂，其部將塞琉卡斯（seleueus）領有敍利亞及幼發拉底河以東之地，是爲條支，後更併小亞細亞，屢與埃及相攻，至西元前六五年爲羅馬所滅。

④天山：在新疆境內，也名雪山。

⑤匈奴以殺戮爲耕作：王褒四子講德論：「匈奴，百蠻之最強者也，其耒耜則弓矢鞍馬，播種則捍顏掌拊，秋收則奔狐馳兎，穫刈則顚倒殪仆。」匈奴以殺戮爲耕作，意正與此合。

⑥漢家還有烽火然：漢文帝時，匈奴犯邊烽火通甘泉宮。烽火：古時邊方備寇，作高土台，上置薪草，寇至則燃火報警，謂之烽火。然：通燃。

⑦乃知兵者是凶器二句：語本六韜：「聖人號兵爲凶器，不得已而用之。」

【語譯】

去年征戰，在桑乾河源，今年征戰在葱嶺河道。

洗滌兵器用條支國海上的濤波，馳放戰馬在天山雪中的牧草。
歷經萬里長途的征戰，三軍已全部衰老。
匈奴把殺人當作耕作，古來只看見白骨遍地的黃沙田。
秦代修築長城防備胡人的地方，到漢代依然有烽火點燃。
烽火燃燒不息，征戰永無停止之時。
戰士在原野上格鬪而死，敗馬向天長鳴號悲。
烏鴉鷲鳥啄食着人腸，銜起飛上懸掛在枯樹枝。
士卒的屍體遍布草莽，將軍毫無作爲。
才知道兵事是凶器，聖人不得已才用之。

【賞析】

「戰城南」屬鼓吹曲辭。古辭猶存，見前。全詩在寫征戰的苦辛和戰場上的慘狀。詩分三段，第一段到「三軍盡衰老」。寫戰士萬里征戰，連年不休，從桑乾河到葱河道，從條支海到天山。歷敍征戰之頻。第二段至「漢家還有烽火然」。雖只四句，卻把秦、漢二代匈奴患邊之烈，表露無遺。第三段則寫戰場之慘況，戰士格鬪死，敗馬向天悲，更有人腸被烏鳶啄食，懸掛枯枝之景象。故能最後以「兵者是凶器」作結，以表明對戰爭之詛咒。

將進酒

李白

君不見！黃河之水天上來，奔流到海不復回？
君不見！高堂①明鏡悲白髮，朝如青絲暮成雪？
人生得意須盡歡，莫使金樽②空對月。
天生我材必有用，千金散盡還復來。
烹羊宰牛且為樂，會須一飲三百杯③。
岑夫子，丹丘生④，將進酒，君莫停。
與君歌一曲，請君為我側耳聽：
鐘鼓饌玉⑤不足貴，但願長醉不願醒。
古來聖賢皆寂寞，惟有飲者留其名。

陳王昔時宴平樂⑥，斗酒十千恣讙謔⑦。
主人何為言錢少，徑須⑧沽取對君酌。
五花馬，千金裘⑨，呼兒將出換美酒，
與爾同銷萬古愁。

【註釋】

① 高堂：指父母及長一輩的人。

② 金樽：華美的酒杯。

③ 會須一飲三百杯：陳暄與兄子秀書：「鄭康成一飲三百杯，吾不以爲多。」

④ 岑夫子：即岑徵君。李白有「鳴臯歌送岑徵君」詩。丹丘生：即元丹丘。李白的平輩友人，所以稱「生」。

⑤ 鐘鼓：指古時大宴會時必奏音樂。饌玉：指珍貴的菜肴。

⑥ 陳王：即陳思王曹植。平樂：觀名。舊址在今河南省洛陽附近。其名都篇云：「歸來宴平樂，美酒斗十千。」

⑦ 恣讙謔：恣意歡笑戲謔。

⑧ 徑須：直須。

⑨ 五花馬：指馬的毛色花紋。杜甫高都護驄馬行：「五花散作雲滿身。」千金裘：史記孟嘗君傳：「孟嘗君有一狐白裘，直千金，天下無雙。」

【語　譯】

您沒看見嗎！黃河的水從天上來，奔流到海不再復回。
您沒看見嗎！長輩對着明鏡悲歎白髮，早晨還像青絲傍晚時已變成白雪。
人生得意時必須盡情歡笑，不要讓華美的酒樽空對明月。
天生下我的材質必有所用，千金用盡了還可賺回來。
烹羊宰牛只是爲了歡樂，有了機會一飲就是三百杯。
岑夫子！丹丘生！盡量進酒，杯不要停。
我爲您歌唱一曲，請您側耳傾聽：
鐘鼓的盛宴和珍肴都不足珍貴，但願永遠沉醉不要再醒。
自古以來聖賢都是寂寞，只有飲酒的人才能留下美名。
陳思王昔時在平樂寺宴客，雖然斗酒值十千仍任意歡飲戲謔。
主人何必說自己錢少，直須沽酒跟你們酌，
五花的名馬，千金的狐裘，叫兒子拿去換美酒。
且與您來同銷這萬古無窮的悲愁。

【賞　析】

「將進酒」爲鼓吹鐃歌十八曲之一。古辭尚存，詩中有「將進酒，乘大白」句，大略以飲酒放歌爲言。李白此詩也是描寫飲酒時的豪邁之情。詩中發端二句，特用「君不見」引起了時間流逝的悲愴。黃河之水雖來自天上，壯濶如是，但奔流到海依然有去無回，而人生歲月之消逝更形短促，故而朝如青絲，暮已成雪。生命既如此短暫，則飲酒、散金、放歌的種種頹廢思想，自能傾洩而出。

我國歷代皆有嗜酒文人，如曹操的「對酒當歌，人生幾何？譬如朝露，去日苦多。」阮籍的「聞步兵厨營人善釀，有貯酒三百斛，乃求爲步兵校尉」，劉伶的「天生劉伶，以酒爲名，一飲一斛，五斗解酲。」陶潛的「故人賞我趣，挈壺相與至。班荆坐松下，數斟已復醉。」雖能得見文人的眞性情，但畢竟仍覺頹廢。

行路難（其一）

李白

金罇清酒斗十千①，玉盤珍羞值萬錢。
停杯投筯②不能食，拔劍四顧心茫然。
欲渡黃河冰塞川③，將登太行④雪暗天。
閑來垂釣碧溪上，忽復乘舟夢日邊⑤。
行路難！行路難！多歧路⑥，今安在？
長風破浪⑦會有時，直挂雲帆濟滄海。

【註釋】

①斗十千：曹植詩：「美酒斗十千。」意謂一斗酒值十千錢。
②筯：同箸，筷子。
③冰塞川：鮑照舞鶴賦：「冰塞長川，雪滿羣山。」
④太行：汾河以東，碣石以西，長城黃河之間諸山謂太行山脈。主峯在山西晉城縣南。
⑤日邊：喻君側。宋書：「伊摯將應湯命，夢乘船過日月之旁。」
⑥歧路：列子：「楊子之鄰人亡羊，既率其黨，又請楊子之豎追之。楊子曰：亡一羊，何追者之衆？鄰人曰：多歧路。」
⑦長風破浪：南史卷卅七宗慤傳：「叔父少文高尚不仕，慤年少，問其志。慤答曰：願乘長風破萬里浪。」

【語譯】

金樽盛的清酒一斗值錢十千，
玉盤盛着珍羞一道價值萬錢。
停下酒杯丟下筷子我不能進食，
拔出寶劍四顧張望心中一片茫然。
想渡過黃河但冰凍已阻塞了河川，
想登上太行可是雪花掩暗了蒼天。

閒暇時垂釣在碧波清溪之上，
忽然間又在夢中乘舟到了日邊。
唉！走路難，走路難！
過去有許多的分歧小路，現在何方？
長風破浪的一天總會來到，
直掛起雲般的布帆渡過滄海。

【賞析】

行路難爲雜曲歌辭。樂府解題：「行路難，備言世路艱難及離別悲傷之意，多以君不見爲首。」鮑照有行路難十八首。李白擬之，也作了三首。此第一首，旨在感歎世道的艱難。而李白之艱辛在不能一展抱負爲君王所用耳。所以雖有美酒佳肴卻不能下嚥，只因內心憤慨，所以停杯投筯，拔劍四顧，心中一片茫然。詩中「渡黃河」、「登太行」都在表示對功業的追求，而「冰塞川」、「雪暗天」以象徵阻碍。「閒來垂釣」寫退隱之心，「忽夢日邊」寫親君之切。刻劃出李白內心的掙扎與矛盾。而結尾「長風破浪」、「帆濟滄海」，表現了李白的信心和決心，使慨歎變爲勇氣，使頹廢變成積極。爲全詩精神之所在。

行路難（其二）

李白

大道如青天，我獨不得出。
羞逐長安社中兒①，赤雞白狗賭梨栗②。
彈劍作歌奏苦聲③，曳裾王門④不稱情。
淮陰市井笑韓信⑤，漢朝公卿忌賈生⑥。
君不見昔時燕家重郭隗⑦，擁篲折節無嫌猜⑧；
劇辛樂毅感恩分⑨，輸肝剖膽效英才。
昭王白骨縈爛草，誰人更掃黃金臺⑩？
行路難，歸去來！

【註釋】

① 社中兒：猶公子哥兒。

② 赤雞白狗：即鬪雞走狗，是古時一種賭博遊戲。棃栗，棃子和栗子。

③ 彈劍作歌奏苦聲：戰國策中敍馮驩客孟嘗，彈其劍而歌曰：「長鋏歸來乎！食無魚。」

④ 曳裾王門：謂寄食在王侯門下。漢書鄒陽傳：「飾固陋之心，則何王之門，不可曳長裾乎？」

⑤ 淮陰市井笑韓信：史記淮陰侯列傳：「淮陰屠中少年有侮信者曰：『若雖長大，好帶刀劍，中情怯耳。』衆辱之曰：『信能死，刺我，不能死，出我袴下。』於是信孰視之，俛出袴下，蒲伏。一市人皆笑信，以爲怯。」

⑥ 漢朝公卿忌賈生：史記屈賈列傳：「於是天子議以爲賈生任公卿之位。絳、灌、東陽侯、馮叔之屬盡害之，乃短賈生曰：『雒陽之人，年少初學，專欲擅權，紛亂諸事。』於是天子後亦疏之，不用其議，乃以賈生爲長沙太傅。」

⑦ 昔時燕家重郭隗：史記燕召公世家：「郭隗曰：『王必欲致士，先從隗始。況賢於隗者，豈遠千里哉？』於是昭王爲隗改築宮而師事之。樂毅自魏往，鄒衍自齊往，劇辛自趙往，士爭趨燕。」

⑧ 擁篲折節無嫌猜：史記孟荀列傳：「如燕，昭王擁篲先驅，請列弟子之座而受業。」

⑨ 劇辛：見前⑦註。趙人，生平不詳。樂毅：見前註⑦。爲魏昭王使於燕，委質爲臣，燕昭王以爲西卿，又拜爲上將軍，率諸侯兵以伐齊，入臨淄，後封爲昌國君。昭王卒，與惠王有隙，亡走趙。

⑩ 黃金臺：臺名，在今河北大興縣東南。燕昭王置千金於臺上，以延天下之士。清一統志：「燕昭王於易水東南築黃金臺，延天下士，後人慕其好賢之名，亦築臺於此，爲燕京八景之一，曰金臺夕照。」

【語譯】

世路大得有如青天，可是我獨不能才華突出，

羞於追逐長安的公子哥兒，整天以赤雞白狗賭梨和栗。

彈劍而歌奏出苦悶的樂聲，寄居門下的生活不合我的心情。

淮陰市井的人譏笑韓信，漢朝的公卿忌妬賈生。

君不見往昔燕昭王重視郭隗，伏身彎腰不嫌猜。

劇辛、樂毅感激大恩情分，輸肝剖膽地貢獻英才，

昭王的白骨已縈埋在爛草，誰人再去打掃黃金臺？

世路難行啊，還是同家去來！

【賞析】

這也是一首感慨自己未能出仕被重用的詩。詩中引用了許多歷史故實，如馮驩、鄒陽、韓信、賈誼等都是一些懷才不遇或反遭讒忌的人物。作者再藉燕昭王之器重郭隗，劇辛、樂毅的感知遇而輸忠肝，以表示自己對得明主賞知的渴求。但結尾以昭王已故，

無人打掃黃金臺，反映了作者對仕途的追求已然無望。故而以「歸去來」作結，有退隱保全之意。此首除選用典故外，並無若干新意。

行路難（其三）

李白

有耳莫洗潁川①水，有口莫食首陽蕨②。
含光③混世貴無名，何用孤高比雲月？
吾觀自古賢達人，功成不退皆殞身。
子胥既棄吳江上④，屈原終投湘水濱⑤。
陸機雄才豈自保⑥？李斯稅駕苦不早⑦。
華亭鶴唳詎可聞？上蔡蒼鷹何足道。
君不見吳中張翰稱達生⑧，秋風忽憶江東行。
且樂生前一杯酒，何須身後千載名。

【註　釋】

①潁川：在今河南省境。高士傳：「許由耕於中岳，潁水之陽，箕山之下，堯召爲九州長，由不欲聞之，洗耳於潁水之濱。」

②有口莫食首陽蕨：史記伯夷列傳：「武王已平殷亂，天下宗周，而伯夷、叔齊恥之，義不食周粟，隱於首陽山，采薇而食之。」索隱：「薇，蕨也。」

③含光：謂含藏美德，使不外露。

④子胥既棄吳江上：史記伍子胥傳：「吳王賜伍子胥屬鏤之劍曰：『子以此死。』伍子胥乃告其舍人曰：『必樹吾墓上以梓，令可以爲器，而扶吾眼懸吳東門之上，以觀越寇之入滅吳也。』乃自刎死。吳王聞之大怒，乃取子胥尸，盛以鴟夷革，浮之江中。吳人憐之，爲立祠於江上，因命曰胥山。」

⑤屈原：名平，字原，楚大夫，因被讒言所嫉害，二遭貶斥，遂自沉汨羅而死。事蹟見史記屈賈列傳。

⑥陸機雄才豈自保：晉書陸機傳：「陸機字士衡，……少有異才。……太安初潁與河間王顒起兵討長沙王乂，假機後將軍河北大都督……機以三世爲將道家所忌……固辭都督，潁不許……。長沙王乂奉天子與機戰於鹿苑，機軍大敗，赴七里澗而死者如積焉，水爲之不流……。潁大怒，使秀密收機，其夕機夢黑幰繞車，手決不開，天明而秀兵至……因與潁牋，詞甚悽惻，既而歎曰：華亭鶴唳，豈可復聞乎？」華亭在今江蘇松江縣西平原村，陸機兄弟曾遊此。

⑦李斯：楚上蔡人，後爲秦王所用，秦王既定天下，任斯爲丞相。斯長男由爲三川守，告歸咸陽，百官長皆前爲壽，門庭車騎以千數

，斯喟然歎曰：「夫斯乃上蔡布衣，今人臣之位，無居臣上者，可謂富貴極矣。物極則衰。吾未知所稅駕也。」後始皇駕崩，斯爲趙高所搆陷，誣斯父子與盜通，腰斬咸陽市，臨刑，斯顧謂中子曰：「吾欲與若，復牽黃犬，臂蒼鷹，俱出上蔡東門逐狡兔，豈可得乎？」稅駕猶解駕，休息。事見史記李斯傳。按今本史記中無「臂蒼鷹」句，而太平御覽中所引史記有之。

⑧張翰：字季鷹，吳人。吳王冏辟爲大司馬東曹掾。後見秋風起乃思吳中菰菜、蓴羹、鱸魚膾。曰：「人生貴得適志，何能羈宦數千里以要名爵乎！」遂命駕而歸。……翰任心自適，不求當世。或謂之曰：「卿乃可縱適一時，獨不爲身後名耶？」答曰：「使我有身後名，不如即時一杯酒。」時人貴其曠達。見晉書文苑傳。

【語譯】

有耳朵不要去洗潁川的水，有嘴巴不要去吃首陽山的蕨。
含藏起才幹在亂世貴在無名，何必顯示清高來比雲和月。
我看過自古以來的賢達之人，成功而不退居都殞墜了己身。
子胥被拋棄在吳江上，屈原終於投身在湘水濱。
陸機的雄才豈能自保，李斯想休息可惜不趁早。

華亭的鶴唳聲豈可再聞，上蔡的蒼鷹何時才能提到。
你沒看見，吳中的張翰稱得上達生，秋風起時忽然憶起了應該回故鄉江東一行。
姑且歡飲生前的一杯美酒，何須計較千年後的聲名。

【賞析】

這首詩很能表現李白從不得志的心境進入到曠達的過程。因爲他已經體驗到「吾觀自古賢達人，功成不退皆殞身」的道理，所以仕途名利的追求不但無益，反足以危身而已。諸如子胥、屈原、陸機、李斯等皆是。所以他最後選擇了張翰曠達，秋風忽憶江東行的路子。尤其結尾二句「且樂生前一杯酒，何須身後千載名。」很能刻劃出李白頹廢、放曠、及時行樂的楊朱哲學。

長干行

李白

妾髮初覆額①，折花門前劇②。
郎騎竹馬來，遶牀③弄青梅。
同居長干里④，兩小無嫌猜。
十四為君婦，羞顏未嘗開⑤，
低頭向暗壁，千喚不一回。
十五始展眉⑥，願同塵與灰。
常存抱柱信⑦，豈上望夫台⑧。
十六君遠行，瞿塘灩澦堆⑨。
五月不可觸⑩，猿聲天上哀⑪。

門前舊行跡，一一生綠苔。
苔深不能掃，落葉秋風早。
八月蝴蝶來，雙飛西園草，
感此傷妾心，坐愁紅顏老。
早晚下三巴⑫，預將書報家。
相迎不道遠，直至長風沙⑬。

【註釋】

① 覆額：垂髫也。
② 劇：戲也。
③ 牀：井欄。古樂府淮南王篇：「後園鑿井銀作牀。」
④ 長干里：今江蘇江寧縣有長干里。
⑤ 未嘗開：一作「尚不開」。
⑥ 展眉：歡悅貌。
⑦ 抱柱信：莊子盜跖篇：「尾生與女子期於梁下，女子不來，水至不去，抱梁柱而死。」
⑧ 望夫臺：在今四川忠縣南十里。「望夫臺」取盼望夫壻之意。
⑨ 瞿塘：也名西陵峽，在四川夔州（奉節縣）

東十三里。灩澦堆正在峽口。

⑩五月不可觸：言五月水漲時，不可以行船。古樂府：「灩澦大如服，瞿塘不可觸。」

⑪猿聲天上哀：水經注有巴東三峽歌：「巴東三峽巫峽長，猿鳴三聲淚沾裳。巴東三峽猿鳴悲，猿鳴三聲淚沾衣。」

⑫三巴：指巴郡、巴東、巴西。

⑬長風沙：地名。今安徽懷寧縣東，現名長楓夾。

【語譯】

當我的頭髮剛覆額，在門前折花嬉戲，

你騎着竹馬來，繞着井欄把弄着青梅。

我們同住在長干里，小時候從未嫌猜。

十四歲做了你的妻子，羞容上從未曾顏開。

低頭對着暗壁，千次的呼喚也不敢把頭回。

十五歲才展開笑眉，希望彼此如同塵與灰。

常存着尾生抱柱的信守，豈敢登上望夫臺。

十六歲時你出門遠行，經過瞿塘的灩澦堆。

五月的風浪大得不可行船，猿啼的哀聲彷彿自天上來。

門前舊有的行踪，如今已一一生出綠苔。

苔已深密得不能打掃，落葉秋風來的格外早。

八月時蝴蝶飛來，雙飛在西園的叢草，

感觸到此景刺傷了我的心，愁憂紅顏會衰老。

盼你早早離開三巴，先將書信寫回家。

爲了相迎我會不計道路遙遠，直走到長風沙。

【賞析】

樂府詩集收錄在雜曲歌辭。李白有兩首長干行，此選一首。這是一首思婦追憶夫妻間感情生活的詩。前六句寫童年時彼此一同嬉戲，兩小無猜。第七句到第十四句，寫十四歲時嫁到夫家，還羞態滿懷，當十五歲相處一年後，彼此濃情蜜意，已捨不得夫壻離開。第十五句至第十八句，寫十六歲時夫壻出門遠行，內心悲哀不已。第十九句以後，寫夫壻離去後的孤寂與思念。在此作者有意藉秋的落葉以象徵寂寞，以雙飛蝴蝶象徵對夫壻的渴望。結尾更以「相迎不道遠，直至長風沙」表現出女子强烈的期盼之意。

全詩對女孩子的純眞，少女的嬌羞，少婦的深情以及婚後的渴望都刻劃的極爲深刻動人。

子夜四時歌（四首）

李白

春歌

秦地羅敷①女，採桑綠水邊。
素手青條②上，紅妝白日鮮。
蠶飢妾欲去，五馬莫留連③。

夏歌

鏡湖④三百里，菡萏⑤發荷花；
五月西施采，人看隘若耶⑥。
回舟不待月，歸去越王家。

秋歌

長安一片月，萬戶擣衣聲⑦；
秋風吹不盡，總是玉關⑧情。
何日平胡虜？良人⑨罷遠征。

冬歌

明朝驛使⑩發，一夜絮⑪征袍；
素手抽針冷，那堪把剪刀！
裁縫寄遠道，幾日到臨洮⑫？

【註釋】

①羅敷：漢樂府有「陌上桑」，又稱「艷歌羅敷行」。此羅敷泛指年輕女子而言。

②青條：指桑樹的枝條。

③五馬莫留連：陌上桑有：「使君從南來，五馬立踟躕。」五馬猶太守。因爲古時太守車駕五馬。

④鏡湖：原名鑑湖。在今浙江紹興縣南。

⑤菡萏：說文：「芙蓉未發爲菡萏，已發爲芙

蓉。」

⑥ 隘：阻塞。若耶：一作若邪。溪水出若耶山下，北流入鑑湖。相傳爲西施浣紗處。

⑦ 擣衣：洗衣時以杵擣之，使之潔淨，叫擣衣。

⑧ 玉關：指玉門關。泛指邊關。

⑨ 良人：即丈夫。

⑩ 驛使：古時以驛馬通信，分站而設。傳信者謂之驛使。猶今之郵差。

⑪ 絮：用爲動詞。以棉絮裝入衣中。

⑫ 臨洮：關名，在今甘肅岷縣。

【語譯】

春歌

秦地有位叫羅敷的女子，採桑在綠水溪邊。
素白的玉手攀在青嫩的桑條上，紅色的衣妝如白日般明鮮。
蠶兒餓了我要回去，太守請不必再踟躕留連。

夏歌

鏡湖面積有三百里，含苞的菡萏已綻開荷花。
五月時西施來採蓮，圍觀的人阻塞了溪水若耶。

調轉小舟吧不必再等待月色，同去越王的住家。

秋歌

長安的夜空一片月色，傳出萬家擣衣的響聲；
秋風的凜冽也吹不盡，心中總是玉關的離情。
何日能剷平胡虜？良人就永不必再遠征。

冬歌

明早驛使就要出發，一夜間趕製征袍；
素手抽針時猶覺寒冷，又那還能拿起剪刀！
裁縫好了寄往遠道，不知幾日才能到臨洮。

【賞析】

春歌

這首子夜春歌，是寫春天時一個女子在採桑餵蠶時的情景，用綠水、素手、青條、紅妝、白日襯映出一幅鮮明的春天畫面，給人一種爽朗愉悅的感覺。因爲羅敷女的故事，在漢樂府「陌上桑」中已經有一個完整動人，家喻戶曉的情節。所以作者能在結尾很快的點出「五馬莫留連」的諷諭告誡之意，而不顯得突兀。

夏　歌

西施是一齣歷史悲劇中的女主角，她是苧蘿鬻薪者之女。當越王勾踐被吳所敗，退守會稽，知吳王夫差好色，於是獻美女西施、鄭旦以亂其政。結果西施犧牲自己爲國家達成任務。李白運用這個家喻戶曉的故事爲材料，而選用短短七言六句的子夜歌來表達，這是相當不容易的。

詩中作者首先描寫西施的美，從鏡湖（西施正是紹興人）的清幽淡雅的荷花來襯映西施之美，恰到好處，再引出西施採蓮，圍觀者使若耶溪爲之壅塞的盛況。最後卻爲西施不得囘越王家，提出不平和怨歎。頗具深意。

秋　歌

這首詩是描寫思婦懷念良人遠征之情。作者將地點選在長安，正因爲自周、秦、漢以迄隋、唐，都建都於此。所以卽藉此點明邊塞的離情，其來已久遠，非自唐始。下文

「秋風吹不盡」又說明此種情緒必也亙古不易。因爲戰爭似已與人類結下了不解之緣，只要戰爭一日存在，良人就一日不得還鄉團聚。於是這已不僅是思婦的悲哀，也是人類永無止境的痛苦折磨。

作者運用月色、擣衣聲、秋風，刻劃出一種寧寂的氣氛以烘托相思之情，十分成功。

冬歌

這是一首描寫婦人在寒冬替征夫趕製征袍的詩。不但寫出了婦人肢體的冷，更透視了她心中的悽寒之苦。以上四首子夜四時歌，都能把握住不同的時序，刻劃出四季中不同的景色與心緒，比原有的民歌在藝術技巧上，已有更高的突破與成就。

橫江詞（六首）

李白

一

人言橫江①好，儂道橫江惡，
一風三日吹倒山，白浪高於瓦官閣②。

二

海潮南去過潯陽③，牛渚由來險馬當④。
橫江欲渡風波惡，一水牽愁萬里長。

三

橫江西望阻西秦，漢水東流揚子津⑤。
白波如山那可渡，狂風愁殺峭帆⑥人。

四

海神東⑦過惡風回，浪打天門⑧石壁開。
浙江八月何如此，濤似連山噴雪來⑨。

五

橫江館⑩前津吏⑪迎，向余東指海雲生。
郎今欲渡緣何事？如此風波不可行。

六

月暈⑫天風霧不開，海鯨東蹙⑬百川回。
驚波一起三山⑭動，公無渡河⑮歸去來！

【註 釋】

① 橫江：在安徽和縣東南，對江南之采石，爲津渡區。

② 瓦官閣：即瓦官寺，在江寧之西南，乃梁時所建，高二百四十尺，南唐時尙存。

③ 潯陽：今江西九江縣，長江至此向東北而行，故云海潮南去。

④ 牛渚：即牛渚山，在今安徽當塗縣西北二十里，與橫江相對。馬當：即馬當山，在今江

西彭澤縣東北四十里。險用爲比較之意，即險於之意。

⑤漢水：源出陝西嶓冢山。東南流至漢口，與岷江合流。東至舊揚州爲揚子江入海。揚子津：在今江蘇江都縣南，是往來橫渡處。

⑥峭帆：猶急帆。

⑦東：一作來。

⑧天門：即天門山，在安徽當塗縣西南三十里，夾大江對峙，東曰博望，西曰梁山。

⑨濤似連山噴雪來：浙江至舊錢塘縣境曰錢塘江，兩岸有龕赭二山，南北對峙如門。潮汐爲兩山所束，其勢如山，八月十五時江潮如排山倒海，萬馬奔騰而至。

⑩橫江館：采石津之官舍。

⑪津吏：掌舟梁之事者。

⑫月暈：蘇洵辨姦論：「月暈而風，礎潤而雨。」

⑬蹙：音ㄘㄨˋ。通蹴。躡也，蹋也。

⑭三山：在今江蘇江寧縣東南。山有三峯，南北相接，故名三山。

⑮公無渡河：古樂府有「公無渡河」篇。此用字面義。

【語譯】

一

有人說橫江好，我卻說橫江惡，

一颳風三天就吹倒一座山，白浪高過了瓦官閣。

二

海潮往南去經過了潯陽，牛渚從來險峻勝過馬當。

想渡橫江時風浪險惡，一水牽動的悲愁有萬里長。

三

從橫江西望被西秦阻擋，漢水東流到揚子津，
白浪像山一般怎能渡，狂風愁殺了急欲張帆的人。

四

海神來訪惡風跟着同來，浪潮拍打得天門的石壁敞開。
浙江到了八月怎會如此，浪濤像重疊的山峯噴雪湧來。

五

橫江舘前有津吏在歡迎，向我指着東方的海浪像雲似湧生。
郎今日想渡江是爲了何事？如此的風實在不可行。

六

月色昏暈天上颳着風霧也吹不開，海鯨往東方一蹴百川爲之轉回。
大波一起三山都被振動，您千萬不要渡河，還是歸去吧！

【賞析】

橫江詞六首，樂府詩集錄於新樂府辭。所以它是唐代的新聲。此六首都在寫橫江的風浪。所選用的詞彙是「一風三日吹倒山，白浪高於瓦官閣」（一首）、「橫江欲渡風波惡，一水牽愁萬里長」（二首）、「白波如山那可渡，狂風愁殺峭帆人」（三首）、「海神東過惡風廻，浪打天門石壁開，濤似連山噴雪來」（四首）、「如此風波不可行」（五首）、「驚波一起三山動」（六首）。幾乎每首都各有不同。此卽其技巧之表現。

兵車行

杜甫

車轔轔①，馬蕭蕭②，行人弓箭各在腰。
爺娘妻子走相送，塵埃不見咸陽橋③。
牽衣頓足攔道哭，哭聲直上干雲霄。
道傍過者問行人，行人但云點行④頻。
或從十五北防河⑤，便至四十西營田⑥。
去時里正與裹頭，歸來頭白還戍邊。
邊亭流血成海水，武皇⑦開邊意未已。
君不聞？漢家山東二百州⑧，千村萬落生荊杞。
縱有健婦把鋤犂，禾生隴畝無東西。

況復秦兵耐苦戰，被驅不異犬與雞。
長者雖有問，役夫敢申恨？
且如今年⑨冬，未休關西⑩卒。
縣官急索租，租稅從何出？
信知生男惡，反是生女好；
生女猶得嫁比鄰，生男埋沒隨百草。
君不見？青海⑪頭，古來白骨無人收。
新鬼煩冤舊鬼哭，天陰雨濕聲啾啾。

【註釋】

①轔轔：車聲。
②蕭蕭：馬鳴聲。
③咸陽橋：在長安城北，跨渭水之上，即中渭橋。
④點行：按名冊點名出征，似今之召集令。
⑤北防河：河指黃河。謂防守黃河以北的地區

。開元中，吐蕃侵擾河右，以隴右、河西、關中等地兵十餘萬防之，故曰防河。（見資治通鑑唐紀廿九）

⑥ 營田：唐開軍府以捍要衝，因隙地以置營田。有警則以軍士千人助役。（見舊唐書食貨志）

⑦ 武皇：唐人詩稱明皇爲武皇，借漢武帝喻之。

⑧ 山東二百州：山東，謂太行山以東之地。十道四蕃志：「關以東七道，凡二百一十一州。」

⑨ 今年：指天寶九年十二月，唐出兵討吐蕃事。

⑩ 關西：指函谷關以西。

⑪ 青海：即今青海省。哥舒翰築神威軍青海，又築城龍駒島，吐蕃始不敢近。

【語譯】

車聲轔轔，馬鳴蕭蕭，
出征的士兵把弓箭都掛上了腰，
耶孃、妻、子來奔走相送，
塵埃飛揚瀰漫已看不見咸陽橋。
有的牽衣，有的頓脚，攔在路旁啼哭，
哭聲直上沖盪了雲霄。

路邊有過客問出征行人，
行人只說：最近征調令下個不停。
有人十五歲到黃河北方防守，
到四十歲還在西邊營田。
出征時里正替他裹頭，
歸來時頭髮斑白還要去戍守壘邊。
邊境上血流有如海水，
明皇開拓邊疆的心意並未窮已。
您沒聽說？漢代在太行山以東有三百州。
千萬個村落都已遍生荊杞。
縱使有健婦能把鋤犂地，
長在隴畝上的黍禾已不辨東西。
更何況秦地的士兵刻苦耐戰，

被驅逼得不異犬與雞。
長者雖然有時會詢問，
役夫那裏敢申訴怨恨？
就拿今年的冬天來說吧，
還沒罷休戍守關西的士卒。
縣官又急着索取稅租，
租稅又從那裏去出？
現在才知道生男孩實在壞，
還不如生個女孩好。
生個女孩還能嫁給近鄰，
生男孩會埋葬沙場隨伴百草。
您沒看見，青海的那邊，
自古以來多少白骨無人殮收，
新鬼愁冤舊鬼痛哭，

天陰濕雨時，叫聲啾啾。

【賞　析】

這一首新樂府「兵車行」，是杜甫在唐玄宗天寶十一年（西元七五二）在長安時的作品。他有感於玄宗的荒淫宴樂，頻年征戰，帶來了民生凋敝。於是寫了這首詩以爲諷喻。全詩共分四段：第一段從起句到「哭聲直上干雲霄」。寫征人整裝待發，與家人在咸陽橋畔送別的淒楚之狀。第二段，從「道旁過者問行人」到「被驅不異犬與雞」。用出征者的答話，說出了征戰帶來的民生疾苦。詩中武皇、漢家都是借漢以喻唐。第三段從「長者雖有問」到「生男埋沒隨百草」。仍是以征人的答話，說明當時因頻於征調男丁出征，造成了唐代「重女輕男」的普遍心理。如白居易「長恨歌」云：「遂令天下父母心，不重生男重生女。」與此首「信知生男惡，反是生女好；生女猶得嫁比鄰，生男埋沒隨百草。」正可互爲詮釋。第四段爲「君不見」以下數句。寫沙場上的淒涼景象。

這類以詩歌來敍述歷史的詩，或稱「史詩」，或稱「故事詩」。杜甫詩中此類作品甚多。往往皆能藉史事以寓諷喻褒貶之意。所以人稱杜甫爲「詩史」。

麗人行

杜甫

三月三日①天氣新，長安水邊多麗人。
態濃意遠淑且真，肌理細膩骨肉勻。
繡羅衣裳照暮春，蹙金孔雀銀麒麟②。
頭上何所有？翠為㔩葉垂鬢脣③。
背後何所有？珠壓腰衱④穩稱身。
就中雲幕椒房⑤親，賜名大國虢與秦⑥。
紫駝之峯出翠釜⑦，水精之盤行素鱗⑧。
犀筯厭飫⑨久未下，鑾刀縷切空紛綸⑩。
黃門飛鞚⑪不動塵，御廚絡繹送八珍⑫。

簫鼓哀吟感鬼神，賓從雜遝⑬實要津。
後來鞍馬何逡巡⑭！當軒下馬入錦茵⑮。
楊花雪落覆白蘋⑯，青鳥⑰飛去銜紅巾。
炙手可熱⑱勢絕倫，愼莫近前丞相嗔⑲。

【註釋】

① 三月三日：修禊日。舊俗在農曆三月上巳，是日臨水祓除不祥。自魏以後，遂定三月三日爲上巳。

② 蹙金：是繡法的一種，也稱「撚金」。以金線繡衣，使金線蹙縮，必用力撚。孔雀、銀麒麟：都是蹙繡上的圖案。

③ 翠：翡翠。㔩：音ㄍㄜ。㔩葉：婦女髻上的花飾。鬢唇：即鬢邊。

④ 珠壓腰衱：腰衱，腰裙。以珠綴之。所以說「珠壓腰衱」。

⑤ 雲幕、椒房：皆後宮之稱。西京雜記：「成帝設雲幄雲帳、雲幕於甘泉紫微殿。」三輔黃圖：「椒房殿在未央宮，以椒和泥塗壁。」

⑥ 賜名大國虢與秦：舊唐書：「太眞（楊貴妃）有姊三人，並有才貌。並封『國夫人』之號。長曰大姨，封韓國，三姨封虢國，八姨封秦國。天寶七載，幸華清宮，同日拜命。」

⑦ 紫駝之峯：即駝峯，爲食物中珍貴者，屬八

珍之一。酉陽雜俎：「衣冠家名食；將軍曲良翰有駝峯羹。」翠釜：以翠玉所飾之釜。

⑧素鱗：鮮魚。

⑨犀筯：筯同箸。犀角之箸（今筷子），厭通饜。厭飫：飽足的意思。

⑩鑾刀：有鑾鈴裝飾的菜刀。縷切：細切或彫縷花紋。紛綸，忙碌貌。

⑪黃門：卽太監。在禁中給事者。鞚：馬勒。

⑫八珍：八種名貴食品。南村輟耕錄：「所謂八珍，則醍醐、麆吭、野駝蹄、鹿脣、駝乳麋、天鵝炙、紫玉漿也。」近人則以龍肝、鳳髓、豹胎、鯉尾、鴞炙、猩脣、熊掌、酥酪蟬爲八珍。

⑬雜遝：衆多貌。

⑭逡巡：慢行貌。

⑮錦茵：草坪如錦。

⑯楊花雪落覆白蘋：爾雅翼：「萍大者曰蘋。」楊花、白蘋皆無根之物，以喻楊國忠。樂府詩集雜曲歌辭，楊白花下引梁書曰：「楊華，武都仇池人也。少有勇力，容貌雄偉，魏胡太后逼通之。華懼及禍，乃率其部曲來降。胡太后追思之不能已，爲作楊白華……。」南史曰：「楊華本名白花，奔梁後名華，魏名將楊大眼之子也。」其歌詞曰：「陽春二三月，楊柳齊作花。春風一夜入閨闥，楊花飄蕩落南家。含情出戶脚無力，拾得楊花淚沾臆。秋去春還雙燕子，願銜楊花入窠裏。」杜甫藉此典故影射楊國忠與虢國夫人通姦事。

⑰青鳥：山海經：「三危之山，青鳥居之。」郭璞注：「主爲西王母取食者。」此喻傳遞消息者。此句蓋隱語，不能明究。

⑱炙手可熱：喻勢焰甚盛。

⑲嗔：音ㄔㄣ，怒。丞相指楊國忠。天寶十一年楊國忠任右丞相。

【語譯】

三月三日天氣清新，
長安水邊有許多麗人。
情態濃郁心意悠遠賢淑又純真，
肌膚細膩骨肉又勻稱。
彩繡的羅裳艷光映照着暮春，
蹙縮金線繡的孔雀，銀絲撚的麒麟。
頭上飾戴些什麼？
翡翠做的㔩葉垂墜到鬢脣，
背後飾掛些什麼？
珍珠綴壓著腰裙十分稱身。
在雲幕椒房之中就有貴妃的近親，
被册封虢國與秦國夫人的美名。
翠飾的釜鼎中烹飪着紫駝之峯，

水精盤上盛着新鮮的魚蝦甲鱗。
胃都饜飽了犀角筷還久久不忍放下，
鑾刀的細切彫縷徒增忙碌紛紜。
黃門太監飛騎的傳遞不沾一絲灰塵，
御厨絡繹不絕地送上美食八珍。
簫鼓的哀吟感動了鬼神，
賓從衆多個個都是顯貴要津。
最後來了匹鞍馬格外的緩慢逡巡，
在車帷前下馬走進了錦簇如茵的草坪。
楊花似雪般飄落覆蓋着白蘋，
青鳥飛去銜送着紅巾。
炙手可熱的權勢冠絕羣倫，
千萬別到她們前面，丞相會怒嗔。

【賞　析】

「麗人行」收於雜曲歌辭，在此之前以「麗人」名篇者，有劉向別錄中的「麗人歌賦」，崔國輔的「麗人曲」。杜甫此首麗人行，是在天寶十二年（西元七五三）於長安所作。當時杜甫四十二歲。他藉上巳日在長安水邊的麗人以諷刺當時的貴戚楊國忠一家人。

詩分三段：第一段到「賜名大國虢與秦」。寫長安麗人之美，凡肌膚、衣裳、裝飾皆加描繪。結語點出麗人之中有楊貴妃之姐妹，虢國夫人、秦國夫人等，明示了諷刺的對象。第二段到「賓從雜遝實要津」。寫她們的宴樂奢靡，菜餚有駝峯、素鱗、八珍，餐具有翠釜、水精盤、鑾刀、犀筯，服侍者有黃門、御厨，參與者皆一時權貴。凡此種種，正是諷刺的內容。第三段到結尾。暗喻楊國忠之敗行（楊花雪落覆白蘋）仗勢（炙手可熱勢絕倫）。而「丞相」一詞說得更爲明顯，而楊國忠之名已呼之欲出。

這種藉飲食、美人的舖敍手法以爲諷喻，多見於漢賦，而楚辭招魂已啓其端。

哀江頭

杜甫

少陵野老①吞聲哭，春日潛行曲江②曲。
江頭宮殿鎖千門，細柳新浦為誰綠。
憶昔霓旌下南苑③，苑中萬物生顏色。
昭陽殿裏第一人④，同輦隨君侍君側。
輦前才人⑤帶弓箭，白馬嚼齧黃金勒⑥。
翻身向天仰射雲，一箭正墜雙飛翼。
明眸皓齒今何在，血汙游魂歸不得⑦。
清渭東流劍閣深⑧，去住彼此無消息⑨。
人生有情淚霑臆，江水江花豈終極。
黃昏胡騎塵滿城，欲往城南望城北⑩。

【註　釋】

①少陵野老：作者自稱。少陵，在今陝西長安縣杜陵東南。杜陵爲漢宣帝陵墓，少陵爲許后所葬。杜甫家居陵西，故稱。

②曲江：池名。在今陝西長安東南，漢武帝在此造宜春院，池水曲折，因名。康駢劇談錄：「曲江池入夏則菰蒲葱翠，柳陰四合，碧波紅蕖，湛然可愛。」

③霓旌：有似霓虹之彩旌。南苑：即芙蓉苑。在曲江南。

④昭陽殿：爲漢朝趙飛燕所居之處。第一人：指楊貴妃，最美最得寵幸之人。

⑤才人：女官名。唐書百官志：「內官才人七人，正四品。」

⑥白馬嚼齧黃金勒：明皇雜錄：「上幸華清宮，貴妃姊妹各購名馬，以黃金爲銜勒，組繡爲障泥，同入禁中，觀者如堵。」

⑦血汙游魂歸不得：指天寶十五年，楊貴妃縊死馬嵬坡之事。

⑧清渭東流劍閣深：渭河源出甘肅渭源，至陝西高陵會注涇水。渭清涇濁，故渭水稱清渭。劍閣，在今四川。清錢謙益注：「玄宗由便橋渡渭，自咸陽望馬嵬而西，入大散關，河池，劍閣以達成都。」此句敍玄宗入蜀所經路線。

⑨去住彼此無消息：清仇兆鰲杜詩詳注：「馬嵬驛在京兆府與平縣，渭水自隴西而來，經過興平，蓋楊貴妃葬渭濱，上皇巡行劍閣，是去住東西兩無消息。」

⑩城南：指曲江。望城北：一作「忘南北」。肅宗即位靈武在長安之北，表示望王師北來收復京師之意。

【語　譯】

少陵野老在呑聲飲泣，
春天偷偷地來到曲江深隅，
江邊的宮殿鎖上了千重宮門，
嫩細的柳枝新生的菰蒲在爲誰轉綠？
追憶往昔霓虹似的彩旌下達南苑，
苑中的景物爲之生色。
她是昭陽殿裏最被寵幸的人。
和皇上同乘車駕隨侍在君側，
車輦的才人都披掛着弓箭，
白馬銜在嘴上的是黃金勒。
翻身仰天朝着雲層發射，
一箭就射墜了雙雙的比翼。
明眸皓齒的美人如今安在？

鮮血沾汚了遊魂已欲歸不得。
清澈的渭水不停東流而劍閣依然遙深，
一去一留彼此都毫無消息。
人生本是有情淚水沾濕了胸臆，
但江水浪花的奔逝豈會終極。
黃昏時胡騎的塵埃滿布了長安城，
想往城南去，卻又望到了城北。

【賞 析】

哀江頭一首，樂府詩集收於新樂府辭。江頭卽指曲江頭，是唐明皇和貴妃常遊的地方。杜甫寫此詩在至德二年（西元七五七）春天，其時長安已陷。杜甫身在賊中，目睹江水江花，不覺哀思滿懷，而以名篇。杜甫以此類命篇的還有「悲陳陶」、「悲長坂」、「哀王孫」等。

全詩分三段，第一段到「細柳新蒲爲誰綠」。寫他在曲江潛行，目睹皇室宮殿的寂寞蕭然，君王的不在，不覺悲從中來。說明了寫此詩的動機。第二段，到「一箭正墜雙飛翼」。寫唐玄宗和楊貴妃的繁華宴樂生活。末句「雙飛翼」即比喻二人。以「一箭射墜」，引起第三段的悼亡。第三段即悲弔貴妃之死。「明眸皓齒」以喻貴妃，「血汙遊魂歸不得」以表明她的死。這種生離別的感情，就像江上的浪花，永不休竭。但作者在結尾二句，卻把兒女私情提昇到民族的憤慨。胡騎踐踏下的長安，才是杜甫念念不忘的悲戚。

哀王孫

杜甫

長安城頭頭白烏①，夜飛延秋門②上呼；
又向人家啄大屋，屋底達官走避胡。
金鞭斷折九馬③死，骨肉不待同馳驅。
腰下寶玦④青珊瑚，可憐王孫⑤泣路隅。
問之不肯道姓名，但道困苦乞為奴。
已經百日竄荊棘，身上無有完肌膚。
高帝子孫盡隆準⑥，龍種自與常人殊。
豺狼在邑龍在野，王孫善保千金軀。
不敢長語臨交衢，且為王孫立斯須。

昨夜東風吹血腥，東來橐駝滿舊都⑦。
朔方健兒好身手，昔何勇銳今何愚⑧？
竊聞天子已傳位⑨，聖德北服南單于⑩。
花門剺面⑪請雪恥，慎勿出口他人狙⑫。
哀哉王孫慎勿疏，五陵佳氣⑬無時無。

【註釋】

①頭白烏：頭白的烏鴉。不祥的鳥，以喻禍亂的徵兆。南史賊臣侯景傳：「景修飾臺城及朱雀、宣陽寺門。童謠曰：『白頭烏，拂朱雀，還與吳。』」在此頭白烏指安祿山。

②延秋門：長安西門。長安志云：「苑中宮廷凡二十四所，西面二門，南曰延秋門，北曰玄武門。」此門係玄宗幸蜀時所出者。

③九馬：喻天子車騎。西京雜記：「文帝從代還，有良馬九匹。」

④寶玦：半圓的玉玦。

⑤王孫：皇室之後裔。

⑥高帝子孫盡隆準：漢書高帝紀：「高祖，沛豐邑中陽里人也，爲人隆準而龍顏。」隆準，鼻頭高貌。

⑦東來橐駝滿舊都：舊唐書史思明傳：「自祿山陷兩京，常以駱駝運御府珍寶於范陽。」

⑧朔方健兒：指哥舒翰。時安祿山反，哥舒翰領朔方兵守潼關，相持半載餘，終不越雷池一步。後玄宗聽楊國忠之言，命哥舒翰出兵，於是翰不得已出關，至靈寶，兵敗，潼關失守。以前哥舒翰禦吐蕃時為天下之精兵，今反敗北。故詩中說「昔何勇銳今何愚？」

⑨竊聞天子已傳位：舊唐書肅宗紀：「七月（天寶十五年）甲子，上（肅宗）即皇帝位於靈武。」

⑩聖德北服南單于：舊唐書肅宗紀：「八月，回紇、吐蕃遣使繼至，請和親，願助國探賊，皆宴賜遣之。」南單于，即回紇。

⑪花門：回紇的別稱。剺面：割面以示誠意。

⑫狙：伺伏。

⑬五陵佳氣：謂中興之象。唐紀：「高祖葬獻陵，太宗葬昭陵，高宗葬乾陵，中宗葬定陵，睿宗葬橋陵，是為五陵。」

【語譯】

長安城頭有隻白頭烏，
夜晚飛到了延秋門上啼呼；
又飛向大戶人家啄食於樑屋，
屋底下的達官果然走避強胡。

金鞭折斷九馬也相繼而死，
連親近骨肉也不能一同奔驅。
腰下的寶玦是青色珊瑚，
可憐的王孫哭泣於路旁一隅。
問他也不肯說出姓名，
只說困苦而求乞爲奴。
已經有百日竄匿在荆棘之中，
身上沒有一處完好的肌膚。
高皇帝的子孫都是高鼻準，
龍種自然和常人有殊。
豺狼在京邑而飛龍卻在原野，
王孫啊請善加保重千金的身軀。
不敢在來往的大道上長久話語，

且陪王孫站立斯須。
昨夜東風吹來了一股血腥，
從東方來的駱駝已布滿長安舊都。
北方的健兒好敏捷的身手，
昔日何其勇銳而今又何其笨愚？
聽說天子已經傳位，
睿聖的賢德感召了吐蕃和南單于，
花面回紇更割面發誓願爲我雪恥，
但請千萬勿說出來引起他人襲狙。
唉可憐的王孫千萬別疏忽，
中興的氣象從來沒有虛無。

【賞析】

樂府詩集也收此詩在新樂府歌辭中。此詩是至德二年（西元七五七）春天，杜甫陷於長安的作品。與「哀江頭」同時。詩中敍作者於道路上偶然遇見一位王孫，因而引發起杜甫忠君愛國的義憤。此詩共分三段；第一段前四句，是興體。用白頭烏的夜啼，象徵凶兆。以「延秋門」比喻玄宗的去國，大難的降臨。第二段到「王孫善保千金軀」止，寫王孫的避難流離之苦。杜甫對王孫的尊崇（龍種自與常人殊），與珍重（王孫善保千金軀），實際上都是一種對國家的忠愛之情。第三段，寫消息傳來，肅宗已繼位，中興的時機已爲期不遠。

前出塞（九選三）

杜甫

一

戚戚去故里，悠悠赴交河①。
公家有程期②，亡命嬰禍羅③。
君已富土境，開邊一何多。
棄絕父母恩，吞聲行④負戈。

二

磨刀嗚咽水⑤，水赤刃傷手。
欲輕腸斷聲，心緒亂已久。
丈夫誓許國，憤惋復何有？
功名圖麒麟⑥，戰骨當速朽。

三

挽弓當挽強，用箭當用長，
射人先射馬，擒寇先擒王。
殺人亦有限，列國自有疆。
苟能制侵陵，豈在多殺傷。

【註釋】

① 交河：城名，故城在今新疆吐魯番縣治西二十里。唐置交河郡，屬西州。

② 程期：謂程限期會。

③ 嬰：觸也。禍：災禍。羅：羅網。

④ 行：且。

⑤ 嗚咽水：謂隴水。三秦記引俗歌：「隴頭流水，鳴聲幽咽，遙望秦川，肝腸斷絕。」

⑥ 麒麟：閣名。漢時有豐功者，圖畫在閣中。漢書：「甘露三年，圖畫霍光等一十八人於麒麟閣。」

【語譯】

一

悲戚地離開了故里，
前往那悠然遙遠的交河。

公家的職事有一定的日程限期，
如果亡命脫逃就會觸犯災禍網羅。
君王已有如此富厚的國土疆境，
又何必闢邊的行動仍舊那麼多。
拋下斷絕了父母的大恩，
強忍下怨聲且背負起干戈。

二

磨利刀鋒在嗚咽水畔，
水變成赤色是刀刃刺傷了手。
本想看輕斷腸的悲歎聲，
然而心緒的紊亂爲時已久。
大丈夫發誓以身許國，
憤慨和惋惜那裏能再有！

功名成就時圖畫在麒麟閣中，
征戰後的白骨當速迅枯朽。

三

拉弓應拉强，
用箭要用長，
射人先射馬，
擒賊先擒王。
殺人應該有限制，
列國必然有封疆，
只要能制止侵陵，
又何必在乎多所殺傷。

【賞析】

前出塞共九首，此選三，樂府詩集收在橫吹曲辭。天寶末年，哥舒翰貪功於吐蕃，乃徵秦隴之兵赴交河。此詩卽爲此而作。第一首寫士卒離開故里，前赴交河時的悲戚。詩中「君已富土境，開邊一何多」二句寫出了作者對哥舒翰好大喜功的不滿。第二首敍大丈夫本應以身許國，以圖萬世留名之功。但當時的心緒卻是百感交集的，所以詩中有「磨刀嗚咽水，水赤刃傷手，欲輕斷腸聲，心緒亂已久」的句子。第三首敍戰爭中的殺戮，原是不可避免的現象。但戰爭僅止於防止侵略，而並不在開土闢疆，濫殺無辜，表現了作者理智與仁慈的融合情操。

後出塞（五首選三）

杜甫

一

男兒生世間，及壯當封侯。
戰伐有功業，焉能守舊丘？
召募赴薊門①，軍動不可留。
千金買馬鞍，百金裝刀頭。
閭里送我行，親戚擁道周。
斑白居上列，酒酣進庶羞②。
少年別有贈，含笑看吳鈎③。

二

朝進東門④營，暮上河陽橋⑤。

落日照大旗，馬鳴風蕭蕭。
平沙列萬幕，部伍各見招。
中天懸明月，令嚴夜寂寥。
悲笳數聲動，壯士慘不驕。
借問大将誰？恐是霍嫖姚⑥。

三

我本良家子，出師亦多門，
将驕益愁思，身貴不足論。
躍馬二十年，恐辜明主恩。
坐見幽州騎，長驅河洛昏⑦。
中夜間道歸，故里但空村。
惡名幸脫免，窮老無兒孫。

【註釋】

①薊門：今河北薊縣，唐時薊州。
②庶羞：謂各種美味菜餚。
③吳鉤：刀名。
④東門：即上東門，洛陽東西門也。
⑤河陽：故城在今河南孟縣。有浮橋駕黃河爲之，相傳爲晉時杜預所建。
⑥霍嫖姚：即霍去病，此指安祿山。
⑦坐見幽州騎二句：按唐范陽屬幽州。安祿山反時，起兵於此，鼓行而西，河洛相繼失陷。

【語譯】

一

男兒生存在人世之間，
趁著壯年時應當覓得封侯。
戰場上殺伐屢創功業，
怎能固守著舊有田丘。
被召募而前赴薊北，
軍隊的行動不可淹留。
用千金買了馬鞍，
以百金裝上刀頭。

閭里鄰居送我遠行，
親戚朋友擁擠道周。
頭髮斑白的坐在上列，
酒酣時端來各種菜餚。
少年朋友別有所贈，
含着微笑看着佩刀吳鈎。

二

早晨剛踏進東門營，
傍晚時已跨上河陽橋。
落日照耀着大旗，
馬匹長鳴，風聲蕭蕭。
平曠的沙場上排列着萬座營幕，
部伍士卒之間互相遙望相招。

半天懸掛著一輪明月，
軍令嚴厲夜晚時一片寂寥。
悲哀的胡笳聲聲吹動，
壯士慘悽而並不忞驕，
借問統軍的大將是誰？
恐怕是霍嫖姚。

三

我本是良家子弟，
也曾習藝於衆多師門。
將領驕傲就更增加了愁思，
出身高貴本不足談論。
活躍在鞍馬之上已二十年，
唯恐辜負了明主的深恩。

眼見幽州起兵的車騎，
長驅而下使河、洛變得暗昏。
夜半時從小道歸來，
故里已經只剩空村，
惡名有幸而得脫免，
窮苦的老者已沒有兒孫。

【賞析】

「後出塞」收於樂府詩集之橫吹曲辭中。本有五首，此選三。舊說以爲安祿山徵東都之兵赴薊門而作。但第五首「坐見幽州騎，長驅河洛昏」句觀之，似作於安祿山已反之後。第一首寫少年別有襟抱，對封侯、功業之事念念不忘。第二首寫大將治軍之森嚴並描繪出沙場中肅殺之景。落日、大旗、馬鳴、風聲、營幕、部伍、明月、悲笳，無一物無非沙場景物。第三首寫自己本良家子弟，不肯辜負明主深恩。

短歌行（六首選三）

顧況

一

城邊路，今人犁田昔人墓，
岸上沙，昔時江水今人家。
今人昔人共長歎，四氣相推節回換。
明月皎皎入華池，白雲離離①度清漢。

二

我欲昇天天隔霄，我思渡水水無橋。
我欲上山山路險，我欲汲井井泉遙。
越人翠被今何夕②，獨立沙邊江草碧。
紫燕③西飛欲寄書，白雲何處逢來客。

三

新繫青絲百尺繩，心在君家轆轤④上，
我心皎潔君不知，轆轤一轉一惆悵。

【註釋】

①離離：雲分散貌。

②越人翠被今何夕：劉向說苑善說：「榜枻越人擁楫而歌，歌辭曰：（省略）鄂君子晳曰：吾不知越歌，子試爲我楚說之。於是乃召越譯，乃楚說之。曰：今夕何夕兮，搴中洲流，今日何日兮，得與王子同舟，蒙羞被好兮，不訾詬恥，心幾煩而不絕兮，得知王子，山有木兮木有枝，心悅君兮君不知。於是鄂君子晳，乃揄修袂，行而擁之，舉繡被而覆之。鄂君子晳，親楚王母弟也。」

③紫燕：越燕小而多聲，頷下紫，巢于門楣上，謂之紫燕。

④轆轤：汲水之器。

【語譯】

一

城牆邊的道路，今人種田處是昔人的墳墓，
岸上的積沙，往昔是江水今已居住著人家。

今人昔人同聲長歎，
四時的節氣相摧促時節同轉更換。
皎皎然的明月之光投入了華池，
疏離然的白雲度過了澄清的天漢。

二

我想攀昇青天青天隔着重重雲霄，
我想渡涉河水河水上卻沒有架橋。
我想登上高山山路十分危險，
我想汲取井水井泉所在遠遙。
越人翠被覆蓋下的今夕是何夕？
獨立在沙洲邊望着江草的青碧。
紫燕西飛時想託牠寄封書信，
不知在白雲的何處才能遇仙鄉蓬來客。

【賞　析】

三

剛繫上青絲做成的百尺索繩，
我的心在您家的汲水器轆轤之上，
我內心的皎潔您從來不知，
當轆轤每一轉動我的心也跟着一惆悵。

此首短歌行，樂府詩集中未收，全唐詩卷二百六十五收錄，題爲「悲歌」。有序：「情思發動，聖賢有不免也。故師乙陳其宜，延陵審其音。理亂之所經，王化之所興，信無逃於聲教，豈徒文彩之麗耶！遂作歌以悲之。」所以「悲歌」是顧況傷時感懷之作。原有六首，此選三。第一首用時間上的今昔對比，寫出時節變遷，人生無奈的感觸。第二首起首藉昇天、渡水、登山、汲水的不可得以明示自己能力的渺小，再用「越人翠被今何夕」、「白雲何處蓬來客」以喻仙鄉之不可求。第三首寫女子內心的惆悵，以「轆轤」作比，很能表達出愁緒萬轉的心情。

遊子吟

孟郊

慈母手中線，遊子身上衣。
臨行密密縫，意恐遲遲歸。
誰言寸草心①，報得三春暉②！

【註釋】

① 寸草心：比喻子女的孝心像寸草般微弱。

② 三春暉：喻父母的恩情如春陽的光暉。

【語譯】

慈母手中的針線，
就是遊子身上的成衣。
臨行前針針密密的裁縫，
只怕是遊子久久才歸。

誰說寸草般的子女心，
能報答春陽般的慈暉。

【賞　析】

遊子吟收在樂府詩集之雜曲歌辭。漢蘇武詩：「幸有弦歌曲，可以喻中懷。請爲遊子吟，泠泠一何悲。」可見漢時已有「遊子吟」曲。

孟郊這首詩是在他赴任溧陽縣尉時所作。溧陽在今江蘇宜興縣西。當時他已五十三歲，在溧上迎接他的母親，感懷而作。

因爲此詩文字淺近，情摯動人，所以已是我國家喻戶曉以頌揚母愛偉大的代表作。作者將照顧子女無微不至的母愛，一針針一絲絲的縫織成了一件遊子身上的衣衫，文筆平淺而用意細膩。最後更用「寸草心」與「三春暉」强烈地對比出子女孝心的渺小。母愛的偉大，這也是一首令子女讀了汗顏的警作。

出門行（二首）

孟郊

一

長河悠悠去無極，百齡同此可歎息。
秋風白露沾人衣，壯心凋落奪顏色。
少年出門將訴誰，川無梁兮路無歧。
一聞陌上苦寒①奏，使我佇立驚且悲。
君今得意厭粱肉②，豈復念我貧賤時。

二

海風蕭蕭天雨霜，窮愁獨坐夜何長。
驅車舊憶太行③險，始知遊子悲故鄉。
美人相思隔天闕，長望雲端不可越。

手持琅玕④欲有贈，愛而不見⑤心斷絕。
南山⑥峨峨白石爛，碧海之波浩漫漫。
參辰⑦出沒不相待，我欲橫天無羽翰⑧。

【註釋】

① 苦寒：苦寒行爲樂府清商調，古辭已亡，魏武帝有「苦寒行」之作，意在敍述行役之苦。
② 粱肉：富貴人家的食物。
③ 太行：山名。魏武帝苦寒行有：「北上太行山，艱哉何巍巍」之句。
④ 琅玕：石而似玉者。
⑤ 愛而不見：詩經國風靜女：「愛而不見，搔首踟躕。」
⑥ 南山：即終南山。
⑦ 參辰：星名，此謂流光易逝之意。
⑧ 羽翰：羽翼。

【語譯】

一

長河的水流悠悠去無終極，
百年歲月也如此誠可歎息。
秋風起白露沾濕了行人的衫衣，

壯偉的心志已凋落就像褪去了的顏色。
少年時離開家門將向誰去傾訴，
河川上未架橋樑啊道路上沒有邪徑，
一聽到陌上苦寒行的節奏，
使我久久佇立驚悸且淒悲，
你如今已仕宦得意饜飽粱肉，
那還會想起我們貧賤患難之時。

二

海風蕭蕭然吹着天上落下了寒霜，
窮厄愁思獨然而坐竟覺得夜何其漫長！
駕車時追憶起昔日太行山的艱險，
才領悟到遊子悲懷故鄉。
美人的思念遙隔着天闕，

長望着雲端卻不能超越。
手裏拿着琅玕想有所贈，
卻被遮蔽而不見內心爲之斷絕。
峨峨然的南山石已朽爛，
碧海的波濤浩溢而漫漫。
參辰的出沒不會等待，
我想橫越蒼天卻沒有羽翰。

【賞析】

樂府詩集收於雜曲歌辭，兩首都是寫行役之苦，不過傾訴的對象則不同。第一首是往昔患難與共，而如今饜飽粱肉的朋友。而第二首則是思念的美人，所以在情感的表現上兩者完全不同。第一首是敍述己身得不到援引，故有「川無梁兮路無歧」的句子，末句更責怪朋友的相負。而第二首則在敍述自己欲親近美人不得的心緒，故詩中有「長望雲端不可越」、「手持琅玕欲有贈」、「愛而不見心斷絕」的句子。不過自屈原始，「美人」往往以喻君，若此，則此首也有親君不得的比喻作用了。

雜怨（三選一）

孟郊

夭桃①花清晨，遊女紅粉新；
夭桃花薄暮，遊女紅粉故。
樹有百年花，人無一定顏。
花送人老盡，人悲花自閒。

【註釋】

① 夭桃：詩經桃夭篇有「桃之夭夭」句，以桃色喻女子之美貌。

【語譯】

可愛的桃花開放在清晨，
遊戲的女子紅色的粉妝簇新。
可愛的桃花開放在薄暮，

遊戲的女子紅色的粉妝如故。
樹有百年常開的花朵，
人無一絲不變的容顏。
花送走了人的歲月，
人悲傷時花猶自清閒。

【賞析】

樂府詩集收在相和歌辭中。孟郊有三首，此選一。此首以桃花比女子的容顏，但他的比喻手法與一般詩歌不同。大凡一般詩中，都以花的易謝來引起女子紅顏易逝的喟歎。而此首不然，他以花容的不變來襯托女子容顏的衰老。所以有「樹有百年花，人無一定顏」的句子。其實，人與花的不同，在於人有感情，花開花謝是一種自然現象，而人的容顏老去，又何嘗不也是一種自然現象。誠如歐陽修在「秋聲賦」中所說：「奈何以非金石之質，欲與草木而爭榮？」而此詩的結尾「花送人老盡，人悲花自閒」，也正有此意。

結愛曲

孟郊

心心復心心，結愛務在深。
一度欲離①別，千回結衣襟。
結妾獨守志，結君早歸意。
始知結衣裳，不如結心腸。
坐結行亦結，結盡百年月。

【註釋】

①離：一作言。

【語譯】

心連心又是心串心，

結繫愛情務必在堅深。
一度想說聲再見，
千百次結繫起衣襟，
結繫住妾塊然堅守的心志，
結繫住君及早歸來的心意。
如今始知若只結繫住衣裳，
倒不如能結繫住彼此的心腸，
坐著時結，走着時也結，
結盡了百年的歲月。

【賞析】

結愛收在樂府詩集的新樂府辭。文字非常的淺白，但對男女之間情愛的相繫卻描寫的十分深刻。全詩凡用九個「結」字，很能表現出「心有千千結」的那一份纏綿感受。

北邙行

張籍

洛陽北門北邙①道，喪車轔轔入秋草。
車前齊唱薤露歌②，高墳新起白③峨峨。
朝朝暮暮長送葬，洛陽城中人更多。
千金之碑高百尺，終作誰家柱下石。
山頭松柏半無主，地下白骨多於土。
寒食④家家送紙錢，鴟鳶作窠銜上樹。
人居朝市未解愁，請君暫向北邙遊。

【註釋】

①北邙：山名，在今河南洛陽縣東北。後漢城陽王祉葬於此，其後王侯公卿也多葬於此，故習用以爲掩藏之地。

②薤露：喪歌，見前漢代樂府。

③白：一作日。

④寒食：荊楚歲時記：「去冬節一百五日，即有疾風甚雨，謂之寒食。」寒食也在清明前一日，後以爲掃墓之節。

【語譯】

洛陽北門外往北邙的山道，
喪車轔轔然響動着馳入深秋的芒草。
車前齊聲唱着薤露喪歌，
新起的高墳一日比一日增多，
朝朝暮暮不停的送葬，
洛陽城中的人口反而更夥。
千金買的墓碑高百尺，
終於有一天會變成誰家的柱下石。

山頭上的松柏已半數無主，
地下埋的白骨多得甚過泥土。
寒食日家家都來送紙錢，
鵄鳶爲了作窩把它銜上了樹。
人居住在朝市中不能解脫憂愁，
就請君暫時到北邙一遊。

【賞析】

「北邙行」收錄於樂府詩集之新樂府辭，與「梁甫吟」、「蒿里行」等同意，都是一些對人死後的送葬和感觸。很能對熱衷追逐仕宦與名利者引發警戒作用。所以詩的結尾就用「人居朝市未解愁，請君暫向北邙遊」句作警喻。

節婦吟

張　籍

君知妾有夫，贈妾雙明珠。
感君纏綿意，繫在紅羅襦①。
妾家高樓連苑起，良人執戟明光②裏。
知君用心如日月，事夫誓擬同生死。
還君明珠雙淚垂，何不相逢未嫁時。

【註釋】

①羅襦：以輕柔疏孔絲織之短襖。

②明光：漢宮殿名。在未央宮西，以金玉珠璣爲簾箔，晝夜光明。執戟：謂殿前侍衞。

【語譯】

君知道妾已有丈夫，
卻贈給妾一雙明珠。
感激君的多情心意，
就結繫在紅色的羅織短襦。
妾家住的是高樓接着座座苑囿築起，
良人執戟侍衛在明光殿裏。
我知道君的用心光明磊落有如日月，
而我與丈夫也感情融洽誓同生死。
送還君的明珠時眼淚雙垂，
爲什麼不相逢在我未嫁之時。

【賞析】

樂府詩集收錄此首在新樂府辭。顧名思義，卽名「節婦吟」自然文字表面上是對婦女節烈行爲的讚美。詩中女主角在男子贈給雙明珠之初，雖貿然接受，但略經思考，卽時將明珠退回，未再陷入感情上的錯誤，這正是婦女節烈之所在。因爲在感情生活上，女子難免會偶對自己喜愛的男子動心，但只要堅守道德藩籬，仍應不失爲節烈。尤其能經感情之挑逗而不爲所動，則益見其節烈。張籍純就現實生活中，隨處可能發生的事例，以表現出一個有血有肉，有感情、道德矛盾衝突的活生生人物，是他成功之處。

不過也有許多衞道君子，提出一些批評意見。如元俞德鄰佩齊輯聞說：「禮，男女受授不親，婦人從一，理不應受他人之贈。今受明珠而繫襦，還明珠而垂淚，其愧於秋胡之妻多矣。尚得謂之節婦乎？」清唐汝詢唐詩解說：「繫珠於襦，心許之矣。以良人貴顯而不可背，是以卻之。然還珠之際，涕泣流連，悔恨無及，彼婦之節不幾岌岌乎？夫女以珠誘而動心，士以幣徵而折節，司業之識淺矣哉！」俞、唐二氏以重視道德標準以爲批評，就事而論，並不爲過。

而全唐詩中此首原題爲「節婦吟寄東平李司空司道」。即爲寄贈之作，則「節婦」必有所隱喩，才具意義。故宋洪邁容齋三筆說：「張籍在他鎭幕府，鄆帥李師古又以書幣辟之。籍卻而不納，而作節婦吟一章寄之。」我個人以爲洪氏的說法應爲合理。

各東西

張籍

遊人別，一東復一西。
出門相背兩不返，唯信①車輪與馬蹄。
道路悠悠不知處，山高海闊誰辛苦。
遠遊不定難寄書，日日空尋別時語。
浮雲上天雨墮地，暫時會合終離異。
我今與子非一身，安得死生不相棄？

【註釋】

① 信：聽憑。

【語譯】

出外遠遊客各自分別，一往東一向西，
出門後相背而行互不回頭，只有聽憑車輪與馬蹄。
道路悠悠長遠不知休止何處。山高海濶不知爲誰辛苦。
遠游而無定處難以寄封家書，只有日復一日空尋分別時的話語。
就好比浮雲飛上了天，雨珠墮落了地，暫時能會合終必會離異。
我如今與你並非共一個身體，又怎能到死生關頭不會相互拋棄。

【賞析】

此首樂府詩集收在新樂府辭。是一首敍述二人分離，各奔東西的詩。詩中主角對分離以爲是必然而完全接受，絲毫沒有反抗與排斥的心理。所以它以「我今與子非一身，安得死生不相棄」作結尾。因爲在亂世中，旦旦的信誓都只是一種表面的慰藉而已。全詩文字淺白，流暢，明曉。

有所思

盧仝

當時我醉美人家，美人顏色嬌如花。
今日美人棄我去，青樓珠箔①天之涯。
天涯娟娟②常娥月，三五二八盈又缺。
翠眉蟬鬢③生別離，一望不見心斷絕。
心斷絕，幾千里。
夢中醉臥巫山雲④，覺來淚滴湘江水。
湘江兩岸花木深，美人不見愁人心。
含愁更奏綠綺琴⑤，調高絃絕無知音。
美人兮美人，不知為暮雨兮朝雲。
相思一夜梅花發，忽到窗前疑是君。

【註釋】

① 青樓：指顯貴之家。古樂府：「大路起青樓。」曹植詩：「青樓臨大路。」珠箔：卽珠簾。漢武故事：「武帝起神室，以白珠織爲箔。」

② 娟娟：美好貌。

③ 蟬鬢：古今注：「魏文帝宮人莫瓊樹制蟬鬢。縹緲如蟬翼，故曰蟬鬢。」此翠眉、蟬鬢皆指美人。

④ 夢中醉臥巫山雲：宋玉高唐賦：「昔者先王嘗遊高唐，怠而晝寢，夢見一婦人，曰：『妾巫山之女也，爲高唐之客，聞君遊高唐，願薦枕蓆。』王因幸之。去而辭曰：『妾在巫山之陽，高丘之阻，朝爲行雲，暮爲行雨。』」

⑤ 綠綺琴：漢司馬相如琴名。

【語譯】

當時我酒醉在美人家，
美人的容顏姿色嬌美如花。
今日美人棄我而去，
青樓和珠簾遠在天之邊涯。
天涯有一輪娟美的明月，
十五、十六時滿盈了又缺。

翠眉和蟬鬢都已別離，
每望不見時會令人心腸斷絕。
心腸斷絕，在遙遠的幾千里。
夢中我醉臥在巫山上的朶朶白雲，
覺醒時我的眼淚滴落在湘江水。
湘江兩岸的花木繁茂叢深，
看不見美人時眞愁煞了我的心，
我含著憂愁再奏一曲綠綺琴，
可惜調高絃絕沒有知音。
美人啊美人！
不知是暮雨呢還是朝雲。
相思了一整夜梅花已綻發，
忽然到了窗前我還以爲是看。

【賞析】

「有所思」屬樂府古辭，漢代已有之。爲鼓吹曲辭之一種。盧仝此首係套用舊題而作新曲。全詩分五段，每段四句。第一段以今昔之比寫美人的棄我而去。第二段從首段的「天涯」承接，借月的盈缺，襯托美人的生別離。第三段從二段的末句「心斷絕」重覆，寫夢醒後的相思之苦。第四段承接前段的「湘江」，寫湘江花木深邃，終不得見美人，有相如綠綺琴，曲高和寡之歎。第五段寫出對美人的呼喚與期盼。全詩凡三次運用重覆前段的句子以承續全詩脈絡，是典型的樂府詩手法。詩中皆在詠敍美人，除直接用「美人」六見外，更以「花」、「青樓珠箔」、「常娥月」、「翠眉」、「蟬鬢」、「巫山雲」……等來替代或象徵美人。全詩幾已成宋玉高唐之賦。然自屈原以下「美人」往往別有所指，盧仝此詩是否也有此一層用意，就不得而知了。

樓上女兒曲

盧仝

誰家女兒樓上頭，指麾婢子掛簾鈎。
林花撩亂心之愁，卷却羅袖彈箜篌①。
箜篌歷亂五六弦，羅袖掩面啼向天。
相思弦斷情不斷，落花紛紛心欲穿。
心欲穿，憑欄干。
相憶柳條綠，相思錦帳寒。
直緣②感君恩愛一回顧，使我雙淚長珊珊③。
我有嬌靨待君笑，我有嬌娥④待君掃。
鶯花爛熳君不來，及至君來花已老。
心腸寸斷誰得知，玉階羃䍥⑤生青草。

【註釋】

①箜篌：樂器名，形似瑟而較小，用木撥彈之，見前孔雀東南飛注。

②緣：因也。

③珊珊：玉佩聲。此形容淚之落，似應作潸潸。

④娥：即娥眉。

⑤冪䍥：稠密覆被貌。

【語譯】

誰家的女兒站在樓上頭，
指使着婢子掛起了簾鉤。
林間的花朵撩亂了心中的閒愁。
卷起羅袖彈奏箜篌。
箜篌徧彈了五、六弦，
羅袖掩住了臉啼哭着喊蒼天。
相思的琴弦已斷而情未斷，
落花紛紛然使內心悲傷欲穿，
內心悲傷欲穿，獨自倚憑欄干。

相憶滋生在柳條的翠綠，
相思凝聚在錦帳的涼寒。
只因爲感激於你滿懷恩愛的一次回顧，
使我的雙眼淚水長潸潸。
我有嬌美的靨輔等待你逗我發笑，
我有嬌美的娥眉等待你替我抹掃。
在鶯聲花朵燦爛時你卻不來，
等到你來了花已衰老。
心腸已相思寸斷有誰能知，
玉階之上已布滿蔓生的青草。

【賞　析】

「樓上女兒曲」收錄在樂府詩集的新樂府辭。內容是描寫懷春少女在樓頭上思念情郎的詩。全詩分二段，第一段從首句到「落花紛紛心欲穿」。寫少婦原來平靜的心緒，被林花撩亂，引起穿心的悲痛。它的布局近似王昌齡的閨怨：「閨中少婦不知愁，春日凝妝上翠樓，忽見陌頭楊柳色，悔教夫壻覓封侯。」第二段從「心欲穿」到結束。寫少婦對郎君歸來的期盼，全詩對少婦情懷的刻劃細膩深刻。

泰娘歌

劉禹錫

泰娘①家本閶門②西，門前渌水環金堤。
有時妝成好天氣，走上皋橋③折花戲。
風流太守韋尚書④，路傍忽見停隼旟⑤。
斗量明珠鳥傳意⑥，紺幰迎入專城居⑦。
長鬟如雲衣似霧，錦茵羅薦⑧承輕步。
舞學驚鴻⑨水榭春，歌傳上客蘭堂⑩暮。
從郎西入帝城中，貴遊簪組香簾櫳⑪。
低鬟緩視抱明月⑫，纖指破撥生胡風⑬。
繁華一旦有消歇，題劍⑭無光履聲絕。

洛陽舊宅生草萊，杜陵⑮蕭蕭松柏哀。
妝奩蟲網厚如繭，博山爐⑯側傾寒灰。
蘄州刺史張公子⑰，白馬新到銅駝里⑱。
自言買笑擲黃金，月墮雲中從此始。
安知鵩鳥⑲坐隅飛，寂寞旅魂招不歸⑳。
秦嘉㉑鏡有前時結，韓壽㉒香銷故篋衣。
山城少人江水碧，斷雁哀猿風雨夕。
朱弦已絕為知音，雲鬢未秋私自惜。
舉目風烟非舊時，夢歸歸路多參差。
如何將此千行淚，更洒湘江斑竹㉓枝。

【註釋】

① 泰娘：劉禹錫詩前有歌序：「泰娘，本韋尚書家主謳者。初，尚書爲吳郡得之；命樂工教以琵琶歌舞，盡得其技。後攜之歸京師，京師多善工，又捐去故技，授以新聲，而泰娘頗見稱於貴遊間。元和初，尚書薨於東都，泰娘出居民間。久之，爲蘄州刺史張遜所得。其後遜坐事謫武陵郡，遜卒，泰娘無所歸，地遠，無有知其容與藝者，故日抱樂器而哭，其音甚悲。禹錫聞之，乃作泰娘歌云。」

② 閶門：在蘇州，即今江蘇吳縣。

③ 臯橋：在蘇州閶門內。漢時臯伯通居其側，故名。

④ 韋尚書：謂韋應物，京兆人，貞元中嘗爲蘇州刺史。

⑤ 隼旟：周禮：「鳥隼爲旟。」行軍時用以催軍前進之旗子。

⑥ 青鳥傳意：謂西王母之使者，青鳥。漢武故事：「七月七日，忽有青鳥飛集殿前。東方朔曰：『此西王母欲來。』有頃，王母至，三青鳥夾侍王母旁。」

⑦ 紺幰：天青色之車幔。專城居：謂刺史之署衙。陌上桑：「四十專城居。」

⑧ 錦茵：有彩色花紋之褥薦。羅薦：以絲織之褥薦。

⑨ 驚鴻：狀舞蹈之姿態。曹植洛神賦：「翩若驚鴻，宛若遊龍。」

⑩ 蘭堂：堂之美稱。文選張衡南都賦：「揖讓而升，宴於蘭堂。」

⑪ 簪組：指貴遊之冠飾及纓綬。簾櫳：謂竹簾與窗牖。

⑫ 明月：謂琵琶。

⑬胡風：琵琶傳自西域，故曰胡風。

⑭題劍：劍端有玉飾者。

⑮杜陵：漢宣帝陵名，在陝西長安東南。

⑯博山爐：香爐名。考古圖：「香爐象海中博山，下盤貯湯，使潤氣蒸香，以象海之四環。」

⑰蘄州：屬湖北，今之蘄春縣。張公子：名愻，字里未詳。

⑱銅駝里：據洛陽記：「洛陽有銅駝街。」韋尚書薨於洛陽。

⑲鵩鳥：似鴞，夜爲惡聲，古人以爲不祥之物。西京雜記：「賈誼在長沙，鵩鳥集其承塵。長沙俗以鵩鳥至人家，主人死。誼作鵩鳥賦，以遣憂累也。」

⑳寂寞旅魂招不歸：屈原有招魂之作。

㉑秦嘉：字士會，漢隴西人，爲上郡掾，其妻徐淑寢疾還家，不獲面別，贈之以詩，後復遺以書，兼贈明鏡、寶釵、妙香、素琴。

㉒韓壽：字德眞，晉堵陽人，美姿容。賈充辟以爲掾，充女見而悅之，盜御賜西域奇香遺壽。充卒以女妻之。

㉓斑竹：又名湘妃竹。傳說舜崩於蒼梧，二妃追至，哭帝甚哀，淚染於竹，故斑斑如淚痕，謂之斑竹。

【語譯】

泰娘家本來住在閶門之西，

門前有一彎淥水環繞著金色河堤。

有時梳妝好時正逢好天氣，
走上皋橋折朶花嬉戲。
風流倜儻的太守韋尚書，
在路傍忽然看見了催車子停止的旗旜，
用斗量了明珠以鳥傳達了心意，
用青色的車幔迎進了刺史的衙署安居。
長長的頭髮像雲衣服像一陣輕霧，
錦繡的茵縟羅織的草蓆上承受着輕盈的脚步。
舞蹈的姿態是學習春天時水榭中驚飛的鴻雁，
歌聲傳送到貴客的耳中時正當蘭堂昏暮。
跟隨着郎君往西去進到了京城之中，
交遊貴族飾帶簪組居住處有郁香的簾幔與窗櫳。
低斜的髮鬢緩緩的目視雙手抱着琵琶，

纖纖玉指撥弄出胡地的肅殺之風。
繁華有朝一日會消歇，
玉飾的寶劍失去了光彩步履之聲也斷絕。
洛陽的舊宅中長滿了野草蒿萊，
杜陵景色蕭然塚墓邊的杜柏已含哀。
妝奩上的蜘蛛網厚如絲繭，
博山爐側倒着熄滅多時的香灰。
蘄州的刺史張愻公子，
騎着白馬剛到了銅駝里。
自言爲買佳人一笑能輕擲黃金，
明月墮入雲中般的歲月從此開始。
怎知鵩鳥在案桌前的角隅翔飛，
寂寞的羈旅之魂招也招不歸。

秦嘉的鏡上還有舊日的繩結，
韓壽的西域奇香已銷竭在舊篋的衫衣。
山城少有人居而江水澄碧，
孤雁的斷續悲唳猿猨的哀啼夾雜風雨之夕。
朱色的琴弦已斷絕是爲了逝去的知音，
雲鬢雖然還未斑白卻獨自珍惜。
舉目所及一片風煙已非舊時景色，
夢魂所歸歸路上充滿崎嶇參差。
如何把這相思的千行淚水，
更灑遍湘江上的斑淚竹枝。

【賞析】

泰娘歌收在新樂府辭。是一首歌行類的故事詩。詩中描寫歌伎泰娘一生的遭遇。共分九段。第一段前四句，寫泰娘的身世，她家住閶門（卽今江蘇蘇州）門前有綠水金堤，梳妝打扮，攀折花朵，生活愜意。第二段次四句，寫韋尚書看中泰娘，用斗量明珠，納爲家伎。第三段，再次四句，寫泰娘髮鬟、衣著、步履之美，並教以歌舞。第四段，再次四句，寫泰娘被帶往長安，在豪貴賓客遊宴時表演歌舞。第五段再次六句。寫韋尚書死後，泰娘不被重視，淒涼冷清。第六段再次四句，寫泰娘又被蘄州（今湖北）刺史張公子愻所賞識，成爲張家樂伎。第七段再次四句，寫泰娘跟着張公子到貶所武陵（今湖南常德），所以詩中用賈誼、屈原的典故。而張愻客死武陵。第八段再次四句，寫泰娘在武陵終日獨抱樂器哀哭，聲如斷雁哀猿，不勝淒苦。第九段末四句，寫泰娘歸夢不得，只有淚洒斑竹。

劉禹錫作此詩，大約在元和四、五年間。劉在元和元年（西元八〇六）被貶朗州司馬，對泰娘的身世不免有同情成份，所以他在詩末四句，便是借他人酒杯澆胸中塊壘。也道出了自己懷舊思歸的心境。

竹枝（九首選三）

劉禹錫

一

山桃紅花滿上頭，蜀江①春水拍江流。
花紅易衰似郎意，水流無限似儂愁。

二

瞿塘②嘈嘈③十二灘，此中道路古來難。
長恨人心不如水，等閑平地起波瀾。

三

巫峽④蒼蒼烟雨時，清猿啼在最高枝，
個裏愁人腸自斷，由來不是此聲悲。

【註釋】

①蜀江：蜀地之水名。

②瞿塘：峽名，在今四川奉節縣東十三里。爲全蜀江路之門戶。

③嘈嘈：水聲之急。

④巫峽：三峽之一，在湖北巴東縣西，與四川巫山縣接界。

【語譯】

一

山桃樹的紅花開滿在上頭，
蜀江中春天的溪水擊拍着江岸而流。
花紅了容易衰老就似郎君的心意，
水流則永無期限就如我的悲愁。

二

瞿塘激急的水流中有十二個險灘，
這裏的道路自古來就稱危難。
經常悵恨人心不如流水，
在等閑的平地上也會興起波瀾。

三

巫峽籠罩在蒼茫的烟雨中時，
淒清的猿聲啼叫在樹林的最高椏枝。
其中愁人的氣氛令肝腸自斷，
從來就不是由於這種聲音的悽悲。

【賞析】

據樂府詩集說；「竹枝本出於巴渝。唐貞元中，劉禹錫在沅湘，以俚歌鄙陋，乃依騷人『九歌』作『竹枝』新辭九章，敎里中兒歌之，由是盛於貞元、元和之間。」但從現存的九首「竹枝」看，內容與形式都與「九歌」大異其趣。所以我以爲劉禹錫的「竹枝」九首是改飾當地俚俗歌謠而成，其方式一如屈原之作九歌。而「竹枝」所詠之地多在蜀地。此所選第一首，藉花和水來比喩男女感情的不同。花容易凋謝以比喩男子的不專情，流水的綿長以象徵女子的無限思愁。第二首藉瞿塘峽的艱險寫人心的險惡。第三首，藉巫峽猿聲的悲啼，來襯托斷腸人的內心悲苦。所以這三首的前二句都在寫景，而實際上又都在烘托情。使本出巴渝的俚俗之謠都賦予了深刻的心靈感觸與情緒脈動，恐怕這就是禹錫成功之處。

竹枝（二首選一）

劉禹錫

楊柳青青江水平，聞郎江上唱歌聲，
東邊日出西邊雨，道是無晴還有晴①。

【註釋】

① 道是無晴還有晴：兩「晴」字，樂府詩集作「情」，應是諧音之意。今本劉夢得文集。

【語譯】

楊柳長得青蔥茂盛江水流得平穩，
聽到江上傳來了郎君的唱歌聲。
此時東邊正在日出而西邊卻下着雨，
到底該說它是沒有天晴還是有天晴。

【賞析】

這首同樣是「竹枝」，收在樂府詩集的近代曲辭。但它的韻味卻與前面選的「竹枝」大不相同。這首詩質樸而清新，純粹鄉里男女的情感，也不見文人的彫琢之痕。故錄此與前三首可作一比較。

決絶詞（三首）

元稹

一

乍可為天上牽牛織女星，不願為庭前紅槿①枝。
七月七日一相見，故心終不移。
那能朝開暮飛去，一任東西南北吹。
分不兩相守，恨不兩相思。
對面且如此，背面當何知！
春風撩亂伯勞②語，況是此時拋去時。
握手苦相問，竟不言後期。
君情既決絶，妾意已參差。
借如死生別，安得長苦悲。

二

噫春冰之将泮③，何余懷之獨結！
有美一人④，於馬曠絶。
一日不見，比一日於三年⑤；
況三年之曠別。
水得風兮小而已波，筍在苞⑥兮高不見節。
矧桃李之當春，競衆人之攀折！
我自顧悠悠而若雲，又安能保君皓皓之如雪！
感破鏡之分明，覩淚痕之餘血，
幸他人之既不我先，又安能使他人之終不我奪。
已馬哉！織女別黃姑⑦！
一年一度暫相見，彼此隔河何事無。

三

夜夜相抱眠，幽懷尚沈結。
那堪一年事，長遣一宵說！
但感久相思，何暇暫相悅。
虹橋⑧薄夜成，龍駕⑨侵晨列。
生憎野鵲⑩往遲回，死恨天鷄識時節。
曙色漸曈曨⑪，華星⑫次明滅。
一去又一年，一年何時徹⑬！
有此迢遞⑭期，不如生死別。
天公隔是妬相憐，何不便教相決絕！

【註釋】

① 槿：木名，即木槿。南人以植籬，也名藩籬草。夏秋之交開花，有紫、白、粉紅、大紅諸色。朝開夕凋。

② 伯勞：鳥名。一名鵙。較雀稍大，背灰褐色，性猛，善鳴。曹植令禽惡鳥論：「伯勞以五月而鳴，應陰氣之動，陰爲賊害，蓋賊害之鳥也，其聲鵙鵙，故俗憎之。」

③ 泮：散也。

④ 有美一人：楚辭九辯：「有美一人兮心不繹。」

⑤ 一日不見二句：詩經王風采葛：「一日不見，如三秋兮。」

⑥ 苞：謂苞木，即竹。

⑦ 黃姑：謂牽牛。

⑧ 虹橋：長橋如虹，故曰虹橋。

⑨ 龍駕：以龍爲車駕。

⑩ 野鵲：相傳七夕織女當渡河，使鵲爲橋。

⑪ 曈曨：月初出將明未明之貌。

⑫ 華星：光彩之星。

⑬ 徹：盡。

⑭ 迢遞：遠貌。

【語譯】

一

寧可做一時的天上牽牛織女星，
不願爲庭院前的一株紅槿枝。
七月七日能有一次相見，
初心始終不會變移。

那能像槿花早晨開了傍晚就飛去，
一任風把它東西南北吹。
分離時不能兩相廝守，
惆恨時不能相互懷思。
面對面時尙且如此，
相背離時有誰能知。
當春風撩亂了伯勞的話語，
況且此時正是拋去私情之時。
彼此握着手相互存問，
竟不說聲後會的約期。
郎君的情意旣已如此決絕，
妾的心意也已約略分明。
假使此番是生死的離別，

又怎能爲此長久苦悲。

二

啊！春天的冰凍即將溶解，
爲何我的心懷依然鬱結。
有一位美人，
就在此時此地與我隔絕。
已經有一日不曾相見，
這一日就有如三年。
更何況已經三年的濶別。
水遇到的風雖小但已激起了波波，
筍在苞竹中雖高也不能見其痕節。
更何況桃李已屆臨了春天，
衆人當然會爭相攀折。
我自視悠然的心境有如白雲，

又怎能保證您的心境皓潔如雪。
有感於鏡子的破裂已十分明晰，
目覩著淚痕下殘留的鮮血。
所幸他人現在尚未比我搶先，
但又怎使他人始終不把我的掠奪。
算了吧！織女已離別了牽牛，
一年一度才暫時的相見，
彼此既隔離着天河又怎會什麼事都沒有？

三

夜夜相伴着同眠，
心中的幽思尚且沈結。
那能讓一年的事，
冗長的心事在一宵中訴說。

只感到彼此長久的相思，
那來暇情求得暫時的相悅。
霓虹般的橋樑在薄薄的夜色中搭成，
神龍的車駕在清晨中羅列。
生離時最憎野鵲走了就遲遲才回，
死別時最恨天雞能識破時節。
曙色已漸漸地分明，
星辰也依次明滅，
一去又是一年，
一年何時才能過盡。
既有這般長遠的約期，
倒不如生死的永別，
老天爺必定是嫉妬相愛憐，

何不就教他們相互永遠隔絕。

【賞析】

決絕詞屬相和歌辭。原出古辭「白頭吟」，其中有：「聞君有兩意，故來相決絕」之句，因以名篇。此處所選三首，皆藉織女、牽牛的乖隔之情以敍述男女的相思之苦。情感的表露十分強烈。第一首，以牽牛織女與庭前紅槿相比，對「七月七日一相見」的抉擇，雖然痛苦，但畢竟有「故心終不移」的一份力量來支持。一年一度的相見仍是有「約期」的等待。而男女之間的分別，如果是「竟不言後期」的話，就不如「決絕」了。第二首則刻劃男女感情遇到挫折時的內心猜疑。織女牽牛在此詩中只是一種陪襯作用。詩中「水得風兮小而已波」，比喻原本平靜的心湖，已因微小事故而引起激動。「筍在苞兮高不見節」則比喻內心的眞意恐怕已很難爲對方了解。這種情況，正是引起男女猜疑以致分離的基本因素。第三首寫織女牽牛相聚之短暫，實不能慰藉終年相思之苦。

三首皆提及織女牽牛，但作者表露情感之濃烈，絕不似僅止於對民間習俗中一則故事的敍述心情，內中必有所影射，惜無從究知。

出門行

元稹

兄弟同出門，同行不同志。
悽悽分歧路，各各營所為。
兄上荊山①巔，翻石辨虹氣，
弟沈滄海底，偷珠待龍睡②。
出門不數年，同歸亦同遂。
俱用私所珍，升沈自茲異。
獻珠龍王宮，值龍覓珠次。
但喜復得珠，不求珠所自。
酬客雙龍女，授客六龍轡。

遣充行雨神，雨澤隨客意。
雩夏鍾鼓繁③，禜秩④玉帛積。
彩色畫廊廟，奴僮被珠翠。
驥騄千萬雙，鴛鴦七十二。
言者禾稼枯，無人敢輕議。
其兄因獻璞，再刖不履地⑤。
門戶親戚疏，匡牀⑥妻妾棄。
銘心有所待，視足無所愧。
持璞自枕頭，淚痕雙血漬。
一朝龍醒寤，本問偷珠事。
因知行雨偏，妻子五刑⑦備。

仁兄捧屍哭，勢友掉頭諱。
喪車黔首⑧葬，弔客青蠅⑨至。
楚有望氣人，王前忽長跪。
駕王得貴寶，不遠王所涖。
求之果如言，剖則浮筠膩⑩。
白珩⑪無顏色，垂棘⑫有瑕累。
在楚列地封，入趙連城貴，
秦遣李斯書，書為傳國瑞。
秦亡漢魏傳，傳者得神器⑬。
卞和名永永，與寶不相墜。
勸爾出門行，行難莫行易。

易得還易失，難同亦難離。
善賈識貪廉，良田無植稚⑭。
磨劍莫磨錐⑮，磨錐成小利。

【註釋】

① 荊山：在今湖北南漳縣西，卞和得玉於楚之荊山，卽此。

② 偸珠待龍睡：莊子列禦寇：「夫千金之珠，必在九重之淵，而驪龍頷下。子能得珠者，必遭其睡也。使驪龍而寤，子尙奚微之有哉！」

③ 雩：求雨之祭。左傳：「龍見而雩。」謂每歲孟夏，蒼龍昏見東方，以是月祀五方上帝，所謂常雩也。又大旱時也雩。公羊何休注：「旱則君親之南郊，使童男童女各八人而呼雩。」鍾鼓：是雩祭時之樂器。

④ 禜：音ㄩㄥ，祭名，以除兇災。秩：祿。

⑤ 其兄因獻璞二句：韓非子和氏：「楚人和氏得玉璞楚山中，奉而獻之厲王。厲王使玉人相之。玉人曰：『石也。』王以和爲誑，而刖其左足。及厲王薨，武王卽位，和又奉其璞而獻之武王。武王使玉人相之。又曰：『石也。』王又以和爲誑，而刖其右足。武王薨，文王卽位，和乃抱其璞而哭於楚山之下，三日三夜，泣盡而繼之以血。王聞之，使人問其故，曰：『天下之刖者多矣，子奚哭

之悲也？』和曰：『吾非悲刖也，悲夫寶玉而題之以石，貞士而名之以誑，此吾所以悲也。』王乃使玉人理其璞而寶焉，遂命曰：『和氏之璧。』」

⑥ 匡牀：牀之安適者。

⑦ 五刑：墨、劓、剕、宮、大辟。

⑧ 黔首：猶言黎民。以其首黑，或云民以黑巾覆首。此謂刑戮之人。

⑨ 弔客青蠅：謂死後無人聞問，唯青蠅附身。三國志吳志虞翻傳注：「生無可與語，死以青蠅爲弔客，使天下一人知己者，足以不恨。」

⑩ 浮筠：謂竹。膩：潤澤。

⑪ 珩：珮上的橫玉。

⑫ 垂棘：春秋時晉地所出之美玉。

⑬ 神器：帝位。

⑭ 植穉：先種曰植，穉一作稺，後種曰稺。

⑮ 錐：鑽孔之銳器。

【語譯】

兄弟一同出門，
雖然同行卻不同心志。
以悲悽的心情分手在歧路，
各自去營求自己的作爲。

哥哥登上了荊山的峯嶺，
翻檢着山石辨識虹氣。
弟弟沈潛到滄海底，
當龍王睡著時偸到了龍珠。
兩人出門不到數年，
同時歸來也同時達成了願望。
都藉用了自己所珍視的寶貝，
而際遇的升沈卻從此有了差異。
弟弟把珠獻給了龍王的宮中，
正遇上龍王在尋覓之際，
龍王因爲再獲得珠的喜悅，
卻不去追索龍珠得自何處。
酬謝貴客一雙龍女，

給了貴客六匹龍駕的車轡。
派遣他充任呼風喚雨的神，
降雨的多少全隨貴客的心意。
孟夏時雲祭的鐘鼓聲頻繁，
禜祭時祭品玉帛如山堆積。
彩色畫飾的廊廟，
奴僮都身穿珠翠。
驥騄有千萬雙，
鴛鴦有七十二。
有人說農作禾稼已萎枯，
卻無人敢輕易地提出非議。
他的哥哥因爲進獻玉璞，
再次受到刖足之刑而不能履地。

登臨門戶的親戚越來越疏遠，
同匡牀的妻妾也對他嫌棄。
他有一分期待深銘刻在心中，
看着被刖去的雙足並不羞愧。
拿起玉璞當作自己的枕頭，
淚痕雙雙濕染了血漬。
忽然有一天龍王醒寤，
追究偷龍珠的情事，
因而知道了行雨的偏失，
連妻子也備受了五刑。
哥哥捧起屍首痛哭，
親密的朋友反而掉頭逃避。
喪車以刑戮人的葬儀，

弔客寥落只有青蠅羣集。
楚國有位能目察氣象的人，
在王前忽然長跪，
說：恭賀楚王獲得了珍貴的寶貝，
不必王親臨遠地去求取。
求到了珍寶果然如望氣人所言，
剖開來竟像竹膚般的潤膩。
白珩因而失去了它的顏色，
垂棘也顯得有了瑕疵。
在楚國它的價值應可裂地分封，
在趙國它有價值連城般的珍貴。
秦國遺送下了李斯的書函，
定它是傳國的璽瑞。

秦亡後漢魏仍然承傳，
能傳承者就能保有天子的神器。
卞和的名聲因而永久留傳，
與珍寶一起永不消墜。
且規勸你們多出門行走，
走些難路不要走易路，
容易得到的畢竟也容易丟失，
難以相認同的也難以分離。
會賣買的賈人最能辨識貪心與清廉，
肥沃的良田上不要種植幼禾。
磨劍時不要磨鐵錐，
磨錐時只能得到小部分的銳利。

【賞析】

「出門行」原爲雜曲歌辭。元稹的此詩，是把「和氏之璧」的故事加以渲染而成。假設出一位偸龍王珠而得一時富貴的弟弟來襯托和氏的艱忍與終有所報。讀完全詩覺得它充滿了警世，勸人爲善的主題。而詩的末段「勸爾出門行」以下，正是本詩的主旨所在。與古辭的精神有了一段不少的差距。

田家行

元稹

牛吒吒①，田确确②。
旱塊敲牛蹄趵趵③，種得官倉珠顆穀。
六十年來兵簇簇④，日月食糧車轆轆⑤。
一日官軍收海服⑥，驅牛駕車食牛肉。
歸者收得牛兩角，重鑄鋤犁作斤劚⑦。
姑舂婦擔官不足，歸賣屋；願官早勝讎早覆。
農死有兒牛有犢，不遣官軍糧不足。

【註釋】

① 吒吒：音ㄒㄧㄠˇ。怒聲。
② 确确：音ㄑㄩㄝ。土地貧瘠。
③ 趵趵：音ㄅㄠ。跳躍貌。
④ 簇簇：叢聚貌。
⑤ 轆轆：車行聲。
⑥ 海服：海謂荒遠之地，爾雅釋地：「九夷、八狄、七戎、六蠻謂之四海。」服謂天子威德所服之地。
⑦ 斸：音ㄓㄨˊ。用來鋤除根株之器。

【語譯】

耕牛憤怒的吼叫，
農田已枯瘠荒蕪。
乾旱的土塊敲得牛蹄亂跳，
種成了輸送官倉的米穀顆顆珍貴如珠。
六十年來兵災不斷，
日日月月運送食糧的車聲轆轆。
一日官軍爲了收得四海的威服，
驅着牛駕着牛又餐食着牛肉，

回來時只收到牛的兩隻犄角。
重新鎔鑄鋤犁作斤斸。
婆婆舂米媳婦挑擔輸米送官仍不足，
只好同家賣掉住屋；
但願官家早打勝仗把仇人早早傾覆。
農人死了有個兒子牛也生隻小犢。
不再遣送給官軍因爲糧米不足。

【賞析】

「田家行」收在新樂府辭中。元氏長慶集作「田家詞」。是一首描寫征戰帶來民眾貧窮的寫實詩。諷刺官軍暴征賦斂，苛待百姓，對外征戰卻是連連失利。元稹此詩正代表了中唐時「新樂府」的共同精神。

短歌行

白居易

曈曈①太陽如火色，上行千里下一刻。
出為白晝入為夜，圓轉如珠住不得。
住不得，可奈何！為君舉酒歌短歌。
歌聲苦，詞亦苦，四座少年君聽取。
今夕未竟明夕催，秋風纔住春風迴，
人無根蒂時不駐，朱顏白日相隳頹。
勸君且強笑一面，勸君復強飲一杯。
人生不得長歡樂，年少須臾老到來。

【註釋】

①曈曈：也作曈曨。謂日初出將明未明之貌。

【語譯】

曈曈然的太陽像火般的顏色，
往上走了千里往下走只須一刻。
它出來時爲白晝進入後就成黑夜，
圓轉得像顆珠停留不得。
停留不得，又能奈何！
爲君高舉酒杯唱首短歌。
歌聲悽苦，歌詞也苦；
四座的少年請各位聽牢記取。
今夜還未終止明晚已在促催，
秋風才停住春風已經刮回。
人沒生根蒂時光不會久駐，

紅潤的容顏和白日同時隕隳傾頽。
勸君且勉强笑一笑，
勸君再勉强飲一杯。
人生不能夠長久歡樂，
年少時光短暫年老隨時會到來。

【賞析】

「短歌行」屬相和歌辭。與漢魏時短歌行相同，都是感慨生命短促的詩。不過白居易此首，文字特別淺白流暢。他用太陽的運行引出歲月時光的消逝感觸，再進而規勸年少愛惜時光，否則年歲速即老去。所以雖有「爲君擧酒歌短歌」之句，但並不顯得頹廢、消極。

生別離

白居易

食蘗①不易食梅難，蘗能苦兮梅能酸。
未如生別之為難，苦在心兮酸在肝。
晨鷄載鳴殘月沒，征馬連嘶行人出。
迴看骨肉哭一聲，梅酸蘗苦甘如蜜。
黃河水白黃雲秋，行人河邊相對愁。
天寒野曠何處宿，棠梨②葉戰風颼颼。
生離別，生離別，憂從中來無斷絕。
憂積心勞血氣衰，未年三十生白髮。

【註釋】

①𦾓：即黃𦾓，木名。〔一〕而大，花白色，實橢圓，色赤，其白者味甘，謂之甘棠。

②棠梨：也稱杜。是一種落葉亞喬木，葉橢圓

【語譯】

吃𦾓不容易吃梅也很難，
因爲𦾓能苦梅能酸。
但無論如何不如生別般的難，
那時苦在心中酸在肝。
晨雞已經啼叫殘月已沒落，
征馬連聲長嘶行人已經出發。
廻頭看看自己的骨肉痛哭一聲，
梅的酸𦾓的苦比起這來都甘甜如蜜。
黃河的水沸白黃色的雲彩呈現出秋意。
出征的人在河邊相對發愁。

天氣寒冷原野空曠何處是止宿，
棠梨葉戰動風聲颼颼。
活著的離別，活著的離別，
憂愁從心中生起就永無斷絕。
憂愁的累積內心的操勞使血氣減衰，
還不到年歲三十都已經長了白髮。

【賞析】

樂府詩集收錄此詩在雜曲歌辭。楚辭九歌少司命有：「悲莫悲兮生別離，樂莫樂兮新相知」之句。古詩十九首也有：「行行重行行，與君生別離」的句子，而樂府「生別離」即本於此。是一首敍述征人去鄉時別離骨肉，憂中從來的離情詩。這首詩最大的特色是用「梅酸蘗苦」來襯托離情更苦，使苦楚的感受具體化而且生動。

浩歌行

白居易

天長地久無終畢，昨夜今朝又明日。
鬢髮蒼浪①牙齒疏，不覺身年四十七。
前去五十有幾年，把鏡照面心茫然。
既無長繩繫白日②，又無大藥駐朱顏。
朱顏日漸不如故，青史功名在何處？
欲留年少待富貴，富貴不來年少去。
去復去兮如長河，東流赴海無迴波。
賢愚貴賤同歸盡，北邙塚墓高嵯峨③。
古來如此非獨我，未死有酒且酣④歌。

顏回短命伯夷餓，我今所得亦已多。
功名富貴須待命，命若不來知奈何！

【註釋】

① 蒼浪：髮斑白貌。韓愈詩：「鬢髮蒼浪牙齒疏」。與此句同。

② 繫白日：李義山「謁山」詩有「從來繫日乏長繩」句，當本此。

③ 嵯峨：音ㄘㄨㄛ ㄜ。山高貌。

④ 酣：白氏長慶集、唐文粹俱作「高」。

【語譯】

天長地久永遠沒有終極，
昨夜過後是今朝又明日。
鬢髮已經斑白牙齒也鬆疏，
不覺間自身年已四十七。
往前到五十還有幾年！
拿起鏡照照臉心中不覺茫然。

既然沒有長繩來繫住白日，
又沒有大藥來保持住朱顏。
朱顏已日漸不如往常舊日，
而青史長留的功名又在何處？
想留得年少來等待富貴，
富貴沒有來年少反而遠去。
去呀它去的像長遠的溪河，
往東方流進了大海竟沒有廻流的浪波。
賢愚貴賤的人會同樣的歸於窮盡，
一樣是北邙山的塚墓高聳嵯峨。
古來如此結局的不是只有我，
在未死時有酒可飲就姑且高歌。
顏回短命伯夷挨餓，

我如今所得到的已經很多。
功名富貴必須等待運命，
命運如果不來又能奈何！

【賞析】

樂府詩集收錄在雜曲歌辭。楚辭九歌少司命有：「望美人兮未來，臨風怳兮浩歌」句。「浩歌行」即本此。此詩作者藉以感懷身世。當時應是四十七歲，已鬢髮斑白齒牙疏鬆，而功名富貴卻一無所成。於是終結歸於命運。全詩有懷抱，有眞情，但仍嫌頹唐而不夠積極。

上陽人①

白居易

上陽人，上陽人，紅顏暗老白髮新。
綠衣監使②守宮門，一閉上陽多少春？
玄宗末歲初選入，入時十六今六十。
同時采擇百餘人，零落年深殘此身。
憶昔吞悲別親族，扶入車中不教哭，
皆云入內便承恩，臉似芙蓉胸似玉。
未容君王得見面，已被楊妃遙側目。
妒令潛配③上陽宮，一生遂向空房宿。

宿空房④，秋夜長，夜長無寐天不明。
耿耿殘燈背壁影，蕭蕭暗雨打窗聲。
春日遲，日遲獨坐天難暮。
宮鶯百囀愁厭聞，梁燕雙栖老休妒。
鶯歸燕去長悄然，春往秋來不記年。
唯向深宮望明月，東西四五百回圓。
今日宮中年最老，大家遙賜尚書號。
小頭鞵履窄衣裳，青黛點眉細細長。
外人不見見應笑，天寶末年時世妝。
上陽人，苦最多。
少亦苦，老亦苦，少苦老苦兩如何？

君不見，昔時呂尚美人賦⑤？

又不見，今日上陽宮人白髮歌？

【註釋】

① 上陽人：一作上陽白髮人。天寶五年以後，楊貴妃專寵後宮，人無復進幸矣。六宮有美色者，輒置別所，上陽是其中之一。貞元年間尚存。

② 監使：謂寺人，太監。

③ 配：流刑曰配。

④ 宿空房：一本無此句。

⑤ 昔時呂尚美人賦：自注：「天寶末，有密采艷色者，當時號『花鳥使』，呂尚獻美人賦以諷之。」

【語譯】

上陽人，上陽人！紅色的潤顏已暗然老去白髮新添。

穿着綠衣的太監看守宮門。

一關閉了上陽宮門就不知過了多少個春天？

在玄宗末年時初次選入，

入宮時才十六而今已六十。
同一時間選擇了百餘人，
寂寞零落中歲月漸深而盡此身。
想起往昔吞忍下悲傷離別親族，
被牽扶進車中不敢哭。
大家都說到了宮內就會承受澤恩，
臉長得如芙蓉胸似白玉，
尚未能得到君王見一面，
已被楊貴妃遙相側目，
因嫉妒而下令暗中流配上陽宮。
一生從此就在空房中止宿，
棲宿在空房，秋夜格外漫長，
漫長深夜中無法入寐天又不露曙光，

耿耿殘燈映着壁上背影，
蕭蕭然昏暗的雨滴打得窗戶作響。
春天的日落較遲，
落日較遲一人獨坐天色很難昏暮。
宮中的黃鶯百般啼囀但悲愁使得厭於聽聞，
不要去嫉妬梁上始終雙棲的燕子，
黃鶯飛了燕子歸去留下長久的悄然，
春天走了秋天又來了使人已記不得今年何年。
只有向深宮中望着明月，
從東到西已經四五百回的團圓。
今日的宮中她的年紀最老，
大家都賜她一個尚書的雅號。
小頭的鞋履窄狹的衣裳，

青黛妝點的眉毛又細又長。
外人看不見見了一定會笑，
這是天寶末年時一般的化妝。
上陽人，所受得苦最多，
少年時苦，老了也苦，
少時苦老來苦又能怎麼樣？
您難道沒看見，昔時呂尚的美人賦？
又不曾看見，今日上陽宮人的白髮歌？

【賞析】

樂府詩集新樂府中收錄此首，題名「上陽白髮人」。這是一首描寫玄宗時采擇宮女入宮，卻遭楊貴妃嫉妒，而令終生打入冷宮的故事。全詩分五段，第一段從起句到「零落年深殘此身」。寫上陽白髮人從玄宗朝選宮女時入宮，當時才十六歲，如今深閉宮中四十餘年，已屆六十。第二段到「一生遂向空房宿」，追憶她初進宮時以爲卽能承恩澤，卻不料被楊貴妃嫉妬，從此步入寂寞生涯。第三段到「東西四五百迴圓」，寫她在宮中孤寂的心境。用「春日遲」、「秋夜長」的感受，說明了何以會「春往秋來不記年」的原因。第四段到「天寶末年時世妝」。寫宮中女子的妝扮。第五段，則說明「上陽白髮歌」和呂尙「美人賦」用意相同，旨在諷諫。

白居易的新樂府詩五十首，作於元和四年，官左拾遺時，爲居易諷諭詩之代表作。他在序中說：

「凡九千二百五十二言，斷為五十篇。篇無定句，句無定字，繫於意不繫於文。首句標其目，卒章顯其志，詩三百之義也。其辭質而徑，欲見之者易諭也。其言直而切，欲聞之者深誡也。其事覈而實，使采之者傳信也。其體順而律，可以播於樂章歌曲也。總而言之，為君為臣為民為物為事而作，不為文而作也。」

正說明了他創作新樂府的目的，是繼承詩言志的精神，爲反映當時社會的時事而作。

新豐折臂翁

白居易

新豐①老翁八十八，頭鬢眉鬚皆似雪。
玄孫扶向店前行，左臂憑肩②右臂折。
問翁折臂來幾年？兼因致折何因緣？
翁云貫屬新豐縣，生逢聖代無征戰。
慣聽梨園③歌管聲，不識旗槍與弓箭。
無何天寶大徵兵，戶有三丁點一丁。
點得驅將何處去？五月萬里雲南行。
聞道雲南有瀘水④，椒花⑤落時瘴⑥烟起。
大軍徒涉水如湯，未遇十人二三死。

村南村北哭聲哀，兒別爺孃夫別妻。
皆云前後征蠻者，千萬人行無一回。
是時翁年二十四，兵部牒⑦中有名字。
夜深不敢使人知，偷將大石鎚折臂。
張弓簸旗俱不堪，從茲始免征雲南。
骨碎筋傷非不苦，且圖揀退歸鄉土。
此臂折來六十年，一肢雖廢一身全。
至今風雨陰寒夜，直到天明痛不眠。
痛不眠，終不悔，且喜老身今獨在。
不然當時瀘水頭，身死魂飛骨不收。
應作雲南望鄉鬼，萬人塚⑧上哭呦呦。

老人言，君聽取。君不聞開元宰相宋開府，
不賞邊功防黷武⑨。又不聞天寶宰相楊國忠，
欲求恩幸立邊功。邊功未立生人怨，
請問新豐折臂翁⑩。

【註釋】

① 新豐：在今陝西臨潼縣東北。

② 憑肩：倚肩。

③ 梨園：舊唐書禮樂志：「明皇既知音律，又酷愛法曲，選坐部伎子弟三百，教於梨園。」

④ 瀘水：源出雲南石屏山，東流至阿迷縣南爲樂蒙河入盤江。

⑤ 椒花：山椒之花。

⑥ 瘴：山川中因濕熱蒸鬱之氣，人中之輒病。

⑦ 牒：官文書。

⑧ 萬人塚：自注：「雲南有萬人塚，即鮮于仲通李宓曾覆車之所。」

⑨ 不賞邊功防黷武：自注：「開元初。突厥數寇邊，時天武軍牙將郝靈荃出使，因引特勒迴鶻部落，斬突厥默啜，獻首於闕下，自謂有不世之功。時宋璟爲相，以天子年少好武，恐徼功者生心，痛抑其黨。逾年，始授郎將，靈荃遂慟哭嘔血而死也。」

⑩ 請問新豐折臂翁：自注：「天寶末，楊國忠

爲相，重搆閣羅鳳之役，募人討之，前後發二十餘萬衆，去無返者。又捉人連枷赴役，天下怨哭，人不聊生。故祿山得乘人心而盜天下。元和初，折臂翁猶存，因備歌之。」

【語譯】

新豐市上有位老翁年紀八十八，
頭髮和鬍鬚眉毛都白得似雪。
玄孫扶着他向店前走來，
左臂斜倚在肩膀右臂已經斷折。
請問老翁手臂折斷了已經幾年？
又問他折斷了手臂是什麼因緣？
老翁說他籍貫屬新豐縣，
生下時適逢睿聖所以沒有征戰。
於是習慣了去聽梨園的歌樂聲，
從不了解旗槍和弓箭。

無奈天寶年間大事徵兵，
每戶有三個壯丁就必須召集一丁。
召募了以後將驅遣到何處去？
五月時跋涉萬里往雲南征行。
聽說雲南有條瀘水，
椒花落時瘴烟四起。
大軍徒步涉水時水有如沸湯，
還沒走過十人已經有二三個燙死。
村南村北啼哭的聲音悲哀，
兒子離別了爺孃丈夫離別了愛妻。
大家都說前後幾次去征戰南蠻的人，
千萬人去了卻沒有一人回。
當時老翁年齡二十四，

在兵部徵集令中有了名字。
夜深時不敢使別人得知，
偷偷用大石鎚折斷了手臂，
張開弓搖動旗都不堪勝任，
從此才免了去遠征雲南。
骨骼碎了筋肉傷了並不是不痛苦，
這樣才能圖箇退路回到鄉土。
這條手臂折斷了已經六十年，
一個肢體雖然殘廢可是一個身體依然保全。
到現在每逢風雨陰寒的夜晚，
一直到天亮了依然痛得不能成眠。
雖然痛得不能成眠，卻始終不後悔。
並且還高興一身老骨頭現在還能存在。

不然在當時雲南瀘水岸頭，
身體死了魂魄飛了骨骸也沒人收。
或許已經作了雲南望歸家鄉的野鬼，
在萬人塚上哭聲呦呦。
老人言，您應聽取。
您未曾聽見嗎！開元時的宰相宋開府，
他不獎賞邊功而嚴防窮兵黷武。
您還沒聽說嗎！天寶時的宰相楊國忠，
爲了求皇上寵幸而爭立邊功。
邊功還沒建立已造成人民的怨恨，
想知道原因就請問新豐的折臂老翁。

【賞析】

此詩也作「折臂翁」，旨在勸戒不要貪圖邊功。作者用倒敘的手法，描敘一位八十八歲老翁爲逃避兵役忍痛折臂以全身的故事。詩中的故事背景是天寶末年，宰相楊國忠爲了求恩寵，而大肆拓展邊功，於是有用兵討南詔（今雲南）之舉。

詩中對戰爭的慘酷一面描寫甚多，如「椒花落時瘴烟起，大軍徒涉水如湯。未過十人二三死。邨南邨北哭聲哀，兒別爺孃夫別妻，皆云前後征蠻者，千萬人行無一回。」這正是老翁所以會折臂而又終不悔的原因。於是作者反對邊功的旨意也特別明顯。

在唐代折臂以逃避徵兵，是犯罪的行爲。據唐律疏議卷廿五載：

「詐疾病有所避者，杖一百；若故自傷殘者，徒一年半。」

然而老翁卻甘冒犯法，其厭惡邊功之心境則更爲顯著了。

天寶時征討南詔有二，一在十年。舊唐書玄宗本紀：

「天寶十載，夏四月，劍南節度使鮮于仲通，將兵六萬討雲南，與雲南王閣羅鳳戰于瀘川，官軍大敗，死於瀘水者，不可勝數。……十一月乙未，幸楊國忠宅。丙午，兵部侍郎兼御史中丞楊國忠兼領劍南節度使。」

又一次在十三年，玄宗本紀載：

「天寶十三載，六月，侍御史劍南留後李宓，率兵擊雲南蠻於西洱河，糧盡軍旋，馬足陷橋，為閤羅鳳所擒，擧軍皆沒。」

在這兩次戰爭中，唐朝都打了敗戰。如再參諸資治通鑑的記載：

「制大募兩京及河南北兵，以擊南詔，人聞雲南多瘴癘，未戰，士卒死者什八九，莫肯應募，楊國忠遣御分道捕人，連枷送詣軍所。」

又說：

「舊制百姓有勳者，免征役，時調兵旣多，國忠奏先取高勳。於是行者愁怨，父母妻子送之，所在哭聲振野。」

以上這些史實都證明了白居易這首「折臂翁」是眞實的反映了歷史事蹟。

賣炭翁

白居易

賣炭翁，伐薪燒炭南山中。
滿面塵灰烟火色，兩鬢蒼蒼十指黑。
賣炭得錢何所營？身上衣裳口中食。
可憐身上衣正單，心憂炭賤願天寒。
夜來城外一尺雪，曉駕炭車輾冰轍。
牛困人飢日已高，市南門外泥中歇。
翩翩兩騎來是誰？黃衣使者①白裳兒。
手把文書口稱勅②，回車叱牛牽向北。
一車炭，千餘斤，宮使驅將惜不得。
半疋紅紗一丈綾，繫向牛頭充炭直。

【註釋】

①黃衣使者：謂宦官。 ②勑：帝王的詔命。

【語譯】

賣木炭的老翁，
砍伐薪柴烘燒木炭在南山之中。
滿面的塵灰燻得一身烟火似的顏色，
兩鬢蒼白十個手指汚黑。
賣了木炭得了銀錢做些經營？
買了身上的衣裳嘴中的糧食。
可憐他身上的衣服很是單薄，
心中憂慮炭的價錢低但願天氣能嚴寒。
到了夜晚城外下了一尺厚的雪，
天剛破曉就駕着炭車輾着冰上的車轍。
牛已困乏人已飢餓太陽已掛得半天高，

在市集的南門外黃泥中休歇。
翩翩然兩匹馬上來得不知是誰？
是穿著黃衣的使者白下裳的小兒。
手中拿着文書口中連聲稱勑，
回轉了炭車叱吒着牛隻牽向了正北。
一車的木炭，有一千餘斤，
宮使把它拿了卻吝惜不得。
給了半疋紅紗，一丈綢綾，
結繫在牛頭上就充作木炭的價值。

【賞　析】

「賣炭翁」一詩的主題，在「苦宮市」。所謂「宮市」，是由宮廷派出去，到市場購物的宦官，其實名爲購物，實際上是搶奪。當時這種現象，只在長安可見，可是一般臣子都畏於權勢，不敢多說。如韓愈就曾諫宮市之弊，而觸怒德宗，被貶陽山令。而白居易卻藉一位賣炭老翁，諷諭了宮市。這種大膽的作風，是十分令人敬佩的。

將進酒

李　賀

琉璃①鐘，琥珀②濃，小槽酒滴真珠紅。
烹龍炮鳳③玉脂泣，羅屏繡幕圍春風。
吹龍笛④，擊鼉鼓⑤。皓齒歌細腰舞。
況是青春日將暮，桃花亂落如紅雨，
勸君終日酩酊醉，酒不到劉伶⑥墳上土。

【註釋】

①琉璃：卽玻璃。
②琥珀：黃褐色透明化石，爲古代松柏樹脂變成。此指酒的顏色。
③烹龍炮鳳：蠟燭上多畫有龍鳳圖飾，烹龍炮鳳指燃燒蠟燭。
④龍笛：謂笛聲如龍鳴。梁武帝江南弄有龍笛曲。
⑤鼉鼓：以鼉皮製成的鼓。鼉是一種形似鱷魚之爬蟲類。
⑥劉伶：字伯倫，晉沛國人。縱酒任誕，著有酒德頌。

【語　譯】

琉璃製的酒杯，酒色像琥珀般純濃。
小糟中滴下的新酒像眞珠般紅。
燃燒的龍鳳蠟燭，蠟脂像哭泣，
羅綺的屛風錦繡的幔幕圍住了陣陣的香風。
吹奏起龍笛，拊擊着鼉鼓。
皓齒輕歌，細腰曼舞。
況且是春天時夕日將暮。
桃花紛紛地飄落有如一陣紅雨。
勸君且終日酩酊大醉，
美酒已不會送到劉伶墳上的丘土。

【賞　析】

「將進酒」屬鼓吹曲辭。李賀此詩的主旨，在勸人及時行樂，今朝有酒今朝醉。否則像劉伶，生則縱能嗜酒，但死後就再也嚐不到美酒了。

李賀是唐代沒落的貴族，他的詩穠艷、奇詭而陰暗。他好用紅、紫、青、黃、綠、白等色彩，又常用鬼、死、夢、淚、哭、血等字眼以製造淒艷迷離的情境，詩中「桃花亂落如紅雨」是他的名句，也正代表了他穠艷頹廢的詩風。

雜怨（三首）

聶夷中

一

生在綺羅下，豈識漁陽①道。
良人自戍來，夜夜夢中到。
漁陽萬里遠，近於中門限。
中門逾有時，漁陽常在眼。

二

良人昨日去，明月又不圓②，
別時各有淚，零落青樓③前。

三

君淚濡羅巾，妾淚滴路塵。
羅巾今在手，日得隨妾身。
路塵如因飛，得上君車輪。

【註釋】

①漁陽：古郡名，秦漢時治所在今河北密雲縣西南。唐時漁陽隸范陽節度。白居易長恨歌有「漁陽鼙鼓動地來，驚破霓裳羽衣曲」句。天寶十四年，安祿山即於此起兵。

②明月又不圓句：一作「明日又不還」。

③青樓：古指貴顯之家。梁代始稱妓院。

【語譯】

一

生長在綺羅之下，怎能認識漁陽道。
良人從戰地回來，夜夜都在夢中來到。
漁陽間隔了萬里遠，卻近得像中門的門限。
中門常常去跨越，漁陽就常常在眼前。

二

良人昨天已離去，明月就不再團圓，
分別時各含着眼淚，滴落在青樓之前。

三

郎君的眼淚濡濕了羅巾，妾的眼淚滴落在路邊泥塵。
羅巾如今還揑在手上，每天能隨伴在妾身。
路上的泥塵如能藉風飛揚，就能趕上郎君的車輪。

【賞　析】

雜怨屬相和歌辭。第一首寫妻子對遠戍漁陽良人的思念。漁陽道路雖遠，但能夜夜來入夢，相思之繾綣可以相見。第二首追憶過去分別時，淚撒青樓前的心境。所以此首取「明月又不圓」一句比「明日又不還」句要傳神得多。第三首寫分別時彼此都掉下了眼淚。詩中作者把兩種淚水都含蘊了女子的深情，「君淚濕羅巾」、「日得隨妾身」表現了她對良人的愛之深，而盼路塵上的淚水「得上君車輪」又表示她對良人的思之切。然而詩中用「君淚濕羅巾」、「妾淚滴路塵」來相比，多少寄寓了妾不如君的感覺。

卷七

宋代樂府

陌上花（三首）

蘇軾

一

陌上花①開胡蝶飛，江山猶是昔人非！
遺民幾度垂垂老，遊女長歌緩緩歸。

二

陌上山花無數開，路人爭看翠軿②來。
若為留得堂堂③去，且更從教緩緩歸。

三

生前富貴草頭露，身後風流陌上花。
已作遲遲君去魯，猶教緩緩妾還家。

【註釋】

① 陌上花：此詩前有引曰：遊九僊山，聞里中兒歌陌上花。父老云：「吳越王妃每歲春必歸；臨安王以書遺妃曰：『陌上花開，可以緩緩歸矣。』含思宛轉，聽之淒然；而其詞鄙野，爲易之云。」按九僊山在今杭州西。九僊指左元放、許邁、王謝之流也。吳越王錢鏐，唐末杭州臨安人。其孫俶，以宋太平興國三年，舉族歸於京師，國除。

② 翠軿：衣車，四面屏蔽，爲婦人所乘。

③ 堂堂：公然不客氣貌。薛能、春日使府寓懷詩：「青春背我堂堂去，白髮欺人故故生。」

【語譯】

一

陌上花開時蝴蝶紛飛，
江山依舊往昔的友人已非。
遺民已幾次漸漸老去，
遊女還長聲歌唱緩緩而歸。

二

陌上的山花無數朵都已盛開，
路人爭着看花翠軿紛然馳來，

如果能留住堂堂而去的時光，
且就再教他們緩緩而歸。

三

生前的富貴如草頭上的水露，
身後的風流像陌上的繁花。
郎君已經從容的去到魯地，
還教妾緩緩的還家。

【賞析】

陌上花共三首，第一首是寫江山依舊人事已非的感歎。第二首寫陌上花盛開，觀者無數，但好花仍會凋謝。第三首寫生前富貴與身後風流各如草露和陌上花，爲時均極短暫。

此詩爲七言四句，形式十分簡短，但音韻宛轉，若用吳儂軟語來唱，一定更能表現音律之美。

陽關詞

蘇軾

暮雲收盡溢清寒，銀漢無聲轉玉盤①。
此生此夜不長好，明月明年何處看？

【註釋】

① 玉盤：指月。

【語譯】

暮雲收斂淨盡四溢出清冷的寒光，
銀河闃靜無聲，翻轉出玉色的圓盤。
這一生這一夜不可能月色長好，
如此明月明年不知會在何處賞看？

【賞析】

唐王維的渭城曲也叫陽關曲。因爲詩中有「西出陽關無故人」之句。本詩用陽關曲聲調，然並非送別曲，而爲詠「中秋月」。前兩句寫月出時景色，後二句寫內心的感觸。中秋月是團圓月，過了此日，月亮就漸漸缺損，很容易觸發詩人的離別以及思鄉愁緒。此詩作於熙寧十年，時軾在徐州。

薄薄酒（二首）

蘇軾

一

薄薄酒，勝茶湯；麤麤布，勝無裳；
醜妻惡妾勝空房。五更待漏靴滿霜①，
不如三伏日②高睡足，北牕凉；
珠襦玉柙③萬人相送，歸北邙④，
不如懸鶉百結⑤獨坐負⑥朝陽。
生前富貴，死後文章，
百年瞬息萬世忙。夷齊盜跖俱亡羊⑦，
不如眼前一醉，是非憂樂兩都忘。

二

薄薄酒，飲兩鍾；麤麤布，著兩重；
美惡雖異醉暖同。醜妻惡妾壽乃公，
隱居求志義之從，
本不計較東華⑧塵土北牕風。
百年雖長要有終，富死未必輸生窮。
但愁珠玉留君容，千載不朽遭樊崇⑨。
文章自足欺盲聾；誰使一朝富貴面發紅。
達人自達酒何功，世間是非憂樂本來空。

【註釋】

① 五更待漏韡滿霜：此指羣臣聽漏入朝的情形。
② 三伏日：夏至後第三庚日起，三十日內謂伏天；前十日叫初伏，中十日叫中伏，後十日叫末伏，總名三伏。指夏天中最熱的時期。
③ 珠襦玉柙：柙亦作匣。珠飾之襦，玉飾之匣

，為漢代帝王送死之物。

④北邙：山名，在河南洛陽東北，古時貴人多葬於此。

⑤懸鶉：謂衣服破敝。百結：言衣多補綴。

⑥負：曝。

⑦夷齊盜跖俱亡羊：莊子駢拇：「臧與穀二人相與牧羊，而俱亡其羊。問臧奚事，則挾筴讀書；問穀奚事，則博塞以遊。二人者，事業不同，其於殘生傷性均也。伯夷死名於首陽之下，盜跖死利於東陵之上。二人者所死不同，其於殘生傷性均也。」而此處將臧、穀事與夷齊、盜跖事合而為一，故云：「夷齊盜跖俱亡羊。」

⑧東華：門名。百官入朝時出入之處。北平紫禁城之東門即謂「東華門」。此處代京師。

⑨樊崇：後漢初年的赤眉，入關後燒長安宮室為墟，宗廟園陵皆被掘掠。

【語譯】

一

薄薄的酒，勝過茶和湯；
粗粗的布，勝過沒有衣裳。
醜陋的妻子凶惡的侍妾勝過獨守空房。
五更天在等着入朝而靴上已結滿了霜。
不如在三伏天，高床上睡個飽，北牕上納涼。

若用珠飾的襦玉飾的匣萬人相送，歸宿到北邙。
不如穿着懸鶉百結般補綴的衣服獨坐享負朝陽。
生前的富貴，死後的文章。
百年的生瞬息的死使得萬世人窮忙，
夷齊和盜跖都一樣爲了名利而忘了羊。
不如圖箇眼前的一醉，
把是非憂樂兩者都遺忘。

二

薄薄的酒，飲了兩鍾；
粗布衣裳，穿了兩重；
美惡雖然相異喝醉和保暖則相同。
醜陋的妻子凶惡的侍妾壽命還是允公。
隱居本爲了求適志與道義相從，

【賞析】

本來就不計較東華門的塵土或北窗的寒風。
百年雖然長總要終止，
富裕而死未必輸給活着時貧窮。
只愁珠玉留着給你裝填容納，
千年不朽的家業也會遭到燒掠的樊崇。
文章自然足以欺騙目盲耳聾；
誰使他一朝成了富貴卻顏面羞愧發紅。
曠達的人原本曠達酒居什麼功，
世間的是非憂樂本來都是虛空。

此詩的前面有篇引，它說：

「膠西先生趙明叔，家貧好飲，不擇酒而醉。常云：『薄薄酒，勝茶湯；醜醜婦，勝空房。』其言雖俚而近乎達，故推而廣之，以補東州之樂府。既又以為未也，復自和一篇，聊以發覽者之一噱云爾。」

膠西就是現在的山東密州。趙明叔名杲卿，是密州鄉貢進士。就引文看蘇軾此詩是把趙明叔的詩句和詩意加以擴充而成。兩首詩都流露出一種看輕富貴名利，齊一生死，十分曠達的胸襟。

蘇軾與王安石不和，自請外調杭州通判，其後又徙至密州，當在宋神宗熙寧年間，蘇軾卅餘歲，正當盛壯之年，而能有此種心境與體會，應該得力於他少年時熟讀莊子書的緣故吧！

續麗人行

蘇軾

深宮無人春日長，沈香亭①北百花香。
美人睡起薄梳洗，燕舞鶯啼空斷腸。
畫工欲畫無窮意，背立東風初破睡。
若教回首却嫣然，陽城下蔡俱風靡②。
杜陵飢客眼長寒③，蹇驢破帽隨金鞍④。
隔花臨水時一見，只許腰支背後看⑤。
心醉歸來茅屋底，方信人間有西子⑥。
君不見孟光舉案與眉齊⑦，何曾背面傷春啼？

【註釋】

① 沈香亭：李白清平調：「名花傾國兩相歡，長得君王帶笑看。解釋春風無限恨，沈香亭北倚闌干。」沈香亭以沈香爲之。

② 若教回首却嫣然二句：宋玉登徒子好色賦：「嫣然一笑，惑陽城，迷下蔡。」陽城，山西省境縣名；下蔡，安徽省境縣名。楚國的貴介公子多封於此二地。

③ 杜陵飢客，指杜甫。杜甫自謂衣不蓋體，常寄食於人，奔走不暇，時恐轉死溝壑，可謂飢客。杜甫詩有：「秋山眼冷魂未歸。」眼長寒即本此眼冷。

④ 蹇驢破帽隨金鞍：杜甫詩：「騎驢三十載，旅食京華春。朝叩富兒門，暮隨肥馬塵，殘杯與冷炙，到處潛悲辛。」蹇驢句當本此。

⑤ 隔花臨水時一見二句：杜甫麗人行：「三月三日天氣新，長安水邊多麗人。……背後何所見？珠壓腰衱穩稱身。」「只許腰支背後看」句當本此。

⑥ 西子：即西施。

⑦ 孟光舉案與眉齊：漢梁鴻妻孟光，有賢名，每供鴻膳，舉案齊眉。案今作椀。

【語譯】

深宮中寂靜而無人跡，顯得春日格外漫長，
沈香亭的北邊百花撲鼻芳香。
美人睡罷醒來後約略梳洗妝扮，

燕子在飛舞黃鶯在啼唱使人徒感斷腸。
畫工想繪畫出無窮的春意，
畫一個女子背立在東風下而是剛睡起，
若讓她回頭嫣然一笑，
陽城和下蔡的貴公子都會風靡。
杜陵飢餓的羈客一雙眼睛最爲冷靜，
騎着跛驢戴着破帽追隨着金質的坐鞍。
隔着花叢臨着水邊有時或能一見，
不過只許在腰支的後面看看。
心醉後歸來茅屋底下，
才相信人間果然有西施，
您沒看見？
孟光對待夫壻時舉案齊眉，

何曾轉過臉去爲惜春而悲泣？

【賞析】

此詩之前，有一段引說：「李仲謀家有周昉畫背面欠伸內人極精，戲作此詩。」按仲謀生平不可考。周昉是唐代畫家，字景元，京兆人，善畫仕女。而唐人教坊中稱歌伎爲內人，所以蘇軾此詩應是一首詠畫詩。

他先寫畫中的背景，是一幅花香鳥語、春意盎然的景色，但繼而襯托出美人的寂寞春思，十分切合歌伎的心情與身份。而全詩結尾則以孟光的擧案齊眉作結，表露出夫妻感情的恩愛，才應是女子追求的最終幸福。此詩中如果沒有這一段結尾，則與齊梁的詠美人詩卽無二致。

杜甫有「麗人行」詩：「三月三日天氣新，長安水邊多麗人。態濃意遠淑且眞，肌理細膩骨肉勻，繡羅衣裳照暮春，蹙金孔雀銀麒麟。頭上何所有？翠爲㔩葉垂鬢脣。背後何所有？珠壓腰衱穩稱身。就中雲幕椒房親。賜名大國虢與秦。紫駝之峯出翠釜，水精之盤行素鱗。犀筯厭飫久未下，鑾刀縷切空紛綸。黃門飛鞚不動塵，御厨絡繹送八珍。簫鼓哀吟感鬼神，賓從雜遝實要津。後來鞍馬何逡巡！當軒下馬入錦茵。楊花雪落覆白蘋，青鳥飛去銜紅巾。炙手可熱勢絕倫，愼莫近前丞相嗔！」

是用來譏刺唐代楊貴妃得寵，諸楊遊宴曲江的。而蘇軾的作品叫「續麗人行」，但和杜詩並沒有任何承續上的意義。

野鷹來

蘇　軾

野鷹來①，萬山②下，
荒山無食鷹苦飢，飛來為爾繫絲絲。
北原有兔老且白，年年養子秋食菽③。
我欲擊之不可得，年深兔老鷹力弱。
野鷹來，城東有臺高崔巍，
臺中公子著皮袖，東望萬里心悠哉。
心悠哉鷹何在？嗟爾公子歸無勞！
使鷹可呼亦凡曹，天陰月黑孤夜嘷。

【註釋】

①野鷹來：來字爲語辭，和陶潛「歸去來」之來同義。

②萬山：在湖北襄陽城西。

③菽：豆類之總名。

【語譯】

野鷹啊！飛到萬山之下，
荒山中沒食物老鷹飢餓得痛苦，
飛來吧我爲你繫上綵色的絲線。
北原之中有隻兎雖然老且絨白，
年年生養小兎秋天時出來吃豆菽。
我想攻擊牠卻不可得。
時間久了兎雖衰老鷹的力氣也轉弱。
野鷹啊！城東有座高臺崔巍，
臺中有位公子穿著皮製的衣袖，
他望着東方萬里心中念着遠方，

心中念着遠方啊老鷹究意何在？
唉喲公子呀歸去吧不要再心勞，
假使老鷹能呼喚卽來也屬凡輩，
天陰月黑時孤獨地在夜中嗥叫。

【賞析】

「野鷹來」屬「襄陽古樂府」三首之一。三國時劉表字景升，在沔水南築「景升台」，表好鷹，曾登台歌「野鷹來」曲。蘇軾此詩卽仿此而作。野鷹、兎子在詩中似並無深意，作意也平平。

上渚吟

蘇軾

臺上有客吟秋風，悲聲蕭散①飄入空。
臺邊游女來竊聽，欲學聲同意不同。
君悲竟何事？千里金城兩稚子②。
白馬為塞鳳為關③，山川無人空自閒。
我悲亦何若？江水冬更深。
鯿魚④冷難捕，悠悠江上聽歌人。
不知我意徒悲辛。

【註釋】

①蕭散：疏散，散播。

②兩稚子：指劉封與申躭。

③白馬爲塞鳳爲關：白馬塞在湖北竹山縣西南。鳳林關在湖北襄陽峴山。

④鯿：音ㄅㄧㄢ。魚名。體廣而扁，頭尾皆尖，細小。襄陽產鯿魚。

【語譯】

高臺上有人在吟哦秋風，
悲涼的聲音散播而飄入天空。
臺邊有個出遊的女子來竊聽，
想學會但聲音相同而意境不同。
你的悲傷究竟是爲了何事？
爲得是千里金城中的二個稚子。
白馬作爲塞名鳳爲關名，
山川一片寂寥無人空自清閒，
我雖然悲傷但究爲何悲苦？

【賞 析】

江水到冬天時更深，
鯿魚在冷天中更難捕，
悠然哀傷的江上聽歌人，
不知道我的心意徒然悲苦酸辛。

此詩也是「襄陽古樂府」中之一首。渚水出渚陽縣，有白馬塞。孟達爲新城太守時，登塞而感歎說：「劉封申躭據金城千里而更失之乎？」於是作「上渚吟」音韻哀切。」（見水經注），則蘇軾此詩也僅是仿作，無甚深意。

莖葉黄

晁補之

蒹葭蒼①，荳葉黄。

南村不見岡，北村十頃強。

東家車滿箱②，西家未上場。

荳葉黄，野離離③。

鼠竄之，兔入畦④。

豕母從豚兒，豕啼豚咿咿，銜角復銜萁⑤。

荳葉黄，穀又熟，翁媼衰，餔糜粥。

荳葉黄，葉黄不獨荳。

白黍堪作酒，瓠⑥大棗紅皺。

荳葉黃，穰穰何膴膴⑦！
腰鐮獨健婦，大男往何許？
官家教弓刀，要汝殺賊去。

【註釋】

① 蒹葭：蘆荻。詩秦風蒹葭：「蒹葭蒼蒼，白露爲霜。」鄭箋：「蒼蒼盛貌。」
② 箱：猶廩。
③ 離離：紛披繁盛貌。
④ 畦：音丅一。五十畝謂一畦，田一區也叫畦，此泛指田畦。
⑤ 角：謂荳莢，箕：謂荳莖。
⑥ 瓠：即葫蘆。
⑦ 穰穰：禾實豐盛貌。膴膴：美貌。

【語譯】

蒹葭茂盛蒼蒼，荳葉已變黃。
南村中看不見山崗，北村的平原有十頃還强。
東家的車已滿載箱廩，西家的還沒上曬場。

荳葉已變黃，田野中一片繁盛離離。
田鼠已經做了窟，兎子也進了田畦。
豬母帶着一羣小豚兒，豬母叫着小豚也咿咿，
旣銜着荳莢又銜起荳萁。
荳葉已變黃，穀子也成熟。
公公婆婆已衰老，餔食時用肉糜和粥。
荳葉已變黃，葉子黃的不一定全是荳。
白黍可以做酒，葫蘆大棗又紅又皺。
荳葉已變黃，結實得豐盛又膴美。
只剩腰上掛着鐮刀的健婦，大男人不知往何處？
官署中召去敎使弓用刀，要你殺賊去。

【賞析】

這是一首歌詠田家生活的詩，詩中有荳菽的豐收，豕母的餵小豚，白黍釀酒，大棗

紅皺，翁媼餔糜粥……。一副田家歡樂景象。唯最後四句，點出雖在豐收季節，社會上仍有盜賊必須清除，此是作者唯一感慨處。

蝴蝶飛

孔平仲

蝴蝶飛，渡河來！
河北花已落，河南花正開。
盈盈①採花女，撲打還家去。
推身飛入粉奩中，芳草綿綿舊時路。

【註釋】

① 盈盈：女子體態輕盈貌。古詩：「盈盈樓上女。」

【語譯】

蝴蝶飛舞，飛渡過河而來！
河北的花已凋落，河南的花正開。

【賞析】

體態盈盈的採花少女，撲打了蝴蝶回轉家去。
把蝴蝶一推飛進了粉奩之中，
那股綿綿的芳草香就如到舊時相識的路。

這首詩文字簡樸，純粹民歌形式。寫天眞少女撲打蝴蝶帶回裝入粉奩的動作，尤其純稚欣喜。宋代許棐，也有「蝴蝶飛」之作。現錄於下：

「蝴蝶飛，蝴蝶飛。紅邊迷了紫邊迷，粉老香乾何處歸？不學蜜蜂做家計，勤苦之中有甘味。」

可見此類詩作，都以活潑見稱。

車班班

孔平仲

車班班①，入函關②。
馬蕭蕭，渡渭③橋。
關下行人不相識，橋邊美酒留行客。
海闊天高雲滿空，風吹日暮還南北。

【註釋】

① 班班：車聲。
② 函關：即函谷關。在今河南省境。
③ 渭水：源出甘肅渭源縣，東南流經陝西，入黃河。

【語譯】

車聲班班，進入了函谷關。

馬聲蕭蕭，渡過了渭水橋。

關下的行人互不相識，橋邊的美酒吸引行客。

海寬闊天高遠雲彩布滿了天空，

風吹之下日暮時分還要南北奔跑。

【賞析】

這是一首描寫羈旅行商南北奔波的詩。他們進過無數關，也渡過不少橋，往來南北奔走，海闊天高，從來不去計較人情世故，但徒美酒一醉而已，是典型的商旅感情。

兒歸行

孔平仲

兒歸兒不歸！
朝為子母歡，暮為禽鳥飛。
故居不得返，深林安可依？
此身寂寞已如此，我母在家應憶子。
子今豈不思其親，空有舊心無舊身。
兒歸兒不歸！春已暮。
朝多風，夕多雨。山雖有泉隴無黍。
兒寒有誰訴？兒飢與誰語？

萬物卵翼皆相隨，兒今不得兒子母。
兒歸兒不歸！
年年三月種麻時，此聲煩且悲。
聞昔一母而兩兒，于今所生獨愛之。
麻生指作還家期。
唯憎者來愛者去，物理反覆不可知。
天公豈欲故如此，善惡報敏如塤篪①。
至今哀怨留空山，長為鑒戒子母間。
豈獨行客愁心顏？兒歸摧痛傷心肝。

【註釋】

①塤、篪：皆樂曲，可以聲相應和。

【語譯】

盼着孩兒歸孩兒卻不歸！
早晨還在母子團聚歡愛，傍晚就像禽鳥般分飛。
舊有的居處既不得同返，叢深的樹林又怎能棲依？
我身已經如此寂寞，我的母親應該也念着孩子。
身爲人子豈能不思念雙親，
但徒有舊日的心意已無舊日的無拘形體。

盼着孩兒歸孩兒卻不歸！盼到春已近暮。
早晨不停刮風，傍晚不斷下雨。
山上雖有泉水，田壟中卻已沒有玉蜀黍。
孩兒寒冷時向誰傾訴？

孩兒飢餓時向誰告語？
萬物中母親的雙翼總與孩子相伴隨，
孩兒如今卻得不到孩兒的慈母。

盼着孩兒歸孩兒卻不歸！
年年三月該種植麻的時候，
此種呼喚聲令人聽了心煩而且苦悲。
聽說往昔一位母親有兩個孩子，
而今對自己生的特別疼愛。
將麻生的時候指定爲還家的日期，
只是她憎厭的來了而喜愛的卻離去，
自然界的道理反反覆覆不易測知。
老天爺豈是有意要如此，

善惡的報應快得有如塤篪。

如今哀怨空留在山中，
永遠是一種戒鑒存在於母子之間。
豈止是行旅在外的羈客憂愁在心中顏面，
盼着兒歸的心情摧折的痛苦摧傷了心肝。

【賞析】

「兒歸行」是一首孩兒盼望返家與母親相聚的詩。全詩共分四段。第一段寫兒子在外，身不由己，既思念其親，但又不能返回故居的心情。第二段寫兒子在外，時遭風雨摧殘，飢寒之苦，但想得母親之翼護又不可得。第三段寫物理反覆不可知。舉例言，昔日嘗有一母兩兒，母對所生者較疼愛，而歸家者反是她所憎之子。結尾四句，在規勸母子應以彼此能團聚爲幸福，否則彼此相念之痛苦摧傷心肝。

全詩的創作背景並不明晰，母子之分離不知是由於後母虐待，或是戰爭離散，都交待得不明確。與漢代樂府「孤兒行」等比較，則此詩顯然遜色。

哀哀詞

徐積

哀哀復哀哀，哀哀至此極，
孤兒與慈母，中路忽相失。
恍惚須臾間，終日不復得。
誰復坐我堂？誰復入我室？
誰復飲兒酒？誰復哺兒食？
兒飢誰復念？兒寒誰復恤①？
耳不聞慈語，目不見慈色。
譬如行路人，日遠如一日。
行人猶可期，遠道猶可追。

天窮地盡處，一日猶可歸。
哀哀復哀哀，此去無盡時。
誰言生別離，不如死別離②？
君不見，人已閉門鳥已棲，黃昏塚畔孤兒啼？

【註釋】

① 恤：憐憫。
② 誰言生別離二句：九歌少司命：「悲莫悲兮生別離。」

【語譯】

哀痛又再哀痛，哀痛至此已經是至極。孤兒和慈母，在路上忽然相互散失。恍惚就在須臾之間，終日不能再相見。誰再坐在我的廳堂？誰再進入我的居室？誰再讓孩兒飲酒？誰再餵孩兒飯食？

孩兒飢餓時誰再去掛念？孩兒寒冷時誰再去憐恤？
耳朵中再也聽不到慈母的言語，
眼睛中再也看不到慈母的容顏。
就像出遠門的行人，一日比一日遙遠。
出門遠行的人還可有歸期，
雖在遠處猶可以追憶。
即使在天的邊際地的盡頭，
總有一日還會回來。
哀痛啊哀痛，慈母這一去就永遠無盡止之時。
誰說過活着的別離，還不如死去的別離？
您沒看見嗎？人已關閉了大門鳥已棲息，
在黃昏時塚墓的旁邊孤兒在哭啼。

【賞析】

此首「哀哀詞」與漢代樂府「孤兒行」的內容相近似。在描寫一位孤兒，失去慈母後的種種感受，眞摰而動人。其中「天窮地盡處，一日猶可歸。哀哀復哀哀，此去無盡時。」四句不僅道出了孤兒對慈母的相思，更是哀痛之情，綿遠無窮。

在戀愛的情感上，「生別離」是最痛苦的，但在與親人的永訣中，「死別離」比之痛苦尤甚。所以詩中有「誰言生別離，不如死別離」的慨歎。

古樂府

顧況

妖嬈破瓜女①，爭上秋千架。
香飄石榴裙②，響落薔薇下。
牆外見鴛鴦，雙雙春水塘。
歸來情脈脈，無緒理殘妝。

【註釋】

①妖嬈：姸媚貌。破瓜：謂女子十六歲，詳見前清商吳聲碧玉歌註。

②石榴裙：石榴開紅色花，成熟時也作紅色。故石榴裙謂紅色裙。

【語譯】

姸媚的十六歲女子，爭着坐上了秋千架。

花香飄過了紅色石榴裙，秋千聲回響在薔薇下。

牆外看見了一對鴛鴦，雙雙遊戲在春天的水塘。

歸來時女子含情脈脈，已沒有情緒梳理殘妝。

【賞析】

此詩寫十六歲情竇初開少女的情懷，十分活潑生動。此種精神應承襲於吳聲歌曲而來。宋代女詞人李清照有首詞，叫「點絳唇」。原文是：

「蹴罷秋千，起來慵整纖纖手。露濃花瘦，薄汗輕衣透。見客入來，襪剗金釵溜。和羞走，倚門回首，卻把青梅嗅。」

其中反映情感的天眞活潑、純稚無邪，可與此首「古樂府」相互映美。

促促詞

徐照

促促復促促①。東家歡欲歌，西家悲欲哭。
丈夫力耕長忍飢，老婦勤織長無衣。
東家鋪君不出戶，父為節級兒抄簿②。
一年兩度請官衣③，每月請米一石五。
小兒作軍送文字，一句一輪怨辛苦。

【註釋】

① 促促：時間短促貌。

② 節級：吏役之職，典司官物。唐宋時有之。抄簿：書吏。

③ 官衣：舊時稱制服或禮服。

【語　譯】

時間過得太倉促啊太倉促。
東家高興得要唱歌，西家悲傷得要哭。
丈夫努力耕作卻長期忍耐飢餓，
老婦勤奮織布卻長年沒有衣服。
東家的商鋪老板足不出戶，
父親做了節級兒子當了抄簿。
一年有兩次可以請領制服，
每月的米糧是一石五。
而我的小兒在軍中傳達文書，
每一旬每一輪都埋怨眞辛苦。

【賞　析】

此詩「促促復促促」只是詩歌中之起興，與後文意義上並無多大關係，而此詩即取首二字爲篇名，叫「促促詞」。詩中用東西兩家待遇不同的對比方式，寫出社會勞逸、均富的不平。不平則鳴，或卽此詩之作意。

豐年行

陸游

南村北村春雨晴，東家西家地碓①聲。
稻陂正滿綠針密，麥隴無際黃雲平。
前年穀與金同價，家家流涕伐桑柘②。
豈知還復有今年，酒肉如山賽春社③。
吏不到門人晝眠，老稚安樂如登仙。
縣前歸來傳好語，黃紙贖放身丁錢④。

【註釋】

① 碓：音ㄉㄨㄟˋ。春米的工具。
② 柘：音ㄓㄜˋ。落葉灌木，幹直，木內有紋，葉尖厚，可以飼蠶，實如桑葚而圓，皮可爲黃色染料。
③ 春社：仲春祭祀土神以祈農事。
④ 黃紙：即黃册，古代統計戶口之册籍。丁錢：即丁稅，人民按人口納稅。

【語　譯】

南村北村在春雨後放晴，
東家西家都是舂米的響聲。
稻田中長滿了穗子像綠色針鋒般密，
麥隴中纍纍的黃色麥實與天邊的雲齊。
前年穀子昂貴得和金子同價，
家家流着眼淚去砍伐桑柘。
那裏會知道還有今年，
酒肉堆積如山賽過了春社。
役吏不到門人人白晝也睡眠，
老少安樂有如成了神仙。
從縣衙前回來帶回了好消息，
衙門中按黃册在發放丁稅錢。

【賞　析】

這是一首慶豐年的歌。詩中除了直接鋪敍豐收的稻麥堆積如山以及農家的安樂如登仙的喜悅外，更以前年的饑荒爲襯托，使豐年的吉慶格外顯突。但二年之隔，變化竟如此之大，足見古代農業生產，完全依賴於天時。

秋穫歌

陸游

牆頭累累①柿子黃，人家秋穫爭登場。
長碓擣珠②照地光，大甑炊玉③連村香。
萬人牆進輸官倉，倉吏炙冷不暇嘗。
訖事散去喜若狂，醉臥相枕官道旁。
數年斯民阨凶荒，轉徙溝壑殣相望④。
縣吏亭長如餓狼⑤，婦女怖死兒童僵。
豈知皇天賜豐穰，畝收一鍾富萬箱⑥。
我願鄰曲謹蓋藏⑦，縮衣節食勤耕桑。
追思食不厭糟糠⑧，勿使水旱憂堯湯⑨。

【註釋】

① 纍纍：相連繫之貌。

② 擣珠：謂舂米。

③ 甑：炊物用的瓦器。炊玉：謂炊飯。

④ 轉徙溝壑殣相望：孟子：「老弱轉乎溝壑。」喻人死無棺槨而塡於溝壑之中。左傳：「道殣相望」。殣：指餓死之人。相望以喻多。

⑤ 亭長：秦漢之制。每十里一亭，亭有長，掌捕刼盜賊。餓狼：以喻貪殘。

⑥ 鍾：古量名，容六斛四斗，或曰十斛。萬箱：猶萬廩。

⑦ 謹蓋藏：禮記：「孟冬之月，命百官謹蓋藏。」意謂謹愼貯藏。

⑧ 不厭糟糠：史記：「回也屢空，糟糠不厭。」糟糠謂貧者之妻。

⑨ 勿使水旱憂堯湯：堯時有九年洪水之患，湯時有七年旱災之苦。

【語譯】

牆頭上結滿了纍纍柿子色澤澄黃，
每戶人家秋天的收穫忙着上了麥場。
長長的木碓擣着珍珠般的白玉照得地都發光，
大大的蒸籠煮着白玉似的米飯整村都香。
萬人排成牆一般的把稻穀輸送進官倉，

倉吏忙得菜都涼了也沒時間嘗。
事情辦完後散去時欣喜若狂，
喝醉了酒相互枕臥在官道旁。
數年來此地的百姓都被凶荒困阨，
屍體填進了溝壑餓死的人到處可望。
縣吏亭長貪殘得有如餓狼，
婦女驚怖而死兒童凍僵。
怎麼會知道皇天賜給了豐收，
一畝收成一鍾財富有了萬廩。
我盼望鄰里們能謹慎收藏，
縮減衣料節省糧食勤勞耕作植桑。
要追思往日飽食時不可厭棄糟糠，
不要使再遭水旱之災以憂擾堯和湯。

【賞析】

「秋穫歌」也是一首描寫農事收成的歌。與前首「豐年行」，同樣使用了對比襯托的技巧。但此首對縣吏亭長的貪殘，百姓飢凍慘死溝壑的情況，描寫得格外露骨。已深得杜甫社會寫實詩的風格。由此可以看出陸游對生民的關切與體恤，他的熱愛鄉國情操，從詩中流露無遺。此詩的創作背景和時期，應該與「豐年歌」相去不遠。

牧羊歌

陸游

牧羊忌太早，太早羊輒傷。
一羊病尚可，舉羣無全羊。
日高露晞原草綠，羊散如雲滿川谷。
小童但搢①竹一枝，豈必習詩知考牧②。

【註釋】

① 搢：插。

② 習詩知考牧：詩小雅無羊小序：「無羊，宣王考牧也。」正義：「作無羊詩者，言宣王考牧也。謂宣王之時，牧人稱職，牛羊復先王之數，牧事有成，故言考牧也。」

【語譯】

放牧羊隻切忌時間太早，太早羊就會受傷。

一隻羊病了還可以治，會使羣羊中沒一隻好羊。
當太陽高掛露水曬乾原野上牧草一片綠意，
羊羣散布如雲滿川滿谷。
小童只要揷一枝竹子，何必學習詩經知曉考牧。

【賞析】

這是一首北地牧羊歌，但並不從北地的風光著手描寫，而卻從牧羊的時間起筆，可見它並不是刻意寫塞外景物，（雖然其中亦有『日高露晞原草綠，羊散如雲滿川谷』二句）而是在說明「牧之以時」的道理。牧羊本非大學問、大道理，只需「小童但揞竹一枝」即可，根本無需「習詩知考牧」。事實上，這也是爲人、處事、治國、平天下之道。

長歌行

陸游

人生不作安期生①，醉入東海騎長鯨②；
猶當出作李西平③，手梟逆賊清舊京④。
金印煌煌⑤未入手，白髮種種⑥來無情。
成都古寺臥秋晚，落日偏傍僧窗明。
豈其馬上破賊手，哦詩長作寒螿⑦鳴？
興來買盡市橋酒，大車磊落⑧堆長瓶。
哀絲豪竹⑨助劇飲，如鉅野⑩受黃河傾。
平時一滴不入口，意氣頓使千人驚。
國讎未報壯士老，匣中寶劍夜有聲。
何當凱還⑪宴將士，三更雪壓飛狐城⑫。

【註釋】

① 安期生：秦琅琊（今山東諸城縣東南）人，受學於河上丈人，賣藥海上，始皇東遊，與語三日夜，賜金帛，皆置之而去，留書而別。始皇遣使入海求之，遇風波而還。漢武帝時，李少君言於上曰：「臣嘗遊海上，見安期生食巨棗，大如瓜。」

② 醉入東海騎長鯨：海上騎鯨客，以自喻豪宕。

③ 李西平：即李晟。唐洮川臨潭人。德宗時平朱泚，收復京師，以功累官至司徒，封平西王。德宗嘗曰：「天生李晟，以爲社稷，非爲朕也。」其見重如此。

④ 手梟逆賊清舊京：指李晟於興元元年六月收復京城，朱泚亡走，其將韓旻斬之以降。

⑤ 金印煌煌：晉書周凱傳：「今年殺諸賊奴，取金印如斗大繫府。」煌煌，光明閃爍貌。

⑥ 種種：謂髮短貌。

⑦ 寒螿：即寒蟬。

⑧ 磊落：錯雜，多貌。

⑨ 哀絲豪竹：杜甫詩：「酒肉如山又一時，初弦哀絲動豪竹。」謂管弦之聲悲壯動人。

⑩ 鉅野：古澤名。在今山東鉅野縣北，即禹貢所謂之大野。

⑪ 凱還：即凱旋。

⑫ 飛狐城：地名。隋置，今河北淶源縣。

【語譯】

人生不必都作避世的安期生，
酒醉時就到東海上騎長鯨。

應當出來做個李西平，
親手殺了梟首逆賊淸除舊京。
煌煌然閃爍的金印尙未入手，
白髮漸短歲時越來越無情。
不如在成都古寺臥待秋天的夜晚，
落日已偏在一旁僧侶的屋窗格外分明。
難道一位騎着戰馬破賊的高手，
竟吟哦詩句長作寒蟬似的悲鳴？
興緻來時買盡了市橋的美酒，
用衆多大車堆積了一長列酒瓶。
悲哀的弦樂豪宕的管樂來幫助劇烈的狂飲，
就像鉅野大澤接受着黃河的水流注傾。
平時一滴酒也不入口，

此時的豪壯意氣突然使千人吃驚。
國家的仇恨還未報而壯士已垂老，
匣中久藏的寶劍在夜間嗚咽有聲。
何時能凱旋而歡宴將士，
三更天的雪花已壓蓋住飛狐城。

【賞析】

古樂府中「長歌行」多以抒寫人生苦短的悲哀，所以文辭中常有借酒澆愁的頹廢思想。而陸游此詩，雖也言及酒，但氣勢豪宕，英雄之氣，溢於言表。與古辭之內容截然不同。陸游生當南宋國勢阽危之際，其孤忠悲憤之情，往往於詩中可以得之。

關山月

陸游

和戎詔下十五年①，將軍不戰空臨邊。
朱門沉沉②按歌舞，廄馬肥死弓斷弦。
戍樓刁斗③催落月，二十從軍今白髮。
笛裏誰知壯士心，沙頭空照征人骨。
中原干戈古亦聞，豈有逆胡傳子孫，
遺民忍死望恢復，幾處今宵垂淚痕。

【註釋】

① 和戎詔下十五年：宋金和議，時在高宗紹興十一年（西元一一四一），此句云：和戎詔下十五年，則當在高宗紹興二十六年（西元一一五六），陸游卅一歲。

② 沉沉：宮室深邃貌。

③ 戍樓：謂守邊軍士所築望遠之樓。刁斗：古行軍用具。晝爲炊具，夜擊以報時。

【語　譯】

與戎敵議和的詔令已頒下十五年，
將軍不必再打戰空守在境邊。
宮廷王室的朱門深邃內按着節奏歌舞，
廄中的戰馬已肥死弓也斷了弦。
戍樓上巡更的刁斗聲只用在催促落月，
二十歲從軍的青年如今已是白髮。
笛聲裏誰又能知悉壯士的內心，
沙漠的盡頭月色空照着征人的枯骨。
中原的干戈戰事古時也有傳聞，
那裏有使叛逆的胡人也傳延了子孫。
遺民忍着一死無非是盼望中原恢復，
多少處人家今宵都流下了淚痕。

【賞　析】

「關山月」在樂府中屬横吹曲，原來爲傷離別之作。而陸游此首，毫無傷別之意，多在敍中原未復，朱門歌舞，戰馬空肥，遺民忍死垂淚的家國淪亡之痛，顯然是借古題以抒情而已。

浣溪女

陸游

江頭女兒雙髻丫①，常隨阿母供桑麻。
當戶夜織聲咿啞，地爐豆藉②煎土茶。
長成嫁與東西家，柴門相對不上車。
青裙竹笥③何所嗟，插髻爗爗④牽牛花。
城中妖姝臉如霞，爭嫁官人慕高華。
青驪一出天之涯，年年傷春抱琵琶。

【註釋】

① 髻丫：髮髻作丫字形。
② 豆藉：藉，音ㄐㄧㄝ。豆藉是一種燃料。
③ 青裙竹笥：喻嫁奩之非薄。後漢書戴良傳：「良五女並賢，有求姻，輒便許嫁，疏裳布被，竹笥木屐以遣之。」
④ 爗爗：光盛閃爍貌。

【語 譯】

江的盡頭有個女孩梳了雙髻如丫，
時常跟隨着阿母供養桑和麻。
在夜裏對窗織布聲音響咿啞，
地爐上正燃着豆藍煎土茶。
年長後嫁給東家對門西家，
相對的都是荆柴大門就不肯上車。
青裙竹笥的嫁妝有什麼可歎息，
插在髮髻上是閃爍明亮的牽牛花。
城中妖艷的女子臉色有如晚霞，
爭着去嫁給官人追慕高貴榮華。
官人的青驪一出遠門就在天之端涯，
只有年年為好春歎息獨自抱着琵琶。

【賞　析】

此詩也叫「浣花女」。浣花是杜甫故宅，所謂「浣花草堂」，在四川成都西五里。則陸游此詩當作於乾道六年（西元一一七〇）爲夔州通判之後。詩中用貧家女與富家女對比的相襯，以表明雖追慕富貴，但過着「獨抱琵琶」缺少感情的生活，反不如「青裙竹笥」的日子爲美。

詩中能以「江頭女兒雙髻丫」和「城中妖姝臉如霞」兩句，卽點明鄉村樸實女子與城市妖艷婦女之差異，十分傳神。

焉者行

陸游

焉者①山頭暮烟紫，牛羊聲斷行人止。
平沙風急捲寒蓬，天似穹廬②月如水。
大胡太息小胡悲③，投鞍欲眠且復起。
漢家詔用李輕車④，萬丈戰雲來壓壘⑤。

【註釋】

① 焉者：漢唐時西域國名，土名喀喇沙爾，在新疆大裕勒都斯河之中央。通典：「甘州（今甘肅）刪丹（今作山丹）縣有焉支山，匈奴失之，乃歌曰：「失我焉支山，使我婦女無顏色。」焉支產紅藍，可爲燕脂，閼氏資以爲飾。

② 穹廬：氈革覆帳，其上穹隆，故名。敕勒歌：「敕勒川，陰山下，天似穹廬，籠蓋四野。」

③ 大胡：爲大胡笳十八拍，小胡：爲小胡笳十九拍，並蔡琰所作。

④ 李輕車：謂李蔡。漢書李廣傳：「廣從弟蔡，元朔中爲輕車將軍。」

⑤ 壘：謂軍壘。

【語譯】

焉耆山頭瀰漫著暮色的紫烟，
牛羊聲已聽不見行人也停止。
平曠的沙漠風吹甚急捲起了寒地的蓬草，
天像似穹廬月色有如澄水。
大胡笳的聲音像太息小胡笳的聲音像悲泣，
放下馬鞍正想睡眠聽到了此種聲音又再爬起。
漢代皇家詔令重用李輕車，
萬丈的戰雲已來迫進了軍壘。

【賞析】

唐王維有「燕支行」，樂府詩集收錄在新樂府辭中，內容多言邊塞征戰之事，與陸游此詩之內容相類。前四句寫焉耆山的景象，有暮烟、平沙、急風、捲蓬，加上天似穹廬，月色如水，牛羊聲斷，行人斂跡，很能刻劃出沉寂的塞外氣氛。繼而大小胡笳聲太息悲泣，漢家詔用李輕車，因而引起戰雲壓壘，似在說明，邊塞的征戰是由於漢人所引起。在詩歌的表現層次上，也寫寂靜的塞外景物，繼而用胡笳聲打破沉寂，隨之戰雲密佈，雖並未描寫戰鼓雷動之聲，但已隱然可聞。布局甚佳。

芳草曲

陸游

蜀山遠處逢孤驛，缺甃①頹垣芳草碧。
家在江南妻子病，離鄉半歲無消息。
長安城門西去路，細靄斜陽芳草暮。
樽前一曲渭城歌②，馬蹄萬里交河③戍。
人生誤計覓封侯④，芳草愁人春復秋。
只願車行至滄海，路窮草斷始無愁。

【註釋】

① 甃：音ㄓㄡˋ。井壁。
② 渭城歌：王維有「渭城曲」之作。見前。
③ 交河：城名。故城在今新疆吐魯番縣治西四十二里。唐建交河郡，屬西州。
④ 人生誤計覓封侯：王昌齡閨怨詩：「忽見陌頭楊柳色，悔教夫壻覓封侯。」

【語　譯】

在蜀山的遠處遇到了一座孤獨的驛站，
破缺的井壁傾頹的牆垣芳草徒然空碧。
家在江南妻子正在生病，
離開故鄉已經半年一點也沒有消息。
長安城門就是往西去的道路，
細細的烟靄中斜陽下芳草已臨薄暮。
酒樽前唱了一首渭城歌，
馬蹄下已跋涉萬里來到交河守戍。
一生錯誤的估計是在追封侯，
看着愁人的芳草春天去了又復秋。
我只想車子一直走到滄海，
路窮了草斷了才沒有憂愁。

【賞析】

此詩所以名「芳草曲」，大概是因爲詩中三次提到「芳草」的緣故。而內容則是羈旅者思鄉之作。詩中主角只爲了追求封侯，拋下江南故里臥病的妻子，離鄉已經半載，卻了無訊息，不禁悲從中來，而有懷鄉之作。詩中最顯突處，在用「芳草」的孳繁寫愁思之不斷。所以詩中有「芳草愁人春復秋」、「路窮草斷始無愁」的句子。王維的「渭城曲」、王昌齡的「閨怨」創作背景都在春天，所以此詩也應該作於春時。

春閨怨

陳允平

妾家住在湘江曲，門枕湘江春水綠。
年年長是暮春時，兩岸垂楊啼布穀①。
自君話別湘江頭，獨上層樓彈箜篌②。
蛾眉不掃遠山碧，滿堤芳草春正愁。
舉頭不見君，但見湘江雲。
江雲散復聚，妾心空如熏。
舉頭不見君，但見湘江水。
江水去不回，妾顏為誰美？
湘江雲，湘江水，雲水悠悠何日已？
舉頭望君君未歸，門前楊柳空依依。

【註釋】

①布穀：鳥名。似杜鵑而體大，灰黑色，腹白，好食毛蟲，有益森林。

②箜篌：樂器名。似瑟而較小，用木撥彈之。

【語譯】

妾家住在湘江的曲隅，
門前枕臥着湘江春天時水色澄綠。
年年長是暮春的時節，
兩岸的垂楊樹中布穀不停啼。
自從與君話別在湘江的源頭，
就獨自登上層樓撥彈箜篌。
蛾眉般的山色不必淨掃遠山一片翠碧。
滿堤的芳草春的訊息正帶來了煩愁。
擧頭望不見君，
只見到湘江上的雲。

江上的雲散了又聚，
妾的內心空虛得有如幽芳的蘭薰。
舉頭望不見君，
只見到湘江上的水，
江水一去就不再回，
妾的容顏爲誰妝扮得如此美？
湘江的雲啊！湘江的水！
雲水悠悠然的浮動到何時才能停止？
舉起頭來望君君尚未回，
門前的楊柳突然在春風中搖曳。

【賞析】

此首「春閨怨」顧名思義，即知爲描寫春閨中婦女之怨思。但由於文辭的淺暢流利，音韻之活潑生動，讀起來不但不覺傷感，反有西曲吳歌中柔弱浪漫之性格。起首二句

「妾家住在湘江曲，門枕湘江春水綠」與崔顥長干曲中「君家住何處？妾住在橫塘」有同樣趣味。而其中「舉頭不見君」二見，復以「舉頭望君君未歸」作結，雖然句義一再重複，但民歌的生動感，躍然紙上。

卷八

元代樂府

西樓曲

元好問

游絲①落絮春漫漫，西樓曉晴花作團。
樓中少婦弄瑤瑟②，一曲未終坐長歎。
去年與郎西入關，春風浩蕩隨金鞍。
今年匹馬妾東還，零落芙蓉秋水寒。
并刀③不翦東流水，湘竹④年年淚痕紫。
海枯石爛兩鴛鴦，只合雙飛便雙死。
重城車馬紅塵起，乾鵲⑤無端為誰喜。
鏡中獨語人不知，欲插花枝淚如洗。

【註釋】

①游絲：蟲類所吐之絲，飛揚于天際空隙，在春夏時多見之。

②瑤瑟：以瑤玉裝飾之瑟。

③幷刀：幷州之剪刀，以快利出名，杜甫詩：「安得幷州快剪刀。」

④湘竹：湘妃竹，卽斑竹。相傳舜崩蒼梧，二妃追至，哭帝哀切，淚染於竹，故斑斑如淚痕。

⑤乾鵲：喜鵲性惡溼，故也稱乾鵲。

【語譯】

天際布滿了游絲落絮，春意已爛漫，
西樓曉晴花朶盛開作錦團。
樓中的少婦撥弄着瑤玉裝飾的琴瑟，
一支曲子尚未彈罷已坐下長歎。
去年和郎君經西方進入了山關，
如春風的浩浩蕩蕩追隨着黃金雕鞍。
今年單獨一匹馬送妾東還，
似飄零的芙蓉在秋水上受寒。

幷州的快刀剪不斷東逝的流水，
湘竹年年依舊帶着紫色的淚癍。
是海枯石爛永不分離的兩隻鴛鴦，
只能雙飛否則就雙雙同死。
重鎭的車馬奔馳掀起了紅塵，
乾鵲竟無來由的不知爲誰歡喜。
對着鏡中獨語無人知道心意，
想在髮上揷上花枝已淚流如洗。

【賞 析】

這是一首閨怨詩。寫春天時少婦睹物傷情，對自己不幸遭遇的怨歎。一、二句寫春意的爛漫，三、四句引起樓上少婦的長歎。五至八句以對比的寫法烘托出往日得寵與今日的冷落。九至十二句寫少婦剪不斷的思緒，與褪不去的哀愁，只因當年曾發下海枯石爛，「只羨鴛鴦不羨仙」的誓言。末四句寫少婦對夫壻聚首的企盼，但企盼永不能成爲事實，所以詩人用「無端」一詞以點明。所以常言道「女爲悅己者容」，如今對妝鏡獨語，其所以淚下如洗的心境，就更覺悽惋了。

閨怨爲題材的詩，歷代多有，在結構布局上多不脫王昌齡「閨怨」詩的形式。所以此類詩篇之佳處，但在有否佳句而已。像此詩中之「春風浩蕩隨金鞍」和「零落芙蓉秋水寒」在意與境上都表現得不錯。又「幷刀不剪東流水」和「湘竹年年淚痕紫」雖是引用前人典故，但都十分切題。

燕姬曲

薩都剌

燕京①兒女十六七，
顏如花紅眼如漆。
蘭香滿路馬塵飛，
翠袖籠鞭②嬌欲滴。
春風淡蕩搖春心，
錦箏銀燭高堂深。
繡衾不斷錦鴛夢，
紫簾垂霧香沈沈。
芳年誰惜去如水，

春困著人倦梳洗。
夜來小雨潤天街③，
滿院楊花飛不起。

【註釋】

①燕京：北平之舊稱。

②籠鞭：籠謂籠絡，羈絆馬的繩子。鞭，馬鞭。

③天街：謂京都的街道。韓愈詩：「天街小雨潤如酥。」

【語譯】

燕京的兒女年方十六、七，
顏面像花般紅眼珠似墨漆。
蘭香傳滿了衢路馬蹄的灰塵揚飛，
翠色的衣袖襯着籠絡馬鞭嬌嫩欲滴。
春風蕩漾搖動了思春的心，

錦箏伴着銀燭，高堂邃深。
繡花的衾被中不曾間斷如錦的鴛夢，
紫色簾幕深垂下霧香濃密沉沉。
青春年華誰會去珍惜，它消逝如流水。
春天的愁困使人倦於梳髮妝洗。
夜來臨時小雨溼潤了天街，
滿院子的楊花再也飛揚不起。

【賞　析】

燕姬曲一作楊花曲，此詩首句卽作「燕京兒女十六七」則正是「燕姬」之意。全詩先寫燕京少女的容顏之美，再引敍少女輕騎出遊的活潑生動，繼而藉春風的蕩漾引發少女的惜春與歎春。詩中對少女內心的描寫十分細膩，也非常自然可愛。

芙蓉曲

薩都剌

秋江渺渺芙蓉芳，
秋江女兒將斷腸。
絳袍①春淺護雲暖，
翠袖日暮迎風涼。
鯉魚吹浪江波白，
霜落洞庭飛木葉②。
盪舟何處采蓮人，
愛惜芙蓉好顏色。

【註釋】

①絳袍：赤色的衣服。
②霜落洞庭飛木葉：楚辭九歌湘夫人：「洞庭〔〕波兮木葉下。」

【語譯】

秋天空闊渺遠的江上芙蓉花正值芬芳，
秋天在江畔的女兒即將因送別而斷腸。
春意輕淺時絳袍保護住了雲朶的溫暖，
日色晚暮時翠袖迎來了陣陣風涼。
鯉魚吹吸得江面的水波翻白，
寒霜飄落洞庭飛揚起片片木葉。
采蓮人不知已盪舟何處，
請愛惜芙蓉的好顏色。

【賞析】

這首詩名「芙蓉曲」，而詩中首句也以「秋江芙蓉」起興，以描寫秋江兒女的相思之苦。詩中「絳袍」、「翠袖」二句對仗工整，卻也正寫出了女子內心情思細膩之處，當情郎在時（絳袍），雖春意輕淺，心中自覺溫暖；而女子孤單時，正是日暮中引來了陣陣風涼。末尾更以「愛惜芙蓉」作結，也正是全詩之主旨所在。此詩的自然生動，不失為佳作。

楊花吟

胡天游

吳江①春水拍天涯，
江上風吹楊柳花。
花飛滿空無處所，
隨風直渡吳江水。
渡水隨風太有情，
縈花惹草忩輕盈。
狂如舞蝶穿花徑，
細逐流鶯度綺城②。
綺城樓閣連天際，

楊花飛入千門③去。
飛去飛來稍覺多，
紛紛如霉奈君何？
珠簾繡箔深深見，
舞榭妝樓處處過。
樓中美人春睡起，
愁見楊花思蕩子。
蕩子飄零去不歸，
楊花歲歲點春衣，
夢魂不識天涯路，
願作楊花片片飛。

【註釋】

①吳江：即吳淞江，在江蘇省境。古稱笠澤，亦稱吳江。

②綺城：美麗之城。

③千門：宮門。

【語譯】

吳江上激流的春水拍擊着天之涯，
江上的春風吹散了岸邊的楊柳花。
花飛滿了天空卻無棲止之處所，
隨着風直飄渡過了吳江水。
渡過水或隨着風都太過有情，
縈繞着花朵拈惹上綠草任它恣意輕盈。
有時癡狂的有如舞蝶穿梭在花徑，
有時輕追着流鶯度過美麗的花城。
花城上樓閣高聳接連天際，
楊花飛進了宮門裏去。

飛來飛去的楊花使人稍嫌煩多，
紛紛然有如雪片又能奈君何？
珠簾繡箔的深閨之中也能看見，
舞榭妝樓之間它也能處處飄過。
樓中的美人正在春睡中驚起，
悲愁的看着楊花思念起飄蕩的遊子。
放蕩的遊子飄零他鄉去而不歸，
楊花年復一年點綴上春衣。
夢魂不識天涯的歸路，
願變作楊花片片隨風飛。

【賞　析】

「楊花吟」是一首藉楊花隨風飛揚的特性以形容感情無所依着的詩。起句用「吳江春水拍天涯」，即已暗喻作者情緒的激動。而「縈花惹草恣輕盈」、「狂如舞蝶穿花徑」更刻劃出了楊花的質性，與下文的「蕩子飄零去不歸」正好可以相呼應。

邯鄲行

傅若金

邯鄲①城頭下白日，
邯鄲市上風蕭瑟。
故壘空餘鳥雀悲，
荒園只見狐狸出。
何王墳墓對山阿，
尚憶諸侯征戰多。
趙客歸來重毛遂②，
秦將老去畏廉頗③。
黃塵白草宮前道，

鬼火如燈夜相照。
公子秋來不見過，
美人月下那聞笑？
當時冠蓋激浮雲，
撾鐘考鼓④冥青春。
只今惟有郵亭⑤樹，
還送年年行路人。

【註釋】

① 邯鄲：戰國時趙之都城，在今河北省。

② 毛遂：戰國時趙平原君之食客。初無表現，後自薦隨平原君至楚定約立功。平原君贊之曰：「毛先生以三寸之舌，彊於百萬之師。」

③ 廉頗：戰國時趙之良將。與藺相如同時，相如爲相，廉頗爲將，秦不敢加兵於趙。

④ 撾：音ㄓㄨㄚ，擊。考：擊。

⑤ 郵亭：傳送公文書時息止之處。

【語　譯】

邯鄲城牆上已降下一輪白日，
邯鄲市上的風刮得淒緊蕭瑟。
破舊的堡壘中只剩下鳥雀的悲啼，
荒廢的故園中只看見狐狸的進出。
不知那位帝王的墳墓正對着山阿，
依然記憶着諸侯的征戰繁多。
當趙國食客歸來後最被重視的是毛遂，
秦軍至今依然畏懼老去的廉頗。
黃土的塵沙白色的枯草布滿在宮前走道，
螢螢鬼火像燈般的來相照。
秋天已屆仍不見公子的來到，
怎能聞見在月光下的美人嘻笑？
當時冠蓋之多幾乎阻遏了浮雲，
擊着鐘敲着鼓歡娛着歲月青春。

如今只有郵亭旁的路樹，
還依然年復一年送別着行路人。

【賞析】

邯鄲是戰國時趙國的都城，在今河北省成安縣西北。燕趙之地，自古爲英雄豪傑薈萃之所，唐代韓愈嘗云：「燕趙自古多慷慨悲歌之士」。廉頗是戰國時趙之良將，與藺相如負荊請罪之事，至今仍爲美談；而毛遂爲戰國時趙平原君之食客，「毛遂自薦」之典故，至今仍不絕於文。所以此篇「邯鄲行」詩，即借邯鄲之史蹟，寫歷史興亡之感慨。詩中用邯鄲城頭的落日、風的蕭瑟、鳥雀的悲啼、荒園的狐狸、王侯的古墓、如燈的鬼火、郵亭旁的孤樹烘托出荒涼的景色與在歲月中消逝的盛事，很能引發讀者思古之幽情。

「邯鄲行」屬樂府雜曲歌辭，是舞曲的一種。始於齊代的陸厥，其「邯鄲行」詩爲：「趙女擫鳴琴，邯鄲紛躧步。長袖曳三街，兼金輕一顧。有美獨臨風，佳人在遐路。相思欲褰衽，叢台日已暮。」仍未脫齊梁唯美特色，與本篇之風格迥異。

送遠曲

陳秀民

誰令車有輪，去年載客西入秦；
誰令馬有蹄，今年載客過遼西。
車輪雙，馬蹄四；念君獨行無近侍。
婦人由來不下堂①，側身西望涕沾裳。
恨不化為雙玉璫②，終日和鳴在君旁。

【註釋】

① 婦人由來不下堂：後漢書宋弘傳：「貧賤之交不可忘，糟糠之妻不下堂。」下堂意謂妻子被丈夫所出。但此處僅謂女子從來不步出——廳堂之意。

② 玉璫：玉製的華飾，即玉佩。

【語譯】

誰使車子有了轉輪，去年載客進入了西秦。

誰令馬匹長了奔蹄，今年載客越過了遼西。
車輪成雙，馬蹄有四；想到你卻獨行而無近侍。
婦人從來不走下廳堂，側身西望涕泣沾濕了衣裳。
恨不能化為成雙的玉璫，終日和諧的鳴響在你身旁。

【賞析】

送遠曲屬樂府鼓吹曲辭。齊謝朓於永明八年（西元四九〇年）奉鎮西隨王教於荊州道中，作了一首「送遠曲」。其歌辭是：「北梁辭歡宴，南浦送佳人。方衢控龍馬，平路騁朱輪。瓊筵妙舞絕，桂席羽觴陳。白雲丘陵遠，山川時未因。一為清吹激，潺湲傷別巾。」已是傷離送別之曲。而本篇則以「車有輪」、「馬有蹄」起興，更具民歌色彩。而詩中情懷更以女性為主，使詩意更覺纏綿悱惻，與漢代古樂府之意韻都十分相似。

鬻孫謠

李思衍

白頭老翁髮垂領①，牽孫與客摩孫頂：
「翁年八十死無恤②，憐汝孩童困饑饉。
去年苦旱穀未熟，今年飛霜先殺菽。
去年饑饉猶哺糜③，今年饑饉無餘粟。」
客謝老翁將孫去，淚下如絲不能語。
零丁④老病惟一身，獨臥茅簷夜深雨。
夢回猶自誤呼孫，縣吏催租正打門。

【註釋】

① 髮垂領：古時成人皆束髮，唯童子垂髻。今白頭老翁髮垂領，其落魄貧困可知。

② 恤：憐憫。

③ 糜：粥。

④ 零丁：亦作伶仃，孤單之謂。

【語譯】

白頭老翁頭髮垂到衣領，牽着孫兒送人，撫摩着孫子的頭頂：

「老翁年已八十死也無需憐憫，可憐你是孩童卻困於饑饉。

去年爲旱災所苦穀子一直未熟，今年飄飛的寒霜又提前扼殺了豆莢。

去年饑饉時猶能吃粥，今年饑饉已不剩一粒米粟。」

對方道別了老翁挈着孫兒離去，老翁淚下如絲不能言語。

孤單伶仃又老又病孑然一身，獨自臥病在茅簷下聆聽着深夜的雨聲。

夢醒時還會誤喚着孫兒，原來縣吏來催收租稅正敲打着大門。

【賞析】

「鬻孫謠」是一首描寫旱災時，老翁賣孫以求活的社會寫實詩。故事的本身已十分感人，所以作者在創作時並未花費太多的心力在結構上求突破。此種類型的詩寫在盛唐杜甫寫實詩之後，受杜詩之影響，恐難避免。

秧老歌（二首）

劉詵

一

三月四月江南春，村村插秧無朝昏。
紅妝①少婦荷②飯出，白頭老人驅犢奔。

二

五更負秧栽南田，黃昏刈麥渡東船。
我家麥田硬如石，他家秧田青如煙。

【註釋】

①紅妝：婦女的妝飾多以紅色爲主，此形容少婦之妝飾之美。

②荷：音ㄏㄜ，以肩承之。

【語譯】

一

三月四月正是江南的暮春，
村村挿種秧苗不分淸晨與黃昏。
紅粉濃妝的少婦肩負著菜飯出門，
白頭老人驅趕著牛犢緩奔。

二

五更天載負著秧苗運往南畝水田，
黃昏時割下麥子搭上搖向東倉的渡船。
我家的麥田硬得像岩石，
他家的秧田卻一片靑苗如煙。

【賞析】

「秧老歌」不見於漢魏樂府，是作者新創。詩中寫農村生活，辛勤忙碌中仍不失滿足與平和氣氛。詩中「紅妝少婦荷飯出，白頭老人驅犢奔」是一幅色彩對比十分明顯的農村安和景象。所以詩篇結束時，作者雖有「我家麥田硬如石」的怨歎，但在全詩氣氛的罩護下，反覺是贅筆。

漁父詞

揭溪斯

夫前撒網如車輪，婦後搖櫓①青衣裙。
全家託命煙波裏，扁舟為屋鷗為鄰。
生男已解安貧賤，生女已得供炊爨。
天生網罟②作田園，不教衣食看人面。
男大還娶獻③家女，女大還嫁獻家婦。
朝朝骨肉在眼前，年年生計大江邊。
更願官中減征賦，有錢沽酒共醉眠。
雖無餘羨④無不足，何用世上千鍾祿。

【註釋】

① 櫓：使船前行之工具，在船旁撥水之用。

② 罟：音ㄍㄨˇ，亦網。

③ 𢿱：同漁。

④ 餘羨：盈餘。

【語譯】

丈夫在船前撒網像個大車輪，
婦人在船後搖櫓穿着青衣裙。
全家把性命寄託在如煙的波濤裏，
一葉扁舟為住屋海鷗為舍鄰。
生為男性都已了解安於貧賤。
生為女性也都能夠供使炊爨。
天生註定把魚網當作田園，
不必求衣食溫飽而看人顏面。
男子成人時還是娶漁家女，
女子成年後還是做漁家婦。

朝朝骨肉都相聚在眼前，
年年的生計都在大江邊。
更盼望官裔中減征稅賦，
有錢沽酒共醉同眠。
雖然沒有盈餘卻也不愁不足，
何必追求世上千鍾的俸祿。

【賞析】

樂府古辭中有「漁父歌」，爲漁父勸諫屈原所歌，當非本篇所本。唐張志和復有「漁父歌」五首，如第一首云：「西塞山前白鷺飛，桃花流水鱖魚肥。青箬笠，綠蓑衣，春江細雨（一作斜風細雨）不須歸。」專歌漁者之事。而張志和之「漁父歌」也作「漁父詞」，或即爲本詩所本。

本詩刻意寫出漁家男女，世世代代對命運默認的看法。他們安於貧賤，滿足於骨肉眼前的歡聚，但求官中減賦，圖得沽酒一醉共眠而已。這種心境正是世上窮一生精力追求千鍾俸祿者的嚴刻諷刺。

哀流民

張養浩

哀哉流民①！為鬼非鬼，為人非人。
哀哉流民！男子無縕袍②，婦女無完裙。
哀哉流民！剝樹食其皮，掘草食其根。
哀哉流民！晝行絕烟火，夜宿依星辰。
哀哉流民！父不子厥子，子不親其親③。
哀哉流民！言辭不忍聽，號哭不忍聞④。
哀哉流民！朝不敢保夕，暮不敢保晨。
哀哉流民！死者已滿路，生者與鬼鄰。
哀哉流民！一女易斗粟，一兒錢數文。

哀哉流民！甚至不得將⑤，割愛委路塵。
哀哉流民！何時天雨粟⑥，使汝俱生存。

【註釋】

① 流民：謂流亡在外的人民。

② 縕袍：以舊絮或碎麻著於其中的袍衣。

③ 父不子厥子二句：禮記禮運大同篇：「故人不獨親其親，不獨子其子。」此取其相反意義，以表示時勢的混亂。

④ 言辭不忍聽二句：王粲七哀詩：「路有飢婦人，抱子棄草間。顧聞號泣聲，揮淚獨不還。未知身死處，何能兩相完？駐馬棄之去，不忍聽此言……。」此二句用此詩文辭而加改變。

⑤ 將：長也。楚辭哀時命：「哀余壽之弗將」。「甚至不得將，割愛委路塵」二句與前引王粲的七哀詩：「路有飢婦人抱子棄草間」，「未知身死處，何能兩相完」意相近。

⑥ 何時天雨粟：淮南子本經：「昔者蒼頡作書，而天雨粟，鬼夜哭。」注：「蒼頡造書契，則詐僞萌生，去本趨末，棄耕作之業，而務錐刀之利，天知其將餓，故爲雨粟。」

【語譯】

哀哉流亡的百姓！做鬼又不像鬼，做人又不像人。

哀哉流亡的百姓！男人沒有粗製的縕袍，婦女沒有完整的衣裙。
哀哉流亡的百姓！剝裂樹木吃着樹皮，挖掘野草吃着草根。
哀哉流亡的百姓！白晝行路時不見炊烟薪火，夜晚宿息時依賴星辰微光。
哀哉流亡的百姓！父親不再慈愛自己的子女，子女也不再奉養自己的雙親。
哀哉流亡的百姓！悲悽的言辭令人不忍卒聽，號哭的聲音使人不忍卒聞。
哀哉流亡的百姓！早晨時不敢保證能活到傍晚，日暮時不敢期盼還有明晨。
哀哉流亡的百姓！死的人已布滿道路，活著的人也已和鬼爲鄰。
哀哉流亡的百姓！一個女兒換得一斗米粟，一個兒子也只能賣個錢數文。
哀哉流亡的百姓！嚴重到已經不能把子女扶養成長，只有割愛委棄如路上的沙塵。
哀哉流亡的百姓！何時天上會降下米粟，使你我都能生存。

【賞析】

這是一首亂世的流民血淚詩。作者從每個角度寫出流民的苦況。而每種景況前，都冠上一句「哀哉流民」！給人一種吶喊悲號的感覺。第一句以非鬼非人，爲流民勾劃出一個整體的輪廓；接着二、三、四句分別寫流民的衣、食與住行。第五句以下則從親情天倫的生離死別，寫出流民的悲慘生活，感人尤深。最後一句則是流民爲求生存的非份期盼，給人一種永無實現的絕望與沉痛。這首社會寫實詩，很能把握東漢樂府的精神。元文宗天曆二年（西元一三二九），關中大旱，特拜張養浩爲陝西行臺中丞，養浩散其家財以扶濟鄉里之貧窮者，到陝西後，救荒除弊，勤政撫民，不久卽勞瘁而死。養浩此詩當寫於至陝之時，所見皆爲實際狀況，所以文辭特別生動，而這也正是他悲天憫人，胞與爲懷的精神流露。

江南婦

王禹偁

江南婦，何辛苦！
敝衣零落裙斷腰，赤脚蓬頭面如土。
日間力田隨夫郎，夜間績麻不上牀。
緝麻成布抵官稅，力田得米歸官倉。
官輸①未了憂鬱腹，門外又聞私債促。
大家揭帖②出陳帳，生穀十年還未足。
大兒五歲方離手，小女三週未能走。
社長③呼名散戶田，下季官糧添兩口。
舅姑老病毛骨枯，忍凍忍飢蹲破廬。

残年無物做慈孝，對面冷淚如流珠。
燕趙女兒顏似玉，能撥琵琶調新曲。
珠翠滿頭金滿臂，日日春風嫌酒肉。
五侯七貴④爭取憐，一笑可博十萬錢。
歸來重藉錦繡眠，不信江南婦人單衼⑤穿。

【註釋】

① 官輸：向官署所繳納之租稅。

② 揭帖：猶揭示，啓事。

③ 社長：稱一社之長。古二十五家爲社。

④ 五侯七貴：漢河平二年（成帝年號，二年當西元前廿七年），成帝舅王譚、王逢時、王根、王立、王商兄弟五人，同日封侯，世稱五侯。又漢光武時封王興五子爲五侯：元才北平侯，益才安喜侯，顯才蒲陰侯、仲才新市侯、季才唐侯。又梁冀之子胤，及叔父讓、淑、忠、戟皆封侯，稱梁氏五侯。後漢書：「梁氏五侯，毒徧海內。」文選潘岳西征賦：「窺七貴於漢庭」。注：「漢庭七貴，呂、霍、上官、丁、趙、傅、王，并后族也。」又北史隋越王侗傳：「以段達、王世充

爲納言，元文都、盧楚爲內史令，皇甫無逸爲兵部尚書，郭文懿爲內史侍郎，趙長文爲黃門侍郎，委以機務，爲金書鐵劵，藏之宮掖，于時洛陽稱段達等爲七貴。」所以此處「五侯七貴」當泛指一般貴族。

⑤ 衼：音支（ㄓ），毛衣。

【語譯】

江南有位婦女，格外的辛苦！

舊衣破敝連裙子也斷了腰，赤脚蓬頭臉色如土。

白天努力耕田隨着夫郎，夜間紡績麻布也不上牀。

績成麻布繳抵官家租稅，努力耕田收穫米糧歸給官倉。

官家的租稅未繳憂鬱滿腹，門外又聽到私人債務催促。

大戶人家告示了歷年租帳，收成的稻穀十年也還不足。

大兒子五歲了才離手，小女兒三週歲了還不會走。

社長叫名分配每戶田稅，下一季官糧要添加兩口。

公婆老病毛髮與肌膚都已瘦枯，忍凍忍飢蹲居在破屋。

在風燭殘年時子女卻無物可以孝敬，面對面流下了淒冷的眼淚有如霰珠。

燕趙地方有位女子容顏似玉，能撥弄琵琶調製新曲，
珠翠戴滿頭金鐲纏滿手臂，日日如臨春風卻嫌酒肉。
五侯七貴對她爭相愛憐，一笑可以博得十萬兩錢。
歸家後藉着重重的錦繡臥眠，絕不會相信江南的婦女單衣已經穿破。

【賞　析】

這首詩是藉江南婦與燕趙女兒的對比生活，刻劃出當時社會的反常現象。也暗示了當時社會結構上，農業已漸趨沒落，所以農婦縱日以繼夜努力耕作，收穫也不足以繳納官稅，更遑論慈孝事親。而商業社會的奢侈靡華習性已造成，所以歌妓可以一博十萬錢，爲貴族爭相愛憐。

這首「江南婦」特以「江南」爲題，作者可能也寄喻了譏諷的用意。因爲在樂府古辭或南朝人之以「江南」爲名之樂府多寫江南之富庶與景色之美，縱或間有傷感色彩，也僅及蕩子離鄉，怨婦思情而已。與王冕此首「江南婦」的直書官稅逼人，截然不同。讀之有令人江南美景已不復存的感慨。

卷九

明代樂府

思歸引

劉基

山高高兮，可以望四方。
胡躋①爾巔兮，不見我故鄉？
歲云暮兮，無衣裳！
車罷②馬羸兮，僕夫頓僵③！
水有蚊蠅兮，陸有虎狼；
吁嗟奈何兮，惟懷永傷。

【註釋】

①躋：音ㄐ一，登、上升。
②罷：同疲。疲憊。
③僕夫頓僵：楚辭離騷：「僕夫悲余馬懷兮，蜷局顧而不行。」此借離騷意而稍改。

【語譯】

高高的山啊！可以眺望四方。

爲什麼登上了你的巓峯啊！仍望不見我的故鄉？

已經到了一年歲暮啊！我卻無備衣裳！

車子已破敝馬也羸弱啊！僕夫一時也累得直僵！

水中有蛟蛇鱷魚啊！陸上有凶猛的虎狼；

吁嗟歎息又有何用啊！只有懷着永遠的悲傷。

【賞析】

「思歸引」爲樂府之琴曲。一曰：「離拘操」。琴操說：「衞有賢女，邵王聞其賢而請聘之，未至而王薨。太子曰：『吾聞齊桓公得衞姬而霸，今衞女賢，欲留之。』大夫曰：『不可。若賢必不我聽，若聽必不賢，不可取也。』太子遂留之，果不聽。拘於深宮，思歸不得，遂援琴而作歌，曲終縊而死。」晉石崇有「思歸引」之作。其辭曰：

「思歸引，歸河陽。假余翼，鴻鶴高飛翔，經芒阜，濟河梁，望我舊館心悅康。清渠激，魚彷徨，雁驚泝波羣相將，終日周覽樂無方。登雲閣，列姬姜，拊絲竹，叩宮商，宴華池，酌玉觴。」

辭前小序說：「崇少有大志，晚節更樂放逸。因覽樂篇有『思歸引』，古典有弦無歌，乃作樂辭。」

今劉基又作「思歸引」，雖題目相同，但寄托皆異。此詩已全然是對故土之思的抒懷之作。

烏生八十子

劉基

樹上烏，一生八九子，相呼啞啞聒人耳。
何不學銜泥燕，和鳴集桃李？
又不學鷹與隼，奮翅高飛碧雲裏？
胡為巢此夜樹間，啄腐呑腥饕①吻背？
少年挾彈如流星，禍機潛發不見形。
翅翎摧折身首磔②，螻蟻傷殘誰汝惜？

【註釋】

① 饕：貪也。

② 磔：音ㄓㄜˊ，肢體分裂。

【語譯】

樹上的烏鴉，一窩八九子，相呼啞啞聒噪人的耳朵。
何不學銜春泥的燕子，和鳴棲集在桃李？
又不學鷹和隼，奮翅高飛在碧雲裏？
爲什麼要築巢在庭樹間，啄腐肉呑腥臊饜飽吻觜？
少年的挾彈快如流星，禍殃隨時發作不見迹形，
翅上翎毛摧折身首分裂，螻蟻加以傷殘誰會對你憐惜？

【賞析】

「烏生八九子」屬樂府之相和曲。樂府古辭「烏生」已見前引。此言烏鳥既沒有春燕的呢喃和鳴以討人喜歡；又缺乏鷹隼的凶猛慓悍。表面上雖能築巢庭樹，啄腐呑腥，貪求口腹饜飽，但殺身之禍卻可能隨機而發。此詩對苟安求全之心態足以戒。

長安道

劉　基

長安道，送盡芳菲到枯槁。
人生衰盛苦不常，何異長安道傍草？
漢家將軍初拜官，門前上客車斑斑。
一朝勢衰烟燄歇，車輪無聲馬蹄絕。
明年有詔封冠軍①，依舊車馬來如雲。

【註　釋】

① 冠軍：即冠軍侯。漢書霍去病傳：「剽姚校尉去病再冠軍，以千六百戶封去病，爲冠軍侯。」

【語譯】

在通往長安的大道上，看盡了芳非直到枯槁。
人生的盛衰苦無恒常，何異於長安道傍的芳草？
漢朝的將軍初拜大官，門前貴客的車子來往斑斑。
一朝勢衰氣燄隨之消歇，車輪失去了聲音馬蹄跡絕。
明天天子下詔封為冠軍侯，依舊車馬來往像雲集。

【賞析】

「長安道」為樂府之橫吹曲。梁簡文帝有辭曰：「神皋開隴右，陸海實西秦。金槌抵長樂，複道向宜春。落花依度幰，垂柳拂行人，金張及許史，夜夜尙留賓。」已大率在寫長安道上的人事盛衰。唯劉基此首寫得更為深刻，毫不保留的表露出人性的勢利、冷暖與醜陋的面貌。詩中更藉用芳草的芳非到枯槁以襯托出富貴繁華之必然短暫，使作者用意更為顯突。

隴頭水

劉　基

隴頭水①，征夫淚。
征夫之淚滴隴頭，化為水入秦川②流。
水流向秦川，嗚咽嗚不已。
何因得天風③，吹入君王耳？

【註　釋】

① 隴頭水：通典：「天水郡有大坂，名曰𨺗坻，亦曰隴山，即漢隴關也。」三秦記：「其坂九回，上者七日乃越，上有清水四注下，所謂隴頭水也。」

② 秦川：水名，出甘肅清川縣之湯谷，西南流納後川河，入渭水。

③ 天風：天空之風。王守仁泛海詩：「波靜海濤三萬里，月明飛錫下天風。」

【語譯】

隴山頭的水，征夫的眼淚。

征夫的眼淚滴在隴山頭，化爲河水滙入秦川奔流。

水流向秦川，嗚咽的水聲嗚叫不已。

爲什麼不能藉着吹向蒼天的風，把這嗚咽聲吹進君王的耳。

【賞析】

「隴頭水」爲樂府之橫吹曲。梁元帝有辭：「銜悲別隴頭，征人隴上盡思鄉。馬嘶斜月朔風急，雁過寒雲邊思長。殘月出林明劍戟，平沙隔水見牛羊。橫行俱足封侯者，誰斬樓蘭獻未央。」是一首描寫征人思鄉之作。所以後人凡以「隴頭水」爲題之詩，多類此。自然劉基此首也不例外。只是此首的結句用「何因得天風，吹入君王耳」，則詩中似有不平之鳴。對君王恣意用兵，以使征夫受苦，頗有責斥之意。劉作在氣勢上不如梁元帝詩。

大堤曲

劉　基

大堤①女兒顏如花，大堤之上無豪家。
東家女作西家婦，夫能棹船女沽酒。
春去秋來年復年，生歌死哭長相守。
君不見；襄陽②女兒嫁荊州③，撞鐘擊鼓烹肥牛。
樓船④一去無回日，紅淚空隨江水流！

【註釋】

①大堤：長堤。

②襄陽：湖北省縣名。

③荊州：湖北省縣名。

④樓船：有樓之大船。

【語譯】

大堤的女子容顏如花，大堤之上沒有富豪之家。

東家女子嫁作西家婦，丈夫能搖船妻子能沽酒。
春去秋來一年又一年，爲生者歌爲死者哭長相廝守。
君不見：襄陽女子嫁到了荆州，撞鐘擊鼓烹食肥牛。
樓船一去就沒有歸帆，帶血的紅淚空隨江水奔流！

【賞　析】

「大堤曲」爲樂府之淸商曲辭。按梁簡文帝有「雍州曲」三首，其第三首卽名「大堤」。唐張柬之、楊巨源、李白、李賀等均有「大堤曲」之作。而「大堤」一詞又多見於「襄陽樂」中。如「朝發襄陽城，暮至大堤宿，大堤諸兒女，花艷驚郎目」。張柬之詩中有：「南國多佳人，莫若大堤女」。楊巨源詩則有：「二八嬋娟大堤女」。可見大堤確爲江南多美女之地。

劉基此首，寫出了大堤女子安於命運的生活，結婚生子，過着春去秋來，爲生者歌爲死者哭的機械式生活。於是作者擬藉結句「紅淚空隨江水流！」以激盪起一些爲大堤女子深埋在內心的不平與感憤。

銜泥燕

劉基

銜泥燕，尾涎涎①。
銜泥燕污几席間，更捉飛蟲撲人面。
銜泥燕，人言爾巢長滿尺，主人倉廩多蓄積。
借爾華屋好安居，年年壘巢生爾雛。

【註釋】

① 涎涎：光澤貌。

【語譯】

銜泥的燕子，尾羽光澤涎涎。
銜泥點污了几席之間，更爲捉飛蟲而迎撲人面。
銜泥的燕子，有人說只要你的窩巢長度到了一尺，你家主人的倉廩就可以多存蓄積。

借給你華美的屋簷好安居，年年壘築窩巢生幼雛。

【賞析】

這是一首禽鳥詩，藉燕子的築巢以象徵倉廩充實而祈福。燕是一種候鳥，春天時北來，秋天時南返，喜築巢於屋梁之上。所以新厦落成之喜謂之「燕雀相賀」。淮南子說林：「湯沐具蟣蝨相弔，大厦成而燕雀相賀。」而燕又與宴字諧音，所以「燕」有安好之意，宴樂之意，所以燕子也多爲人寵愛而不忍斥之去。

長相思

劉基

長相思，在沅湘，九嶷①之山鬱蒼蒼。
青天蕩蕩林木暗，落日虎嘯風飛揚。
欲往從之水無航。仲尼有德而不用②，
孟軻竟死於齊梁③。松柏摧折桂生蠹，
但見荊棘如山長。長相思，斷人腸。

【註釋】

①九嶷：山名。亦作九疑，在湖南寧遠縣南六十里。水經注：九疑山羅巖九峯，各導一溪，岫壑負阻，異嶺同勢，遊者疑焉，故曰九疑。

②仲尼有德而不用：孔子名丘，字仲尼，魯人，有德行，初仕魯，爲司寇，攝行相事，其後不用，遂周遊列國。

③孟軻竟死於齊梁：據蔣伯潛氏諸子通考所敍

，孟子非死於齊梁，當死於鄒，孟子墓卽在今山東鄒縣北三十里，四基山之陽。史記孟荀列傳：「孟子困於齊梁。」

【語譯】

長相思念，在沅水湘江，九嶷之上鬱鬱蒼蒼。
青天廣大林木昏暗，落日時虎的嘯聲隨風飛揚。
想前往追隨但水道卻不得輸航。
仲尼雖有德行而不被重用，
孟軻竟客死在齊國梁地。
松柏被摧折而桂木生蟲蠹，只見荆棘像山一般長。
長相思念，斷人愁腸。

【賞析】

「長相思」爲樂府雜曲歌辭。古詩有：「客從遠方來，遺我一書札。上言長相思，下言久離別。」而李陵詩也有：「行人難久留，各言長相思。」故樂府取以爲「長相思」之曲。宋郭茂倩樂府詩集中收錄多首。今錄唐李白三首之一於下：

「長相思，在長安。絡緯秋啼金井欄，微霜淒淒簟色寒。孤燈不明思欲結，卷帷望月空長歎。美人如花隔雲端，上有青冥之長天，下有綠水之波瀾。天長路遠魂飛苦，夢魂不到關山難。長相思，摧心肝。」

與劉基之詩相較結構較相似。但李白所思者爲美人，而劉詩所思當爲不爲世用之落魄文人。

折楊柳

劉基

去年送君楊柳青，暖風晴日花冥冥①。
今日思君瑣窗綠，柳條又綴黃金粟。
君心却似條上花，隨風飄蕩不思家。
妾心已作科上槁②，縱得春光為誰好？
折取長條寄遠人，人生四十無青春。

【註釋】

①冥冥：幽昧，晦暗的意思。此處形容花朵十分繁茂的樣子。

②科：草木之本叫科。槁：枯木。

【語譯】

去年送別郎君時正楊柳青青，
溫暖的風晴朗的太陽花朵繁茂密蔭。
今日思想起郎君時瑣窗前一片葱綠，
柳枝條又點綴着黃金色的稻粟。
郎君的心卻像柳條上的飛絮飄花，
隨風飄蕩也不思念自己的家。
妾的心已變成木科般的枯槁，
縱能得到春天的陽光又能爲誰再變得姣好。
折下長長的柳條寄給遠方的離人，
人生過了四十就不再有青春。

【賞析】

「折楊柳」屬樂府的橫吹曲。唐書樂志說：「梁樂府有胡吹歌云：『上馬不捉鞭，反拗楊柳枝。下馬吹橫笛，愁殺行客兒。』此歌辭元出北國，即鼓角橫吹曲折楊柳枝是也。」劉基此詩，假設爲女子思念郎君之作。前四句用去年今日的對比景色中烘托出思念郎君之情。五、六句寫郎君在外飄蕩不思家；七、八句順勢接寫女子的憔悴枯萎。以上都是樂府詩中慣用的手法。只有最後一句「人生四十無青春」，卻是十分生動，顯突而有力的句子。第一：它表現了詩中的女子已年過四十，與一般閨中少婦的心境不同。第二：既已年過四十，當然青春不再。又給了讀者一種「時不我與」的警惕，其實不獨女子，男子年過四十依然也有無青春之慨歎。無怪乎孔子有：「四十、五十而無聞焉，斯亦不足畏也已。」之體會。

涉江采荷花

汪廣洋

郎騎白馬臨江滸，妾采荷花涉江浦。
郎情若比藕絲長，妾心勝似蓮心苦。
藕絲長，難綰①結；
蓮心苦，莫如妾。
天長地久此心存，花開花落任情絕。

【註釋】

①綰：音ㄨㄢˇ，鈎繫。

【語譯】

郎騎著白馬站臨在江邊水滸，

妾採擷荷花涉渡過江浦。
郎的情意若比喻作藕絲般的長；
那妾的內心當勝過蓮心的澀苦。
藕絲雖然長，但難以纏結；
蓮心的澀苦，其實還不如妾。
天長地久這一片思念之心將永存，
花開花落中任隨你的情意斷絕。

【賞析】

這是一首新樂府，詩中有「妾采荷花涉江浦」句，故作者藉以名篇。樂府中以採荷、採蓮等為主題的詩，多屬清商曲辭。而此詩在用字、遣辭及韻味上都已深得其中三昧。如唐徐彥伯之「採蓮曲」說：「妾家越水邊，搖艇入江烟。既覓同心侶，復採同心蓮。折藕絲能脆，開花葉正圓。春歌弄明月，歸棹落花前。」所用的一些詞彙：水邊（江滸）、蓮心、藕絲、落花等是完全相同的。

子規啼

危素

子規①啼，白月低。
春雲迢迢②春水遠，芳草繞庭花亂飛。
子規啼時征夢苦，郎船定發瀟湘浦。
瀟湘江上風浪多，春晚胡為不歸去？
子規好去瀟湘啼，重來借汝春樹棲。

【註釋】

①子規，即杜鵑。又稱杜宇。鳴聲淒厲，能動旅客歸思。

②迢迢：雲高貌。

【語譯】

子規啼聲淒厲，泛白的明月垂低。
春天的雲層高朗春天的流水悠遠，
芳草遍繞庭院花瓣迎風亂飛。
子規啼叫時引得征人的魂夢也痛苦。
郎君的船隻起程處就在瀟湘江浦。
瀟湘江上的風浪特別多，
春天已將盡爲什麼還不歸去？
子規最好去瀟湘鳴啼，
當你再來時借給你春天茂密的樹叢息棲。

【賞析】

「子規啼」之名不見於宋人以前之樂府，當是新聲。但唐人詩中已多用子規啼，以爲朋友送別時，增加離情別緒。如李白「聞王昌齡左遷龍標尉」詩中有：「楊花落盡子規啼，聞說龍標過五溪。」王維「送楊長中赴果州」詩中也有「別後同明月，君應聽子規。」之句。危素此詩有寄言子規，喚郎歸鄉的用意。所以末二句爲「子規好去瀟湘啼，重來借汝春樹棲。」就因爲此二句，使全詩的感情流露的更覺誠摯動人。即如唐張籍「烏夜啼引」中「少婦語啼烏，汝啼愼勿虛，借汝庭樹作高巢，年年不令傷爾雛。」之句，有異曲同工之妙。

桑婦謠

周是修

採桑婦，朝朝暮暮南園①路。出入寧論晴與雨。
蠶盛愁桑稀，蠶衰恐姑怒。
大眠②起來忙更忙，寢食不遑兒不顧。
年年養蠶多繭絲，身上到頭無一縷。
小半輸官大半責，繅織未成先有主。
可憐寸寸手中過，竟作何人襖衫去！
采盡桑葉空留樹，樹下青青長麻苧。
山鷄角角終日啼，桑椹漸紅春雨住；
妾尚無襦夫少袴。

【註釋】

①南園：當泛指南面之園。張協雜詩：「借問此何時，蝴蝶飛南園。」

②大眠：蠶的最後一眠。蠶書：「不食二日，謂之大眠。」

【語譯】

採桑的婦人，朝朝暮暮都走往南園的道路。

進進出出不論晴天或下雨。

蠶多時愁桑葉太稀少，蠶體弱了又恐姑發怒。

蠶在大眠過後就更加忙碌，寢食不遑幼兒也置之不顧。

年年養蠶有不少繭絲，身上從頭到脚卻不著一絲縷。

小半繳官稅大半售賣，絲還沒繅成就已經有定主。

可憐一寸寸都在手上經過，不知去作了誰的絲襖衣衫。

採盡了桑葉空留下樹，樹下長了青青的蔴苧。

山鷄角角地終日叫啼，桑椹漸紅熟春雨已停注。

妻子還沒有內襦丈夫也缺少了衣袴。

【賞析】

「桑婦謠」是一首新樂府，藉桑婦的工作忙碌、辛苦，卻得不到應有的襦袴，以透露出民生疾苦之狀。詩中「小半輸官大半賣，繅織未成先有主，可憐寸寸手中過，竟作何人襖衫去」四句是作者用意之所在。

詩中「采盡桑葉空留樹，樹下靑靑長麻苧」二句，若作者善加鋪陳，本可以收到對比的效果，因爲「蔴苧」是織粗衣的材料與絲織正成富貴與貧賤者衣的强烈對比，可惜只輕輕二句帶過，顯不出深意。

塞下曲

高啓

日落五原塞①，蕭條亭堠②空。
漢家討狂虜，籍役滿山東。
去年出飛狐③，今年出雲中④，
得地不足耕，殺人以為功。
登高望衰草，感歎意何窮。

【註釋】

① 五原塞：漢時五原郡之楡柳塞稱五原塞。在今綏遠省五原縣。

② 堠：音（ㄏㄡˋ）探望敵情之土堡。

③ 飛狐：關隘名。在河北省淶源縣北跨蔚縣界。

④ 雲中：郡名。今山西省境內長城以外及綏遠省之東部、南部一帶。

【語譯】

日落時的五原塞，蕭條的亭堠已蕩然一空。

漢家爲征討狂傲的的敵虜，役籍已設滿在太行山以東。

去年曾出關飛狐，今年又出兵雲中。

征服的土地不足耕作，殺人以爲軍功。

登高遠望一片衰草，感歎之意何時才能止窮。

【賞析】

「塞下曲」屬樂府之新樂府辭，唐人已有之。如李白詩云：「五月天山雪，無花祇有寒。笛中聞折柳，春色未嘗看。曉戰隨金鼓，宵眠抱玉鞍。願將腰下劍，直爲斬樓蘭。」（六首之一）而其他人之作，大約皆描寫塞外征戰情形。沈德潛云：「（高啓此首）爲千古開邊者垂戒。」

悲歌

高啓

征途嶮巇①，人乏馬飢。
富老不如貧少，美遊不如惡歸。
浮雲隨風，零落四野。
仰天悲歌，泣數行下。

【註釋】

①嶮巇：與險巇通，艱險，顛危。

【語譯】

出外的道路險巇，人疲乏馬凍飢。
富有的老人不如貧窮的少年，美好的旅遊，不如回家過厭煩的日子。

浮雲隨着風飄盪，飄零到了四野。
仰天唱着悲歌，泣涕數行俱下。

【賞析】

「悲歌」為樂府雜曲。古辭已見前。此首在描寫征人對羈旅生活的艱苦險巇所引發的悲歎。所以有「美遊不如惡歸」的句子。再者詩中又言「富老不如貧少」，似在暗示征人已是一位老人，少年時在人生的道路上還有奮鬪及抗拒逆境的勇氣，而年邁時仍須為生活奔波，其悲淒而泣數下行的心境是可以體會的。

醉樵歌

張　簡

東吳①市中逢醉樵，鐵冠欹側②髮飄蕭③。
兩肩矻矻④何所負，青松一枝懸酒瓢。
自言華蓋峯頭住，足跡踏遍人間路。
學劍學書總不成⑤，惟有飲酒得真趣。
管樂⑥本是王霸才，松喬⑦自有煙霞具。
手持崑岡白玉斧，曾向月裏斫桂樹⑧。
月裏仙人不我嗔，特令下飲洞庭春⑨。
興來一吸海水盡，却把珊瑚樵作薪。
醒時邂逅逢王質，石上看棋黃鵠立⑩。

斧柯爛盡不成仙，不如一醉三千日。
於今老去名空在，處處題詩償酒債。
淋漓醉墨落人間，夜夜風雷起光怪。

【註釋】

①東吳：今江蘇省吳縣，舊稱東吳。

②鐵冠：以鐵爲冠柱，故稱鐵冠。即法冠，後漢書輿服志：「法冠一曰柱後，高五寸，以繩爲展筩，鐵柱卷，執法者服之。或謂之獬豸冠。胡廣說曰：『春秋左氏傳有南冠而繫者，則楚冠也。秦滅楚，以其君服賜執法，近臣御史服之。』」攲側：攲通倚，偏也。攲側指法冠偏於一側。

③飄蕭：即飄搖。

④矻矻：勞極貌。

⑤學劍學書總不成：史記項羽本紀：「項籍少時學書不成，去學劍，又不成，項梁怒之。」

⑥管樂：指春秋時齊名相管仲及戰國時燕昭王之卿樂毅。

⑦松喬：指古仙人赤松子及王子僑。

⑧手持崑岡白玉斧二句：酉陽雜俎天咫：「月中有桂，高五百丈，下有一人，常斫之，樹創隨合，其姓吳名剛，西河人，學仙有過，謫令伐樹。」

⑨洞庭春：亦名洞庭春色，酒名。荊楚歲時記：

「立春之日以黃柑釀酒，謂之洞庭春色。」此一語雙關，也意謂春天滿漲之洞庭湖水。

⑩王質：晉衢州人。入山伐木，見有二童子圍棋，質置斧觀之。童子以物如棗核食之，便不覺飢渴。童子曰：汝來已久，可還。質取視斧，柯爛已盡，亟歸家，已數百年，親舊無復存者。復入山得道，人往往見之，因名其山曰爛柯山（見述異記、水經注四十）。

【語譯】

在東吳的市肆中遇見了一位酒醉的樵夫，
頭上的鐵冠偏斜亂髮在風中飄搖。
兩個肩膀沉重負載的不知是何物？
原來是一枝青松上懸掛着一瓢酒壺。
他自己說就在華蓋峯的山頭居住，
他的足跡已踏遍人間的道路。
學劍學書總是學不成，
只有飲酒才能得到眞正的樂趣。

管仲樂毅本來是王霸天下的將才，
赤松子王子僑也自有凌烟登霞的才具。
手上拿崑崙山岡白玉的斤斧，
曾向月亮裏去斫伐桂樹。
月亮中的仙人並不對我怒嗔，
特別令我下凡飲美酒洞庭春。
興致來時一口吸盡了海水，
卻把珊瑚砍伐下當作柴薪。
酒醒時不意邂逅了王質，
就在石桌上看下棋黃鵠傍站立。
斤斧的柯柄已朽爛殆盡仍不能成仙，
不如一醉就渡過三千日。
到如今人已老去名姓徒然存在，

處處題作詩篇以償還酒債。
霑濡的醉中字墨流落於人間，
夜夜刮風打雷使人感到光怪。

【賞析】

「醉樵歌」是一首新創樂府。以醉樵，一位眞隱士的放蕩行跡，高蹈氣質，藉寫才識之士不爲世用。詩中引用赤松子、王子喬等得道者和王質遇仙等神話故事以營造出神秘氣氛，又以鐵冠、青松、華蓋峯、酒刻劃出隱者之形象；繼而以管仲、樂毅本是王霸才，學劍學書總不成的項羽以說明隱者實爲才識之士。作者張簡初爲道士，在吳中時自號醉樵。所以此詩是作者自況，寫來自然格外貼切生動。

古樂府(二首)

岳　正

一

短短牀，太踻促。
徒能坦郎腹①，未得展郎足。
縱郎有意為合懽，牀短安能薦郎宿？

二

太踻促，短短牀。
流蘇苦不長，蘭麝無馨香。
郎欲招妾妾不來，可憐春色空輝光。

【註釋】

①徒能坦郎腹：晉書王羲之傳：「郗鑒使門生求女壻于導，導令就東廂徧觀子弟門生。歸謂鑒曰：王氏諸少並佳，然聞信至，或自矜持，惟一人在東牀坦腹食，獨若不聞。鑒曰：此王佳壻，，郗訪之，乃羲之也，遂以女妻之。」但此處坦腹只用字面意義。

【語譯】

一

短短的牀，太狹小跼促。
只能讓郎坦腹，卻不能舒展郎的足。
縱使郎有意相聚而歡樂，牀太短了怎能藉郎臥宿。

二

太狹小跼促，短短的牀。
可惜流蘇帳不夠長，蘭麝失去了馨香。
郎想招妾妾卻不肯來，可憐春天景色無人欣賞。

【賞析】

此二首樂府，文字淺白短少，卻自然生動。前一首以牀短爲藉口以拒絕男子求歡，後一首更明言妾不來，以春色空輝光以調侃男子。在樂府詩中獨樹一格，與其他描寫男女相悅之詩截然不同。

朝飲馬

李夢陽

朝飲馬，夕飲馬。
水鹹草枯馬不食，行人痛哭長城下。
城邊白骨借問誰？云是今年築城者。
但道辭家別六親①，寧知九死無還身。
不惜身為城下土，所恨功名賞別人。
去年賊掠開山縣②，黑山③血迸單于箭。
萬里黃塵哭震天，城門晝閉無人戰。
今年下令修築邊，丁夫半死長城前。
城南城北秋草白，愁雲日暮鳴胡鞭。

【註釋】

① 六親：有三說；一云：父子、兄弟、姑姊、甥舅、婚媾、姻婭。一謂：父、母、兄、弟、妻、子。一說：父、子、兄、弟、夫、婦。

② 開山縣：即今湖南江華縣。

③ 黑山：在陝西榆林縣西十里。

【語譯】

朝晨讓馬飲水，傍晚又讓馬飲水。
水質苦鹹水草枯萎馬也不吃，
征行的旅人痛哭在長城之下。
城邊的白骨借問原本是誰？
說是今年修築長城者。
當時只說辭別家鄉和六親，
怎知處處死路永無還歸之身。
並不惋惜身爲城牆下的黃土，
所恨的是功名卻賞給了別人。

去年賊人侵掠了開山縣，
在黑山鮮血迸濺了單于的矢箭。
萬里的滾滾黃塵中哭聲震天，
城門在白晝中緊閉而無人應戰。
今年又下令修築邊境，
壯丁役夫大半死在長城前。
城南城北的秋草已經凝霜泛白，
愁雲密布日暮時分鳴動着胡鞭。

【賞析】

「朝飲馬」下原有「送陳子出塞」四字。陳子當指陳金，字汝礪，應城人。此詩寫邊戍築城者的悲慘命運。然使他們最感不平的，倒不是身死邊城，而是「所恨功名賞別人」，可見與漢代樂府中之描寫塞外之作不盡相同。詩中「黑山血迸單于箭」和「萬里黃塵哭震天」二句，氣勢震懾人心，是此詩中最突出的句子。尤其「萬里黃塵哭震天」

一句相當動感的描述，與下句「城門晝閉無人戰」的靜態，又成了强烈的對比，營造了兩種極端的氣氛，都是成功的技巧運用。

歲晏行

何景明

舊歲已晏新歲逼，山城雪飛北風烈。
徯夫河邊行且哭，沙塞水冰凍傷骨。
長官叫號吏馳突①，府帖②連催築河卒。
一年徵求不少蠲③，貧家賣男富賣田。
白金縱有非地產，一兩已值千銅錢。
往時人家有儲粟，今歲人家飯不足。
飢鶴翻飛不畏人，老鴉鳴噪日近屋。
生男長成聚比鄰，生女落地思嫁人。
官家私家各有務，百歲豈止療一身。

近聞狐兔亦徵及，列網持矰徧山域。
野人知田不知獵，蓬矢桑弓射不得。
嗟吁今昔賞異情，昔時新年歌滿城。
明朝亦是新年到，北舍東鄰聞哭聲。

【註釋】

① 馳突：馳驅突進。
② 府帖：府頒之軍帖，猶今之徵召令。
③ 蠲：音ㄐㄩㄢ。卽蠲稅，蠲賦之意。謂減輕賦稅。

【語譯】

舊的一年卽將過去新的一年已經逼近，
山城大雪紛飛北風刮得强烈。
徭夫在河邊一邊走着一邊痛哭，
沙塞的水流冰冷凍傷了人的肌骨。

長官在叫吼吏卒在驅馳奔逐，
府帖更接連催促構築河道的役卒。
一年中不斷徵求從不蠲除稅賦，
使貧窮人家賣男孩有錢富人賣田。
縱然有白銀卻並非當地所產，
一兩白銀已值千枚銅錢。
往日每家人都有儲存的米粟，
今年每戶人家飯都吃不足。
飢餓的野鶴翻動飛舞連人都不怕，
老鴉聒噪的叫聲日日圍繞着房屋。
生個男孩長成後可以相聚爲近鄰，
生個女兒剛落地時就想着把她怎麼嫁人。
官家私家都各有急於辦理的事務，

一生的勞苦豈止是為了療養一己之身。
最近聽說連狐兎也徵集，
大家列網拿弓徧尋整座山域。
農夫只知耕田不懂狩獵，
用蓬草做箭以桑木為弓根本射不成。
唉呀今日與往昔難道情況不同，
往昔時新年一到歌唱之聲充滿全城。
明朝也是新年來到，
北邊的房舍東邊的鄰舍都可聽到哭泣之聲。

【賞　析】

「歲晏行」是一首描寫徭夫被徵募以服勞役時種種苦況的詩。與古樂府之寫實精神是完全一致的。不過此詩的時間背景選擇在舊歲將除，新歲卽屆的時刻，於是給讀者的感受就大為不同了。因為舊曆年之除夕和新春，向來為中國傳統所重視。一般日常生活中必藉此時一家團聚，飲宴歡樂，而「歲晏行」中卻描寫了一家衣食不足，賣子繳稅的貧窮景象。是作者苦心構思之處。

孤兒行

胡纘宗

但知孤兒生，不知孤兒苦。
人皆依慈親，孤兒少無母。
人皆依嚴君，孤兒少無父。
堂前兄如翁，堂後嫂如姥。
擧頭將誰仰？低頭復誰俯？
寄身兄與嫂，常恐兄嫂怒。
兄嫂喜，孤兒簪有組①；
兄嫂怒，孤兒炊無釜②。
兄嫂試孤難，令孤熱時賈。

兄嫂嗔孤閒，令孤寒時罟③。
呼地暮陟屺，呼天朝陟岵④。
何日兄嫂憐，孤兒樂鄉土。

【註釋】

① 簪：音ㄗㄢ。連冠於髮之笄。組：綬屬，猶今言絲條。

② 釜：烹飪器，今之鍋。

③ 罟：魚網。此處用爲動詞，作捕魚解。

④ 呼地暮陟屺二句：詩經魏風陟岵：「陟彼岵兮，瞻望父兮……陟彼屺兮，瞻望母兮……。」序：「陟岵，孝子行役，思念父母也。」

【語譯】

只知道孤兒的生活，卻不知道孤兒心中苦。
人都可以依靠慈親，孤兒從小就沒有慈母。
人都可以依恃嚴君，孤兒從小就沒有嚴父。
廳堂前哥哥像公公，廳堂後的嫂嫂似阿姥。

舉起頭將去仰賴誰？低下頭又能問誰要求俯顧。
寄身在兄與嫂居處，常惟恐兄嫂會發怒。
兄嫂歡喜時，孤兒的冠簪上有了綬組。
兄嫂發怒時，孤兒炊煮時竟沒有鍋釜。
兄嫂有意試測孤兒的難處，令孤兒炎熱時行賈。
兄嫂嗔怪孤兒太過閒暇，令孤兒嚴寒時出海捕魚。
日暮時登上屺山呼地，清晨呼天時就攀上叢草的山岵。
何日兄嫂會憐憫他，孤兒快樂的回到鄉土。

【賞析】

「孤兒行」爲樂府清商曲瑟調曲。古辭已見前引。此首在內容精神上都是承襲古辭而來。但此首實較古辭爲平淺，對孤兒苦楚的描寫也不夠深刻。顯然樂府詩發展到明代，在社會環境的變遷下，似「孤兒行」此種感情的營造，已不可同日語。樂府詩是一種充分反映社會生活的詩歌，此種特性，也可藉古辭與此比較而得之。

築長城

胡纘宗

父築城，豈憚老？子築城，寧憐小？
弟築城，室無妻，兄築城，門有嫂。
吏索丁，兒在抱，婦餉夫，虜在道。
朝築城，日欲生，夕築城，月將明。
西築城，洮河①竭，東築城，遼海②絕。
城既成，且莫哭，城或崩③，誰復築？

【註釋】

① 洮河：源出甘肅臨潭縣西北之西傾山，東南折北，流入黃河。

② 遼海：即遼河。有東西二源：東遼河源出遼寧東平縣西北之平頂山。西遼河源出河北承德縣北海剌哈山東麓。至遼源縣二河相會，折西南流，至營口入遼東灣。

③城或崩：列女傳貞順齊杞梁妻傳：「齊杞梁殖之妻也。莊公襲莒，殖戰而死，莊公歸遇其妻，使使者弔之於路。杞梁妻曰：今殖有罪，君何辱命焉，若令殖免於罪，則妾有先人之弊廬在，下妾不得與郊弔。於是莊公乃還車，詣其室成禮，然後去，杞梁之妻無子，內外皆無五屬之親，既無所歸，乃枕其夫之屍於城下而哭，內誠動人，道路過者莫不為之揮涕。十日而城為之崩……。」

【語譯】

父親來築城，能不畏怕他太老？
兒子來築城，會不憐憫他太小？
弟弟來築城，家中還沒有娶妻，
哥哥來築城，倚門的還有大嫂。
官吏索求壯丁，嬰兒還幼稚在抱，
婦人餉食餞別丈夫，虜役已經在道。
清晨構築長城，太陽正要東昇，
傍晚構築長城，月亮即將大明。

到西方去築城，洮河為之枯竭，
到東邊去築城，遼河因而斷絕。
城已經構築完成，就不要對它哭泣，
城或許會因之頹崩，誰再來辛苦構築。

【賞析】

戰國時各國皆有長城之修築。而秦始皇幷燕趙，將燕趙舊日所築，連成一線，西起甘肅岷縣西，東迄朝鮮黃海道。所以後世言及長城之修築苦況，多指為秦之苛政。據史記蒙恬傳載：「秦已幷天下，乃使蒙恬將三十萬衆，北逐戎狄，收河南，築長城，因地形，用險制塞，起臨洮至遼東，延袤萬餘里。」

樂府詩集中收錄有「築城曲」，所錄歌辭也多敘築城之種種苦況。而此首「築長城」詞意平淺，結構上分別以父、子、兄、弟的築城起筆，在內容上雖無甚突出，但在音樂的韻律、節奏上，可以產生重疊之美。

曹娥江

胡纘宗

江水瀰瀰深，吾父何處？
江水湯湯長，吾父何處？
入江求吾父，上邪下邪？
孰與石住，浮邪沉邪？
孰與波去，且莫蹉跎①！
寧復婆娑②，如吾父何？
吾抱吾父有心，吾父附吾江有神。
伍③昔為忠臣，往來江之濱。
曹今為孝女，朝夕江之津。

【註釋】

① 蹉跎：謂浪費時光。

② 婆娑：後漢書曹娥傳：「父盱，於縣江泝濤迎婆娑神。」集解以爲應作波神即伍員。

③ 伍：謂伍員，字子胥。春秋時楚人。父奢兄尚爲平王所殺。子胥奔吳，中道乞食，卒佐吳伐楚，入郢時平王已卒，乃掘其墓，出其尸，鞭之三百。後吳敗越，越王勾踐請和，夫差許之，子胥諫，不聽。太宰嚭讒之，夫差使使賜子胥屬鏤之劍；子胥告其舍人曰：「扶吾眼，懸吳東門之上，以觀越寇之入滅吳也。」夫差聞之大怒，取子胥尸，盛以鴟夷革，浮之江。後九年，越滅吳。（見史記伍子胥列傳）

【語譯】

江水瀰漫深沉，我的父親啊不知在何處？
江水浩湯悠長，我的父親啊不知在何處？
投入江中索求我的父親，在上游啊還是在下游？
誰會被石絆住，是浮起來啊還是會下沉？
誰會隨波流去，就不要再蹉跎！
那裏還有波娑神，祂又爲何這樣對待我父親？

我能抱住父親是上天有善心；
我的父親若能附上我是江中有神明。
伍員昔日是一位忠臣，往來徘徊在江之濱。
曹娥今日爲一位孝女，朝夕沉思在江之津。

【賞　析】

後漢書八十四卷列女傳孝女曹娥有傳。曹娥爲上虞人。父盱能絃歌爲巫祝。漢安二年五月五日於縣江泝濤迎婆娑神，溺死，不得屍。時娥年十四，沿江號哭，晝夜不絕聲，旬有七日，投江而死。至元嘉元年，縣長度尙改葬娥於江南道傍，爲立碑。

作者卽運用此一感人的事蹟，譜成「曹娥江」詩，用一連串的問語，說出曹娥胸中的苦痛與不平，十分感人。

采葛篇

張時徹

種葛南山下，春風吹葛長。
二月吹葛綠，八月吹葛黃。
腰鎌逝采掇，織作君衣裳。
經以長相憶，緯以思不忘。
出入君篋司，長得近輝光。
層冰布河水，中野皓凝霜。
吳羅五文采，蜀錦雙鴛鴦。
君恩當斷絕，歎息摧中腸。
中腸日以摧，葛葉日以衰。
願留枯根株，化作萱草①枝。

【註釋】

①萱草：多年生草，葉狹長，花紅黃色，曝乾可食，俗稱金針菜，別名忘憂草。

【語譯】

種植葛麻在南山下，春風吹着葛麻成長。
二月吹得葛麻發綠，八月吹得葛麻變黃。
腰上掛着鐮刀去採割，紡織成郎君的衣裳。
經線織上長相思，緯脈編成思不忘。
出出入入都在君的篋笥，長年得以接近君的輝光。
層層的寒冰布滿河水上，原野皓白凝聚了冷霜。
吳地的羅綢五色文彩，蜀地的錦緞繡上鴛鴦。
郎君的恩情即將斷絕，歎息之聲摧裂了中腸。
中腸日以被摧傷，葛葉日日以枯衰。
但願能留下枯萎的根株，化作萱草的柯枝。

【賞析】

郭茂倩樂府詩集新樂府辭中，唐李白有「黃葛篇」、鮑溶有「采葛行」，都是藉葛以起興的詩篇。本篇則以葛的成長過程以襯托出女子感情生活的轉變。前四句藉葛的成長而實際在暗示女子對郎君感情的成長。第五句到第十句，寫以葛布織成君衣裳的種種，正是表現女子對郎君所付出的濃濃相思情愫以及郎君對她的寵愛。第十一句、十二句用自然界天氣的變化，嚴冰嚴霜的籠罩，寫男女感情的突起變化。第十三句、十四句寫羅錦之美，也意謂女子之美，以明示男女感情之破裂，咎在男方，所以第十五句以下接續寫女子內心的悲摧。直到最後兩句，才迸放出女子在感情挫折中堅忍的毅力、勇氣與盼望。藉「化作萱草」以忘憂。

東道吟 四解

張時徹

泥滑滑！水深車覆轍！
風飄飄！雨驟不得歇！

石子罍罍車所由，
荊棘如矛滿道周，
跋涉狼狽①我心憂。

後有猛虎，銛牙利距②。
前有剽虜，搶奪官馬。

四顧田野間，望不見煙火。

我馬躊躕，我僕次且③。

行徐徐，無疾驅。

【註釋】

①狼狽：顛蹶困頓。

②銛：音ㄒㄧㄢ，鋒利。距：爪。

③次且：同趑趄，欲進不前貌。

【語譯】

泥路濘滑，水的深度已經覆淹了車轍！

寒風飄飄，雨下猛急一時不會停歇！

石子纍纍堆積正是車子之所經由，

荊棘銳利如茅滿佈在道路的傍周，

艱辛跋涉顛蹶困頓的前途使我心中傷憂。
後面有猛虎，銳利的尖牙鋒利的爪距，
前面有剽悍的敵虜，搶奪了官署的驛馬，
四顧田野之間，看不見人煙炊火。
我的坐騎躊躇不前，我的僕人逡巡趦趄。
且行走的徐緩，不要太疾速馳驅。

【賞析】

此詩寫行役之苦。共四解（樂章）第一節寫泥濘的道路，不歇的風雨，僅在寫景，不書作者心境及體會。第二節則已由道路的荆棘密佈，寫出自己心中的悲憂，作者已將感覺從文字中流露出。第三節雖表面依然在敍事，而所敍者已皆爲人事，文字間已經有了作者主觀批判的成分。第四節則全然是作者個人的感觸。「我馬躊躕，我僕次且」二句脫化於離騷：「僕夫悲余馬懷兮，蜷蜎顧而不行」。對行役艱困已經充滿了畏懼與厭惡之情。本詩雖短短四解，在感情的表達上層次十分清晰。

東光

李攀龍

胡兒平，倭①奴何不平？
倭奴利水戰，海塹②船為城。
諸軍彀騎③士，馳射難縱橫。

【註釋】

①倭：人種名。漢書地理志：「樂浪海中有倭人，分爲百餘國。」明史列傳第二百十：「日本古倭奴國，唐咸亨初改日本。」明代時數爲邊患。
②塹：繞城之水，護城河。
③彀騎：馬兵之持弓彀者。

【語譯】

北方的胡兒已被剿平，倭奴爲何不能剿平？倭奴都善於水戰，以海爲護城河以船爲城。

諸軍雖然是持弓彀的騎士，馳射都難以恣意縱橫。

【賞析】

「東光」爲樂府相和曲辭。古今樂錄引張永元嘉技錄云：「東光舊但（有）絃無音，宋識造其（歌）聲（歌）。」（見樂府詩集）。樂府詩集所錄古辭，字句脫誤甚多，義不能明。此首爲作者痛恨日倭寇邊之作。日人多習海戰，而國人以彀騎馳射見長，故於水戰往往英雄無用武之地，所以作者有「胡兒平，倭奴何不平？」之憤慨。

枯魚過河泣

李攀龍

大魚啗①小魚；小魚啗鰕鉏②；
鰕鉏啗沮洳③，啗多沮洳涸，
請君肆中居。

【註釋】

①啗：音ㄉㄢ，同啖，食也。

②鰕：同蝦。鉏：音ㄗㄨ，鱓魚屬，即泥鰍。

③沮洳：水浸處下濕地。

【語譯】

大魚吃小魚，小魚吃蝦米鱓鉏；
蝦米鱓鉏吃潮濕的沮洳；吃多了沮洳也乾涸，
請君到市場中寄居。

【賞　析】

「枯魚過河泣」爲雜曲歌，古辭爲：「枯魚過河泣，何時悔復及。作書與魴鱮，相教愼出入。」文辭簡短，而唐李白之作：「白龍改常服，偶被豫且制。誰使爾爲魚，徒勞訴天帝。作書報鯨鯢，勿恃風濤勢。濤落歸泥沙，翻遭螻蟻噬。萬乘愼出入，柏人以爲誡。」較之古辭已多鋪敍。此首文字之簡少則似古辭。今俗語常云：「大魚吃小魚，小魚吃蝦米，蝦米吃泥巴。」與此詩意合，不知孰先孰後。

歲杪放歌

李攀龍

終年著書一字無，中歲學道仍狂夫。
勸君高枕且自愛，勸君濁醪①且自酤。
何人不說宦遊樂，如君棄官復不惡。
何處不說有炎涼，如君杜門復不妨。
縱然疎拙非時調，便是悠悠②亦所長。

【註釋】

①濁醪：混濁的酒。

②悠悠：穩靜貌。

【語譯】

終年著書連一個字也沒寫成，

中年學修養之道仍然是一介狂夫。
勸君高枕而臥且自珍愛；
勸君釀成濁酒且自買酤。
那個人不說做官的快樂；
但像你能棄官不做也不惡，
那裏不說有世態炎涼，
但像你能杜門謝客也無妨。
縱然疎狂樸拙已不是時下的格調，
但就算是悠然穩靜也是你的所長。

【賞析】

作者於歲末時對自己的一年行事做了一個總評：可以看出作者疎狂高潔的風格，內心衝突的矛盾。王維終南別業云：「中歲頗好道，晚家南山陲，興來每獨往，勝事空自知……。」於中歲學道之後，已儼然隱者心情，歸於恬淡自然。而此詩則云：「中歲學道仍狂夫」，作者內心之矛盾可知。又如詩中有：「何人不說宦遊樂，如君棄官復不惡，何處不說有炎涼，如君杜門復不妨。」都流露了作者曾爲仕宦之心所覊繫的一種掙扎。這是一首可慰藉宦途一時失意者心胸鬱邑的詩。

今夕歌四首

宗臣

一

今夕何夕兮？星稀月明①！
今夕何夕兮？得與美人同行！
蟋蟀在床②兮，凄凄則鳴。
江水浩蕩兮，泠泠其聲。
何接美人之殷勤兮？乃使我惆悵而愴情！

二

今夕何夕兮？露下庭荷！
今夕何夕兮？得與美人同歌！
山有木兮木有柯③，水有鳥兮鳥有羅。

何接美人之慷慨兮？乃使我淚下而滂沱！

三

今夕何夕兮？日居月諸④！
今夕何夕兮？得與美人同車！
前有溪兮溪有魚，後有園兮園有蔬。
何接美人之環珮兮？乃使我氣結而欷歔！

四

今夕何夕兮？飛鳥鳴禽！
今夕何夕兮？得與美人同酙！
奉酒醴兮彈素琴，薦上珍兮揚華音。
何接美人之周旋兮？乃使我情結而霑襟！

【註釋】

①星稀月明：曹操短歌行：「月明星稀，烏鵲南飛。」

②蟋蟀在床：詩經豳風七月：「十月蟋蟀入我床下。」

③山有木兮木有柯：越人歌：「山有木兮木有枝。」

④日居月諸：詩經邶風柏舟：「日居月諸，胡迭而微。」居、諸皆語助詞，爲感歎之音。

【語譯】

一

今夜是什麼樣的夜晚啊？星星稀疏月亮光明！
今夜是什麼樣的夜晚啊？能與美人同行！
蟋蟀正在床下啊！悲凄的哀鳴。
江水廣寬浩盪啊！發出泠泠之聲。
如何才能接受美人的殷勤啊？卻使我惆悵而傷情。

二

今夜是什麼樣的夜晚啊？露水降下庭中的芰荷！
今夜是什麼樣的夜晚啊？能和美人同聲浩歌！
山上有木啊木上有柯，水中有鳥啊鳥被網羅。

如何才能接受美人的慷慨啊？卻使我淚下而滂沱。

三

今夜是什麼樣的夜晚啊？消逝的日月！
今夜是什麼樣的夜晚啊？能和美人同車！
前面有溪啊溪中有魚，後面有園啊園中有蔬。
如何才能接受美人的環珮啊？卻使我氣結而欷歔。

四

今夜是什麼樣的夜晚啊？飛鳥和鳴禽！
今夜是什麼樣的夜晚啊？能和美人同酙！
奉上酒醴啊彈奏素琴，薦上珍肴啊揚起華美的樂音。
如何才能接受美人的周旋啊？卻使我悲情鬱結而霑濕了衣襟。

【賞析】

「今夕歌」是仿越人歌之作。劉向說苑說：「鄂君子晳泛舟於新波之中，乘青翰之舟，張翠蓋，會鐘鼓之音畢。榜枻越人擁楫而歌，於是鄂君乃揄修袂，行而擁之，舉繡被而覆之。鄂君，楚王母弟也。」這首歌原以越語歌唱，後經楚聲翻譯，它的歌辭是：

> 今夕何夕兮，搴洲中流，今日何日兮，得與王子同舟。蒙羞被好兮，不訾詬恥，心幾頑而不絕兮，得知王子。山有木兮木有枝，心說君兮君不知。

而宗臣這四首「今夕歌」即仿此而作。宗詩將「王子」皆改爲「美人」，但就詩意觀之，「美人」一詞似有喻君之意，所以每首末句：「惆悵而愴情」、「淚下而滂沱」、「氣結而欷歔」、「情結而霑襟」皆有「疾親君而不得」之感慨。

戰城南

王世貞

戰城南，城南壁①。
黑雲壓我城北，伏兵搗我東，
遊騎抄我西，使我不得休息。
黃塵合匝日為青，天模糊。
鉦鼓發，亂讙呼。
胡騎斂，飆②迅驅。
樹若薺③，草為枯。
啼者何？父收子，妻問夫。
戈甲委積，血淹頭顱，

家家招魂入，隊隊自哀諱④。
告主將，主將若不知。
生為邊陲士，野葬復何悲！
釜中食，午未炊。
惜其倉皇遂長訣，焉得一飽為！
野風騷屑⑤魂依之。
曷不覩主將，高牙大纛⑥坐城中，
生當封徹侯⑦，死當廟食無窮。

【註釋】

①壁：軍壘。
②飈：疾風。
③薺：蒺藜。
④諱：古呼字。
⑤騷屑：猶蕭瑟，風聲。
⑥高牙大纛：居高位者之儀仗旗幟。
⑦徹侯：徹，通。言其爵位上通於天子。秦廢古五等爵，惟留徹侯，以賞功勞，在第二十級，爲爵之最尊者。

【語譯】

作戰在城南，城南處處壘壁，
黑雲籠罩我城的北方，伏兵直搗城東，
遊騎包抄城西，使我不得休息。
黃沙塵土瀰漫四處，日色青暗，天空模糊。
鉦鼓擊動，士兵亂歡呼。
胡騎聚斂，像颷風般迅急奔驅。
樹木有如薺菜，草爲之乾枯。
啼叫的人是誰？父親收埋兒子，妻子探問丈夫。
戈甲堆積，鮮血淹沒了頭顱，
家家都在招魂歸來，軍隊都在哀呼。
告訴主將，主將或者不知。
旣生爲守邊陲之戰士，葬身原野還有什麼可悲！
釜鍋中的食物，到午時還未烹炊。

可惜他倉皇一別成永訣，又怎能得到一頓餐飽！

野風蕭瑟魂魄回來吧！

爲何不去看看主將，擁高牙大纛安坐城中，

活着時封一等尊侯，死後仍然廟中享食無窮。

【賞　析】

「戰城南」爲樂府鼓吹曲辭。古辭「戰城南，死郭北」已在前選錄。是一首詛咒戰爭，塗炭生靈的怨詩。而此詩也未脫前詩窠臼。尤其結尾云：「曷不覩主將，高牙大纛坐城中，生當封徹侯，死當廟食無窮」，眞是刻劃出統治者犧牲蒼生，謀取一已利益的可惡嘴臉。

欽䲹行

王世貞

飛來五色鳥，自名為鳳凰。
千秋不一見，見者國祚昌。
響以鐘鼓坐明堂①。
明堂饒梧竹，三日不鳴意何長。
晨不見鳳凰，鳳凰乃在東門之陰啄腐鼠，
啾啾唧唧不得哺。
夕不見鳳凰，鳳凰乃在西門之陰媚蒼鷹，
願爾肉攫分遺腥。
梧桐長苦寒，竹實長苦飢，
衆鳥驚相顧，不知鳳凰是欽䲹②。

【註釋】

① 明堂：明政教之堂，古天子舉行大典禮之所。

② 欽䲹：山海經西山經：「又西北四百二十里，曰鍾山，其子曰鼓，其狀如人面而龍身，是與欽䲹殺葆江于崑崙之陽。帝乃戮之鍾山之東曰嵠崖，欽䲹化爲大鶚……。」但就詩意觀之，作者誤以欽䲹爲鳥名。

【語譯】

飛來一隻五色羽毛的鳥，自己說是鳳凰。
千年難得一見，出現時國祚隆昌。
敲響起鐘鼓讓牠高坐明堂。
明堂旁有許多梧桐翠竹，牠三日來都不叫不知牠的意圖。
早晨見不到鳳凰，鳳凰原來到東門的城陰處吃腐鼠。
啾啾唧唧叫了半天也不能食哺。
晚上見不到鳳凰，鳳凰卻在西門的城陰處諂媚蒼鷹，
希望你攫肉以後分點餘腥。
梧桐長年苦於天寒，竹筍長年苦於飢荒，
衆鳥驚慌地相互顧視，不知鳳凰原來是欽䲹。

【賞　析】

王世貞的父親被嚴嵩所害，所以他有意以「欽䲨行」中的欽䲨比喻嚴嵩。嵩讀書時，天下以姚、宋目之，故有「千秋不一見，見者國祚昌」之句。據明史卷三百零八，列嚴嵩爲奸臣傳，專權用事，植黨營私，與子世蕃肆行奸惡，內外重臣，多遭斥戮。所以詩中所指「在東門之陰啄腐鼠」、「在西門之陰媚蒼鷹」當非虛構。

此詩既有影射，所以在文學技巧上並無甚特殊之處。但王世貞詩中譏刺嚴嵩的除此首外，尚有「將軍行」、「袁江流」諸作。

行路難

謝榛

荀卿①將入楚，范叔②未歸秦，
花鳥非鄉國，悠悠行路人。

【註釋】

① 荀卿：名況，戰國趙人。初仕於齊，齊人有讒之者，乃適爲蘭台令。

② 范叔：名雎，戰國魏人。欲事魏王，家貧無以自資，乃先事中大夫須賈，從賈使齊，齊王厚賞之；復以賈譖，遭笞擊，佯死得出。入秦說昭王，拜客卿，尋爲相，封應侯。

【語譯】

荀卿將要入楚，范叔尚未歸秦，
雖然有花有鳥但都不是本鄉故國，
悠悠思鄉的正是行路之人。

【賞析】

「行路難」屬樂府雜曲歌辭。宋鮑照之作已見前引。樂府解題說：「行路難，備言世路艱難及離別悲傷之意，多以君不見爲首。」而此首雖言離別悲傷，但文字簡短，與宋、梁時冗長之作絕不類。此詩妙在「荀卿將入楚」之「將」字及「范叔未歸秦」之「未」字，正能把握住荀卿與范叔之去國之悲。故沈德潛評曰：「平淡語，而行路之難自見。」

秋閨曲

謝榛

目極江天遠，秋霜下白蘋①。
可憐南去雁，不為倚樓人。

【註釋】

①白蘋：隱花植物，生於淺水。

【語譯】

目力的極處江水與蒼天悠遠，秋霜下罩白蘋。可憐南去的飛雁，從不會顧念倚樓思鄉的人。

【賞析】

「秋閨曲」顧名思義，即知爲秋天閨中女子思念之辭。全詩雖簡短四句，但情景交融，對一個女子閨怨的心境刻劃的淋漓盡致。「目極」是女子騁目遠望，流露出她急切的期盼，而望到的景色，卻是「江天遠」和「秋霜下白蘋」的空曠和寂寞。「南去雁」本來是景，但加上「可憐」二字則又平添了一份濃情，大雁已知南去，而遊子尚未還鄉，於是下句「不爲倚樓人」的悲怨之意就更加顯著了。

漠北詞

謝 榛

石頭敲火炙黃羊①，胡女低歌勸酪漿。
醉殺羣胡不知夜，鸊兒嶺下月如霜。

【註釋】

① 黃羊：胡羊。

【語譯】

石頭敲燃柴火炙熟胡羊，胡女低唱着歌曲勸飲酪漿。醉得羣胡不省已屆深夜，鸊兒嶺下月色如霜。

【賞析】

「漠北詞」是一首描寫大漠之北，胡人生活情形的詩。胡兒以石頭敲燃的柴火熟炙肥羊，胡女在低歌中勸進酪漿；一幅粗獷、奔放的畫面躍然紙上。尤其最後一句，使動態突歸靜境，引起一股肅殺之感，能收束全詩又能開啓新境，甚佳。

寄遠曲

吳國倫

章臺①楊柳綠如雲，憶折南枝②早贈君。
一夜東風人萬里，可憐飛絮已紛紛。

【註釋】

①章臺：臺名，戰國時秦宮內之臺，故址在今陝西長安西南隅。
②南枝：南向的樹枝。

【語譯】

章臺的楊柳蓊郁的綠意有如彩雲，
正想折下南向的一枝及早贈給君。
那知一夜東風後友人已遠去萬里，
令人憐惜的柳絮正滿天飛舞紛紛。

【賞　析】

「寄遠曲」是一首寄遠懷人之詩。用柳絮的變化以象徵友人別去的匆匆。「章臺楊柳綠如雲」正是春意盎然時節，本應及時把握折下綠枝贈君。只因一時錯失，那知在一夜東風後，人已遠去萬里，而柳實也成熟爲絮，滿天飛舞。全詩給人一種「恍如昨日」的淒迷感，失落感。

凱歌

沈明臣

銜枚①夜度五千兵，密領軍符號令明。
狹巷短兵相接處，殺人如草不聞聲。

【註釋】

① 銜枚：古時行軍，或令軍士口中銜枚。枚狀如箸，橫銜口中，以組繫枚兩端，結之項後，使禁偶語。

【語譯】

銜枚無聲一夜間走過了五千士兵，
秘密中領得軍符號令格外嚴明。
狹巷中敵我短兵相接之處，
殺人像割草聽不到聲音。

【賞析】

沈德潛（明詩別裁）說：「嘉則（沈明臣字嘉則）與徐文長同在胡少保宗憲幕，少保嘗讌將士於爛柯山，酒酣樂作，嘉則於席上賦凱歌十章。吟至狹巷短兵二語，少保起捋其鬚曰：『何物沈郎，雄快乃爾！』命工刻石置山上。」

此詩寫夜襲之情形確實十分生動。然「殺人如草不聞聲」則爲文人之筆。

孟門行

張溥

雙絲繫玉環，宛轉生光澤。
本以結同心，何知反棄擲？
君家美酒琥珀①光，紅顏少年空滿堂。
酒酣意氣不可當。君家玉堂臨孟門②，
孟門深谷無朝昏。中有美人嘯且歌。
仁義結客客自多，相與醉君金叵羅③。
黃雀銜環報舊主④，畏君彈射遠飛去，
夜深孤棲城北樹。

【註釋】

①琥珀：黃褐色透明化石，爲古代松柏樹脂變成。

②孟門：山名，在太行山東。

③金叵羅：金酒卮也。

④黃雀銜環報舊主：續齊諧記：「楊寶年九歲，至華陰山，見黃雀爲鴟梟所搏墜地，寶取歸，置巾箱中，唯食黃花，百餘日，毛羽成，乃飛去。其夜有黃衣童子，向寶曰：吾西王母使者，君仁愛救拯，實感成濟，以白環四枚與寶。令君子孫潔白，位登三事，如此環矣。」就續齊諧記文觀之，並無「畏君彈射遠飛去」之意。

【語譯】

一雙絲繩繫上玉環，玉環宛轉生出光輝，
本以爲能結爲同心，怎知反被遺棄拋擲？
君家的美酒有琥珀色光采，紅顏少年徒然滿堂，
酒酣時各個意氣不可抵當。君家的玉堂盛過孟門山，
孟門中的深谷不分朝昏，其中有位美人長嘯且唱歌。
以仁義結交朋友朋友自然多，且與君同醉共持金叵羅。
黃雀銜來白環報答舊主，畏懼君以彈射殺遠飛而去，

夜深孤獨地棲息在城北樹。

【賞　析】

「孟門行」屬新樂府辭，唐崔顥有詩：「黃雀銜黃花，翩翩傍檐隙。本擬報君恩，如何反彈射。金罍美酒滿座春，平原愛才多衆賓。滿堂盡是忠義士，何意得有讒諛人。諛人翻覆那可道，能令君心不自保。北園新栽桃李枝，根枝未固何轉移。成陰結子君自取，若門傍人那得知」。

而張溥詩中「黃雀銜環報舊主，畏君彈射遠飛去」。即本崔詩。就張詩觀之，前四句詠玉環，「環」在古詩中象徵團圓、同心……等意義，所以「何知反棄擲」一句必有深義，而詩之末三句，更有「黃雀銜環報舊主，畏君彈射遠飛去，夜深孤棲城北樹」，則「環」之用意就必有所指了，可惜此詩寓義上都暗晦難明，所以全詩在結構上就顯得零落。沈德潛評此詩說：「夜深孤棲，餘情不盡，忠愛之心，故應如是。」也猜不出忠愛之心當指何事而言。

苦旱行

張綱孫

田中無水騎馬過，苗葉半黃蟲齩破。
五月不雨至六月，農夫仰天淚交墮。
去年臘盡頻下雪，父老俱言水應大。
如何三伏①無片雲，米價騰貴人飢餓。
大河之壖②風揚沙，桔槔③無用袖手坐，
林木焦殺鳥開口，魴魚枯乾溝底臥。
人人氣喘而皮黑，十箇熱病死九箇，
安得昊天降靈雨，童兒歡笑父老賀。
高田低田頗有收，比里稍可完國課，
不然官吏猛如虎，終朝鞭扑疇④能那⑤！

【註釋】

①三伏：夏至後第三庚日起，三十日內謂之伏天；前十日爲初伏，中十日爲中伏，末十日爲末伏，總名三伏，爲夏季最熱之時期。

②壖：音ㄖㄨㄢˊ，水邊地。

③桔槹：汲水具，以繩懸橫木上，一端繫水桶，一端繫重物，以槓桿原理省力。

④疇：誰。

⑤那：音ㄋㄨㄛˊ，如何。

【語譯】

田中乾涸無水可以騎馬走過，
幼苗的葉子大半枯黃已被蟲咬破。
五月起不下雨已延到六月，
農夫仰望蒼天淚水交相墜墮。
去年臘月底時頻頻下雪，
父老都說今年雨水應該很大。
如何三伏天氣時見不到一片雲，
米價騰漲昂貴人民又飢又餓，

。苦旱行・

大河的邊地風吹揚起塵沙，
桔槔已經沒有作用農人袖手而坐。
林木焦死飛鳥熱得開口吸氣，
魴魚枯乾在溝底殭臥。
人人熱得氣喘而皮膚黝黑，
十箇人得了熱病不治身死九箇。
怎麼才能蒼天降下靈雨，
兒童們歡笑父老們慶賀。
高田低田就頗有了收成，
近鄰才能稍微完繳國家的稅課。
不然官吏兇猛得有如老虎，
終朝被鞭扑打誰又能如何！

【賞 析】

這是一首描寫旱象的詩。乾旱會引致饑荒，饑荒時對國家的稅賦無力償付，於是又引起「官吏猛如虎」的怨憤。這層次大概就是形成此類詩歌題材之三部曲。所以此類社會寫實詩，精神與旨意皆大致相同，所不同者在運用的素材各異而已。此詩用「田中無水騎馬過」、「苗葉半黃蟲齩破」、「林木焦殺鳥開口」、「魴魚枯乾溝底臥」等是比較特殊的。

乞兒行

錢澄之

乞食兒，勿求飽！如今惟有乞兒好。
富人有糧貧有丁，羨爾不聞追呼聲。
鄉里小民難到縣，羨爾不見縣官面。
官家賦稅多如麻，汝徒只稅籃中蛇。
君不見富家翁，朝防吏人夜防賊，
通宵有眼合不得，籃中蛇去值幾錢？
草堆一夜鼾鼾①眠。

【註釋】

①齁：音ㄏㄡ，齁齁，鼻息聲。

【語譯】

要飯的乞丐兒，不必求餐飽！
如今只有要飯的乞丐兒最好。
有錢人家有糧窮苦人家有壯丁，
眞羨慕你不必聽追糧募丁的呼聲。
鄉里中的小民難得到縣衙，
眞羨慕你不必見縣官的顏面。
官家催繳的賦稅多得像亂麻，
你所要繳稅的只有籃中的長蛇。
君不見有錢的富翁，
早晨要防官吏夜裏還要防賊，
通宵連眼也合閉不得，

籃中的蛇跑了卻又值幾箇錢？
在草堆裏宿一夜齁齁大眠。

【賞　析】

「乞兒行」是一首極具諷喻及風趣的詩。作者藉乞兒與富翁家的對比，極言乞兒無憂無慮；而富翁卻提心吊膽，安眠不得的生活。其實內心的平靜與否與身外財富並無太大的關係，而關鍵則在心境自處之道。所以作者極言乞兒之樂，其用意在此。

孤夜愁

王鏞

孤夜長，孤夜涼，西來月光上夜床。
秋風刮①霜樹葉黃，欹枕寒聲不可當。
愁怨結，愁心絕。天不明，怨重結。
多事蟲兒叫不歇，床前燈半滅。

【註釋】

①刮：同颳。

【語譯】

孤獨的夜特別長，孤獨的夜格外涼，
西邊照來的月光照上了夜晚的睡床。

秋風颳起寒霜樹葉變得枯黃，
倚着枕聽著寒風的聲音銳不可當。
愁怨纏結，愁心斷絕，
天尚未曙明，怨鬱重重糾結。
多事的蟲兒叫個不歇，
床前的燈火半明半滅。

【賞析】

「孤夜愁」是一首描寫秋夜孤獨寂寞的詩。以此爲題材的詩作，前人已創作甚多，所使用的詞彙也不外「孤夜」、「月光」、「黃葉」……等等，大同小異。不過此首的特色有二：第一，同一字的疊用，如前三句「孤夜長，孤夜涼，西來月光上夜床」，連用三個「夜」字，但讀來反覺韻律跌宕。第二，詩前半用陽聲韻；「長」、「涼」、「床」、「黃」、「當」。後半用仄聲韻；「結」、「絕」、「結」、「歇」、「滅」。全詩除「明」字外，句句押韻，讀起來音韻十分鏗鏘。

帶過怨三首

王鑨

一

秋起早，送歡海棠花①，趁着顏色好。

二

風吹牆上草，草長東西倒。我從牆外過，看歡歡不惱。

三

愛歡好情懷，等我四更半②。我去恐人知，歡來怕人見。

【註釋】

①海棠花：海棠，落葉喬木，高丈餘，葉長卵形，春天開淡紅色花，種類甚多，均重瓣而不結實，其單瓣結實者曰西府海棠。

②四更半：舊時以漏刻計時，自昏至曉，分爲五刻，曰：一更、二更、三更、四更、五更，或曰鼓。五更時已天曉，四更半謂天將曉之時。

【語譯】

一

秋天時起個大早，送給愛人一朵海棠花，
趁着它顏色還姣好。

二

風吹到了牆上的草，草長了會東西倒，
我從牆外經過，看愛人愛人並不惱。

三

喜歡愛人好爽朗的情懷，等我直到四更半。
我去愛人處恐怕別人知道，愛人來時又怕被人看見。

【賞析】

樂府詩中慣用「歡」字代稱「愛人」的，常見於南朝的西曲。已見前選析。而此類詩多言男女歡愛之情，大膽而活潑。王鏞此三首「帶過怨」都模仿得十分神似。

卷十

清代樂府

浮萍兔絲篇

施閏章

浮萍寄洪波，飄飄東復西。
兔絲附喬柯，裊裊①復離披②。
兔絲斷有日，浮萍合有時。
浮萍語兔絲：離合安可知？
健兒東南征，馬上傾城姿。
輕羅作障面③，顧盼生光儀。
故夫從旁窺，拭目驚且疑。
長跪問健兒，毋乃賤子妻？
賤子分已斷，買婦商山④陲。

但願一相見，永訣從此辭！
相見肝腸絕，健兒心乍悲。
自言亦有婦，商山生別離。
我戍十餘載，不知從阿誰？
爾婦旣我鄉，便可會歧路。
寧知商山婦，復向健兒啼：
本執君箕帚⑤，棄我忽如遺。
黃雀從烏飛，比翼長參差。
雄飛占新巢，雌伏思舊枝。
兩雄相顧詫，各自還其雌。
雌雄一時合，雙淚沾裳衣。

【註釋】

①　裊裊：搖曳貌。杜甫示獠奴阿段詩：「竹竿裊裊細泉分。」

②　離披：分散貌。楚辭九辯：「白露既下百草兮，奄離披此梧楸。」

③　障面：猶面紗。

④　商山：在陝西商縣東。

⑤　箕帚：灑掃所用之具，此自謙之意。

【語譯】

浮萍寄托在大波之上，飄飄然往東又西。
兎絲依附着高大枝柯，搖曳着又再分離。
兎絲終有折斷的一日，浮萍會合必有時。
浮萍告訴兎絲，離合又怎能預知？
健兒往東南征行，馬上的女子具有傾城之姿。
輕柔的羅綢做爲障面，顧盼間顯露出光采容儀。
前夫從旁邊窺視，拭目而視又驚又疑。
長跪請問健兒，這不是我的妻？

我和她的緣份已斷，將此婦買到商山的邊陲。
但願能在此彼此相見，永遠訣別而從此告辭！
相見時肝腸爲之斷絕，健兒心中一時生悲，
說到自己也早有媳婦，在商山生死別離。
我戍守在外十餘載，不知她已跟隨了誰？
你的媳婦既然是我同鄉，就可以相會在路歧；
那知商山的婦人，又向健兒哭啼：
本來要爲君執提箕帚，被抛棄時就像路旁唾遺。
黃雀跟從着烏鴉飛去，雙翼並比常相參差。
雄鳥飛起占據了新巢，雌鳥伏棲思念着舊枝。
兩隻雄鳥相顧詫異，各自歸還了舊妻，
雌雄一時又會合，雙淚沾濕了裳衣。

【賞　析】

此詩之前有序：「李將軍言：部曲嘗掠人妻，既數年，攜之南征，値其故夫，一見慟絕。問其夫，已納新婦，則兵之故妻也。四人皆大哭，各反其妻而去。予爲作浮萍兎絲篇。」這段序言也卽詩的本事。這種現象在亂離社會中當不乏其例，所以作者有意假「浮萍兎絲」以名篇，浮萍意謂亂世的漂泊，兎絲表示女子的柔弱無依。

詩中「長跪問健兒，毋乃賤子妻？」類似「上山採蘼蕪」中的「長跪問故夫，新人復何如？」而末段以禽鳥比喩夫妻的坎坷際遇和「木蘭詩」中「雄兎脚撲朔，雌兎眼迷離」一段有相同的趣味。所以此詩模仿漢代故事詩技巧是顯然易見的。

祀蠶娘

施閏章

華燈白粥陳椒漿①，田家女兒祀蠶娘②。
願刺繡裙與娘著，使我紅蠶③堆滿箔④。
他家織縑裁羅襦，妾家責絲充官租。
餘作郎衣及兒襖，家貧租重還有無！
蠶時桑遠行多露，好傍門前種桑樹。

【註釋】

① 椒漿：以椒置於漿中。漿，酒也。九歌東皇太一：「奠桂酒兮椒漿。」

② 蠶娘：古時宮中爲養蠶所設之官。晉書禮志：「漢儀，皇后親蠶，取列侯妻六人爲蠶母。」蠶母即蠶娘。也以爲蠶官，陸游，早春出遊詩：「更有新春看喜事，一春簫鼓祭蠶官。」協記辨方書，義例：「蠶官者歲中掌絲之神也。」

③紅蠶：蠶老熟時呈紅色，故云紅蠶。陸龜蒙詩：「紅蠶緣枯桑，青繭大如甕。」④箔：養蠶的器具，俗稱蠶簾。

【語譯】

花燈白粥陳設了椒漿，田家的女子忙着祭祀蠶娘。
願針織繡裙給蠶娘穿，能使我的紅蠶堆滿蠶箔。
他家織的縑布裁成羅襦，妾家賣絲充當官租。
剩下的蠶絲想替夫郎做件上衣替兒女縫件夾襖，
可是家境貧窮租稅又重不知還能剩無？
養蠶採桑要走遠路又多水露，
最好能在門傍種植桑樹。

【賞析】

祀蠶娘是一首描寫農家生活實情的寫實詩。前四句寫田家女對蠶絲豐收的祈求心情，全詩以此四句最爲生動感人。後四句則重在刻劃農家生活的貧窮情形，由於租稅的課徵，使農家幾無完衣。這也是古代君主制農業社會中常見的現象。末二句則藉桑遠多露表徵謀求生活的多難不易，而「好傍門前種桑樹」則正是安定的象徵。

牽船夫行

施閏章

十八灘①頭石齒齒②，百丈青繩可憐子。
赤脚短衣半在腰，裹飯寒呑掬江水。
北來鐵騎盡乘船，灘峻船從石竇穿。
鷄豬牛酒不論數，連檣動索千夫牽。
縣官懼罪急如火，預點民夫向江坐。
拘留古廟等羈囚，兵來不來饑殺我。
沿江沙石多崩阬，引臂如猿爭叫嘯。
秋冬水澀③春漲湍，渚穴蛟龍岸虎豹。
伐鼓鳴鐃畫檻飛，陽侯④起立江娥⑤笑。

不辭辛苦為君行，梃促鞭驅半死生。
君看死者仆江側，火伴何人敢哭聲？
自從伏波下南粵⑥，蠻江多少人流血。
繩牽不斷腸斷絕，流水無情亦嗚咽。

【註釋】

①十八灘：在贛江流入贛縣萬安之境。
②齒齒：多數石塊排列之形狀。
③澀：澀滯不順暢。
④陽侯：水神名。原爲陵陽國侯，死於水，其神能爲大波。
⑤江娥：江水之神娥皇、女英。
⑥伏波：指馬援，建武中拜伏波將軍。南粵：今廣東、廣西地。武陵五溪蠻反，援將兵平之。

【語譯】

十八灘頭的溪石排列如齒，
百丈長的青繩可憐的牽船男子。

赤着脚短衣半繫着腰，
裹起飯生冷的吞食用雙手掬取江水，
北方來的鐵騎都乘坐了船，
灘勢峻高船從石窟中貫穿。
鷄猪牛酒多得不能數，
接連的桅檣拉動的繩索有一千個船夫牽。
縣官懼怕得罪急得像救火，
預先點召了民夫向着江邊坐。
拘留在古廟像個覊押的罪囚，
敵兵還沒來已經餓死了我。
沿江的沙石十分崩裂險峭，
伸引着手臂像猿猴船爭着叫嘯。
秋冬時水滯澀而春天時暴漲急湍，

渚穴中有蛟龍岸上有虎豹。
擊着鼓鳴打着鐃畫檻急行如飛，
陽侯站了起來江娥開懷大笑。
不辭辛苦爲君行役，
梃刄催促鞭策驅逐已半死生。
君眼看，死者仆倒在江側。
伙伴中何人敢哭出聲？
自從伏波將軍揮兵下南粵，
蠻江多少人爲之流血。
牽船的繩索不斷腸卻斷絕，
流水雖然無情也爲之嗚咽。

【賞析】

這是一首描寫江西贛江十八灘頭牽船夫悲慘遭遇的詩。第一段爲前四句，寫牽船夫赤脚短衣以雙手掬水吞食飯團的情形。第二段爲「北來鐵騎盡乘船」句到「兵來不來餓殺我」，寫牽船夫的苦況是因爲北來鐵騎的侵凌之故。第三段爲「沿江沙石多崩隋」到「火伴何人敢哭聲？」寫牽船夫在沿江險隋的峭壁間有如猿猴；在秋冬水澀或春水漲湍更有如蛟龍虎豹。船隻在伐鼓鳴鐃中飛馳，更是驚得陽侯起立，江娥大笑。但此種牽船夫的辛苦，在梃鞭逼迫下卻無人敢聲張。末四句寫馬援雖能下南粤，破蠻夷，但帶來牽船夫的悲哀卻只有流水同情。

繅車辭

田雯

朝飼蠶，暮飼蠶。
桑樹葉大蠶眠三①，
初長如蟻今成蠒②。
乙乙上簇黃白滿③。
繅車咿軋④風中轉。
女十五，當戶織。
桃夭期⑤，聞消息。
簾幙半垂雙燕飛，
打疊新縑作嫁衣。

【註釋】

① 蠶眠三：謂蠶到成蛹，蛻皮三次，每次入睡眠狀態，故稱三眠。

② 蠒：俗繭字。

③ 乙乙：同一一。簇：蠶簇，供蠶結繭之具，通常以稻草爲之，上尖下寬，形狀似山。黃白：指繭有黃白二色。

④ 繰車：卽繅車，繅絲所用的器具，因其有輪旋轉收絲，故稱繰車。咿軋：繰車轉動聲。

⑤ 桃夭：詩周南桃夭。詩序：「桃夭，后妃之所致也。不妬忌則男女以正，婚姻以時，國無鰥民也。」所以桃夭詩爲賀嫁女之詩。桃夭期卽待嫁期。

【語譯】

清晨養蠶，暮晚養蠶，

桑樹葉子大蠶已三次睡眠狀，

初長時像螞蟻如今已成繭，

一一上了蠶簇黃白的蠶繭已結滿。

繰車發出咿軋聲在風中旋轉。

女子年紀十五，對着窗戶紡織，

婚嫁的時期，聽到了消息，

半垂的簾幙外雙燕翔飛，
打疊起新縑忙着做嫁衣。

【賞　析】

繅車辭是以描寫養蠶爲內容的樂府詩。分成兩部分，自首句到「繅車咿軋風中轉」爲一部分，純粹寫養蠶、蠶眠、成繭的種種。是用平鋪直敍的手法。又「女十五，當戶織」到末句爲第二部分。寫養蠶女子已十五歲，正居婚嫁之期，對婚嫁的消息急切殷盼。全詩充滿了樸拙與直率之美。

落花篇

董　俞

東風綠徧芳洲草，春盡落花啼鴂早①。
片片朝縈上苑②煙，毿毿③夕覆長安道。
長安美人惜落花，落花飛去墮誰家？
曉看青鏡愁紅粉，暮掩珠樓泣絳紗。
珠樓紅粉須臾變，帝里繁華君不見。
一夜飄颻長信④階，數枝零落昭陽殿⑤，
長信昭陽月影低，邊笳橫笛紫煙迷。
渭城⑥倡婦承歌扇，枌社⑦遊人拂馬蹄。
願為舞蝶棲芳野，願作流鶯隱翠隄，

金隄玉墅幾千里，黯黯餘香沈綠水。
玳瑁筵前雪亂飛，珍珠簾外風先起。
舞雪迴風可奈何？春閨少女歎蹉跎。
此時攀條垂玉筯⑧，此時掩袂蹙雙蛾。
別有征夫淚霑臆，雁沙龍塞⑨無消息。
金谷園⑩中不見人，玉門關⑪外長相憶。
落花落花誠可憐，尊前一曲箜篌絃⑫。
花茵醉臥不歸去，明日重來應泫然。

【註釋】

① 春盡落花啼鴂早：楚辭離騷：「恐鶗鴂之先鳴兮，使夫百草爲之不芳。」王逸注：「鶗鴂一名買鶬，常以春分鳴也。」五臣云：「鶗鴂秋分前鳴則草木凋落。」

② 上苑：謂帝王之苑囿。

③ 毿毿：音ㄙㄢ。毛長貌。此喻落花之厚重。

④長信：漢宮名。

⑤昭陽殿：漢殿名。

⑥渭城：地名。漢縣，故城在今陝西長安縣西。

⑦枌社：即枌榆社，爲漢高祖之里社。後沿稱鄉里叫枌榆。

⑧玉筯：謂淚也。

⑨雁沙龍塞：雁沙，地名。在龜玆國。龍塞，即龍城，匈奴之地。

⑩金谷園：晉石崇園名。

⑪玉門關：關名，在今甘肅敦煌縣西一百五十里，陽關之西北。

⑫箜篌：樂器名，似瑟而較小，用木撥彈之。

【語譯】

一陣東風使綠意徧布了芳洲上的叢草，
不意春日中落花紛紛只因鶗鴂啼聲太早。
片片花朶早晨還縈繞在上苑的煙靄中，
厚重的花瓣傍晚時已覆蓋住長安大道。
長安的美人惋惜落花，
不知落花飛去飄落在誰家？

晨曉時對着青鏡中的紅粉發愁，
日暮時掩下了珠樓涕淚沾濕了絳紗。
珠樓上的紅粉頃刻間會改變，
帝王居里的繁華您未必瞧見。
一夜間它會飄颻到長信宮的石階，
數枝花朵已零落在昭陽殿。
長信宮昭陽殿的月影低斜，
邊地的胡笳橫笛聲在紫煙中漫迷。
渭城的歌伎承歡在輕歌團扇之下，
粉社的遊人擁擠已拂擊着馬蹄。
願成爲飛舞的粉蝶棲息在芳墅，
願變作流動的黃鶯隱藏在翠隄。
金隄和玉墅遙隔幾千里，

黯淡的餘香已沈埋在綠水。
玳瑁妝飾的筵桌前雪花亂飛，
珍珠串綴的簾幔外大風已吹起。
飛舞的雪迴旋的風又能奈若何？
春閨中的少女喟歎時光蹉跎。
此時攀着柳條垂下了淚珠，
此時掩起衣袂皺蹙起一雙黛蛾。
想起他方還有征夫淚水霑濕了胸臆，
雁沙龍塞都沒傳回一點消息。
金谷園中已不見人影，
玉門關外長相追憶。
落花呀落花實在可憐，
酒尊前撥彈一曲箜篌絃。

花茵中醉臥而不想歸去，
明日重來時應已傷心黯然。

【賞析】

落花篇是一首閨怨之詩。作者用「花」來象徵女子，所以花開花落就自然成為女子內心的歡笑與哀怨。詩中女子不知是誰，但從作者安排的背景看，屢言長信宮、昭陽殿，似為宮女無疑。而詩中又言「別有征夫淚霑臆，雁沙龍塞無消息，金谷園中不見人，玉門關外長相憶。」則其夫壻恐也是貴族。

全詩用詞華麗，表情淒迷，是一首典型的閨怨之作。

裁衣曲

毛先舒

翦征衣，親手作。
君身長短何須度，
肥瘦定然不如昨。
新衣為君裁，
舊淚為君落。
還將銅斗①細熨灼，
莫使衣上沾猩紅②，
君見淚痕不肯著。

【註釋】

① 銅斗：即銅熨斗。

② 猩紅：如猩血之紅色，此謂血淚。

【語譯】

翦裁征衣，親手縫作。
郎君身裁的長短那裏須量度，
肥瘦一定不如昨。
新衣是爲郎君而翦裁，
舊淚是爲郎君而垂落。
還要拿起銅熨斗仔細熨灼，
莫使衣服上沾了猩紅血淚，
郎君見到淚痕就不肯穿著。

【賞析】

這首詩是作者設想女子口吻而作。詩中流露出無限纏綿繾綣之思。對夫婦之愛刻劃深刻。其中「君身長短何須度？」一句含蘊了無盡之關切與照顧。「莫使衣上沾猩紅，君見淚痕不肯著」句更見女子心思之週到與細微。全詩通曉易懂，然用情卻深。是一首溫柔敦厚之作。

秋夜長

方殿元

淒淒者風，胡不自東？
不自南？不自北？
吹我井上雙梧桐。
梧桐昨夜飄孤葉，
夫壻從軍入窮髮①。
兩地相思不相見，
愁雲共掩關山日。
飛鴻不我顧，
海燕辭巢去。

空房蟋蟀鳴，
長夜漫漫誰與語，
緘情含淚向天訴。
蒼蒼無雲復無雨，
西有牽牛東織女②。

【註釋】

① 窮髮：莊子逍遙遊：「窮髮之北，有冥海者，天池也。」謂北極荒遠不毛之地。

② 牽牛、織女：俱爲星名。兩星相對，每年七月七日始相見。

【語譯】

淒涼的風，怎麼不吹自東？
怎麼不吹自南？怎麼不吹自北？
卻吹到了我家天井上的雙株梧桐。

梧桐昨夜已飄零孤葉，
夫壻從軍進入了極北的窮髮。
兩地相思而不能相見，
愁和雲一起掩蓋了關山的白日。
飛鴻不遂我的願，
海燕已離巢而去。
空房中蟋蟀悲鳴，
長夜漫漫中向誰訴語，
收斂起情緒含着淚水向天傾訴。
蒼蒼的青天沒有雲也沒有雨，
西方是牽牛東方是織女。

【賞　析】

「秋夜長」爲樂府雜曲。郭茂倩樂府詩集首錄齊王融詩：「秋夜長，夜長樂未央。

舞袖拂花燭，歌聲繞鳳梁。」其解題云：「魏文帝詩曰：『漫漫秋夜長，烈烈北風涼……』秋夜長其取諸此。」

而此詩則爲思婦懷念征夫之辭。詩的起首幾句：「淒淒者風，胡不自東，不自南，不自北？」用問話形式以强調節奏感，如相和歌中的江南：「江南可採蓮，蓮葉何田田！魚戲蓮葉間；魚戲蓮葉東，魚戲蓮葉西，魚戲蓮葉南，魚戲蓮葉北。」此外以問話的形式，又可以造成一種事不由人，但聽天命的無奈感。卜辭中已啓其端。如郭鼎堂卜辭通纂三七五載：「癸卯卜，今日雨？其自西來雨？其自東來雨？其自北來雨？其自南來雨？」

詩中運用的詞彙或典故，如：梧桐、飛鴻、海燕、蟋蟀、牽牛、織女等都含蘊了濃厚的相思情意，全詩在氣氛的營造上十分成功。

棄婦詞

趙執信

兩姓無端合，亦復無故分，
昔時鴛鴦翼，今日東西雲。
浮雲本隨風，妾心自不同。
君心劇無定，見棄如枯蓬。
出門拜姑嫜，十走一迴顧。
心傷雙履跡，一一來時路。
留妾明月珠，新人為耳璫。
不恨奪妍寵，猶得依君傍。
寶鏡守故奩，上有君家塵。

持將不忍拂，舊意託相親。

此生一以畢，中懷何日宣！

願得金光草①，與君駐長年。

【註釋】

① 金光草：仙人服食之草。李白古風：「願餐金光草，壽與天齊傾。」

【語譯】

兩人無端由的撮合，
又復無緣無故的離分。
往昔像鴛鴦般比翼，
今日卻成各東西的浮雲。
浮雲本應隨着飄風，
妾的內心卻想法不同。

郎君的心意非常不定，
拋棄我有如枯萎的飛蓬。
出家門拜別姑嫜，
走十步就一次回顧。
心中悲傷雙脚走的痕跡，
一一都是來時所走的路。
留下妾所用的明月珠，
好給新人做個耳璫。
並不嫉恨新人會奪去愛寵，
唯如此才能依倚在郎君身傍。
寶鏡依然留在舊有的箱奩，
鏡上有郎君家的灰塵。
拿着寶鏡不忍拭拂，

這份舊時的情意仍能寄托彼此相親。
此生就此終止完畢，
胸懷中的哀怨何日才能布宣！
但願能求得金光草，
給郎君永駐青春萬萬年。

【賞析】

「棄婦詞」一首描寫少婦被棄時的心境的詩。這首詩的特色是詩中棄婦並未表現出强烈的怨尤心情。尤其後半篇中，少婦時時以不忍離去爲念，如：「留妾明月珠，新人爲耳璫，不恨奪姸寵，猶得依君傍。」又如：「寶鏡守故奩，上有君家塵，持將不忍拂，舊意託相親。」處處表現了少婦的溫柔敦厚氣質。如此描寫使詩中少婦更爲突出而益發引人同情。此種「低一層托題」的技巧，在本詩中運用得恰到好處。

有所思

王文治

有所思，乃在碧海之曲，青雲之西。
非關迢遞窮遠道，
竊恐大塊①以內不能稱我夙昔之襟期。
少年意氣託江海，
天涯謂有知音在。
十年南北走風塵，
結交傾盡金壺春②。
其中豈無二三賢達者，
總非吾心願見之人。

東風兮東風，
吾願隨爾往來上下於一氣之中。
所思儻可旦暮遇，
相將白雲跨彩虹。

【註釋】

① 大塊：謂天地。

〔一〕② 金壺春：謂酒也。韓翃詩：「金壺醉老春。」

【語譯】

有位思念之人，乃在碧海之曲隅，青雲之西。
並非由於道路的窮遠迢遞，
唯恐天地之內不能滿足我夙昔之胸襟預期。
少年的意氣寄託於江海，
天涯所謂有知音在。

十年的南北奔走僕僕風塵，
結交友朋時傾盡了美酒金壺春。
其中難道沒有二三個賢達者，
但總非我心中願見的人。
東風啊東風！
我願隨你往來上下於大氣之中。
所思念的人若能旦暮中期遇，
彼此相持登上白雲跨越彩虹。

【賞析】

「有所思」爲鼓吹曲，漢代此曲多寫男女相思之情。而此詩掙脫窠臼，而專敍對友朋知音的期盼，境界與古辭自是不同，另有一番清新感覺。全詩中最成功的地方是少年意氣的飛揚踔厲。如：「少年意氣託江海，天涯謂有知音在。十年南北走風塵，結交傾盡金壺春。」等句，豪邁之氣不可掩抑。而末句「相將白雲跨彩虹」，更是登峯造極，讀之快人心絃。

遠別離

王文治

遠別離，
古來乃有后羿之妻①。
竊取羿弓射九日②，
遂服不死之藥辭深閨。
纖衣直入廣寒③住，
飛行不用雲為梯。
玉殿瑤宮幾千載，
朝墮蒼煙暮還在。
逞嬋娟於萬里之清輝，

表獨立於一泓之小海。
孤眠孤起無與偕，
弗御鉛華御青靄。
吾欲把酒一問之，
問此一別歸何時？
人間浩刧屢更易，
卿在月宮知不知？

【註釋】

① 后羿之妻：謂嫦娥。淮南子覽冥訓：「羿請不死之藥於西王母，姮娥竊以奔月。」高誘註：「姮娥，羿妻。」

② 竊取羿弓射九日：按此爲作者誤記。射九日者爲羿非嫦娥。楚辭天問：「羿焉彃日，烏焉解羽？」王逸引淮南子云：「堯時十日並出，草木焦枯，堯命羿仰射十日，中其九，日中九烏皆死，墮其羽翼，故留其一也。」

③ 廣寒：謂月宮。龍城錄：唐明皇與申天師鴻都客，八月望日夜，同遊月中，見牓曰：「廣寒清虛之府」。

【語譯】

久遠的別離，
自古以來應屬后羿之妻。
竊取后羿的弓矢射落九日，
於是服下不死之藥遠離了深閨。
穿着單薄的衣衫直入廣寒宮裏住，
她能飛行不必用雲作堦梯。
月宮中的玉殿瑤宮已經歷時幾千載，
朝晨墮下的蒼煙日暮時依然還在。
把美好投射於萬里外的清輝，
寂然獨立在一泓清澄的小海。
孤獨的入眠孤獨的起床無人伴偕，
不必用鉛華只需用青色的雲靄。
我想把酒借問一聲。

請問此次別後歸來將是何時？
人間的浩刼屢屢更易，
妳在月宮中知不知？

【賞　析】

「遠別離」爲雜曲歌，始於唐李白。李白詩以娥皇女英爲吟咏對象，而此詩則以嫦娥爲對象，兩者抒情之處，皆能絲絲入扣，感人肺腑。

此詩專寫嫦娥奔月後的孤寂淒清歲月，與李商隱詩：「嫦娥應悔偷靈藥，碧海青天夜夜心」有同樣設想之妙。唯此詩最後結語：「人間浩刼屢更易，卿在月宮知不知？」以問話形式點出了人世間滄海桑田，變化無常之感慨與悲痛。

悲來行

黃景仁

我聞墨子泣練絲，
為其可黃可以黑①。
又聞楊朱泣歧路，
為其可南可以北②。
嗟哉古人真用心，
此意不復傳於今。
今人七情③失所託，
哀且未成何論樂？
窮途日暮皆倒行，

更闌漏盡鐘鳴聲。
浮雲上天雷墮地，
一升一沈何足計？
周環六夢羅預間④，
有我無非可悲事。
悲來舉目皆行尸⑤，
安得古人相抱持！
天空海濶數行淚，
灑向人間總不知。

【註釋】

①爲其可黃可以黑：墨子所染：「子墨子見染絲者而歎曰：染於蒼則蒼，染於黃則黃，所入者變，其色亦變。」

②爲其可南可以北：列子說符：「楊子之鄰人

亡羊，既率其黨，又請楊子之豎追之。楊子曰：『嘻！亡一羊何追者之衆？』鄰人曰：『多歧路。』既反，問：『獲羊乎？』曰：『亡之矣。』曰：『奚亡之？』曰：『歧路之中又有歧焉，吾不知所之，所以反也。』楊子戚然變容，不言者移時，不笑者竟日。」

③ 七情：釋氏以喜怒憂懼愛憎慾七種感情。

④ 六夢：周禮春官占夢：「以日月星辰占六夢之吉凶，一曰正夢、二曰噩夢、三曰思夢、四曰寤夢、六曰喜夢、六曰懼夢。」羅預：未詳，或曰晝夜。

⑤ 行尸：拾遺記：「任末曰：好學，雖死若存；不學者雖存，行尸走肉耳。」

【語譯】

我聽說墨子看到練絲而涕泣，
因爲它可以染成黃也可以染成黑。
又聽說楊朱爲歧路而哭泣，
因爲它可往南也可往北。
唉呀古人對事眞用心，
這種心意已不復留傳到今。

今人的七情已經失去寄託，
悲哀且未認清怎能談論樂？
窮途日暮都已逆施倒行，
更闌漏盡之時或聞鐘鳴之聲。
浮雲飄上了天雷墮下地，
一升一沈何足較計？
環繞六夢在晝夜之間，
只要有「我」就無非皆爲可悲事。
悲傷時舉目所見都是走肉行尸，
如何得着古人相互抱持！
天空海濶縱有數行淚，
灑向人間總是不被曉知。

【賞析】

這是一首哲理詩。作者點明了人生眞正的悲哀所在。在於第一：對世事不知用心。所以墨子能泣練絲，楊朱能泣歧路皆古人對世事了解之深刻處。第二：情感無所寄託。故哀樂不分，倒行逆施。即或更闌漏盡之時，鐘聲鳴動也不能有所澈悟。第三：太計較名利、自我。所以「浮雲上天當墮地」本是一種自然現象，而人生也如六夢之循環復始而已。故凡事有「我」之觀念存在，皆爲可悲，不知用心則皆如行尸走肉。所以作者最後感歎：就算能對人類的無知抛予若干同情，人類又豈能體會。

這種發抒哲理思想的詩在樂府中罕見。

醉歌行

張問陶

古人不能飲我杯中酒，
我今不醉更何有？
古人不能和我醉後歌，
今我不樂當奈何？
天生萬物亦偶然，
相逢莫歎囊無錢！
舉首堂堂對白日，
世間何物為神仙！
春風來拂人，

融融天下暖。
酒伴相招無近遠，
黃金太斗玻璃椀。
眼中不必名山大川千萬里，
耳中不必鸞笙鳳吹迎風起。
但使開顏且放懷，
一杯笑問風塵裏。
武安侯①，
程將軍②！
灌夫③視之曾不一錢值，
可憐富貴真浮雲④。

【註釋】

①武安侯：田蚡，漢長陵人。孝景王皇后同母弟。竇嬰方盛時，蚡爲諸曹郎，往來侍酒嬰所。武帝卽位，蚡以舅封爲武安侯。拜太尉。竇太后崩，帝以蚡爲丞相，入奏事，所言皆聽，權移人主，誣殺嬰及灌夫。

②程將軍：程不識，與李廣俱以邊郡太守出擊胡。爲人廉潔，謹於文法。

③灌夫：漢潁陰人，爲人剛直使酒，不好面諛貴戚，所與交通皆豪傑之士。魏其侯竇嬰旣失勢，夫與游，歡甚。酒後屢忤武安侯田蚡，爲蚡所惡，劾夫使酒罵，坐不敬。

④可憐富貴眞浮雲：論語述而：「不義而富且貴，於我如浮雲。」

【語譯】

古人不可能來飲我杯中之酒，
我如今若不醉那更一無所有。
古人不能唱和我醉後的歌，
如今我不快樂又當奈何。
天生萬物亦是偶然，
相逢時莫歎息說囊中無錢！

舉起頭光明的對着白日，
世間何物稱得上神仙！
春風來了吹拂着行人，
和風融融天下充滿溫暖。
酒伴的邀約不計近與遠，
黃金製的酒斗玻璃的酒椀。
眼中不必有名山大川綿延千萬里，
耳中不必聽鸞笙鳳簫迎風吹起。
只要眉開顏笑又放開胸懷，
且喝杯酒把歡笑抛向風塵裏。
武安侯也罷！
程將軍也罷！
灌夫把他們看得連一文錢也不值，

可憐啊，人生的富貴對我眞如浮雲。

【賞　析】

這是一首藉酒抒懷的詩。酒在我國文人作品中常被作爲素材。如「對酒當歌，人生幾何」（曹操）、「盥濯息簷下，斗酒散襟顏」（陶潛）、「平生唯酒樂，作性不能無」（王績）、「烹羊宰牛且爲樂，會須一飲三百杯」（李白）等，不勝枚擧。而好酒者行爲多豪邁不拘小節，所以「酒」在古詩中含有了灑脫、豪邁的意義。

本詩題爲「醉歌行」，作者起首二句卽緊扣「醉」與「歌」而起筆，然而它將醉與歌的對象都安排在「古人」之上。於是把感情就帶進「前不見古人，後不見來者」之悵然之中。於是所謂「神仙」、「黃金」、「名山大川」、「鸞笙鳳吹」、「武安侯、程將軍」等代表富貴、權勢或心靈寄托之物都成了可憐浮雲。

國家圖書館出版品預行編目資料

歷代樂府詩選析／傅錫壬譯註.
--初版.--臺北市：五南，1988［民77］
面；　公分
ISBN 978-957-11-1965-6（平裝）

831.9　　88014722

1X32 詩詞選系列

歷代樂府詩選析

譯 註 者 — 傅錫壬
發 行 人 — 楊榮川
總 經 理 — 楊士清
副總編輯 — 黃惠娟
責任編輯 — 蔡佳伶　簡妙如
出 版 者 — 五南圖書出版股份有限公司
地　址：106台北市大安區和平東路二段339號4樓
電　話：(02)2705-5066　傳　真：(02)2706-6100
網　址：http://www.wunan.com.tw
電子郵件：wunan@wunan.com.tw
劃撥帳號：01068953
戶　名：五南圖書出版股份有限公司
法律顧問　林勝安律師事務所　林勝安律師
出版日期　1988年5月初版一刷
　　　　　2017年10月初版三刷
定　價　新臺幣450元

凝煉知識品味閱讀